大清王朝

青未了 著

④ 最后的八旗

长江出版传媒　长江文艺出版社

目 录

第 一 章　万里赴疆,如松阵前立军功……………001

第 二 章　精忠报国,天筑命殒鄂尔浑……………014

第 三 章　伴驾随行,南巡路上见闻多……………033

第 四 章　论儒独到,如松御前拔头筹……………051

第 五 章　江宁阅兵,天筑牛录呈神威……………062

第 六 章　天下不静,私传伪稿掀大案……………076

第 七 章　数载汹汹,伪稿案最终侦破……………092

第 八 章　征战几世,准噶尔最终平定……………105

第 九 章　辞北赴滇,如松奉旨到南国……………117

第 十 章　藤下训俭,如松齐家立新风……………127

第十一章　复爵称王,睿肃两家恩怨解……………141

第十二章　二王伏法,贪腐大案尘埃定……………154

第十三章　惩治凶顽,乾隆帝恩威并施……………169

第十四章　英武如松,贯天地浩气长存……………187

第十五章　争利袭爵,传家之宝作燕飞……………200

第 十 六 章	好事连连,府中二仆喜嫁人	218
第 十 七 章	东窗事发,为掩燕飞假作真	231
第 十 八 章	江河日下,四少奔波为国忙	249
第 十 九 章	粉饰繁华,永修王爷大庆生	271
第 二 十 章	天降大祸,百端事扑朔迷离	288
第二十一章	栽赃嫁祸,大老爷贼喊捉贼	300
第二十二章	水落石出,菜市口刀下留人	320

第一章 万里赴疆，如松阵前立军功

睿亲王多尔衮没有儿子。生前，他将豫亲王多铎的第五子多尔博收为继子。多尔衮"阴谋篡逆"案发生时，多尔博受到牵连，被降为庶民。其后，多尔博的子孙们皆以庶民的身份过活，没有什么声息。但到了第六代，传到爱新觉罗·如松时，情况就大大不同了。

且说如松正在屋内读书，耳听院外有急促的马蹄声。马嘶两声后，院门被推开了，来人高喊了一声："快去，一伙人在向你叔寻衅，你叔遭受了围攻……"

如松听后急忙拉马出院，那报信的出院上马前行，引如松到了一家酒馆门前。

酒馆里已经聚了许多看热闹的人。如松下马进入酒馆，拨开看热闹的人，走到叔叔身前，俯下身来将他抱起。

叔叔已经咽了气，如松悲愤难忍。

七日后，如松求庄上人帮忙将叔叔葬了，墓碑之上写着：

爱新觉罗·功宜布之墓

丧事办完后，如松骑上叔叔的那匹马离开了庄子，马背上驮着他的一件要紧的物件。如松骑在马上狂奔了差不多一整天，他到达了霸州地界。

太阳要落山了，他得找一个住处。于是他勒马放慢了速度，观察四周的环境，发现前面出现了火光。他不晓得是怎么回事，便策马向那火光走去。

那火光越发明亮了，原来那里发生了火灾。他向坐骑紧抽了两鞭，很快便到了起火地点。

人声嘈杂，场面混乱。

火是从一个院子里烧起的。

如松在院前下了马，进入院子。

正房的外间火势正旺，人们拿着水桶、脸盆端水救火，院中一个少女正在喊叫。有几个人正试图冲进屋去，但畏惧火势，不敢轻入。浓烟滚滚，火势正向两侧蔓延。那喊叫的少女扑向东间的窗户，如松向窗内望去，只见有一个上了年纪的人正在屋内的窗下挣扎。

如松看了看形势，只见东间屋外窗前有一个水缸，水缸周围铺设了防冻的缸台，缸台一侧正好放着一把铁锹。说时迟，那时快，如松冲上前去抄起那把铁锹，三下五除二就砸断了数根窗棂，然后登上窗台跳入房内。随后，他一把将那挣扎的老人夹在腋下，转身从窗子里跳了出来。

那少女依然指着房内喊叫，如松意识到屋子里还有人。随后，他第二次跳上窗台，向屋内观察情况。他发现一名妇人正躺在炕上，大火已经烧到她的身边。

看清楚之后，如松跳了进去，把妇人夹在腋下，转身奔向窗台。

这时，大火已经烧到了窗台这边，浓烟令如松难以呼吸。他憋了一口气，夹着那妇人跳上窗台。随后，他失去了知觉。

一天过后，他醒来了。他此刻正躺在一个炕上，失火时在院子里拼命喊叫的那位少女在身边侍奉他。被救出的两个人是少女的父母，他们没有什么事。

房子被烧了，他们一家借住在邻人家里。

如松很快就搞清楚了，这位少女是个哑巴，名字叫天梳。天梳的父亲叫关东木，正白旗满人，一家以务农为生。

天梳将如松照顾得无微不至，这是很容易理解的，这个男人是父母的救命恩人，而且受了伤。这样侍奉他，也报不了大恩的万分之一。

如松醒后，心里牵挂着他的马，而马已经被好生养了起来。除马之外，他还牵挂着那个用白色绸子裹着的卷包儿。他醒后就看到，那个卷包儿就放在了他的枕下。

在养伤期间，如松好好想了一下叔叔死的原因。

叔叔是一位好人，是他从小就在心中树立的人生榜样。叔叔聪慧，在如松眼里，世上没有叔叔不知道的事，没有他做不到的事。稍大之后，如松明白了，叔叔之所以知道这些事，是因为叔叔肯于学习；能做这些事，是因为叔叔喜欢做。叔叔从小就教如松读书写字,稍大就叫他读《四书》,跟他讲书中的道理。在如松的记忆里,叔叔没做一件亏心事,对别人总是热心肠。叔叔教育他,这叫"己所不欲,勿施于人"。叔叔处事总是光明正大,绝没有歪门邪道。

叔叔对家族的看法对如松影响最大。上溯五代,如松的祖先是睿亲王多尔衮。多尔衮是太祖的十四子,太祖殁后,坚决站在皇太极一边。皇太极去世后,豪格不自量力,要谋帝位。当时,中原形势发生了重大变化,李自成势如破竹,正向燕京进发,明朝的江山摇摇欲坠。如果多尔衮要与豪格争帝位,不但大清的分裂不可避免,中原形势提供的机遇将完全丧失。在这样的情势之下,多尔衮推举皇太极的小儿子福临当了皇上,从而挫败了豪格争夺帝位的图谋,保住了大清国的一统,接着出兵山海关,打败了李自成,顺利占领燕京,入主中原。

但他如此却与豪格进一步结怨。入主中原后,豪格丧心病狂,率军灭张献忠凯旋时,发动了绑架福临、袭击多尔衮的罪恶举动。实际上,多尔衮最后就是死在了豪格手里。

按说此种仇怨,最有资格讲的是多尔衮和他的后人。但事实是,豪格的一些后裔却把旧怨传了下来。尽管多尔衮去世后蒙冤受辱,豪格的某些后人依然对多尔衮的后人不放过,每每寻衅侮辱。这样,两家的仇怨一直如影随形,绵绵难断。

让如松感到欣慰的是,叔叔在这个问题上表现了高超的智慧。他一直认为老一辈的恩怨不应该在后人身上传承下去,应该有个了断。为此,他一方面对豪格后人的寻衅尽量采取避让态度,另一方面,他一直在寻找机会,使双方共同采取行动,最终消除这种恩怨。

不幸,叔叔没能做到,并且最后死在了这一恩怨的郁结上。

叔叔死后,庄上的人心有不平,让如松告官捉拿凶手。可如松并没有接受,他认为告官解决不了叔叔之冤,到头来官府会不了了之。这还不算,即使查办了又会如何?那必然是两家的怨恨愈积愈深,这不符合叔叔生前之愿。

还有一点是如何对待睿亲王之冤,特别是死后被诬谋反这样的冤枉?叔叔认为,这有当时的情势。多尔衮被诬事发时,孝庄皇太后并不在京城。孝庄皇太后回京后,认为如果立即给多尔衮昭雪,就会使朝廷大震。当时的朝廷羸弱,是担不起这种震荡的。而多尔衮生前识大体、顾大局,光明磊落,是大清国的重要开拓者,是入主中原事业的开拓者,这样的一个人,也能忍辱负重,因此就没有立即平反。

如松觉得,自己之所以没有陷于"蒙冤""受辱"这种阴暗的思绪之中不能自拔，没有背上消极的思想包袱，而是一直保持着积极向上的精神状态，就多亏了叔叔的教导。

前不久，西边战事紧张。一天，叔叔吟诵着唐初诗人杨炯的那首有名的《从军行》，如松听后心也在动。于是，两人曾决定从戎，杀敌立功。

所以，叔叔一死，如松便付诸行动，到准噶尔前线去。

现在自己受了伤，被耽搁在了这里。如松期盼自己的伤快快养好，再上征途。

如松已经养了三个月，天梳姑娘一直在他的身边。虽然她是一位哑人，但如松渐渐发现，他与姑娘的交流已经没有了障碍。他要表达的意思，她完全能够领会；而她所表达的意思，他也完全明白。如松从来没有进入过哑人世界。此次，他没有感到陌生，反而十分熟悉。

天梳姑娘十八岁，模样俊俏。如果不是一个哑人，这是一位没有任何可挑剔之处的漂亮姑娘。

如松从没有谈过恋爱，便把眼前的天梳姑娘当成了自己的恋人。他觉得眼前这位无微不至照顾自己、心地善良、模样标致的姑娘，就是他未来的伴侣。

以前，庄子里有不少年轻的未婚姑娘，但他从来没有把这些人与自己联系在一起，叔叔也不着急给他娶妻。这次如松选定了，天梳姑娘就是自己未来的妻子。

如松的伤渐渐养好了，他已经可以下炕走动，身子也渐渐变得强壮起来。他的马被养得好好的，那白色的绸子小卷包依然在他的枕下。

关东木一家的房子早已修好，他们已经搬了进去。如松认为时机已经成熟，便向关东木提出了求婚一事。

这把关东木夫妇吓了一跳。他们绝对没有想到，像如松这样一个体面的人，会娶自己的哑巴女儿。

如松并没有向关东木表明自己的身份，只是笼统地说自己是正白旗满人。

有好几天关东木没有回答如松。如松知道关东木一家的心思，便向他们解释选择天梳的原因，并保证会和她好好过一辈子。这样，关东木夫妇才答应下来。

随后，如松和天梳办了婚事。

婚后如松才知道，天梳还有一个哥哥，名叫天筑，现在准噶尔前线从军。

差不多一个月后，如松重新踏上征途。他交代天梳，要好好保管那个小卷包。

如松如愿成了靖边大将军傅尔丹大军的一员。

作为靖边大将军的傅尔丹,乃大清开国元勋费英东的曾孙,时任吏部尚书。他奉命率五万名清军在科布多筑城,准备应对即将到来的战事。

傅尔丹的五万人马中,有六千名京师八旗、九千名御林军、八千名盛京八旗,其余人马则是来自科尔沁等地的蒙古骑兵。

与此同时,雍正皇帝还任命岳钟琪为宁远大将军,率领西路大军共同对付准噶尔。

如松到达科布多时,是雍正九年的五月,天气渐渐热了起来。当时的科布多地域广大,大清国在那里派驻参赞大臣进行管理,科布多城就在科布多河畔。

夏季的科布多是很美的,科布多河清澈的河水缓缓流过,河岸上绿草如毡,牛羊成群。

筑城的主力是在当地征召的蒙古人,军士们也参与城的建筑。大家固然很苦很累,但他们知道,这是为了未来的战斗。所以,大家情绪都很高涨。

如松所在的京师八旗军可称大将军的嫡系,所以他们承担的任务总是提前完成,做得又快又好。

大家收工后,吃了晚饭没有事情可做,便在帐篷外活动。有的给自己的马匹刷洗皮毛,有的洗衣服,有的脱光了身子洗澡,有的静静地躺在草垫子上,看天上的星星,有的三五成群,说话,打闹。有时,大家也讲故事。

京师八旗最小的团体是牛录。一个牛录三百人,由一名章京指挥和管理。

如松所在牛录的章京就是天筑。天筑不到三十岁,个子高高的,身子壮壮的,不喜欢多说话。如松的个子差不多与天筑一样高,所以在众人中甚为显眼。

牛录中有一位老兵名叫孕桑喏,他参加过康熙皇帝三次亲征准噶尔的战斗,因此十分受众人尊重,大家也很喜欢听他讲征战的故事。因此,大家吃过晚饭,收拾完了,就高高兴兴地聚拢来,请孕桑喏讲上一段。

孕桑喏脑子好,有很好的记忆,口才也好,听他讲故事,就像听书一样。

这天雨下个不停,大家只好收工,回到帐篷里。

如松与孕桑喏住一个帐篷。大家围拢过来,让孕桑喏讲一段他的故事。

天筑这次也凑了过来,他没有听过孕桑喏的故事,希望孕桑诺从头讲起。

开头的故事大家都听过了,但既然牛录章京提了要求,且大家愿意听,于是孕桑喏便从头讲起。

孕桑喏首先讲了与准噶尔战争的缘由。说天命十一年那会儿,卫拉特蒙古的首领固始汗遣使归顺,蒙古诸部成了大清朝的属地。康熙四十八年,卫拉特蒙古中的准噶尔部兴起,其首领噶尔丹统一卫拉特蒙古各部,建立了准噶尔汗国。这个汗国不再归附大清,它四处征讨,特别是屡次攻打归附我朝的喀尔喀蒙古,这便引发了康熙爷对噶尔丹的三次征伐。

随后,尕桑喏书归正传,讲起了康熙皇帝的第一次征伐:"康熙二十七年,噶尔丹亲率三万骑兵自伊犁东进。大军越过杭爱山,攻占了整个喀尔喀蒙古。喀尔喀蒙古数十万人,像被驱赶的羊群向东逃奔,到达漠南乌珠穆沁一带停下,他们立即向朝廷告急。康熙爷把他们安置在科尔沁放牧,并责令噶尔丹罢兵西归。但噶尔丹气焰嚣张,对康熙爷的责令置之不理,率兵乘势南下,深入乌珠穆沁境内。这引发了康熙爷的愤怒,他决定亲自带兵,对噶尔丹进行征伐。

"康熙爷亲临博洛和屯指挥作战。盛京将军绰克托、吉林将军佟保各率所部兵力西进,挺进西辽河、洮儿河,与科尔沁蒙古大军会合,随后继续西进。这支大军在乌珠穆沁境内与噶尔丹军遭遇,我军征战不利,向南撤退。噶尔丹率军乘势长驱南进,渡过西拉木伦河,进抵乌兰布通。当时我就在盛京将军绰克托大人的军中,我是第一次参战,开始有些害怕,但双方一打起来,大家就红了眼。自己的人,刚刚还活蹦乱跳,顿时就死在了敌人刀下,你说红不红眼?在与噶尔丹的人接战后,我的大腿上先是被戳了一枪。我认准了那刺我的小子,缠着他不放,最终结果了他。在我刺杀那人时,我平日最要好的朋友曼古被一名敌兵杀死了。我气炸了肺,转过身一枪刺去,那小子就倒下了。那场战斗共进行了两个时辰,最后,才听到了撤离的命令。临了,我还戳死了一名敌兵。我共杀敌七名,腿上受伤三处——左腿两处,右腿一处。我们向南撤退,噶尔丹大军在后面紧追不舍。我们走了约一个时辰,又接到了停止撤退的命令。原来,朝廷的右路军到了乌兰布通。我军一军在南,一军在北,对噶尔丹军形成了夹击之势。这时,康熙爷还派出一部进驻归化,以便在噶尔丹败北时,在那里袭击他。

"乌兰布通北面靠山,南面是高凉河,地势险要。噶尔丹被两路清军夹在中间,没有任何屏障可倚。噶尔丹想出了绝招,他背山面水布阵,把一万匹骆驼的腿缚起来,将它们放倒,上面堆上木箱,蒙上毡毯子,形成了一条如同城栅的防线,称作'驼墙'。'驼墙'构成'驼城',他命令军士在'驼城'里头。我军进攻,他们就躲在'驼墙'后乱箭齐发。你甭说,他的这一招很灵,我大清骑兵难以抵挡乱箭,就得退回来。当时,我们的牛录经过撤退前的拼杀,只剩下不到两百人。我们一批又一批冲过去,但无法逾越那道'驼墙'。我第一次冲锋时,已经打马越过了'驼墙'。但四顾并无人跟上,就又打马跃了回来。这时,我们的炮队派上了用场。大炮冲'驼墙'狂轰,结果有数处'驼墙'被轰塌,骑兵趁机冲了上去。我们的步兵投入了战斗,这样,噶尔丹只有失败一条路了。最后,他冲上山冈,大约有三千人跟上了他。次日,噶尔丹遣使向我军乞和,乘机率残部夜渡西拉木伦河,狼狈逃走了。康熙爷的第一次亲征,就这样漂漂亮亮地结束了。"

说到这里,尕桑喏停了下来。大家正听得有劲儿,哪里能让他停下?于是,尕桑喏继续道:"乌兰布通失败后,噶尔丹贼心不死,召集散亡人员,企图东山再起。但康熙爷有了准备,他采取了三项重大措施:其一,巡视漠北诸部,举行多伦会盟,稳定了喀尔喀蒙古。康熙爷将逃居漠南的喀尔喀蒙古分为左中右三路,编为三十七旗;其二,设立驿站和火器营,沟通内地与漠北地区的联络,专门训练使用火铳火炮。康熙三十三年,康熙爷诏噶尔丹前来会盟。噶尔丹抗命不到,反派兵侵入喀尔喀。这样,便有了康熙爷的第二次亲征准噶尔的事。

"当时,康熙爷决定采用'请君入瓮'之法,准备一举歼之。为取得全胜,朝廷做了充分的准备,征调大批熟悉情况的蒙古人为向导,随军携带五个月口粮,按每名军士一名民夫四匹马的配备,组成运输大军。这支大军备有大车六千辆,随军运送粮食、器材;筹备大量防寒防雨器具,准备大批木材、树枝,以备在越过沙漠和沼泽地时之用。康熙三十四年九月,噶尔丹率领三万骑兵自科布多东进,他扬言自己借得俄国鸟枪六万支。次年二月,康熙爷调集九万人马,分东中西三路进击。东路九千人,由黑龙江将军萨布素率领。他率军翻越兴安岭西进,进至克鲁伦河,对准噶尔军形成侧击之势;西路军共四万六千人,由抚远大将军费扬古率领,出归化、宁夏,越过沙漠,在翁金河渡河北上,意在切断噶尔丹军西逃之路;康熙爷自率中路三万人,出独石口北上,直指克鲁伦河上游,与其他两路约期夹攻。康熙爷的意图,就是在克鲁伦河一带全歼噶尔丹军。

"噶尔丹见康熙爷亲率精锐前来,又闻西路清军已过土剌河,认为有遭到夹击的危险,便连夜率部西逃。五月十三日,由费扬古率领的西路军进抵土剌河上游的昭莫多,距噶尔丹军三十里安营扎寨。由于西路清军长途跋涉,饥疲不堪,费扬古决定以一部依山列阵于东,一部沿土剌河布防于西,将骑兵主力隐蔽于树林之中,振武将军孙思克率步兵居中,扼守山头。当时,费扬古先以四百骑挑战,诱使噶尔丹军入伏。为了迷惑敌军,四百名骑兵的身后有数千名骑兵列队,我便是这四百人中的一员。我们都晓得自己要干什么,就拿出真正出击的样子冲向敌阵。我们即将靠近敌阵时,就见敌军大队人马出动。这时,我们身后的数千名骑兵也出动迎敌,与敌人厮杀了一阵后,撤出战斗。看噶尔丹的意图,是要攻占我军控制的山头。这样,孙思克率兵据险防守,双方激战一天,不分胜负。此时,费扬古指挥骑兵一部迂回到敌后,另一部则袭击了噶尔丹阵后的家属、辎重,又命据守山头的孙思克部出击。次日,下达进攻的命令之后,我们便杀入敌营。噶尔丹完全没有料到我们会出现在他的阵后。我们看得十分清楚,当我们出现时,他的军士个个感到意外,一阵慌乱……"

说到这里,只听帐外有人大喊:"军报!"

这样一喊,牛录章京天筑立即奔出帐外,跟随那喊叫的军士一溜烟走了。

原来,清军在营外抓到一个准噶尔细作。从细作口中得知,噶尔丹策零发兵三万,由大策零敦多布、小策零敦多布分别率领,前来迎战北路清军。如今,小策零敦多布已到达察罕哈达,而大策零敦多布因故尚未到达。

这样,傅尔丹大将军决定派一万名清军,在噶尔丹策零大军未扎营前,打准噶尔军一个措手不及。

一声令下,不到半个时辰,清军已经列队完毕,等待出动。

如松等人手中都有一支长枪,弓囊之内有一张弓,箭筒之内装满了箭,有一皮囊水,没有带干粮,大家都在勒马等待。

夜已经很深,火把已经点燃,月亮刚刚升到空中。空中有一群乌鸦掠过,向东南方飞去。

出发的命令终于下达了,大家立即出发。为了赶路,大军点起了火把,五千名步兵跟在骑兵之后。一万名军士,一万束火把,在草原的夜间,壮观异常。

如松十分兴奋,盼望已久的战斗就要开始了,他向往的厮杀即将到来。

大队人马走了两个多时辰,前面有了情况,大家迅速熄灭了火把。等了半个多时辰,大队再次向前行进,火把又重新点起。

天渐渐亮了,军中传出一阵骚乱。原来,按照敌军细作的说法,这里离准噶尔军已经不远了,可一直不见准噶尔军的影子。看来,大将军还在犹豫,不知道是继续向前呢,还是停下来就地扎营。

等了半个时辰,大队又继续前行。太阳升起来时,大队又停了下来。大将军下达命令不扎营,但可埋锅做饭。

牛录章京天筑听后皱起了眉头,尕桑喏凑近了他,开口问道:"是不是有点不对劲儿,大人?"

天筑很严肃,制止道:"住嘴!"

尕桑喏见状,离开了天筑。

天筑独自端着碗思考着,这一切如松都看到了。但他既没有过去找尕桑喏,也没有去找天筑,也独自一个人端着碗出神。

就这样走走停停过去了好几天,队伍一直沿着扎克赛河前进。到了六月十七日,队伍有了点活跃的情绪,大家都说敌人找到了。

次日,果然有战斗命令下达,如松所在的牛录奉命进攻库列图岭。

如松又兴奋起来,终于可以开战了。他所在的牛录与其他五个牛录一起冲上山包。天筑一马当先,如松紧紧跟上。

尕桑喏说他头一次参加厮杀前有点害怕,如松感觉不是那样,他没有半点害怕的影子,有的只是兴奋。

他越过天筑,第一个冲上山头。

如松听说准军骁勇善战,但在他眼前并不是那样。他们见清军冲上来,似乎有点惊慌失措。

如松想不了太多,他已经身在敌营,周围的敌兵已经向他举起了枪。他左推右挡,举枪向一名敌兵刺去,那敌兵顿时被挑下马。

这时天筑也冲了上来,其他人跟着冲上来。在人群中,他看到了尕桑喏。尕桑喏手中的枪犹如出水蛟龙,如松暗暗钦佩这位六十岁的老兵,真可谓老当益壮。

接战没多少时间,准军已显得不支,渐渐退下山冈。随后,他们向西南逃奔。清军大队人马赶来,紧紧追杀。如此,大军迎来了新的一天。

这天夜里,天筑独自一个人躺在河边看星星。这时,尕桑喏再次走到天筑身边,半天才问出一句话:"大人,是不是不对劲儿?"

尕桑喏的行动如松已经注意到了,他坐在离他们十步远的地方。

天筑依然半天不张嘴,但他看了看身旁的草地,意思是让尕桑喏过来躺到他的身边。

又是过了半天,天筑才道:"明显不过,这是敌军的诱敌之策。"

"怎么办?"尕桑喏追问了一句。

"没有别的办法,只有尽量避免损失这一条了!"天筑坚定地回道。

"要不要跟上面讲？"尕桑喏又问。

"没用了。到如今大将军也明白将要发生什么事，或许他自有安排！"

如松同意天筑的判断。棋开始已经走错，一步一步错下来，如今看清了，但已经难以回头了。

准噶尔军将清军引入博克托岭一带，噶尔丹策零已经布好了伏击圈。黄昏时，大将军营中传了令，命令全军次日拂晓突围。

按照将令，全军突围分为东路、西路、中路三个方向。定寿、素图、海兰、常禄、西弥赖等部为东路，从山梁东突围；塔尔岱、马尔齐为西路，从山梁西突围；傅尔丹大将军辖承保军居中，达福、岱豪部当前，舒楞额、沙津达赖部护后。天筑的牛录属于岱豪部，是突围的前锋。

六月二十日晚，天筑把大家召集在一起，讲了明日的战法。天筑看上去心境平静，他说次日是一场苦战，大家要为大清的荣誉而战。而这是一次突围战，最终的目的是突出去。他又特别强调大家不要各顾各，要注意保护自己，但同时要照顾队友，大家拧成一股绳，构成一条枪，这样才能突围出去。他再次强调，要照训练过的"五人一组""六组一簇"的战法行事。所谓"五人一组""六组一簇"，就是战场上，每五人形成一个战斗组，与另外五个"组"形成一个更大的战斗单位，这"一簇"，各组距离不要过远，能够相互关照，彼此接应，像一个人一样在战场之上行动。这一战法有一个极大的好处，就是每个人都觉得自己有靠山，极大地增强了战斗信心。

天筑判断决战前准噶尔军不会对清军进行骚扰，他让军士们卸了鞍，但甲不离身，早些睡下了。四更时，饭已经做好，大家吃得饱饱的，并喂饱了马，等候突围的将令。

突围的将令下达后，天筑依然是一马当先冲出营去，众人在后面紧紧跟随。马蹄踏地的隆隆声，在博克托岭下形成独特的交响乐。

前冲一刻钟光景，就看到了准噶尔军的队列。他们骑在马上，面前是一条小河。天筑下令大家取弓搭箭，在离准军一箭之地时射出了一批箭，随后是第二批，第三批。准军没有防备，前排有些人马倒下。

当第三批箭射出时，清军已经蹚过那条小溪，冲进了准军的队列之中。

如松一直跟在尕桑喏的马后，这次如松有意保护他，不想让他出现任何差池。尕桑喏的那条枪再次发威，已经有三名敌兵死在了他的枪下，如松也枪挑两名敌兵下马。

清军的大队人马已经冲了上来,如松很快就看到了岱豪将军的大纛。但清军无论怎样冲杀,也难以突出重围,噶尔丹策零的人马太多了。

不过,按照天筑牛录的战力,杀出重围并不是难事。中午时分,天筑牛录已经杀出重围。他们干掉了几十名追兵,在一个高冈上停了下来。大家已经十分疲劳了,天筑命令大家下马休息。半个时辰后,天筑命令大家重新上马杀回,去接应其他牛录。

天筑又杀了差不多一个时辰,掩护三个牛录的残余人马杀出重围。但天筑依然不想离开,他登上刚才那个山冈,又看到了岱豪将军的大纛。天筑又命令众人杀回,最后杀到了岱豪将军身边。然后,他的牛录给岱豪将军开道。

岱豪将军被保护杀到了包围圈的边沿,突围在望。天筑兴奋起来,左冲右突,最后再次突出了重围。随后,天筑牛录紧奔了一阵,发现岱豪将军并没有跟上。

原来,岱豪将军在天筑牛录的护卫下边杀边走,眼看最后脱离包围圈,不想从一片树林里杀出一支准军。那支准军十分剽勇,岱豪将军的亲兵大部被杀,他也被围在了核心。正当难以抵挡之时,天筑正好杀到。

天筑的牛录杀了大半天,剩下不足两百人。周围的准军有一千余人,而且还有人陆陆续续加入战斗。

当务之急,是迅速保护岱豪将军突出重围。但不幸的是,岱豪将军那边出现了状况。他的坐骑由于过度疲劳,被地上的东西绊倒了,岱豪将军跌下了马。就在这时,一名准噶尔骑兵赶上来刺穿了他的喉咙,岱豪将军顿时毙命。

孕桑喏看到了这一切,拼命朝坐骑紧抽一鞭,赶上了那个敌兵。说时迟,那时快,孕桑喏掏出鞍上的匕首向那敌兵的喉咙刺去。匕首深深地插入了那军士的喉咙,一时难以拔出,孕桑喏便松了手。那军士像一条口袋一样,掉下马去。

这时,一名敌兵从孕桑喏马后赶了上来,举枪向孕桑喏背上刺来。如松也已经赶上,用枪拨开了那敌兵的枪,反手刺去,那敌兵随后滚下马去。

没有能够救出岱豪将军,天筑十分懊恼,他身上已经多处挂彩。又杀了一阵,他的牛录再次杀出重围。

大家依然没有撤离,而是停在原来那个山冈上。天筑已经非常疲劳了,他下了马,躺在地上,看着天空。

不多时,不知是谁大叫了一声:"大将军!"

天筑坐起来,扭头看向那战场,果然是傅尔丹大将军的大纛。

天筑跳起来叫了一声:"上马!"

随后大家纷纷上马,旋风般杀向敌阵。厮杀在博克托岭下一片广袤的地面上展开,双方聚集了数千人,马嘶声、呐喊声震耳欲聋。

太阳西沉,发着红光,好像军士们的鲜血给它染了色。

天筑带着他的牛录冲向了大将军,大将军周围还有几百名清军保护着,天筑只能在大将军的外围厮杀。大将军周围的人越来越少,天筑和他的战友们渐渐靠近了大将军。

厮杀中,一名敌兵刺伤了天筑的坐骑,那马体力渐渐不支,这一切如松都看在眼里。这时有一名敌兵向他冲来,等那军士冲到如松的马前时,如松一拨马,那匹马就到了如松的右侧。如松顺势将那马上的军士抱了,然后狠狠地将他摔在了地上。随后,他伸手抓住了那马的缰绳。那马跃起来,差一点把如松甩下马去。如松拉着那匹马奔向天筑,天筑会意,一个鹞子翻身,骑在了如松送过去的那匹马上。

孖桑喏已经到了大将军的身边,大将军已经暴露在敌兵面前。有时,会有几名、十几名亲兵保护他;有时,他必须亲自对付围上来的敌兵。孖桑喏全力地保护他,如松也一直在他的身边。

大将军的大纛有一位军士扛着,大纛是准军攻击的目标。

有几个敌兵扑了过来,砍倒了扛大纛的军士。孖桑喏下了马,扛起了大纛。

又有几名敌兵冲过来,如松挡住与他们拼杀。

其中一名敌兵摆脱了如松,冲向孖桑喏。第一枪刺来,孖桑喏躲过了。又来了第二枪,孖桑喏扛着大纛,活动不便,便中了枪。枪刺在了他的左肋上,流出了鲜血。孖桑喏坚持着,最后才倒了下去。

就在孖桑喏倒下去的那一刻,如松赶到了,他把孖桑喏提到自己的马上。这样,如松一只手按着孖桑喏,另一只手提枪继续战斗。

孖桑喏倒下后,又有人上来扛起了大纛。

孖桑喏的血一直在流。开始他还睁着眼睛,不久,他的眼睛闭上了。

又厮杀了将近一个时辰,天筑等人终于保大将军杀出了重围。

撤到距战场五里远的地方,大家停了下来。各部统计了人数,报到大将军大营。其实,此刻已经没有了大将军大营,撤离战场的人集中到了一起。

大清国这次战败了,大将军只带领不足两千人撤离战场。但天筑的牛录杀出了威风,三进三出,最终依然有一百五十三人活着。

天筑与大将军一起撤退,他们的目标是科布多城,他们就是从那里出发的。

撤出战场不久,大家选了一处幽静的地方安葬了尕桑喏。天筑领着他的牛录举行了一个简短的埋葬仪式,大将军傅尔丹也参加了。

第二章 精忠报国，天筑命殒鄂尔浑

这次战败，大将军傅尔丹应该负全责。出动前，那个被清军捉到的俘虏便是准噶尔军的一名奸细。他是故意被捉的，目的是引诱清军出动。后来，噶尔丹策零采用同样的手段引诱清军步步西行，最后钻入圈套。可以说，傅尔丹率军深入数千里，情况不明，地形不熟，失败是肯定无疑的。

突围也难说是成功的。东西两路大军全军覆没，傅尔丹的中军，要不是天筑牛录的全力拼杀，也得全军覆没。

突围战斗中，清军大将常禄、巴赛、查弼纳、马尔萨、岱豪等人力战阵亡；海兰、苏图、定寿、永国、马尔齐等人也力竭自杀；副都统塔尔岱身负重伤。

大家都认为傅尔丹会被处死，可实际上傅尔丹只被收回大将军印，锡保成为靖边大将军，傅尔丹则降为振武将军，助锡保协办军务，依然驻守科布多城。

天筑升了职，成为三等梅勒章京。如松也升了职，替代天筑成为牛录章京，依然在傅尔丹的麾下。

如松接到了家书，妻子给他生了一个儿子，要他给儿子命名。如松把家信递给天筑看了，天筑也收到了家信，让如松看了。如松回了信，给儿子起名叫永修——爱新觉罗·永修。

之后，如松率领牛录进行训练。他改进了"五人一组""六组一簇"的战法，把五人一组改为三人一组，把六组一簇改为五组一簇。这样，战法更为灵活。他训练的重点，是组的分合和簇的分合。

当然如松也明白，天筑的牛录之所以能打胜仗，关键还是士气高涨。而军士们斗志高昂，很重要的因素是天筑的示范作用。带兵的英勇，军士们就不会怯弱，即所谓强将手下无弱兵,带这支队伍,这一点他是具备的。另外,他也想办法激励军士们的热情,让大家保持旺盛的斗志。在这一点上,他认为天筑是欠缺的。天筑很少讲话,他要弥补这一缺憾。

如此过了半年多,传出消息说清军有可能再次出战,目标依然是噶尔丹策零,大家兴奋起来。

败在噶尔丹策零手里,大家憋着一肚子气。这回有了再战的机会,一定要给他点颜色看。

如松的牛录很快接到命令,向本博图山挺进,接受额驸策棱指挥。

说起策棱,天筑并不陌生。雍正五年,俄国女皇叶卡捷琳娜一世曾派萨瓦伯爵来华谈判中俄中段边界划定问题,雍正皇帝先命国舅隆科多为谈判代表团首席代表,与萨瓦会谈。在谈判过程中,隆科多出了事,雍正皇帝遂令策棱继任首席谈判代表,与俄方会谈。策棱赴楚库河与俄国使臣勘定了边界,竖立起界碑。那次,天筑的牛录作为策棱的护卫队,跟他一起参加了谈判、划界、立碑事宜。

策棱是喀尔喀部蒙古人,博尔济吉特氏。康熙三十一年,住在塔密尔的策棱和弟弟恭格喇布坦随同母亲入朝归顺,康熙帝授策棱三等阿达哈哈番的职位,在京师为其赐予住宅,下令将他带入内廷教养。康熙四十五年,康熙帝为策棱指婚和硕纯悫公主,授和硕额驸,后诏令策棱回归塔密尔放牧。

策棱常年在漠北,而且多年从军,对当地的山川地理十分熟悉。喀尔喀部多次被准噶尔部欺凌,他非常愤怒,遂暗地里训练军队,培养猛士数千人,组成了一支军纪严明、英勇善战的队伍。

去年,噶尔丹策零战胜清军后,即派部将大策零敦多布率领三万大军入侵喀尔喀蒙古。噶尔丹策零听说锡保驻扎在察罕寿尔,傅尔丹驻军在科布多,便派遣大将海伦曼济等率军六千,取道阿尔泰向东推进,分兵袭扰克鲁伦及鄂尔海喀喇乌苏。策棱出兵迎击,到达鄂登楚勒后,遣台吉巴海率领六百骑杀入准噶尔军,引诱他们出击。之后巴海撤退,海伦曼济追击,进入策棱设下的埋伏圈。策棱率军斩杀数名准噶尔军大将,准军残部在大策零敦多布和海伦曼济率领下逃走。策棱因功被雍正皇帝晋封为和硕亲王。

这次,噶尔丹策零派遣大策零敦多布率领三万人自奇兰进发至额尔德毕喇色钦,策棱率军赶到达本博图山迎击。策棱大军没到达本博图山前,大策零敦多布已经侵扰了克尔森齐老,又分兵侵袭塔密尔,并俘获了策棱的妻小,掠夺了众多的牛羊。策棱断发发誓,一定要夺回被掠的妻小和牲畜,并将入侵的准军杀个片甲不归。

大策零敦多布率军占据着杭爱山一带,靠近鄂尔坤河列阵。天筑率军赶到本博图山后,遂被召至策棱大帐商议战法。大家达成共识,此仗一定要将大策零敦多布部歼灭。如松献了计,说这次的主战场在额尔德尼昭,敌军熟悉此地地形,不宜取诱敌深入之策,而应该在两军营前进行一番恶战,将敌军赶入伏击圈方可奏效。策棱等人都赞成如松的设想,便决定依计而行。

大策零敦多布的大营沿鄂尔坤河驻扎,鄂尔坤河沿岸有许多胡杨,生长茂盛。因天气炎热,大策零敦多布的帐篷就扎在树林的外沿。

探马向大策零敦多布报告,说在鄂尔坤河上游不到十里的河段,有清军约五百人在那里聚集。大策零敦多布闻报后,随即派大将赫天钧率一千骑进行攻击。

赶到后,见那里果然有一簇清军。赫天钧隐身树林之中,远远地望去,见清军只有五百人左右。再细细看来,那簇清军皆为步兵,且盔甲破烂。赫天钧见罢大喜,遂下令发起冲击。那股清军听见动静,迅速集中,形成战斗队列。

转眼间,赫天钧的一千名骑兵就冲到了那簇清军跟前。双方拼杀了一阵,清军自然不敌,遂四散而去。

因这场战斗规模不大,大策零敦多布没有把这当成一件大事。

赫天钧抓到了两名俘虏。经审讯,俘虏说清军将有大的动作,要找机会火烧准军大营。

这消息引起大策零敦多布的注意,他立即召将领们对清军俘虏的口供进行分析。大家认为,准军的营地在河之南,大营与河道之间是一片树林。时值八月,很少刮北风。这样,清军难以借焚烧树林来烧毁大营。但既有"烧营"一说,对清军的行动不可不防,大策零敦多布遂下令军中加强防备。

入夜,果有数股清军骑兵四面冲击,举着火把要靠近准军大营。大策零敦多布派出数队骑兵去抵挡冲上来的清军,并下令步骑兵丁做好战斗准备,如此一夜数次。

拂晓时,大营四周炮声齐鸣,喊杀声震天,清军骑兵从东、南、西三处杀来。准军戒备了一整夜,人困马乏,战马和军士乱作一团。

清军冲破准军营寨,两军大战开始。这次,如松的目标就是擒拿或杀掉大策零敦多布。

战了约莫半个时辰,如松已经看到了大策零敦多布的大纛。他让牛录摆开阵势,以"三人一组,五组一簇"的阵势向前推进。很快,如松的牛录已经接近大策零敦多布。

他们首先要砍倒大策零敦多布的大纛。而大策零敦多布的大纛由一名准兵扛着,周围有几十名护卫。大策零敦多布就在大纛之下。

如松的牛录来势凶猛,很快便杀到大策零敦多布大纛的一侧。大策零敦多布已经发现了如松的牛录,他借大纛下令收拢附近的准军,过来加强保护,周围的准军渐渐增多。

如松率牛录直冲过去,随后,双方展开激战。

如松的牛录冲破了大纛的护卫,如松一马当先冲到大纛下,一手按鞍,一手持刀向那扛大纛的准兵砍去。可怜那扛旗的敌兵顿时身首两端,倒了下去。准军的一名骑兵飞身下马,将那要倒地的大纛举起。

此时,一名准军将领冲了过来,他大声喊叫着直取如松。一枪刺来,如松躲过了。又一枪刺来,如松用枪拨开了。不过,如松感到双手震颤,心想这贼将好大的力气!这时,对方又一枪刺来。如松的战马正向对方冲击,说时迟,那时快,他急忙闪身才躲过了这一枪。如松惊出一身冷汗,也激起了他的怒气。他拨马冲向对方,迎面给了一枪。对方躲过了,如松又是一枪,这次是刺向对方的头部。对方也躲过了,如松再刺一枪,依然是对方头部。这次,对方的脸部是躲开了,但枪刺着了他的面颊和耳垂。对方下意识地用手去摸伤处,如松趁机一枪横打过去,着着实实地打在了对方的背上。对方叫了一声,拨马而去。

这时,如松牛录的几名骑兵已经冲到大策零敦多布的马前。几十名准军也迅速赶到,将大策零敦多布保护在中心。

如松再行将战马拨回,随后奔向大纛。他的去路被一敌兵挡住,如松打马冲了过去。那敌兵躲闪不及,被踏于马下。

一名准军骑兵也冲过来保护大纛,未到跟前,早已中了如松的飞镖滚下鞍去。如松冲到大纛之下,又是一刀将扛旗的敌兵砍倒。

这时,又有一名准军骑兵下马将大纛扛起。如松又将战马拨回冲到大纛之下,他举起刀砍向大纛旗杆,大纛倒地,那扛旗的准军军士手里只剩下了半个旗杆,正发愣之际,如松的刀到,那准军军士应声倒地。

大纛没有了,准军乱了套,大策零敦多布已经逃走。

一部分准军撤向河岸,可在岸边却犹豫了。清军从起火的林子中杀来,准军军士不再犹豫,纷纷泅渡过河。

泅渡的准军军士快到对岸时,发现清军已经出现在岸边。准军军士回不得,又上不了岸,个个绝望。岸上的清军万箭齐发,可怜河中的准军军士没有任何遮拦,成了清军的活靶。

大策零敦多布飞马进入西面的胡杨林,想从那里突出重围。

策棱率一万余名清军,对败下阵来的大策零敦多布紧紧追杀。

跑了约半个时辰,大策零敦多布到达额尔德尼昭山谷。前面不远就是额尔德尼昭,那里地势险要,清军会不会在那里设伏?进不进去?大策零敦多布犹豫起来。

前军报告,说有数名喇嘛正从山谷走出来。大策零敦多布听后大喜,急忙让军士们把那几名喇嘛领过来询问情况。几个喇嘛回答说他们刚刚从光显寺来,一路上没有遇到清军。大策零敦多布放下心来,命令大队人马进入山谷。走不多远,又有几名喇嘛走过来,他们也是自光显寺来到这里,一路之上没有遇到清军。于是,大策零敦多布遂命大队人马加快前进。

前面就是光显寺了,一片祥和景象。

从昨夜到现在,准军没有休息,也没有吃饭,大家又饿又乏。大策零敦多布本想下令在此稍停片刻,但想到清军尾随杀来,大军依然处于危险之中,便没有下达休息的命令,大队人马继续前行。

大策零敦多布处在队伍的前半部,他的大纛丢了,传令只有靠呼喊。大军没有任何声响,就这样前进着。大约过了光显寺约半里路,忽然炮声震天,喊声大作,礌石滚木从天而降。准军军士个个大惊失色,慌作一团。

天筑率领十个牛录的人马在这里等候多时了,前一天,他就到了光显寺。

这光显寺建于明神宗万历年间,寺庙周围建有一百零八座白塔,蔚为壮观。天筑率领人马到达光显寺后,立即见了住持。他说这次清军将在此进行一次极为重要的行动,虽不会涉及光显寺的建筑,但对僧众的生活会有所打扰。自此刻起,寺院将被围起来,不许任何人出入。寺院吃水需到山下鄂尔浑河汲取,届时僧众汲水将有清军军士陪护。住持诺诺,并向僧众进行了传达。

之后,清军立即进行战斗准备,从外面运来的礌石滚木。到次日清晨,清军就做好了伏击准备。天筑派出数批由清军化装的喇嘛下山去打探消息,并定了联络手段:一旦发现准军进入山谷,便举火为号。

一切安排停当，但等准军消息。

午后，山下传来远远望见准军的消息。随后，又接到准军进入山谷的消息。大家兴奋不已，暗自摩拳擦掌。

天筑感到奇怪，怎么不见大策零敦多布的大纛？难道他在队伍的后半部？他随后下达进攻的命令，一阵礌石滚木过后，清军冲下山去。

准军已经被礌石滚木打得落花流水，清军冲下山后，准军越发乱了套。整个山谷刀光剑影，杀声震天。

策棱所率一万余名清军，包括如松率领的牛录，已经赶到。

最后，准军失去了抵抗能力。

天筑杀向准军大队，寻找大策零敦多布。他先向后冲杀，未见大策零敦多布的踪影，便活捉了一名准军军士，逼问他大策零敦多布何在。那军士吓得浑身哆嗦，说大策零敦多布在前方。天筑将那军士狠狠地摔在了地上，然后拨马向前方冲杀。

天筑发现，前方的准军军士停止了溃逃，抵抗逐渐增强。看来，大策零敦多布确在前方。

天筑率领一个牛录的人马向前冲杀，他远远地看到一个高大的准军将领。从其装束、马匹的嚼辔看，或许就是大策零敦多布。天筑便向那边冲去。

那将领确是大策零敦多布，他由几十名骑兵护拥着，冲过去的清军靠近不得。

天筑将身边的清军骑兵招呼到跟前道："看好那个大个子，捉住他！"随后，他带着他们向大策零敦多布那边冲杀过去。

清军来势凶猛，大策零敦多布的护卫骑兵被冲开，天筑一马奔向大策零敦多布。大策零敦多布防备不及，暴露在天筑的马前。天筑举枪打掉了大策零敦多布手中的枪，顺势伸手抓住了大策零敦多布，要将他揽在怀里。

就在此时，准军的一名骑兵冲了过来，那骑兵的马匹直冲天筑的坐骑。天筑的坐骑躲闪不及，被冲倒在地。那骑兵的坐骑冲出十几步后，也翻在了地上。

大策零敦多布趁机拨马向西奔去。

天筑一个鹞子翻身站起身来，他的坐骑也已经站起，天筑飞身上马又追。

在天筑的身后，双军厮杀的场面惨烈而又血腥。

准军无处可逃，许多骑兵放弃战马跳入河中。夏季的鄂尔浑河，水是很大的。要只身泅渡，那就是死路一条。所以，清军并没有在河边设伏。可怜泅渡的准军军士,虽摆脱了陆上的死亡,却走进了水里的不归路。当时的鄂尔浑河额尔德尼昭河段,漂满了他们的尸体。

大策零敦多布脱险后,迅速调整了布阵,差不多有百名准军骑兵到了他的周围。

天筑紧跟不舍,身边也有近三十名骑兵跟随。他一接近大策零敦多布,就有十几名准军骑兵冲上来拦他。他一边与准军军士厮杀,一边向大策零敦多布靠近。他突向哪里,准军骑兵就在哪里阻挡。如此,厮杀了将近半个时辰。准军的轮番冲杀,使得跟随天筑的清军骑兵人数渐渐减少,天筑本人也感到了疲惫。他见如此下去不是办法,就减少了对大策零敦多布的冲击,以便攒足力量进行最后一击。

过了一段时间,他觉得攒足了力量,于是拍马直冲大策零敦多布。大策零敦多布见天筑冲到自己身边,大惊失色,拨马想逃。但天筑已抢起钢枪,朝大策零敦多布的背上抽去。当啷一声,鲜血从大策零敦多布的口中流出来。他晃动了几下,跌下马来。

天筑正要附身去抓大策零敦多布,就觉得后心被戳了一下。随后,他不由自主地仰天喊了一声,鲜血从嘴里喷了出来。最后,他跌下了战马。

战斗结束了,清军取得了大胜,两次战斗杀敌两万余人,大策零敦多布率领残兵败将向西逃去。

战前,策棱报大将军锡保,邀驻于爱杭山西麓的丹津多尔济届时出额尔德尼昭山谷之西口,截击大策零敦多布。但丹津多尔济拥兵观望,致使大策零敦多布逃出第一隘口。他又曾请锡保邀令屯于克拜达里克的大将军马尔赛,届时待准军退到克拜达里克后,率军出击。克拜达里克位于邦察干湖北岸,是大策零敦多布后撤必经之地。

这马尔赛为马佳·图海之孙。图海隶属满洲正黄旗,顺治八年擢为内秘书院学士,后迁弘文院大学士、议政大臣。顺治十二年,加太子太保。马尔赛少年袭封公爵,后官至武英殿大学士,受命任抚远大将军西征噶尔丹策零。但这马尔赛贪生怕死,勉强接受大将军印信,心中很不自在,他曾对人说:"口称领兵大将军,不如发遣黑龙江反而安逸。"及领兵西行至归化(今内蒙古呼和浩特)时,因路途管理不善,马匹已经损毙大半。到克拜达里克后,他再也不想动弹。

接到截击大策零敦多布的命令后,马尔赛一直想办法推却。等大策零敦多布的败军出现在克拜达里克后,将士们纷纷请战,要求歼灭这股准军。但这不对马尔赛的胃口,他召集将领们商议对策。都统李芣主张守城,马尔赛遂不顾众将的坚决反对,按李芣的主张守城不出。副将军达尔济整装待发,马尔赛不许;副都统傅鼐情急至于跪求,马尔赛执意闭守城池,只准兵士在城上对来敌齐声呐喊。随后,将士自开城门追击,马尔赛亦虚作尾追之状,又托言敌已远去,遂令兵回营,使"入网之兽,得以兔脱"。

消息传到策棱大营,将士们纷纷要求策棱上书报告实情,将马尔赛处斩。

马尔赛军中将领们对他怯懦不出、放走准军的行径亦十分愤怒,于是联名上书,要求惩处。

后来雍正帝的谕旨到,马尔赛被斩于克拜达里克军营。

天筑落马后,大策零敦多布被扶上马逃走,跟随天筑的清军骑兵目睹了这一切。

如松杀退准军后赶到天筑遗体前,眼泪不住地流淌。最后,他亲自护卫把天筑的遗体运回。

光显寺住持听说天筑的事迹,主动提出给天筑做佛事。

如松选定光显寺下、鄂尔浑河河边一片白桦林作为天筑的墓地。出葬那天,天筑的棺椁由天筑牛录中选出的八人抬着,光显寺的一千余名喇嘛围护着在墓地下了葬。下葬时,十名喇嘛站立墓地两侧吹起长号。号声呜咽,在整个额尔德尼昭山谷中震荡。

天筑所率十牛录在墓地两侧列队致敬,策棱也出席了葬礼。

尕桑喏的衣冠冢在天筑的墓侧。葬尕桑喏前,如松解下了尕桑喏的衣带,一直保存着。如今,如松将衣带葬在了胜利之地。

之后,如松要给岳父岳母写一封信,向他们报告天筑阵亡的消息。他构思了好几天,最后思考成熟,写成了那封信——

爱新觉罗·如松跪于岳父、岳母膝下,长叩泣禀:

> 天降大不幸于二老身前,小婿之内兄为国阵亡矣!小婿仰跪慰二老节哀。
>
> 古人云,人固有一死,或重如泰山,或轻于鸿毛。内兄之死,仰泰山

之重,天必纪之,人必念之,千古不息。二老当有此子而荣,小婿与天梳当有此兄而荣耀。我门第辉煌有光,亦千古不息矣。

内兄秉八旗先祖余烈,起于京师,从军报国杀敌,早有英名于世。他所领牛录,创"五六之法",冲锋陷阵,有如无人之境,为全师称之为"天筑牛录",曾保大清使臣额驸策棱与俄国使臣谈判,威武雄壮,扬名天下。此间,内兄曾返京。然公务在身,未得回乡探视父母,此"过家门而不入"之谓矣。雍正十年,与准噶尔军战于博克托岭。时清军被围,内兄率天筑牛录三出三入,救大将军傅尔丹出围,其战功赫赫,威震西域。战后,内兄晋三等梅勒章京,不愧其职矣。

此次与准噶尔军再战,内兄誓雪博克托岭之耻,其愁绪深似海,其胆识高于山,以摧枯拉朽之势,杀进准阵。内兄发誓活捉敌酋大策零敦多布。战中,敌酋身边有百名准军护身。内兄两次杀到大策零敦多布身边,一次几擒之,一次枪击之。最后,不敌准兵之众,坠马身亡。可谓日月为之敛光,山河为之僵容,轰轰然如泰山崩于前,浩浩然如江海倒于后,此乃大英雄殁时之兆也。

内兄杀出了威风,杀出了荣耀。天筑牛录不但声震西域,而且名声誉于中原,连皇上都知道有一个天筑牛录。天筑牛录是我大清军阵之形象,是我大清国魂之体现。而天筑牛录,即天筑也!

内兄已葬于爱杭山北麓、鄂尔浑河河畔,枕山俯河,高空碧蓝,白杨碧绿。葬礼庄重,场面宏大,有似内兄生前之为人也。

二老失子,其悲感天动地。小婿再请二老节哀。自今以后,爱新觉罗·如松,即二老之子也。如松发誓,必秉内兄之志,敬养二老,亦秉内兄之志,于此杀敌报国,靖边安邦也矣。

此后不久,皇上谕旨,追封天筑为镇国将军,如松则晋升为三等梅勒章京。

噶尔丹策零额尔德尼昭之战严重受挫,没有力量东进。而朝中对准噶尔是剿是和的问题,也在进行商讨。

商议中,康亲王巴尔图等人议奏:"噶尔丹策零狂悖凶顽,兴兵作乱。我两路大军驻扎边境,粮马军械充裕,应乘此时于北路发兵三万,西路发兵两万,约会齐进,并力歼除。倘噶尔丹策零果真知畏惧,悔祸乞恩,则宽恕其罪,议定边界。这样,似乎对事情有益。"

大学士张廷玉等人则议奏:"今噶尔丹策零自额尔德尼昭大创之后,势穷力竭,若特遣大臣前往,晓以利害,宽其既往之愆,予以自新之路,谅彼审时度势,必俯首求和。若仍执迷不悟,再议征讨,更觉事易功倍。"

雍正皇帝最后决定道:"圣祖曾有密旨言,准地辽远,我往则我师徒劳,彼来则彼师疲困。朕无意劳师远涉,而驻兵守边未免时日耽延,致将士久劳。朕欲遣使前往准噶尔面谕噶尔丹策零,晓以利害,示以宽大之恩旨,开其迷误,从此划清边界,彼此不可逾越。若噶尔丹策零果萌悔意,一一遵行,则将两路大军渐次撤还。倘仍执迷怙恶,俟使臣回京后另作计议。"

八月初三日,朝廷派遣傅鼐、阿克敦、罗密前往准噶尔议和。

这样,策棱回到大营,等候进一步消息。

与此同时,策棱考虑如与准噶尔谈判划界,阿尔泰山的归属将是焦点,遂命如松率三十名熟悉地理的清军骑兵到阿尔泰山进行勘查,以三个月为期。

如松奉命出发。

夏季的阿尔泰山是非常美丽的。山花烂漫,绿草如茵。走在牧人踩出的小径之上,惬意异常。

如松考察了许多山谷、隘口,还访问了许多牧民。他们说,他们的祖先自天聪年间就已经归属了金国。后来虽然大清入主中原,但归属从未改变。

一个多月下来,如松已经颇有收获。

另外令如松高兴的是,他的队伍中有策棱的小儿子策噜噜。这策噜噜十七岁,长得跟他父亲一样威武,骑马射箭自不待说,特别让如松感到高兴的是,策噜噜喜爱中原文化。他抓紧与如松在一起的机会,不知疲倦地向如松学习,大有收获。他的学习从唐诗开始,给自己规定每天要会背两首唐诗。一个多月下来,策噜噜已经能够背诵六十多首唐诗。每每吟诵,他觉得身临其境,体会颇多。幸亏如松在叔叔的教诲下能够背诵几百首唐诗,他心中所装,够策噜噜学的。

一般说,像策噜噜这样的喀尔喀蒙古贵族少年,是衣来伸手、饭来张口,什么事都不用干的。而他却不是那样,队伍每次扎帐篷、做饭、喂马,他都抢着干。晚上,他总是喜欢到外边去巡逻,早晨,他也早早地起床张罗。

从策噜噜身上,如松看到了策棱家教的成功。

如松他们的勘查是从阿尔泰山的阴面开始的,他们一路向东,最后到达山脚,然后转入阳面。

进入阿尔泰山南麓,已经是秋天了。秋天的阿尔泰山换了装,显得越发美丽。原来苍翠的山体,已经悄悄地转为苍劲的暗绿色。天蓝蓝的,云白白的。山下是辽阔的牧场,牧草开始变黄。成千上万的牛羊散在广袤的草地之上,看上去有种安逸豁达的感觉。

在阿尔泰山南麓,喀尔喀蒙古牧民多了起来,如松不时地停下来与他们攀谈。语言没有障碍,策噜噜和队中的其他几个人,都是一流的翻译。

每到一个隘口,如松他们都停下来观察,必要时还画出简单的地图,并做说明。

到达阿尔泰城之后,策棱的夫人和小女儿奉命跟如松一起去科布多。策噜噜拜见了自己的母亲后,起居行止依然与如松在一起。

路途之上,策棱夫人为如松等人举行了一次宴会,还让如松参加了两次舞会。

如松等人回到策棱大营,已经入了冬。

策棱的一位副将军找到如松,打听他家中有什么人。如松已料到副将军的来意,在策棱夫人为他举行的宴会上,他看到了策棱的小女儿策拉拉。两次舞会上,策拉拉都出席并跳了舞,那是一个美丽的姑娘。舞会后,策噜噜曾跟如松说,他的姐姐正在选择意中人,如松听后没有作任何表示。自此,策噜噜不再提他姐姐的事。这次副将军来问家人的情况,意图十分明显。于是,如松强调他家中有夫人,并有一个孩子,还特别说他的妻子乃"糟糠之妻"。如松不清楚,自己关于"糟糠之妻"的话,副将军是不是明白。但从此之后,副将军再也没有找如松,也没有任何人再提这事。

雍正十三年闰四月二十八日,准噶尔使臣到达京城,上表求和。雍正皇帝见了使臣,并有上谕,将见使臣情况传至策棱处。策棱召如松等人阅看了上谕——

准噶尔与喀尔喀定界之说,原本起于策妄阿拉布坦奏请,今特欲安逸众生,永修和好,将阿尔泰山外哈道里哈达清吉尔、布喇清吉尔两处空闲之地都属于尔。只自克木齐克、汗·腾格里、上阿尔泰山梁,由索尔毕岭，下哈布达克拜达克之中，过乌兰乌苏，直抵噶斯口为界，并将策妄阿拉布坦所请自胡逊托辉到哈喇巴尔鲁克全作空闲之地，以此分界，在尔并无难行不便之处，望尔遵谕定界。

上谕中所说的策妄阿拉布坦，系当时准噶尔汗。策妄阿拉布坦与清朝进行了多年战争，康熙末年，双方议和。雍正元年，策妄阿拉布坦请求划界。

随后又有上谕传来：

商定西、北两路军营撤兵、驻兵事宜。命于西路军营中将打牲乌喇兵一千名调到北路驻扎，留绿旗兵一万名在巴尔库尔驻防，一千名在哈密驻防，其余官兵等准噶尔使臣返回后陆续撤回。至于北路军营，留满洲、蒙古兵二万名，另以鄂尔多斯兵五百名留守台站，满洲、蒙古兵等六千一百名留守乌里雅苏台及其附近地方，绿旗兵一千五百名分驻扎克拜达里克、推河、塔米尔三处。

策棱管辖的地域，按上谕进行了部署。此后，再无消息传来。

不久，京城传来大不幸的消息，雍正皇帝于雍正十三年八月二十三日晏驾！

策棱亲自布置了吊祭仪式。前一天，科布多地区下了一场大雪，整个山川银白一片。仪式安排在一个山脚之下，一万名将士身穿孝服，整齐排列。正午时分，策棱宣布仪式开始。第一项是全体跪拜，第二项是宣读雍正皇帝的遗诏，曰：

自古帝王统驭天下，必以敬天法祖为首务。而敬天法祖皆本于至诚，至诚之心不容一息有间，是以宵旰焦劳，无日不兢兢业业也。朕蒙皇考圣祖仁皇帝为宗社臣民计，慎选于诸子中，命朕缵承统绪，绍登大宝。夙夜忧勤，深恐不克负荷，唯仰体圣祖之心以为心，仰法圣祖之政以为政。十三年以来，竭虑殚心，朝乾夕惕，虽至劳至苦，不敢以一息自怠，方冀图安保泰，久道化成。今朕躬不豫，奄弃臣民，志愿未竟，不无微憾。宝亲王皇四子弘历秉性仁慈，居心孝友，圣祖皇考于诸孙之中最为钟爱，抚养宫中，恩愈常格。雍正元年八月，朕于乾清宫召见诸王大臣，面谕以建储一事，亲书谕旨，加以密封，收藏于乾清宫最高处，即立弘历为皇太子之旨也。其后仍封亲王者，盖令各位藩封，谙习政事，以增广识见。今既遭大事，著继朕登基，即皇帝位。仰赖上天垂佑，列祖贻谋，当兹寰宇太平，必能与亿兆臣民共享安宁之福。

至于国家刑罚禁令之设，所以诘奸除暴，惩贪黜邪，以端风俗，以肃官方者也。然宽严之用又必因乎其时，从前朕见人情浇薄，官吏营私，相习成风，罔知省改，势不得不惩治整理，以戒将来，今人心共知儆惕矣。凡各衙门条例，若从前之例本宽而朕改议从严者，此乃整饬人心风俗之计，俟诸弊革除后仍可酌复旧章。今后，愿内外亲贤股肱大臣各秉忠良，摒除恩怨，同心同德，仍如朕在位之时，共相辅弼，俾皇太子弘历成一代之令主。

弘历仰承祖宗积累之厚，受朕训诲之深，当亲正人，行正事，闻正言，勿为小人所诱，勿为邪说所惑。祖宗所遗之宗室宜亲，国家所用之贤良宜保，自然和气致祥，绵祖宗社稷万年之庆矣！

庄亲王心地醇良，和平谨慎，果亲王至性忠直，才识俱优，皆可倚以办理政务者。大学士张廷玉器量纯全，抒诚供职，鄂尔泰志秉忠贞，才优经济，此二人者，朕可保其始终不渝，将来二臣着配享太庙，以昭恩礼。其应行仪制悉遵成典，持服二十七日释服。

布告天下，咸使闻知。

第三项是颂皇帝的业绩。这是策棱和如松等人一起起草的，文字不长，简要讲述了雍正皇上的业绩，而后是誓词。

整个仪式庄重、肃穆。

雍正皇帝晏驾上谕发来的同时，有新皇登基的布告。仪式结束后，即接到新皇乾隆的诏书《训诫宗室诏》。

接到训谕后，策棱就觉得应该向广大将士宣谕。于是，在吊祭雍正仪式的现场，他宣谕了皇上的训示——

治国之道，以亲亲睦族、移风易俗为先务，我朝宗室本来风俗淳朴，后因一二不肖之徒互相排挤,不知向善,致风俗敝坏。如弘春以其父获罪监禁为喜,弘㬙以监禁其兄为快,如此不孝不悌之人,岂会为国尽忠?宗室更有不顾品行、专以谄媚近御显要大臣为事者,实属有玷天璜。皇考洞鉴于此,不惮勤苦,谆谆教诲,至今十三年矣。其中有感恩戴德、谨守奉行者,亦有心怀不满,以为待己刻薄者。朕仰体皇考之心,整饬宗室积习,期归于善。嗣后宗室等务期革面革心,发愤自修,悔过迁善,庶几共享无疆之福。

随后,新皇又连续发上谕十四道,计为《禁陈奏祥瑞谕》《广开言路诏》《申禁各省贡献谕》《严禁地方官匿灾谕》《诫喻臣工诏》《治道当因时更化,宽严碍中谕》《转发吏部右侍郎孙嘉淦迁都察院左都御史〈三习一弊疏〉谕》《各督抚不得以"书生"相戒谕》《撤河南总督谕》《训谕督抚实心爱民谕》《严禁溢收耗羡谕》《严禁各省工程捐派谕》《治道贵乎得中谕》《训饬八旗节俭谕》。

从这些谕令中,如松看到了一位锐意进取的新皇。他很兴奋,觉得自己浑身是劲,愿意在这样的环境中拼搏进取。

仗打胜了,准噶尔已经被大大削弱,国之西疆出现了和平的曙光。

雍正十三年十一月,乾隆皇帝有上谕传来,曰:

翻阅完噶尔丹策零书札,可见彼仍希望请和,而言词中又略形夸大。朕仰遵皇考眷爱生灵之意,统计国家钱粮数目,无论准噶尔之和与不和,谨守我疆域,以养民力,他们来时不过是折挫锐气,自取败亏,是以深谋远虑,始建息兵之议。朕认为准噶尔二三年内还不至于起事,只是数年之后,我兵全部撤回,彼若潜过阿尔泰山梁,骚扰喀尔喀等游牧地方,唯时归化城兵不能快速到达,必使喀尔喀等寒心。这也是应筹画之事。若一味坐守,则数万兵丁远戍鄂尔浑等处,何时休息?其所费钱粮又将作何计较?

无论策棱还是如松,从上谕中都清楚不过地看出皇上对准噶尔一事的心思。

随后，又接到上谕，说：

准噶尔请和与否在彼，而防守在我，疆域既固，彼若请和，则允之；倘不请和，彼不得交易货财，数年后自致匮乏，倘此时深入内地，必自取亏败。是以令王大臣等详议现在守边息兵事宜，并使汝知之。

乾隆元年正月，策棱接到正月十七日发出的廷寄。说准噶尔汗使臣吹纳木喀觐见皇帝，谈判定界之事。还说雍正十三年闰四月，关于与准噶尔议和事，先帝谕示："欲成和好，须明疆界。"并具体指明以克木克齐、汗腾·格里，循阿尔台山梁，下索勒毕岭，至哈卜塔克、拜塔克之中，过乌兰乌苏，至噶斯口为界，以呼逊托辉至喀喇巴尔楚克作中间闲地。本月十一日，吹纳木喀至京，呈上准噶尔汗噶尔丹策零《表文》，该《表文》曲解先帝上述谕旨，说"哲尔格西喇呼鲁苏等处虽已指明我部边界，未经指明大国边界"。乾隆皇帝就此批驳曰："噶尔丹策零并不遵守先帝谕旨定界，却漫指哲尔格西喇呼鲁苏等处为尔部边界。"但他又向准使表示，若噶尔丹策零但求喀尔喀蒙古不得逾越哲尔格西喇呼鲁苏，尚可俯允；否则，不必再行遣使，双方各保其边境可也。准噶尔使臣吹纳木喀离京前，皇上于乾清宫召见，重申噶尔丹策零或遵雍正帝谕旨定界，或只要求喀尔喀游牧不过哲尔格西喇呼鲁苏等处地方，否则不必往返遣使。

准噶尔使臣回国后，长时间没见动静。此后，噶尔丹策零曾遣人致书喀尔喀车臣汗，说前大皇帝赐书令我等游牧不得过阿尔泰，想必非出大皇帝旨，乃喀尔喀台吉疑我逼近阿尔泰，怂恿部院大人为此耳。阿尔泰乃我祖父所赐，故难让给，自今和好后，尔我杂处何妨？若兴兵构怨，尔我两伤。况大皇帝为尔用兵，尔喀尔喀自当供应；即我兵至时，口粮亦不免取给于尔。

策棱报与乾隆皇帝，乾隆皇帝揣测噶尔丹策零意欲请和，又惮于遣使，故命策棱复函。

乾隆二年四月二十四日，遵照皇上的意旨，策棱以定边左副将军名义复函噶尔丹策零曰："如尔难于遣使，我当代奏，令尔使进京，共成和好。"

此后，噶尔丹策零派达什为使臣进京。使臣向乾隆皇帝转达噶尔丹策零提出之定界条件——请嗣后喀尔喀与厄鲁特各照现在驻牧。

乾隆皇帝见定界之事"有易竟之机"，遂命侍郎阿克敦为正使，旺扎尔、额默根为副使,前往准噶尔谈判。

达什离京前,乾隆皇帝在正大光明殿面谕准噶尔使臣道:

> 噶尔丹策零奏章朕已观览,其与额驸策棱书,亦经奏闻。奏内称"喀尔喀与厄鲁特请悉驻牧如故,彼此两安,庶几推广黄教,休养群生,伏乞大皇帝鉴悯"。观噶尔丹策零此次奏言,极其恭顺,有诚心求和之意,朕甚嘉之,尔等举止亦谨慎可嘉。但于分界之处,仍未指明,尚属蒙混。蒙古游牧无常,冬夏随时迁徙,若不指定山河为界,日后边人宁保无事乎?必彼此各守其界,无得逾越,庶可永固和好。又谕曰:朕为中外共主,无分喀尔喀与厄鲁特,并无欲益喀尔喀损厄鲁特之意,噶尔丹策零所请喀尔喀、厄鲁特仍驻牧如故,尚可以允从,但必须指定山河为界,我卡伦亦不能稍向内移。并告知达什等,即日遣使赴准噶尔谈判。

八月初,清使阿克敦等到达策棱驻地塔密尔。事先,策棱已经奏报乾隆帝,言三等梅勒章京如松此前已经到阿尔泰考察三个月,对那里的情形做了较为深入的了解,奏请允如松参加与噶尔丹策零使臣的谈判。此奏皇上已经批准。故而,阿克敦等自塔密尔启程,如松便加入了使团的队伍。

到达伊犁后,谈判开始。

准方首先提出要求,坚称阿尔泰属于准噶尔。准方副使名叫赫天钧,态度十分强硬。

清方阐述了自己的观点,说先帝雍正已经多次声明,双方之界为阿尔泰山梁。

赫天钧态度依然强硬。这时,如松问准方,说阿尔泰一向属于喀尔喀准噶尔,凭据何在?

赫天钧支吾其词,拿不出任何凭据。而如松则讲了阿尔泰一向属于的实据,他早已把三个月考察的情况进行了梳理,准方无法辩驳。

但准方随后耍赖,达什叫嚣道:"说什么界不界的,如因此一字动兵,即听动兵!"

谈判陷入僵局,赫天钧走到如松面前,用蹩脚的汉语道:"将军不只枪法了得,辩才也了得!"

如松这才认出,这赫天钧即是额尔德尼昭之战中,被他挑破了面额、割去半个耳朵的准军将领。

随后,清使阿克敦等人面见噶尔丹策零。噶尔丹策零则表示道:"以阿尔泰山梁为界,断然不可;但我断不过阿尔泰山岭。贵使回去但将此言具奏,大皇帝自然洞鉴。"

阿克敦等人随即启程回京。此次谈判历时两月有余,未取得任何进展。

噶尔丹策零遂又遣使臣哈柳等人随阿克敦至京,提出定界、撤退清方卡伦及进藏熬茶等要求。

十二月,哈柳等人觐见,乾隆皇帝则表示托尔和、布延图两处卡伦内移一事断不可行,但嗣后可不在托尔和、布延图等处修筑房屋、驻扎兵丁。最后,将清方定界立场表述如下:

一、准噶尔方面提出"循布延河,南以博尔济等处,北以孙多尔库奎等处为界",断不可行。

二、布延图、托尔和卡伦断不可移动,但科布多亦不复驻兵。

三、定界与否,亦非要事,但准噶尔不逾阿尔泰山梁,喀尔喀不逾扎卜堪。

四、此外无另议之事,故不再遣使。

乾隆四年年底,准噶尔汗国派使臣进京,哈柳为正使。路过塔密尔,策棱接送。十二月初十日,哈柳到达京师,呈献噶尔丹策零表章,提出:一、关于定界,同意大皇帝所言"定界否,亦非要事",双方可约定厄鲁特不过阿尔泰山梁,喀尔喀游牧亦不过扎卜堪。二、同意托尔和、布延图两处卡伦仍留在原地。三、准噶尔入藏熬茶请增加至三百人。四、关双方贸易,由哈柳面议。

十日后,准噶尔使臣哈柳等人觐见。乾隆皇帝谕示:"尔台吉噶尔丹策零奏章,朕已观览,悉遵谕旨,朕深嘉与之。进藏熬茶增至三百人,业已允行,至双方贸易,已命大臣与尔方使臣定议。"

直到此时,清朝与准噶尔以定界为中心的谈判宣告结束。这次谈判从雍正十二年八月阿克敦、傅鼐等出使准噶尔开始,中间往复周折,旷日持久,一再陷入僵局,其症结在于如何划定双方边界。最终,双方均作让步。清方同意"定界与否,亦非要事",但准噶尔方面保证不越过阿尔泰山梁,大清方面保证喀尔喀游牧不越过扎卜堪;噶尔丹策零则同意清方托尔和、布延图两处卡伦仍留原处。

乾隆五年正月二十二日,户部尚书海望等与准噶尔使臣哈柳等议定两国贸易事宜:比照俄国之例,准噶尔经由肃州、西安至北京贸易,四年一次,人数不超过两百人;至肃州贸易,亦定期四年一次,每次不超过一百人;为与中俄贸易之年错开,定于寅、午、戌年来京,子、辰、申年至肃;准噶尔商队应将启程及到境日期,事先报告清方边境大臣,以便遣官护理;嗣后准噶尔使臣来京,不得携带货物。

随后,军机大臣等又议定准噶尔进藏熬茶事宜:遵旨准许准噶尔三百人进藏熬茶,令其由扁都口边界前至东科尔贸易,事毕,由满兵五百名、绿营兵五百名护送前赴西藏。至藏后,有应办一切事宜,令驻藏副都统与郡王颇罗鼐妥议。

准噶尔使臣哈柳等人辞行前,乾隆皇帝又谕曰:

> 从此两境之人,永得安居乐业,朕心深为欣慰,故于噶尔丹策零所请之事,俱加恩允行。朕为万邦元后,振兴黄教,安抚群黎,乃朕本怀。即尔准噶尔等,亦视同内地之民,冀其永享升平之福,初无中外之别。

乾隆五年七月,乾隆皇帝向喀尔喀扎萨克等发出上谕,言"边境宁谧,与准噶尔和议告成,即将撤回内地兵丁,令其同心协力,教养属下人等,严守卡伦,巡哨防范",并命喀尔喀蒙古王等及军营大臣详议撤兵后驻防事宜。

至西路哈密地方,上谕说:

> 此处与准噶尔接壤,所住回民非与喀尔喀可比,则哈密之兵且不便撤回。西路之驻防,以安西总兵官改为提督,辖兵一万零二百名,其中派拨二千名驻扎哈密,两年一换;现在哈密驻防兵以次撤回。

> 北路驻防则照额驸策棱等之议,全部撤回内地兵五千人,用喀尔喀兵驻防哨探。

> 仍命额驸策棱督率北路军务。

照上谕所示,如松之部属应全部撤回内地的五千人之列。但因策棱以为准噶尔局势难料,遂奏请乾隆皇帝留如松之部暂驻,乾隆皇帝应允。这样,如松和他的牛录留了下来。

如松一面协助策棱处理准噶尔事务，一面照常抓紧军事训练。

乾隆七年二月，准噶尔汗噶尔丹策零派达什出使俄国，如松不晓得达什此次出访意图何在。后来，如松了解到，达什去彼得堡是向俄国政府递交噶尔丹策零有关准、俄边界信件，申明准噶尔与俄国划定国界在黑鄂木河河口禁林，声称："如果你们在我国土地上依旧这样待下去，那就是把我们的土地据为己有，而我们是不能交出这些土地的。"

这样，如松放下心来。

乾隆十一年初，准噶尔都城发生麻疹疫情，墨得格齐巴图鲁桑等十三人出痘身死，其属下出痘死者甚众。噶尔丹策零非常害怕，便到从前夺取的哈萨克游牧之北地方避痘，其所属的吉尔吉斯部头目乘机作乱。后噶尔丹策零返伊犁，派兵将其头目擒杀。随后，又有阿木宾禅汗所阿卜都尔噶里木部落与准噶尔起衅，噶尔丹策零调遣厄鲁特兵两万四千、哈萨克兵四千、吉尔吉斯兵两千，前往进剿。不久，噶尔丹策零病故。

策棱奏报了准噶尔局势的变化。此时，京中有人建议，趁准噶尔内乱，派兵征伐。乾隆皇帝不允，说："乘伊有丧之际发兵征讨，此事朕断不为。"但向策棱等发出上谕，筹备防范。

光阴荏苒，不觉进入乾隆十五年。二月间，策棱得病，之后病情恶化，不治而亡。如松一直守在策棱身边，对策棱的死，他悲痛万分。

策棱病时，乾隆皇帝曾派遣御医驰驿前来诊治。及卒，诏令其子扶楱来京。乾隆皇帝称其"伟绩丕昭""寄重长城"，褒其"奋身血战，振威绝徼，为国家长城"。

策棱棺椁起运的那天，如松一直守在灵前。起运后，如松跟着灵柩陪送三十里。

遗体运至京师，柩到清河，乾隆皇帝亲临奠酒，命合葬在固伦公主园寝。特赦配享太庙，为蒙古亲王从未曾获得过的恩典。

第三章 伴驾随行，南巡路上见闻多

乾隆十五年十月，如松收到通知，皇上将于明年南巡，要他率领天筑牛录回京随王伴驾，时间大致五个月。

乾隆皇帝南巡之事，早已传开。如松知道，皇上南巡乃盛世之盛事，有机会参与，实为三生有幸。另外，使如松感到高兴的是，天筑牛录已是声名远扬，原说"连皇上也知道"，听起来不过是溢美之词，现在看来，此话当真。

圣旨要求如松和天筑牛录在年底前赶到京城。十一月初一日，如松率领天筑牛录启程。一路之上的情况不必赘述，腊月下旬，如松和天筑牛录赶到京畿。

进入良乡地界，内务府和礼部的官员正在等如松。内务府带来了如松晋爵的喜讯，皇上赐他为镇国将军。吏部的消息也让如松感到兴奋，皇上将在良乡的郊劳台迎接如松和天筑牛录。

皇上在郊劳台迎将犒军，是国家一项重大典礼活动，所迎将领必为凯旋之将，且身份和地位极高。而他如松，只不过是一个不起眼的梅勒章京，现在虽说成为镇国将军，可像他这样的爵位，在大清国可以说多如牛毛。可见，皇上的这一行为是史无前例的。为什么？如松心里在琢磨。

礼部官员前来迎接如松，意在向他讲明当天的仪式，届时要他照办。

在良乡驿站，如松等了两日。

举行仪式的当天气温虽低，但太阳早早地出了山，照亮着大地。

看上去，劳军台是新建的。台高约三尺，南向，台面方圆五十丈，东西北三面由汉白玉石梁石柱构建。台前是一片平坦的广场，是新辟的，刚刚被轧平。如松的牛录在西，意在西征凯旋之意。

仪式开始后,如松率领天筑牛录进入广场,广场的东面和西面已由满洲八旗列队,钟鼓齐鸣。

如松在台前下马,由右侧缓步登台。乾隆皇帝端坐在台子中央的御座之上,御座之后,有数名大臣站定。

如松已经看清楚了,皇上中等个儿,身子硬朗,面色洁白。由于行的是抱膝礼,如松可以清楚地看到皇上的表情。皇上双目炯炯,一直射出一种兴奋、自信而自豪的目光。

皇上赐了座,又命献茶。一名太监给如松送上了茶,如松谢过,抿了一口后将茶杯交还给太监。而后,就听皇上道:"朕举行郊劳之仪,一是表彰天筑和爱卿等所率天筑牛录的不朽战功;二是彰明我大清由圣祖康熙皇帝和皇考雍正皇帝开创之盛世华章;三是朕即要南巡,将天筑牛录体现的西师精锐以及其誓死报效、战无不胜之勇气贯于南巡途中,壮朕巡行之盛,表我山河之美。"

乾隆皇帝的这段话,在礼部向如松所讲的郊劳仪式中是没有的。按照礼部官员的述说,献茶之后应该是皇上询问征战经过。现在看来,皇上这番话,实际上是在讲为什么要举行这一次郊劳仪式。看来,皇上的意思和如松内心所琢磨的是完全一致的。

随后,又听皇上说:"爱卿一路鞍马劳顿,接下来便是陪护的辛苦。下面的仪式是人马向京城进发,算得上凯旋了。"

接着鼓乐喧天,四周围观的百姓也活跃起来,簇拥着上来一睹皇上的天颜。

如松已经给岳父写信禀报了他来京的消息,关东木夫妇带着女儿天梳也来到京师,在内务府安排的临时住处住了下来。如松进京后有许多事情急着要做,腾不出空来去看他们。诸事安排妥当之后,如松才与岳父岳母妻子以及儿子见了面。岳父岳母思念儿子天筑,又哭了一场。如松安慰了二老,还特别说这次皇上在举行的郊劳仪式上,褒奖了天筑。

在如松眼里,天梳依然那样美。十几年过去了,他们彼此倾诉了离别思念之情。对这次短暂的相会,两人都格外珍惜。

永修已经成人,哪里长得都像如松,高高的个子,挺挺的身板,眉清目秀,英气勃勃。在家里人相见的过程中,儿子一直站着,很懂礼貌,这一切都使如松感到异常高兴。

永修已经二十一岁,姥爷姥姥已经给永修初定了一门亲事,等如松回来做最后定夺。姑娘是本村人,人品模样都好。尤其是天梳,非常赞成这门亲事。如松认为人品好,大家看得上,这就是缘分,便同意了这门亲事。

全家见如松如此表态,都非常高兴,事情就这样定了下来。

在家里住了一夜,第二天清早,如松就去了宫中,继续做南巡的准备。

最要紧的是天筑牛录队列的操练。按皇上的要求,天筑牛录除护卫任务外,还要在江宁参加一场阅兵仪式。天筑牛录名声在外,受阅时不能有任何闪失。在郊劳仪式时,天筑牛录走在广场上,队列齐整,斗志昂扬,如松看得出,皇上是投了赞叹的目光的。这次江宁受阅,更应该表现出天筑牛录的特色:整齐划一、军容威武、精神抖擞、声威如山。

晚上不能训练,如松也没有给牛录放假,这样才能保持军士们的好士气。因此,他也和大家住在了一起。

有时,如松也安排一些活动,了解南巡相关人事。例如,郊劳仪式时,皇上身边站着几位大臣,这些大臣肯定是跟皇上一起出巡的。如松向礼部官员打听他们,礼部官员一一向如松做了介绍,说当天站在皇上身后个子最高的那位,便是庄亲王允禄,他是这次南巡的总协管;而庄亲王左侧的那位,便是东阁大学士梁诗正,皇上的谕令文稿皆出他之手;梁诗正左侧的那位,则是协办大学士孙嘉淦。

这些大臣如松都听说过,尤其是孙嘉淦,乾隆皇帝登基时发"十二训谕"中就有他的《三习一弊疏》。如松还记得,先帝即位时,孙嘉淦曾上疏提出"亲骨肉、停捐纳、罢西兵"的主张。现在皇上南巡,其中有阅兵一项,又从西北前线调回天筑牛录陪护,如松不知孙嘉淦对此有何看法,遂决定去拜访一下他。

在见孙嘉淦之前,如松脑子里一直闪现着孙嘉淦的"八自戒":事君笃而不显,与人共而不骄,势避其所争,功藏于无名,事止于能去,言删其无用,以守独避人,以清费廉收,对他已存敬重之情。等如松到了孙嘉淦的客厅,见其中的陈设,就感到"室如其人"。

两人见面寒暄了一番后,如松就把来意讲明了,希望更多了解有关皇上南巡的事。孙嘉淦思考着,没有立即讲什么,厅里出现了片刻的沉寂。

大概为了避免这种尴尬,孙嘉淦向如松道了声:"用茶。"又摇摇头说道,"从哪里讲起呢?"

如松见状,接话道:"譬如,皇上为什么要南巡?"

"还有呢?"

"皇上南巡日程满满,重中之重是什么?对这样的巡行,大人有什么看法……"

听到这里,孙嘉淦笑了笑,道:"皇上这次南巡,意图有五:其一,考察民情;其二,考察文治;其三,考察武功;其四,考察河工;其五,展示孝道。其文治,包括考察百官从政实绩、重用江南名士、起用已罢而实无大错之能臣,增仕人名额,开设新科;其武功,南巡中将有两次阅兵。调天筑牛录之事,圣上在郊劳时已经讲明,'将天筑牛录体现的西兵精锐以及其誓死报效、战无不胜之精神,贯于南巡途中,壮朕巡行之盛,表我山河之美';其河工,途中将过清口,阅钱塘。两处是现今举国河工之枢纽。其孝道,皇上此次南巡,是遵皇太后之命而行。皇太后少时生活于南国,对江南情有独钟。皇帝大孝,遂依太后之命,巡幸江南,颐养太后天年。现在先讲文治第一项,即考察百官从政实绩。这次南巡,途经直隶、山东、江苏、浙江四省。涉总督、巡抚、知州、知县官员数百名。大家治理如何,百闻不如一见。何人优,何人劣,一看地面便知一二。第二项,重用江南名士。这次巡行,少不了名士,而起用已罢而实无大错之能臣,是此次南巡考察'文治'的重头戏。原大学士陈世倌是第一个起用的,而对其他人,皇上心中有数。文治中的第三项是'增仕人名额,开设新科',南巡中,将在江宁、杭州各举行额外科考,京城科考的动人场景将在两地重现。再说河工。皇上曾说:'南巡之事,莫大于河工。'又说,'计民生之最要,莫如河工海防'。乾隆七年,黄河、淮河同时涨水,江苏、安徽的海州、徐州等府五十余州县水灾甚重,灾民多达八百万人。皇上说他也要像皇祖康熙爷那样看重河工海防,把它视为南巡的第一要务。"孙嘉淦是越讲越上劲,喝了口茶继续道,"考察武功之事已如上述。古人言:'先王耀德不观兵。'这实指以德治国,而不是以力治国。兵不能不要,孔子就有'足兵'之说。现皇上在西边用兵,出于不得已。不加兵,无宁静之边。镇国将军之天筑牛录,英勇善战,是应该大力褒奖的。皇上破格郊劳犒师,并由天筑牛录在南巡中陪护,意在其中。要知道,康熙爷六次南巡,每次随从都不超过三百人。想想看,这次皇上南巡随从将近三千人,马匹近六千匹,另有四百辆骡车、八百匹骆驼载物,行动起来浩浩荡荡,逶迤数十里,下榻后占半个县。这是一个大舞台,在这个舞台上,将围绕这五事上演一出出大戏。"

如松听完,觉得关于皇上的此次南巡,他已经了解了个大概。

正月十三日,乾隆皇帝的第一次南巡开始。
当日碧空万里,太阳驱赶着夜留的寒风,给人们带来暖意。

先行的大批人员集合于午门之内,启行的命令发出后,乐声骤起,队伍整齐地越出奉天门,尔后向南行进,足足半个时辰后,乾隆皇帝才出乾清宫,跨上了他的战马。

当日,乾隆皇帝骑着一匹白马,头戴黑色行冠,身穿石青色行褂、黄色行裳、足着黑色缎靴。撑着一柄九龙曲柄黄华盖的侍从骑着一匹棕马,紧随其后。乾隆皇帝的马前,是由三十名骑兵组成的护卫队,他们的队伍呈半圆形;乾隆皇帝的两侧,另有骑兵组成的护卫队,他们分作两排缓缓前行,乾隆皇帝的身后,是随行大臣的马队,再往后是后妃的车辇。皇太后乘一顶十六人抬着的轿子,后面依次是皇后和几名皇贵妃的车辇。最后,则是跟随的太监。

在道路的两侧,跪着留京的臣工。他们将目送皇上前行,一直到听到"平身"的命令为止。

巡行是公开进行的,京城并不戒严。这天,几乎全城的百姓都聚在了皇上出城的道路两旁。为了维持秩序,早有九门提督派出的军士站立道路两侧。他们各有五步的距离,庄严地站得笔直。

乾隆皇帝出奉天门后,两旁百姓的呼声就压过了乐声。对这种热烈的情景,乾隆皇帝心中是十分惬意的。

如松骑着他的战马,紧紧地跟随着乾隆皇帝。

出城后行之不远,队伍停了下来。原来,乾隆皇帝要回马问候一下皇太后。到了皇太后轿辇之前,他下了马,扒开轿帘问候皇太后感觉如何?皇太后说一切都好,乾隆皇帝这才放了心。乾隆皇帝还去后面问了皇后,皇后也说一切都好,乾隆皇帝这才拨马返回来,队伍继续前进。

大队人马到卢沟桥停了下来,乾隆皇帝要在这里驻足。

上一年,乾隆皇帝来卢沟桥曾赋诗抒怀。此次再来,有感于卢沟桥之雄伟,又写诗传于随行诸大臣,曰:

> 石桥卧冻波,来往行人渡。
> 乘时每断流,狂澜归何处。
> 去岁决畿南,至今困沮洳。
> 固愧人力为,讵容诿诸数。
> 疏浚付河臣,古今重防护。

随行诸大臣纷纷称赞,如松也有幸看了御诗。在这首诗里,已有了皇上为治河焦虑、操心的内容。

随后,大队人马继续前行。队伍进入良乡,停于黄辛庄行营,这是南巡的第一站。

黄辛庄行宫规模宏大,占地达四十余亩。行营设计精巧,建筑宏伟,构造别致。行宫三进院落,分为三路。大殿两侧,松柏参天,太湖石堆砌的假山构成一座有趣的去处,别有洞天。

当晚,皇上赐宴。因为第二天就是上元佳节,宴后,众人在行宫中观赏火戏,热闹非常。

附近的百姓都赶来观赏了春灯,偏僻的荒野顿时沸腾一般。乾隆皇帝见状也感慨万千,于是挥毫赋诗,以表心中的喜悦,曰:

> 冬前回跸因巡豫,春孟登程为渡江。
> 两月风光那争异,闲斋日影渐移窗。
> 来往云何不惜劳,勤民匪止为游邀。
> 人文江左遥相望,却虑经临句未豪。
> 十六年来厘保赤,近光引领自舆情。
> 纵饶解泽输蠢涌,有惭苍生爱戴诚。
> 浙东西及大江南,分付韶光莫太酣。
> 指日六飞应驻跸,观民余暇试清探。

南巡的第二站是涿州,在这里建有涿州行营。

涿州行营是在宝庆寺的基础上建造的。改建前几经商讨,最后决定不再保留原有寺庙,而是将寺庙建筑推倒重建。这样,寺中大佛殿改为皇帝休息的正殿,寺院的东院相对独立,改为皇后寝宫。寺院的后殿安静而又安全,经乾隆皇帝审定,这里辟为皇太后寝宫。皇太后的寝宫之后,建有高大的观风楼。观风楼后,则广植树木,遍栽花草,成为一个带有野趣的后花园。

督造大臣明白,涿州行宫的建造,要充分照顾皇上在造园方面的爱好和情趣。所以建造时,在正殿之前,搜集奇峰怪石堆成假山,形成进入正殿之前的一道屏凤。进入正殿,必须经过蜿蜒曲折的甬道,穿过假山方见大殿。山上的太湖石、云片石、青石,层层叠叠,斑驳陆离,纵横交错。假山山上有峰,峰上集雾;山下有洞,山中有洞,山峰下,怪石嶙峋,犬牙交错。恍惚之间,犹如置身于蓬莱仙境。

建造之时,乾隆皇帝对这里充满想象。现在实际入住,觉得比想象的还好,因此十分欢喜。

行程安排正月十三从京城启程,就是为了来涿州过上元节,因为涿州的灯节是驰名九州的。在良乡的黄辛庄行宫,大家曾经观赏了春灯,而那里的灯比起涿州来,可谓不值一提。

当晚,皇上再次赐宴,款待随行大臣和章京侍卫,以及接驾的直隶大小官员。席中,皇上向直隶总督方观承宣谕,蠲免直隶所欠税银,方观承率直隶官员跪谢。

之后,皇上到后殿向皇太后问安,并请皇太后出殿观赏彩灯。皇上出殿后发现,行宫院内已经站满了百姓。大殿去后宫的路上放了岗,站岗的军士彼此相隔三步,形成一道警戒线。乾隆皇帝一露面,人群中便爆发出震耳欲聋的欢呼声。

殿前,彩灯一经点燃,整个行营便是一片灯海。

皇上、皇后和随行妃嫔陪同皇太后一起观赏,大臣们簇拥着,大家不时停下对某灯某彩评论一番。如松也在大臣的队伍中,他随时警觉着。

出殿后,直隶总督方观承见到院中百姓后,想起皇上蠲免直隶所欠税银之事,便请皇上恩准他当场宣布。得到允许后,方观承站到一个高台上让大家静下来,随即他宣布了皇上蠲免欠税之事。话音刚落,就见下面百姓纷纷跪了黑压压一片,并听到一阵嗡嗡的谢恩声。

百姓的热情点燃了乾隆皇帝内心的热火,送皇太后和皇后回寝宫后,他提出要到涿州城去看看百姓的彩灯。

涿州的彩灯是闻名神州的,古已有观灯"南有扬州,北有涿州"之说。

中国元宵节闹花灯始于西汉,到了唐代,元宵节成为一个大节。当时在花灯制作上,各地相互攀比,争奇斗艳。灯匠艺人挖空心思,花样翻新,制作出各种各样的灯笼。扬州花灯,被公认为天下第一。传说唐玄宗李隆基对扬州花灯曾十分好奇,特地微服私访到扬州来观赏。为了保持花灯第一的声誉,扬州的灯匠们约定,制作花灯的技巧概不外传。这些灯匠中,有一位涿州籍匠人名叫王兴。涿州的花灯艺人们为了与扬州争第一,不惜重金召王兴回乡。王兴知道家乡有此愿望,遂带来了绝妙的扬州花灯技术。从此,涿州花灯吸收南北之长,大放异彩,最终与扬州花灯并驾齐驱。

且说乾隆皇帝在随行大臣们的簇拥下进入涿州城,百姓也尾随而来。进城后,各式各样的彩灯早已映入眼帘。这里店铺林立,家家悬挂各式各样的奇巧花灯。糕点铺挂"大寿桃灯";鞋帽店挂"鞋灯""帽灯";羊肉铺挂"羊头灯";烟店挂"烟袋灯";酒店挂"武松打虎灯"。千姿百态,各具匠心。

乾隆皇帝看得心花怒放,他听说这里有一道"夹城",其彩灯十分有名。直隶总督方观承应声在前领路,没多久,大家便到了夹城。

夹城的城门称为"通会门",夹城上有重楼三间,名叫"通会楼"。此楼俗称鼓楼,楼高四丈。鼓楼上,左鼓右钟,是涿州的标志建筑。

乾隆皇帝登上鼓楼,全城的景象尽收眼底。当日,从通会楼至南门设置了七十二架木制大牌楼,在十字路口设置灯棚七座。大街小巷,张灯结彩,喜气洋洋。某处在耍龙灯,某处在舞狮,某处的人们踩着高跷,燃放着鞭炮,乾隆皇帝在高处都可以随时看到。他兴奋至极,流连忘返。

之后,南巡的人马进入山东境内。德州是山东驻跸的第一站,进入德州地界后,眼前一马平川,乾隆皇帝心情激动,写下了《入山东境》述怀:

不争十里度平川,民俗全分齐与燕。
稍幸秋粮积囷篦,更逢春雪被原田。
初晴日上笼轻霭,薄冷天低幕晓烟。
运水北流津口近,那堪回首忆前年。

到达德州大营后,乾隆皇帝想起了已故皇后富察氏。前一年,他东巡到泰安后,皇后即感身体不适。为不影响乾隆皇帝的行程,她强忍着一直陪同皇上,恭奉皇太后上了泰山。在山上她又受了风寒,下山后病情加重,在济南休养治疗了数日后启程回銮,到德州后不治,最后死于德州大营。

乾隆皇帝触景伤情,不免悲痛起来。所以在大营歇了一夜后,他清晨即起身去码头上船。

按照安排,乾隆皇帝一行要在这里改行水路,沿大运河继续南行,一直到终点杭州。

码头为这次巡行重新进行了修整,特别是码头上舱道,宽七丈,起于河岸,成二十度角渐渐下倾,到皇上所乘的翔凤艇刚好与甲板平。

但乾隆皇帝到翔凤艇后并没有上船。他侍奉皇太后、皇后、妃嫔上安福舻后,自己才上了船。随后,庄亲王允禄、梁诗正、孙嘉淦等几位随行大臣也上了船。

翔凤艇是一艘大船,其船头宽而长,两边船舷各有十二名船工。船后是甲板,上有彩篷,御座摆放在甲板前方。乾隆皇帝端坐在御座之上,沿岸风光一览无余。允禄、梁诗正、孙嘉淦等则坐在乾隆皇帝身后,再后面站着的是皇帝的侍卫。如松有一座位,置于站着的侍卫之前。

离翔凤艇不远处,有数十只巡逻艇。

其他随行人员所乘船只,紧紧跟在翔凤艇和安福舻之后。江面之上,数百条船的船队相继而行。此后,一直到杭州,巡行的顺序大体如此。

德州之后是济南。筹备南巡之事时,乾隆皇帝明确表示,他不进济南。

过了济南,巡行的大站是泰山,乾隆皇帝要上山。在上山之前,乾隆皇帝对大臣们说泰山是个有故事的地方,大家不可妄过。

泰山脚下建有岱岳行营,乾隆皇帝一行在这里住了一夜后,即照上山行程进行了安排。

首先在岱庙举行了祭祀,而后在院中鉴赏古物。乾隆皇帝和随行大臣先看了汉柏,他抑制不住心中的兴奋,便题诗一首:

瑶阶汉柏盘童童,柏下吟情想象中。
不及同时嵩岳树,受名曾共颍川冯。

而后,便顺中路上了山。

上山的第一站,便是岱庙坊。康熙十一年,兵部右侍郎、山东巡抚赵祥星会同提督、布政使施天裔建了这座石坊。石坊造型雄伟,雕工精细,重梁四柱,周身浮雕,立柱之上,镌有一副对联:

峻极于天,赞化体元生万物
帝出乎震,赫声濯灵镇东方

乾隆皇帝来过泰山数次,他对岱庙坊的设计和雕工都非常赞赏,每次都在这里做长时间停留，琢磨它的妙处。

此后，便过一天门、孔子登临处、红门宫、斗母宫、壶天阁、中天门，过了五步桥便到了五松亭。这时，乾隆皇帝停下了。他和随行大臣是坐轿子上山的，所以说不上累。

大家也停下来。

"这里有故事了。"乾隆皇帝指着孙嘉淦道，"你来讲讲这五大夫松的事吧。"

孙嘉淦听后回道："皇上，无非是五大夫松不是五棵被封的松，您让臣能够讲出什么名堂呢？"

乾隆皇帝笑道："你也有知难的时候……"

孙嘉淦道："臣可一向谨慎。"

乾隆皇帝又笑道："未必吧？"

孙嘉淦也笑着回道："也是，臣对着五松亭真的有几句话要说。"

"那就说来听听。"

"臣不久前读《史记》，有了新的发现。《史记》中有关秦始皇封禅的记载，与如今五松亭的位置是不相符的。《秦始皇本纪》中说：'二十八年，始皇东行郡县，上邹峄山。立石，与鲁诸儒生议，刻石颂秦德，议封禅望祭山川之事。乃遂上泰山，立石，封，祠祀。下，风雨暴至，休于树下，因封其树为五大夫。'这段话说明秦始皇上泰山，五大夫松确实在路上。但这段文字也说明，它是在秦始皇下山的路上。那如今五大夫松是在原来的所在之地吗？《史记·封禅书》记述说，秦始皇'自泰山阳至巅'，'从阴道下'。这两处记载合在一起，五大夫松应该在泰山的阴面上。而现在的五松亭却在泰山的阳面，即在中天门和南天门之间。这是怎么一回事呢？是司马迁记错了吗？司马迁在《封禅书》的最后有这样的话：'余从巡祭天地诸神名山川而封禅焉。'说明他曾跟随汉武帝封禅，上过泰山。秦始皇封禅留下的遗迹，司马迁肯定是留意观察的。对秦始皇遇风雨躲在松下，儒生们曾有一番重要议论，这种议论对后世影响很大，司马迁一定不会弄错它的位置。可他的记述与现在五松亭的实际位置南辕北辙，那是什么原因？臣推断，很可能是后人像弄错了'五大夫松'的真正意思那样，弄错了它的位置，有了种种附会。而现今五大夫松的所在之处，实际已非当年之地了。"

乾隆皇帝听后严肃起来，道："这样一说，还真的是个事。朕常想，那时做个官真是容易得很，有人在下雨时给始皇撑了一把伞，就闹了一个五大夫的官当。那还会不会有许多人腋下夹一把伞,等着下起雨来给始皇撑起来,也闹个五大夫的官风光风光。这当然是讲笑话,孙嘉淦提的问题我们不能不重视,今后我们怎么看这些'五大夫'就得想想了。另外,读书就应该触类旁通,多加思考才是。"

众人听后齐道:"皇上圣明。"

又往上行,下面报上来,说皇太后和皇后尚在斗母宫,传懿旨让皇上先行。乾隆皇帝等人过了十八盘,便是南天门。到达南天门后,大家歇了下来。孙嘉淦奏道:"皇上,准臣一啸吗?"

乾隆皇帝道:"准。"

孙嘉淦遂面向南大吼道:"天门一长啸,万里清风来!"

这时,天空飘下钱大的雪花,乾隆皇帝打趣道:"这一吼,随着万里清风,飞来的是鹅毛大雪。"

侍者上来给乾隆皇帝打起黄盖,乾隆皇帝摆手道:"不要,这才有趣。"

雪越下越紧,几乎对面不见人了。这时,梁诗正凑上来道:"皇上,臣得一打油诗,能咏否?"

乾隆皇帝点了点头道:"说来听听。"

梁诗正遂吟道:

江山一笼统,不分地与空。

钻进鹅绒被,身上结成冰。

"做起这样的下里巴人来,你就显得不足了。"乾隆皇帝走了两步,又笑道,"但'钻进鹅绒被'一句甚妙,正合眼前之景。"

梁诗正听后道:"下一句不好吗?'身上结成冰'就不是眼前之景吗?"

乾隆皇帝笑道:"看来不捞个好,你是不收兵的——好!妙极!甚佳!千古绝唱!"

大家听后都笑了起来。

乾隆皇帝又道:"不晓得众位大人穿得够不够暖和。不过,穿少点也无妨,反正咱们钻进了鹅绒被中,外加此处海阔天空,我们何不在这里讲讲有关南天门的故事?"

众人见皇上兴致勃勃,自是高兴,均回道:"皇上说的是。"

乾隆皇帝道:"题目朕已经拟了,关于南天门的故事,哪个先来?"

孙嘉淦回道:"有永贵巡抚大人在,臣等哪个还敢出头!"

乾隆皇帝道:"那永贵爱卿就讲一个。"

永贵,字心斋,拜都氏,满洲正白旗人。自笔帖式授户部主事,后擢云南布政使,乾隆十四年为山东巡抚。他是一个不擅言谈的人,大家点他的名,他只好应道:"圣上点了名,鸭子也得上架。奴才不擅谈吐,故事谈不上,而此处南天门倒有一段典故可讲。"

乾隆皇帝笑道:"讲经论典,那是极为雅致的故事了,快讲来听听。"

永贵便道:"那奴才就讲了。这南天门原来是没有的……"

乾隆皇帝很高兴,不住地插科打诨,听到这里道:"这是废话,不用说南天门,这山上的一切人文景观,哪个是原来有的?"

这话又把众人逗乐。

永贵倒有点不好意思,继续道:"如今的泰山,有一条笔直的'登天之梯',下起岱庙,上至南天门,它雄伟、稳重、神奇,这大大加深了人们对泰山的崇拜和爱慕之情。而其中的南天门工程,则是泰山景观设计的点睛之作。现存的从岱庙到南天门的通天线,已经不是当初的原貌。原先,十八盘的最后一段并不是像现在这样直上南天门,而是在过对松亭不远处折向东,直奔碧霞祠。原有的道路缩短了登顶距离,减缓了最后一段路程的坡度。从效率的角度讲是无可非议的,但就整体而言,这是一个缺陷。因而照原先设计而成的悬梯一般的道路,在半山腰消失了,这给人的感觉是它并没有通天。做出改观的是元代的道士张志纯,他经营泰山几十年,看出了这一缺陷,便做起了打通南天门的工程,即取直十八盘的登山路径,使中轴线在最后的一段,对准飞龙岩和翔凤岭的山垭笔直向上。这样做自然增加了登山者攀登的难度,却使仰观朝天的效果大大增强。有意思的是,张志纯还在中轴线的尽头,即飞龙岩和翔凤岭的对接之处修起了一座摩空阁,使它成为天梯的一个收束。这个摩空阁,就是现今的南天门。这样做的结果,第一,有了这条取直的路,才有了朝天者登天的感觉。第二,有了南天门,朝天人才有了一个明显确定的目标。因此,张志纯的南天门天梯的改道和摩空阁的修建,是泰山人文景观改造的点睛之笔,很值得称道。"

乾隆皇帝听后,给永贵鼓掌道:"讲得简要、明朗。朕在这里停下来,就是要听这段故事。好,咱们继续前进!"

过了天街,就是紫霞祠。到了祠前,乾隆皇帝停了下来,径直进入祠内。

早有先期到达的官员和祠内方丈出迎,大家随乾隆皇帝进入后院的一个大厅了,那里早已茶水侍奉。乾隆皇帝喝了一杯后,让大家坐下。

如松跟了进来,站着侍奉。

乾隆皇帝又问道:"今天是二月初二日。大家哪个晓得一百零七年前,就在这里,发生了一段什么样的故事?"

众人听后面面相觑。

乾隆皇帝看着交头接耳的大臣们,有点失望。

就在这时,如松上前轻声道:"奴才略知。"

众人的目光一下子转向如松,乾隆皇帝也有些惊愕,道:"那你说说看。"

如松从容回道:"一百零七年前,也就是崇德八年秋天的一天,饶余敏亲王阿巴泰率军对明朝进行奔袭战,回军路上,饶余敏亲王率众将上泰山,由泰山紫霞道长做向导,游览了泰山诸景。行至此处,众人曾赋诗助兴。"

乾隆皇帝有些吃惊道:"爱卿所言极是。饶余敏亲王那次奔袭,经明朝数省,犹入无人之境。到泰山脚下,周围平静无敌,饶余敏亲王遂上了山。他们在山上赋诗抒情,表露了我大清誓入中原的决心,字字珠玉。如松,你可记得他们的诗吗?"

如松回道:"略微记得几首。"

"那你就说说看。"

如松道:"当时跟饶余敏亲王一起上山写诗的,有顺承恭惠郡王爱新觉罗·勒克德浑,大学士范文程、宁完我、刚林、希福,刑部汉承政李云、户部汉承政鲍承先、工部汉承政张存仁,副将祖可法、忽必烈等。饶余敏亲王阿巴泰第一个写了,是'岱宗青青,高耸空中。仰南坐北,扼西镇东。'"

讲到这里,众人无不惊愕如松的知识渊博,记忆力出众。

此时,乾隆皇帝又问道:"你可记得范文程的诗?"

如松回道:"记得。'恢恢宏宏青未了,五岳独尊阅八荒。岩生碧色接地气,松起云涛连天乡。悠悠历尽千年事,只缘圣体寿无疆。今日登临身为客,又来不再是异邦。'"

等如松说完,乾隆皇帝又接着道:"这些诗中,朕最喜欢的还是忽必烈和勒克德浑的两首以及紫霞道长的一首。那时,众人推忽必烈和勒克德浑的第一,说道长的'精妙绝伦'也不为过,朕看他们的眼光很准。'岱宗青青帝王气,圣迹处处顺序排',多好的句子!不来泰山,你不明白这两句的美。'天门挂梯云中起,皇顶嵌碧天际来'。将通天梯写活了,写神了! 当时忽必烈仅只是一员副将,所以说'借尊微躯居高位,渡化凡体上瀛台'。最后两句,'最喜浩空降祥瑞,清廓宇宙明日来',不但写出了当时我大清要入主中原的雄心,也写出了我大清必主中原的决心!勒克德浑的诗也是第一流的。'平生慕博大,喜浴日月风。今日凌此顶,方知宇宙清',多么美呀!道长的诗合乎他的身份,前四句是泰山主人的身份。他生活在泰山,了解泰山,所以才有'岱宗青青圣洁地,石径漫漫弥松香。山露天门绕紫气,泉隐皇顶成暗江。关山有径千行露,风月无边万层霜。酿成洁白自天降'这样的好句子。而他又是站在大清一边说话的,于是有'明天圣体终换装'这样的期盼。这是为大清唱诵,这是为大清祈福。"

这番话表明,乾隆皇帝不但知道这段故事,而且还非常熟悉。他评论忽必烈、勒克德浑和紫霞道长的诗,说明他对那些诗已经烂熟于心,这让大臣们佩服得五体投地。

当然,在座的大臣对如松也另眼看待了,他可不是一个只会冲冲杀杀的武士,而是一个仪表堂堂、满身雅气的儒将。

乾隆皇帝有些好奇,问如松怎么会知道这段故事,而且记得阿巴泰等人的诗?

如松回道:"奴才的叔叔喜爱史书,他读过张存仁所撰《随军奔袭记》,其中记述了这段故事。叔叔认为那些人的诗好,让奴才谨记。奴才也以为好,就把这些诗记下了。"

"朕不久前也读了这本书,故此才有了上述问题,看看臣工们是否有人看过这本书。"

乾隆皇帝解释了一番,心想他初看如松时,就觉得如松是一个可以放心任用的人。现在,这个人不但可以放心任用,而且能够放心任用。

乾隆皇帝等人继续向上攀登,再往前就到了玉皇顶。这里有宽阔的地面,好像特地为祭祀活动搭建了一个平台。从上古时期开始,许多帝王就在这里演出了一出出祭奠天神的大戏。

在乾隆皇帝的心中,在泰山封禅是神圣的。他闭上眼睛一数,大凡来泰山封禅的帝王,都认为自己江山治理得好,很有作为。封禅,是他们文治武功的记录,是他们对自己行为的肯定。所以,乾隆皇帝每次到达玉皇顶,脑海里总是充盈着古代帝王在这里焚薪膜拜的画面。乾隆皇帝是很自负的,他不认为自己对社稷的治理比史上哪一个帝王差。抱着这样的心态,他总喜欢在玉皇顶寻觅上泰山封禅的遗迹。上一次来,他就考察了秦始皇的刻石,汉武帝的无字碑,光武帝的玉牒,唐玄宗的《纪泰山铭》等。此次,他对这些古迹依然情有独钟。

雪下得更大了,大家的帽子上、眉毛上、肩上都积满了雪。随身太监几次上来给乾隆皇帝掸雪,他都拒绝了,道:"大雪中,君臣在泰山极顶谈史论道,从古到今没曾有过,今天,朕要创这个第一。谈史,谈什么呢?朕想泰山顶上这块地方,开天辟地之后,是什么人第一次打破了它的平静呢?"

这时,孙嘉淦接话道:"臣来讲讲吧……臣想象,很久很久以前的某一天,一群人在一位上了年纪、身材高大、仪表威武之人的率领下到达了这里。他们身着兽皮,脚上裹着蒲草,个个神情严肃。上得山来,他们有的手持石斧,刨起山巅所积之土,有的用兽皮把刨起的土运到山的最高处。就这样,他们很快筑起了一个土堆,修成了一座坛。在这之后,大家将找到的干柴堆在坛上,在柴堆前摆上两头野猪、七只山鸡和七只兔。随后,大家用钻木取火之术得到火种,用它点燃了那堆干柴。这时,那位高大、威武的领头人跪了下来。他双手合十,仰面朝天,嘴里念叨着什么。其余的人在他身后,也像他那样跪下来,同样双手合十,仰面朝天,嘴里念叨起来。当日,泰山云雾缭绕,万籁俱静。这些人到达绝顶之时,山上起了风,一股股云雾飘然而过,松涛之声骤然而起。这些人感到自己是置身天境了,一股对天帝无限崇敬的心情油然而生。他们刨土、筑坛、放置祭品、点燃干柴,一切的作业,都是带着对天帝无限虔诚之心进行的。柴草在噼啪作响,火焰冒出的浓烟高高升起,在上方与云雾混合。这些人一直跪着,合着掌,看着那烟的升起,看着那烟与云的混合……一直到干柴完全熄灭,这些人才站起身来下山。第一位跪下的人,是当时山下某地域的一位首领,身边的人都是他的大臣,他们是第一批登上泰山的人。这些人下山之后,又在泰山脚下一个叫云云山的小山上开出一块空地。在这片新开出的地上,还是那位首领首先跪了下来。他匍匐于地,向大地做了祷告,其他人也像他那样跪下来做了祷告。"

讲到这里,乾隆皇帝笑道:"也就是说,这些人就是朕所说的,开天辟地以来第一次打破山顶寂静的人。"

孙嘉淦回道:"正是。"

"就是说,第一次到了这里的人是来祷告的。"

"正是。这些人在山上山下所进行的活动,就是封禅。在泰山之巅筑土为坛以祭天,报天之功,称封;在泰山之下小山上辟壤祭地,报地之功,称禅。'封'本意为'培土'。'禅'古代为'墠',意为'拓土'。在高高的泰山之上培土,更接近于天,表示对天的崇敬,报天之功德。拓土、开地,则表示对地的敬重,报地之恩情。这就是人们封禅的古意。是什么促成了上述这次封禅呢?是天。日升日落,本来是极为平常的事情,但远古之人却从平常之中看到了天意。太阳升起,照亮大地,给人间带来了温暖,使万物生发。这是怎么回事?夏天,太阳落山,人间变成黑暗世界,大地变凉,人们告别一天的焦热,开始变得舒服起来。冬天,太阳落山,大地越来越冷,人们得在煎熬之中盼望第二天太阳的升起……这些无穷的变幻究竟又是怎么一回事呢?天,更是风云变幻,有时艳阳高照,风平浪静;有时乌云遮日,狂风大作;有时向人间洒下雨水,甘露一般滋润着大地,使树木繁茂,绿草如茵,树上结满果实,百兽百鸟繁衍生长,给人们提供着丰足的食品;有时则大雨倾盆,致使天下洪水滔滔,淹没了平原,漫过了山岭,弄得百兽绝迹、飞鸟绝鸣,人们无以为食,饥肠辘辘……这又是为什么?远古时代的人认为天是神圣的,一切福祉都是上天所赋予,一切的灾难自天而降。因此对天要小心侍奉,不可触犯。同时,还通过祭祀与天进行对话,向天祈福,并祈求天神原谅人们所犯下的过错,避免天神发怒降下灾害。泰山处于东方,在中原的人们看来,它处于太阳升起之处。泰山巍峨,给人感觉是神圣、神秘、高不可攀。它的绝顶或许就是天之所在,至少,它接近于天。这样,由于对天的崇拜,便形成了对泰山的崇拜。此后,祭祀活动不断地进行着,仪式越来越隆重,动静越来越大。只是,上面描述的那次封禅活动离我们实在是太久远了,因此我们无法说出那次活动的确切年代,也无法知道那位首领的姓名了。但那次活动肯定是进行了的,此事有管仲的话为证……"

讲到这里,孙嘉淦的话被乾隆皇帝截住道:"得,就到这里好了。"

孙嘉淦一听,俏皮地说道:"圣上一个劲儿地讲广开言路,却怎么不让臣讲下去了?"

乾隆皇帝笑道:"朕怕你话匣子一开,滔滔不绝,咱们到天黑了也爬不上玉皇顶。"

孙嘉淦闻言,笑着停下了。

雪没有停的意思,军士们在玉皇顶搭建了二十顶帐篷,也围拢过来。

皇太后和皇后等人也上了山,她们见许多人围着,不晓得发生了什么事,见圈中是皇上,也停了下来。乾隆皇帝见皇太后和皇后到了,他给皇太后请了安,说他正和臣工们"谈史论道",让太后先行入行宫缓和身子。皇太后和皇后笑了,随后起行去了行宫。

乾隆皇帝毫无倦意,道:"下面就该换人讲讲秦刻石的事了。永贵,乾隆五年消失的秦刻石可曾找到?"

永贵回道:"回皇上,未曾找到。"

原来,秦刻石是在山顶。宋徽宗时,一个名叫刘跂的人写有《泰山秦篆谱·泰山刻石》一书,书中记载了他在泰山顶上所看到的秦刻石下部被埋土中,碑体不加磨饰,上面能够辨认的尚有一百四十六字。到了明初,李裕作《登泰山记》,说秦刻石当时依然在原处,只是碑上的污垢已经很厚,刮磨垢蚀而细观之,字已经"多不可识"。

李裕之后,刻石遭受厄运。嘉靖年间,它被移到碧霞祠的东庑。当时,碑已经破损,上面只剩下了二十九字。而到了乾隆五年,刻石毁于火,其后便不知去向。

想到秦刻石的被毁和失踪,乾隆皇帝十分不快,道:"怪得很,那可不是一个小物件,怎么就找不到呢?说来也是本朝的奇耻大辱,几千年的古物传到本朝,给弄没了,想起来就有气!限期一年,明年你上一个奏折,报告秦刻石已经找到,听到了没有,永贵!"

永贵急忙跪了,道:"奴才记下了。"

气氛骤变,大家都感到不自在起来。

为了缓和紧张的气氛,梁诗正此时言道:"秦刻石可以称是泰山刻石的开始。此风一开,从此名人上泰山,即使写了一首诗,撰了一篇文,也喜欢把它刻在泰山上。一些'无名之辈'也凑热闹,从而形成了泰山独特的刻石文化。归纳起来,泰山刻石主要有六个方面的内容:历代帝王封禅告祭文、寺庙创建重修记、石经墓铭、颂岱诗文、题景及楹联。而石刻的形式也分为两种,一种是碑刻,一种是崖刻。现存泰山碑刻八百余块,崖刻共一千余处。从内容方面讲,泰山的碑刻,记述了有关泰山的人物事迹,也记述了泰山风物,其中包括泰山人为景观修建和修葺的情况,是泰山文化的重要组成部分。崖刻,不但记载了历史,而且增强了泰山的风韵,极大地丰富了泰山文化。虽说泰山之韵在松,在石,在云,在泉。可泰山的许多崖刻,也起到了画龙点睛的作用。这一山的石书,既有千言大观,也有一字之惊;既有帝王御笔,也有逃犯狂书;既有万丈摩崖,也有盈尺小碣;既有精雕细磨的龟碑,也有粗犷急就的凿石;大字如斗,小字如蝇,真草隶篆,代不绝书;琳琅满目,瑰丽多姿。一座朴素自然的泰山，被这一山的石书装点得斯文典雅起来。看了泰山，不由得让人想出这样的句子：'裸土有时有，墨岩无处无。'"

梁诗正讲到这里，整个气氛变得平和起来，乾隆皇帝甚至夸道："这两句好！"

乾隆皇帝终于完成了泰山极顶雪中谈史论道的壮举。依然按原定安排，当天在玉皇顶的云巢行宫进行了所有活动，尽管大家都感到很累了。

第二天清晨，乾隆皇帝早早起床，偕皇后恭候皇太后起床，然后一起来到日观峰。

天还黑着，群星闪耀。东方开始泛白，先如鱼肚般白色一点点扩大。这时，周围覆盖了白雪的山体刹那间银光闪闪。突然，从天际的深处射出万道霞光，那颜色由橘红，到鲜红，再到紫红，红光不断扩展，在几片云雾之中，一轮红日喷薄而出。原来白色的山体，也由橘红，到鲜红，再到紫红，最后是单一的银白。

乾隆皇帝和大臣们个个热血沸腾，无不激动万分。皇太后和皇后都眼含泪水，无不兴奋。之后，乾隆皇帝兴奋地说道："这是朕生平看到的一次最为壮丽的日出。足矣！"

第四章 论儒独到，如松御前拔头筹

二月初十日，乾隆皇帝一行人到达曲阜。在行宫住了一夜，次日，一行人进行了在曲阜的行程。

首先是在孔庙大成殿祭奠孔子。像往常一样，乾隆皇帝行的是三拜九叩大礼。尔后，乾隆皇帝一行到了杏坛。按照安排，在这里由孔子的七十二代孙孔宪培讲了一节《论语》，他讲的《尧曰》一节。

过后，大家聚在杏坛周围，三三两两，议论着当年孔子讲学的故事。

过了一炷香的时间，乾隆皇帝有话了，道："各位臣工，朕今天给大家出一个题目：天下归仁。请大家说一说看法。"

对于读书人来讲，这个题目让每个人都能讲上一通。正因为如此，大臣们都明白，皇上要的绝不是那些老俗套，于是大家都动了脑筋。

"给大家一袋烟的工夫做准备。"乾隆皇帝又补充了一句。

一袋烟的工夫很快就过去了，乾隆皇帝召大家近前笑道："这虽不是殿试，可朕亦要朱笔点状元。"

闻言，孙嘉淦立即接道："这个臣是要争一争的。"

乾隆皇帝笑道："可你未必能够夺魁。"

"那倒是。"

乾隆皇帝又点名道："高斌跟了来，一直躲在人堆里，不肯冒头，这次朕要亲点之。高爱卿，这个文章首先要你来做。"

高斌刚刚被任命为江南河道总督，跟乾隆皇帝巡行，知道皇上要巡查黄河，一直在思考着河工的事。因此，无论是在泰山还是在曲阜，对皇上所谈论的事，他一概心不在焉。眼下,皇上点到他的头上,他遂有些不安。

高斌明白,皇上出的题目源自《论语·颜渊》。把孔子的原意讲清楚,加进自己的一些发挥,也就可以交卷了,于是回道:"《论语·颜渊》道:颜渊问仁。子曰:'克己复礼为仁。一日克己复礼,天下归仁焉!'孔子一直以恢复周礼为己任,并把'克己复礼'称之为仁。颜渊向孔子询问什么是仁以及如何才能做到仁,孔子做出了这种解释。克者,胜也,克己就是一个人能够克制自己,战胜自己,不为外物所诱,而不可以任性,为所欲为。克己工夫,全在一个勿字。朱子解克己复礼曰:'克是克去己私。己私既克,天理自复,譬如尘垢既去,则镜自明;瓦砾既扫,则室自清。'又曰:'克己复礼,间不容发,无私便是仁。'又曰:'天理人欲,相为消长,克得人欲,乃能复礼。'又曰:'敬如治田灌溉,克己如去恶草。'王阳明曰:'去山中贼易,去心中贼难。'克己就是要灭此心中之贼。《论语·子罕》载颜渊之言曰:'夫子博我以文,约我以礼。'大家一起作'克己复礼'的文章,都能够做到'克己复礼',那天下就是一个仁的世界了。"

听到这里,乾隆皇帝问:"完了?"

高斌回道:"完了。"

"你讲得完完全全是对的,挑不出半个差错。可你这些只能在私塾里讲给学生们听。"停了一下,乾隆皇帝又道,"朕知道,你的心思不在这上面,而在清口。"

高斌听后连忙跪了,道:"知臣莫如君。"

乾隆皇帝摆摆手道:"起来吧,听听别的人怎么讲。哪个讲?"

见没人应声,乾隆皇帝又道:"给吓回去了!"

这时,梁诗正接话道:"没人讲,那臣就讲几句。春秋战国之时,孔子所创建的儒学只是当时众多学派中的一派。当然,孔子本人和他的一些学生并不这么看。但那时的儒学总的来讲并不时兴,尤其是君王,很少有看重儒学的,是后来法家的兴起以及秦朝的暴政改变了儒学的地位。孔子、孟子并不反对为政用法,他们只是强调首先用德,用德政、德教配之以法。法家则主张为政就靠法,而且是严刑酷法,主张君主讲'霸道'。而历史证明,对儒学的推行构成严重威胁的便是法家学说。秦国一向推行'霸道',秦穆公称霸,推行的便是'霸道'。后来秦孝公要继承秦穆公的遗愿,发诏'求贤',说欲修穆公之政令,'思念先君之意,常痛于心''宾客群臣有能出奇计强秦者,吾且尊官,与之分土'。这样,商鞅来到秦国。起初,商鞅摸不准孝公的真实意图,曾以'帝王之道'说之。结果,孝公'时时睡,弗听'。后商鞅以'霸道'说之,孝公听得来了劲,'不自知郤(膝盖)之前于席也。语数日不厌'。后来孝公用商鞅变法,推行'农战',把整个秦国变成了一个大兵营。再往后,秦昭襄王任用白起、司马错、范雎、王龁等人,秦国的战车不停地在中原大地上奔驰。最后,秦以武力灭六国,统一天下。按贾谊在《过秦论》中的说法,秦灭六国,是一种'势'在起作用。臣理解,这种'势'就是秦一贯坚持的'霸道'所构建的强势,法家的主张与秦国这种传统的'势'是一脉相承的。法家主张'不贵义而贵法''不务德而务法',认为随着天下的演进,治世之道也发生了变化,儒家所主张的道德,只适用于'上古'。当今是一个'争于气力'的时代,因而,道德已无用武之地。他们以'人皆自为'为据,认为人皆'计利',彼此间的关系只是赤裸裸的利与害,根本不会有什么'仁爱'之心可言。因此,君主治国,只能倚仗暴力,'唯法为治'。以韩非为代表的法家至少在以下几点上与儒家根本对立:第一,他们贱视民众,认为人性是恶的,民众是不值得怜惜的,只配在鞭子驱赶之下当牛做马。如果民众不老实,就用严酷的刑法来加以管制,让他们视法如烈火,在法的面前,必须缩回他们那'罪恶'的手。第二,他们不主张道德修养,君主尤其不要道德修养。他们强调,君主只要紧紧地抓住权柄,便可以使用包括暗杀在内的种种手段对付臣子和百姓,实现其'所欲无不得''穷乐之极'。第三,他们鼓吹君主的绝对权力,提出'天下奉一人'的主张,认为君主行事的原则是'独制于天下而无所制',君主应该'专天下而自适'。 他们摈弃孟子'君之视臣如手足,则臣视君如腹心;君之视臣如犬马,则臣视君如国人;君之视臣如土芥,则臣视君如寇仇'的主张,鼓吹做臣子的要服服帖帖,还应该把一切功劳记在君主的账上,君主做错了什么事,要由臣子揽起来。第四,他们尤其不主张实行德政和仁政,强调治国'不务德而务法'。他们的所谓'法',是君主手中的武器,是拿来对付百姓的。十分明显,这些都是非常适合秦国的。秦始皇看了《韩非子》之后,便兴奋地说:'嗟乎,寡人得见此人与之游,死不恨矣!'按照一般事理,统一天下之后,国君应该给百姓一个休养生息的机会。可秦始皇不这样想,在他的眼里,那些被他看作'黔首'的老百姓是不值得放在心上的,他们只配被奴役。秦始皇死后,其子胡亥即皇帝位,凶残更甚于秦始皇。秦始皇统一中国后自称始皇帝,要把江山传到万代。可到秦二世时,陈涉、吴广便揭竿而起。刘邦大军攻至咸阳,子婴投降,秦朝宣告灭亡。就是说,秦朝统一全国的时间是很短的,只有十四年。之前朝代存续的时间都是相当长久的,而秦却异乎寻常地短暂。这一现象,让有见识的人看在眼里。汉得天下后,第一个对这一现象提出了较为系统看法的是陆贾,随后是贾谊等人。陆贾是汉高祖刘邦的大臣,他写了十二篇文章,大略讲了历代兴衰存亡的道理。每写完一篇,他就上奏给高祖,高祖看罢,篇篇称道。陆贾遂把他这部书称为《新语》。贾谊是汉文帝时人,离秦朝灭亡约三十年。他的《过秦论》分析秦朝二世而亡的原因,见解精辟、中肯,是研究秦亡历史教训书籍中的佼佼者。除陆贾、贾谊之外,还有一些人就秦朝迅速灭亡问题发表了见解。唐人章碣有一首诗《焚书坑》说:'竹帛烟销帝业虚,关河空锁祖龙居。坑灰未冷山东乱,刘项原来不读书。'经过陆贾的说服,刘邦改变了对儒家学说的态度。高祖十二年,刘邦经过鲁地,儒生申公曾随老师浮丘伯拜见了高祖。当时,刘邦命其子刘郢就学于浮丘伯。同样受到刘邦重用的还有叔孙通。叔孙通原是秦朝博士,陈涉、吴广起义后,他逃归刘邦。起初,刘邦看不上叔孙通。汉五年,大家共尊刘邦为皇帝,群臣饮酒争功,醉酣妄呼,拔剑击柱,刘邦看到这种现象十分忧虑。最后,叔孙通弄出了一套规制,实行后,闹事的人变得老老实实。刘邦看到了儒学所强调的秩序威力,体验到了秩序给他带来的益处,发出'吾乃今日知为皇帝之贵'的感叹。叔孙通得到了奖赏,并被拜为太常。从此之后,儒生为官者渐渐多了起来。由于陆贾、叔孙通等人的影响,高祖十二年,刘邦路过鲁地时,曾以很高的规格祭奠了孔子,开帝王祭奠孔子之先河。汉文帝继位后,想找到能够弄懂《尚书》的人,找遍天下才找到一个名叫伏生的儒生。伏生是济南人。秦焚书时,他把《尚书》藏在了墙壁里,后来战乱,伏生出走。汉朝平定天下后,他返回寻找所藏的《尚书》,已丢失了几十篇,只得到二十九篇。于是,他就在齐鲁一带教授残存的《尚书》。文帝那时,他已经九十多岁,走不动路了,文帝就派晁错到他那里学习。伏生教出许多有作为的学生,许多人受到重用。汉景帝时,由于受到信奉黄老之术的窦太后压制,儒学尚不能兴盛起来。武帝即位后,儒生赵绾也曾因精通《诗经》做了御史大夫。窦太后见武帝重用儒生,非常不满,便找出赵绾、王臧的过失,以此来责备武帝。武帝无奈,只好把王臧、赵绾交官论罪,两人自杀身死。汉武帝即位六年后,窦太后去世,武安侯田蚡做了丞相,他废弃道家、刑名家等百家学说,延请治经学的儒生数百人入朝为官,其中公孙弘则因精通《春秋》步步高升,从一介平民荣居三公尊位,被封为平津侯。从此,天下学子莫不心驰神往,潜心钻研儒学了。此后,不少儒者做了官,官至大夫、郎中等重要职位的也有百余人。在这样的氛围下,汉武帝才有了'罢黜百家,独尊儒术'的举措。元光元年,汉武帝下令各地荐举贤良文学以备询问,这样被推举的儒生先后达一百多人。董仲舒就是参加应对的贤良之一,在策对中,董仲舒说:'《春秋》大一统者,天地之常经,古今之通谊也。今师异道,人异论,百家殊方,指意不同,是以上亡以持一统;法制数变,下不知所守。臣愚以为诸不在六艺之科孔子之术者,皆绝其道,勿使并进。邪辟之说灭息,然后统纪可一而法度可明,民知所从矣。'汉武帝接受了董仲舒的建议,采取了以下措施:第一,在京城设置官学。第二,学校由儒者任教。第三,学校教材采用儒家经典。第四,地方官要从学校中推举贤良,到地方和中央做官。这些措施表明,儒学已经得到官方的承认,在思想领域取得了统治地位。这也就是臣所知道的'天下归仁'的历史。"

梁诗正不愧为老手,这些历史在他的脑海里清晰如画。

他讲完之后,乾隆皇帝沉思了半响才道:"历史是一本学不完的教本。经史子集全在里面,取之不尽,用之不竭,真是令人感慨万分!"

过了一会儿,乾隆皇帝又问:"哪位要接着讲?"

文章似乎让永贵、梁诗正作尽了,没有什么人吭声。这时,如松小声说道:"奴才倒有几句话要讲。"

乾隆皇帝见说话的是如松,心中一惊,道:"讲。"

如松向四周拱了拱手道:"《礼记》中有一篇叫《礼运》。《礼运》者,礼的运行也,即讲礼的演变。《礼运》说:昔者仲尼与于蜡宾,事毕,出游于观之上,喟然而叹。仲尼之叹,盖叹鲁也。言偃在侧,曰:'君子何叹?'孔子曰:'大道之行也,与三代之英,丘未之逮也,而有志焉。'随后,孔子讲了'大同''小康','大同'是讲'公'的,'小康'是讲'礼'的。'天下为家'之后,周公等'六君子'创'礼',维持天下的运行。可'礼'推行几百年之后,天下出现'礼崩乐毁'的乱局,一切污浊的现象都出来了。这种状况到孔子之时仍在继续。怎么办?孔子提出了'仁',要用'仁'来支撑'礼',把'大同'中'公'的东西发扬起来,使'家天下'变成'天下为一家',让天下'大积焉而不苑,并行而不缪,细行而不失,深而通,茂而有间,连而不相及也,动而不相害'。使天不爱其道,地不爱其宝,人不爱其情。天降膏露,地出醴泉,山出器车,河出马图,凤皇麒麟,皆在郊棷。龟龙在宫沼,其余鸟兽之卵胎,皆可俯而窥也。那么,如何用'仁'支撑'礼'呢?这就做到'克己复礼'。孔子指出,要做到'天下为一家',就要做到知人情、辟人义、明人利、达人患。喜、怒、哀、惧、爱、恶、欲,七者弗学而能,是为'人情';父慈、子孝、兄良、弟悌、夫义、妇听、长惠、幼顺、君仁、臣忠,是为'人义';讲信修睦,是为'人利';争夺相杀,是为'人患'。'克己复礼',就是要治人七情,修人十义,讲信修睦,尚辞让,去争夺。而'克己复礼',重在'克己'。孔子说,'饮食男女,人之大欲存焉;死亡贫苦,人之大恶存焉'。'故欲恶者,心之大端也。人藏其心,不可测度也。美恶皆在其心,不见其色也',这就需要人'克己',把欲恶之心挖出来,去除之。孔子说,人情者,圣王之田也。修礼以耕之,陈义以种之,讲学以耨之,本仁以聚之,播乐以安之。经过耕种,就可四体端正,肤革充盈,如此,仍人之肥也;父子笃,兄弟睦,夫妇和,仍家之肥也;大臣法,小臣廉,官职相序,君臣相正,仍国之肥也;天子以德为车,以乐为御,诸侯以礼相与,大夫以法相序,士以信相考,百姓以睦相守,仍天下之肥也。而《礼运》所述,是孔子所描述和构想的天下发展演变形成的'三态'。这'三态'的描述分别是大同、小康和大顺。这样,我们就清楚地看到了孔子思考天下演进的一条路径:一、'大同'是'天下为公',但已经一去不再复返。而它虽成过去,但其美好特质亦可成为未来理想天下之滥觞。二、'小康'是'天下为家'的,用'礼'来治理这'天下为家'的天下是必然选择,但'礼'并不能保全这个天下的长治久安。三、在'天下为家'的天下,构建一种'使天下为一家''中国为一人'的天下,这就是'大顺'。这一天下依然需要'礼',但'礼'必须由'仁'做支撑。既然天下已经无法再回到'大同','小康'的天下已经确立,无法消除。于是,孔子设想在'天下为家'状态下,引入'大同'的某些美好特质,以造就一种理想的天下,办法就是'克己复礼'。孔子说:'克己复礼为仁。一日克己复礼,天下归仁焉。'其含义就是如此。'克己复礼'就是'修身','修身'是修齐治平的基础。《大学》说:'自天子以至于庶人,壹是皆以修身为本。其本乱而未治者否矣。其所厚者薄,而其所薄者厚,未之有也。'这就是奴才所理解的'天下归仁'的意义。"

众人,包括乾隆皇帝,早已被如松的讲述所吸引。这番议论,是众人从未听过的。

如松讲完后,乾隆皇帝第一个表了态:"闻所未闻!儒学的产生,儒学的内涵,朕听了不少,书看了不少,可像如松这样讲的是第一次!朕十分高兴。关于儒学,我朝有了新高度——这是'仁时代'开辟以来的新高度!他给我们开辟了认知的新路径,给我们的'修身'开辟了新路径!当然,也必将给我们的齐家、治国、平天下开辟了新路径!看来,今天的状元有了归属。"

二月初八日,乾隆皇帝一行到了清江浦。两江总督黄廷桂、江苏巡抚雅尔哈善率江苏百官在码头跪迎。

当晚,乾隆皇帝驻跸宿迁。次日,到达淮安。

淮安当时是一个府,属于两江总督属下江苏省。淮安的出名,缘于京杭大运河。京杭大运河,是世界上最古老的运河之一,也是世界上里程最长、流域最广、工程最大的人工运河。它北起北京,南达杭州。其中,淮安处于大运河的中心位置,称为运河之都。由于位置重要,它遂成为明清时期的漕运指挥中心、河道治理中心、漕船制造中心、粮食储备中心、食盐集散中心。

自明代时起,黄河改道,夺泗、夺淮,从此,淮安就成为黄河、淮河、运河三河之交汇处,所以又是中国东部的水陆交通枢纽。《淮安府志》说:"凡湖广、江西、浙江、江南之粮艘,衔尾而至山阳(今淮安市区),经漕督盘查,依次出运河。虽山东、河南粮艘,不经此地,亦皆遥禀戒约。帮漕政通乎七省,而山阳实咽喉要地也。"

明朝时特地在淮安设立两大衙门:一是统管全国漕运的官署,一是负责督理漕运的官署。当时,转运漕粮的官军众多,最盛之时达十二万人。

为了满足漕运的需要,明廷在淮安创办了清江造船厂和常盈仓。清江造船厂是当时全国规模最大的漕船制造厂。据记载,仅在明孝宗弘治三年到明世宗嘉靖二十三年的五十五年间,明廷就制造了漕船三万多艘。淮安常盈仓是大运河沿线上最大的一处漕粮中转粮仓,这所粮仓有仓房八百间,可储存漕粮一百五十万石。

清代的运河管理基本上沿袭明制,在职能上进一步强化管理,加强监督。当时黄河、淮河变幻无常,经常泛滥成灾,关系国家经济命脉的漕运十分窘迫,直接威胁到国计民生。所以,从皇帝到地方大吏,都意识到治河是当务之急。对于清廷来说,淮安俨然成为经济命脉之中枢,"治河、导淮、济运,三策毕萃与淮安、清口一隅"。所以,明代的漕运总督兼任河道总督,清代则改变制度,漕运总督专管漕运,河道总督专管治河。

此外,淮北一带还是食盐的主产区,淮安则是淮北盐的集散中心,人称"天下盐利淮为大"。因而,淮安也成了全国最著名的大税关,每年收缴税银达三十万至六十万两,是国家税收的重要来源地之一。因此,明清时期的淮安既是河道要地,又是交通重镇,还是税收大关,历代皇帝对于这里地方官的选择尤其谨慎。乾隆皇帝南巡,淮安绝对是重点视察之地。

当时,淮安达到其经济文化的最鼎盛时期,从末口到清口,全长五十里,沿途商铺林立,店肆相连,极富地方特色的繁华城镇达十余座,沿河铺展,如长串珍珠:淮城、河下、河北、板闸、钵池、清江浦、王家营、西坝、韩城、杨庄、码头、清口等。这些城镇以运河为依托,吸引着四方宾客,共同造就了一幅"淮安上河图"。

此次,乾隆皇帝的御舟驻于北角楼。登岸后,乾隆皇帝奉皇太后乘舆,自己则骑马进入淮安北门。随后，由西门出，登舟，在高斌等人的陪同下，开始了对"河工"的督查。

水利，一直是有清一代皇帝特别关注的大事。而里运河江苏清口一段即所谓"清口水利枢纽"系统的治理，有着特殊的地位。

清口，位于淮安码头镇。这里是黄河、淮河、大运河的交汇之处，而其中的淮河，先入洪泽湖，再出洪泽湖从清口与黄河合流，然后入海。两河的走向是由西向东，而大运河的走向是自南而北，与黄河、淮河成十字交叉。因长年黄沙淤积，黄河河床变高，水位也跟着变高，高出大运河水位十余丈。这样，大运河要跨越黄河，就得"走闸"。当时，河道上建有三闸，自南而北，分别是惠济闸、通济闸和福兴闸。

惠济三闸下均打有排桩，以排桩为基础，上砌条石为闸底，旁砌条石为闸墙，水流进口处均为"八"字形石墙。三道闸依次连通，逐次升高水位，各闸相距三四里。漕船过这三道大闸犹如走过三段盘山水路，完全靠人力拉纤，把漕船拉到水位高于清口(淮河口)的运口(运河之口)，然后跨黄河北去。

先前如松一直闹不明白，黄河位高，大运河难以跨越黄河，从而南北贯通。现在看了三闸的运行，明白了其中的道理，由此不得不惊叹治河者的大智慧。

枢纽的另一重心工程是高家堰大坝，这是建在洪泽湖东岸的拦水大坝，目的是使倒灌的黄河水入洪泽湖后，防止其向外漫溢，形成灾害。

若治理得法，大运河可以终年通航，东南的粮食可以源源不断运往京师；淮河、洪泽湖可供灌溉之利，域内百姓可以生活安康。但如果治理不利，河水泛滥成灾，不但百姓遭殃，漕运也得被迫中断，京师供应就会受到严重影响。

据不完全统计，清初顺治元年至康熙十六年的三十三年间，此处黄河决口达九十起，洪泽湖高家堰决口三十多处。河水泛滥之时，清口、运口淤为陆地，不仅百姓田庐受淹，而且运道受阻，每年从南方供应京城的四百万石漕粮也失去保证。

康熙六年七月，黄河决口，水注洪泽湖，高邮水高二丈，城门堵塞，乡民溺毙数万。

康熙十五年高家堰大溃决，仅武家墩至高良涧就出现三十四处决口，淮水迅速下跌，河蹑淮后，大量倒灌入湖，突入里运河，漫流里下河的严重局面。

康熙帝任命靳辅总督河道。靳辅上任后，驻节清江浦，深入各河道水域踏勘，最后上书说："清口以下不浚筑，则黄淮无归，清口以上不凿引河，则淮河不畅。高堰之决口不尽封塞，则淮分而刷黄不力，黄必内灌，而下游清水潭亦危。且黄河南岸不提,则高堰仍有隐忧,北岸不提,山以东必遭冲溃。故筑堤岸,疏下流,塞决口,但有先后,无缓急。今不为一劳永逸之计,屡筑屡圮,势将何所底止。"靳辅的提法与康熙帝全面修治的想法契合,所以特嘉所请。

康熙十七年正月,康熙帝批准拨帑金两百五十余万两治河,限靳辅三年告竣。从此,在靳辅主持下,大规模的河道治理全面展开。靳辅首先疏浚黄河下游清江浦至云梯关河道,使洪水得以畅流入海,接着相继堵塞高家堰及黄河各处决口。在遏制了洪水的泛滥之势后,靳辅又先后完成了改移运口于七里墩、开清口四道引河、疏浚皂河、加挑中运河等工程,治河取得初步成效。

康熙二十四年,靳辅自仲庄至宿迁开中运河,漕运船只得避黄河一百八十里风涛之险。

经过几次南巡考察,康熙帝作出了改修河道,使黄河河身稍向北移,淮水得以畅流的决策:"靳辅、董安国、于成龙但知筑堤御水,至于改河身使北,俾清水通流,并未言及。若不令清水通流,虽修堤筑岸,黄水终致倒灌,焉能御之?"康熙帝制订的新治河方略,于第二年由新任河道总督张鹏翮开始贯彻实施。首先拆除拦黄坝,深挖入海河道。旬日之间,河床深了三丈,宽了二十多丈,河水滔然入海,沛莫能御。到康熙四十年底,各项工程也陆续完成。次年夏,黄河又发生了特大洪害,这次大水是对新修诸项工程的严峻考验,康熙尤其关注。大水旬月不下,康熙帝命张鹏翮日夜守在河堤上。清口附近新修的挑水坝,在夏秋险情中逼黄河大流直趋陶庄引河,循北岸而行,淮水从清口畅流敌黄,绝无黄水倒灌之患;洪泽湖高家堰大堤几度发生险情,经紧急加固,终于挡住了咆哮的洪峰,经受了考验;其他工程也大都经受住了洪水的挑战,徐州至海口黄河西岸堤坝、山阳至邵伯运河西岸堤坝屡发险情,民工冒雨抢修,总算没发生往年的决堤大患。这次仍有洪泽湖上游河堤被冲毁,但灾情较往年小得多,康熙帝十分高兴。

康熙四十二年,康熙帝以河工即将告成,进行第四次南巡。二月初四日,康熙皇帝御舟入清口,阅视天妃闸、御坝,颁《奖勉河臣诏》对河道总督张鹏翮及在河各官亲加奖勉,谕吏、工二部对总河以下各官"详加议叙具奏"。舟中,康熙皇帝作《河臣箴》,御书赐予张鹏翮,曰:

> 自古水患,唯河为大。治之有方,民乃无害。禹疏而九,平成攸赖。降及汉唐,决复未艾。渐徙而南,宋元滋溢。今河昔河,议不可一。昔止河

防,今兼漕法。既弭其患,复资其力。矧此一方,耕凿失职。泽国波臣,恫鳏已极。肩兹巨任,曷容怠快。毋俾金堤溃于蚁穴,毋使田庐沦为蛟窟。毋徒糜国帑而势难终日。毋虚动畚筑而功鲜核实。务图先事尽利导策,莫悔后时饬补苴术。勿即私而背公,勿辞劳而就逸。唯洁清而自持,兼集思而广益。则患无不除,绩可光册。示我河臣,敬哉以勖。

康熙四十四年年初,河工虽说告成,尚须察验形势,筹划善后之规。二月初九日,康熙皇帝启程离京,踏上了第五次南巡的旅程。二月十六日,康熙皇帝御舟过临清州,泊于土桥闸,对随行大臣道:"初次到江南时,船在黄河两岸,人烟树木一一在望。康熙三十八年则仅是河岸,四十二年则去岸甚远,是河身日刷深矣。自此日深一日,岂不大治。闻下河连年大熟,亦从前所未有也。"

四月初九日,康熙帝回銮途中经过清口,遍阅高家堰河堤。十一日,康熙帝来到惠济祠前,张鹏翮率淮扬道张弼、大学士马齐等跪列河堤相迎。康熙帝站在石工堤上对诸臣说:"朕每至河上,必到惠济祠以观水势。康熙三十八年以前,黄水泛滥,凡尔等所立之地,皆黄水也。彼时自舟中望之,水与岸平,岸之四围皆可遥见。其后水渐归漕,岸高于水。今则岸之去水,又高有丈余。清水畅流,逼黄竟抵北岸,黄流仅成一线。观此形势,朕之河工大成矣。朕心甚为快然。"

但此处水利枢纽的治理远未结束。此后,随着气候的变化,黄河泥沙的淤积,此处的水患时有发生。故而,乾隆皇帝"以皇祖之心为心",对清口水利枢纽的治理并没有放松。

当日,乾隆皇帝首先奉皇太后考察了天妃闸。天妃闸旁有天妃庙,乾隆皇帝奉皇太后祭拜了天妃娘娘,并诏令河总高斌对天妃庙重新修饰。

回銮后,乾隆皇帝撰《御制重修惠济祠碑文》,命镌刻立石于惠济祠内,叙述了明清两代治理京杭大运河的主要功绩。

看完天妃闸,送皇太后回行宫后,乾隆皇帝又在高斌等人陪同下,骑马视察了高家堰大堤。

大堤上有镇水铁牛十数头,分别置于高家堰和黄、淮、运等险要河工地段,以镇水护堤。铁牛是康熙四十年张鹏翮任河道总督时所造,正名应为"镇水犀"。看铁牛之背,其上铸有铭文:

维金克木蛟龙藏,维土治水龟蛇降。

铸犀作镇奠淮阳,永除昏垫报吾皇。

康熙辛巳年午日铸

见到"镇水铁牛",乾隆皇帝叹道:"皇祖于清口没少费心血,当时亦有能臣,张鹏翮就算一个。此外还有靳辅、董安国、于成龙。我等后人,不敢忘记这些名字。"

高斌在一旁道:"臣谨记。"

当时,高家堰大坝上开有泄洪闸。经实地调查,乾隆皇帝认为下游州县被灾实由开闸泄洪所致。他当即对高斌、张师载道:"泄洪闸断不可开。"随后,嘱咐两人立刻立石永禁开闸。

高斌、张师载已有建立新的石滚坝的动议,此时,遂向乾隆皇帝提出在原有三滚坝的基础上,加设两座石滚坝,合为"仁、义、礼、智、信"五坝,并在智、信两坝面石上加封浮土,定在仁、义、礼三坝过水三尺五寸且不见减涨时,开启智坝封土,仍不减涨再启信坝封土。

乾隆皇帝批准他们的提议。

此后,此地河工之事为:乾隆二十七年第三次南巡。当时,又是一个二月初八日,乾隆皇帝再次来到清口东西坝和惠济闸前,他查看形势,踏勘丈尺,计算流量,经过反复筹议,终于确定了清口处"上坝增一尺之水,下口加开十丈之门"的"展束"方案,此即著名的清口水志。

在当年四月初六日下发的谕旨中,乾隆皇帝又明确将仁、义、礼、智、信五坝长期封闭,待水涨时,只依定例拆宽清口东西坝走水即可。以后又在具体操作上做了修正,使这一借人力而宣泄得宜的水利工程因地制宜、因时而异地发挥作用。

此后又开凿了陶庄引河工程,即在陶庄开挖一条引河,宽九十余丈,长一千余丈,深一丈余,以防止黄河河水倒灌清口。引河开成以后,解决了黄河倒灌之患。

江淮一带随即实现了大丰收,出现了"下河每岁大稔,十余年来,高(邮)宝(应)遂无水患"的局面。清口处的运河漕运,也借这一工程得以通畅。

总之,乾隆皇帝的"河工"取得两项成就:第一项是定清口水志,加固高堰大堤,基本上保护了淮安、扬州、泰州、盐城、通州等富庶地区免受水淹。第二项是陶庄引河工程。

两项工程直到咸丰五年黄河改道前,都在发挥积极作用。

第五章 江宁阅兵，天筑牛录呈神威

乾隆皇帝一行从淮安至扬州，又自扬州至镇江，自镇江至常州，自常州到达苏州。

苏州素有"人间天堂"的美称，这里有沧浪亭、狮子林、拙政园、留园四大名园，有虎丘塔、双井桥、剑池、阖闾墓、试剑石、陆羽井、冷香阁等众多名胜。而乾隆皇帝对寒山情有独钟，便在那里下榻。

寒山山势巍峨，石壁如削，明代高士赵宦光买下此山埋葬了他的父亲。在山上，赵宦光建造了一座园林式的别墅，称寒山别墅。他精心设计，依山建室，凿山引泉。悬崖石壁之下，飞瀑如雪，号"千尺雪"。

经过赵家三代约三十年的精心经营，寒山从一座荒山变成了风光胜景。这里以奇石、摩崖、寺庵、别墅、诗文、书画等闻名遐迩，引来大量文人墨客。寒山之名，本就神秘，王公大臣、文人雅士以一睹寒山为幸。一时之间，山门拥挤，山路为之堵塞。

乾隆皇帝读赵宦光的《寒山志》，全篇仅四千五百字，笔触清淡，描述直白，不留痕迹，不知不觉将他引入一片非凡的景致，心甘情愿融化于凄绝美艳的山水之间。

乾隆皇帝想寻幽探微，一探那里著名的"千尺雪"。这次南巡有了机会，便兴致勃勃地来到了寒山。

寒山之下有泉水，这里的泉水特别寒冷，人称寒泉。众多的寒泉在幽谷中奔涌、跳荡，汇入溪中。

进入寒山，乾隆皇帝口占《寒山千尺雪》诗：

> 支硎一带连寒山，山下出泉为寒泉。
> 淙淙幽幽赴溪壑，跳珠溅玉多来源。
> 土人区分称各别，岂能一一徵名诠。
> 兰椒策马寻幽胜，山水与我果有缘。
> 就中宦光好事者，引泉千尺注之渊。
> 泉飞千尺雪千尺，小篆三字铭云峦。
> 名山子孙真不绝，安在舍宅资福田。
> 槃陀坐对清万虑，得未曾有诗亦然。
> 雪香在梅色在水，其声乃在虚无间。

"千尺雪"上有一处白色的屋子。三间木屋，临窗俯瞰，能够听见冰雪发出的声音，以及山泉之水跳跃奔腾、曲曲折折的流淌声。置身阁中，仿佛置身于尘世之外。乾隆皇帝遂赐名为"听雪阁"，并御笔写《听雪阁》诗：

> 千尺雪之上，架白屋三间，冰窗俯畅砰湃之声满耳，跳激之势谋目。阁素无名，名之曰"听雪"，而系以诗。

> 雪宜落天上，云胡落涧底？
> 其源不可极，千尺约略耳。
> 三间白板阁，占尽林泉美。
> 珠玉碎复完，琴筑鸣无止。
> 涧叶冬不凋，岩蓓春似喜。
> 入望窈且深，宜听静方始。
> 是合忘名言，而复不能已。

寒山雅致，乾隆皇帝想起三吴之地物产富饶，易生侈风，便在此召谕三吴士庶崇俭去奢，略曰：

大江南北，土沃人稠，重以百年休养，户口益增，习尚所趋，盖藏未裕，纷华靡丽之意多，而朴茂之风转多未逮。夫去奢崇实，固闾阎生计之常经，而因时训俗以宣风布化，则官兹土者之责也。凡士庶更宜各敦本业，力戒浮华，以节俭留其有余，以勤劳补其不足。将见康阜之盛益增，父老子弟共享升平之福。

后乾隆皇帝移驾苏州行宫，接见准噶尔使臣额尔钦等人。额尔钦要求允准噶尔差人赴藏，并增加双方在肃州的贸易额度。乾隆皇帝断然拒绝准噶尔差人赴藏的请求，但准许准噶尔延请西藏喇嘛前往教诲；关于双方贸易事，重申"嗣后肃州贸易毋得过乾隆十三年货物之数"。

乾隆皇帝虽未答应准方的请求，但语气是和缓的。

接见是在行营大殿中进行的。事先，乾隆皇帝审阅使团名册，发现准噶尔使团正副使臣皆将领出身，便让如松在王大臣班旁站了。正好，赫天钧是准噶尔副使之一。准噶尔使节行礼后，赫天钧便发现了如松，十分不自在。如松自然也看到了赫天钧，他们双目对视，如松发现赫天钧对他几乎是怒目而视，他心里明白了是怎么一回事。等接见仪式结束，如松走过去送使臣，悄悄走到赫天钧身边道："将军别来无恙？"

赫天钧转过脸去，对如松不加理睬。

如松又小声道："将军，此次在这样的场合见面，实属巧合。皇上安排我参加会见，但不知我与将军的过节，实属无意，望将军不可误会。"

经如松这一解释，赫天钧态度变得温和起来，道："只是大皇帝不允我方请求之事，不无遗憾。"

如松劝慰道："吾等各为其主好了……"

如松与赫天钧交谈之事乾隆皇帝已经知道，他遂奏报了与赫天钧战场交锋，以及谈判中几次见面的经过。听后，乾隆皇帝笑道："这真是巧合。"

乾隆皇帝一行到达江宁时，赶上了几日好天气。

经与两江总督黄廷桂会商，江苏巡抚雅尔哈善将江宁织造衙署改建为江宁行宫。这里"窗楹栋宇，丹绘不施。树石一区，以供临憩。西偏即旧池重睿，周以长廊，通以略彴。俯槛临流，有合于鱼跃鸢飞之境"。

在江宁的日程安排,经皇太后勾画,最后确定了数项。

先去的是雨花台。相传商代末年,泰伯曾在这里传授礼仪、教授农业。到越王勾践时,这里已经成为江南的胜地。因冈上遍布五彩斑斓之石,三国时这里被称为玛瑙冈。南朝梁武帝时期,佛教兴盛,有位高僧云游至此设坛讲经,感动上苍,落花如雨,时人始称雨花台。

这次是乾隆皇帝首次登上雨花台,他被周围美好环境所感染,遂赋诗一首:

崇岗跋马晚春情,凭览遗台触概情。

便果云光致花雨,可能末路救台城。

随后,乾隆皇帝侍奉皇太后来到石头山。

石头山位于江宁城西,长江直逼其西南山麓,江水终年冲击,惊涛拍崖,形成悬崖峭壁,成为阻挡北敌南渡的天然屏障。三国孙权在此建立石头城,作为江防要塞。这石头城,也成了历代诗人笔下抒情的介体。

到达石头城上,乾隆皇帝脑子里已经数篇唐诗、宋词涌现。

石头山也称清凉山,山上有清凉寺,始建于后梁贞明七年,是南唐后主李煜夏天打坐念佛之地。寺后有一亭,称六角亭,亭中有一口南唐古井,称"保大泉"。相传,寺僧因常年饮用此井之水,年老而须发不白,故也称"还阳井"。

石头山后坡为诸葛武侯驻马坡,相传诸葛亮为联吴抗曹,曾亲赴京口与孙权相会。诸葛亮途经这里时,曾作短暂停留,特地骑马来到这里观察秣陵山川形势,留下千古名言。

此时,乾隆皇帝浮想联翩,遂对身边的两江总督黄廷桂道:"在这里,卿将给朕讲个什么故事?"

黄廷桂道:"自然是'虎踞龙蟠'。诸葛武侯观瞧此地形势,曾感慨道'钟阜龙蟠,石城虎踞,真帝王之宅也。'"

乾隆皇帝笑道:"卿说诸葛武侯'感慨',那就从请讲'感慨'之由讲起。"

黄廷桂回道:"武侯隆中对,预三分天下,汉在蜀地,此地虽当虎踞龙蟠,无缘矣。"

下面便是台城,位于玄武湖南岸,东与明朝京城城墙相连,西为一断壁,全长二百五十多米,本为东晋、南朝时之建康宫城。

到达台城之下，乾隆皇帝又问："诸位到了此处，又想起了什么？"

孙嘉淦回道："自然是几首古人诗词。"

乾隆皇帝笑道："'自然'二字用得贴切。只是这些诗词有一个共同之处，就是戒奢。石头城是六朝故都，'六朝'短暂，那就是做了皇帝的人为政不良，因而被推翻，一代又一代，一朝又一朝。他们之所以'为政不良'，归根结底就是中了'奢'毒。"

这个问题很敏感，没有人应声，随后众人就到了鸡鸣寺。

鸡鸣寺位于鸡笼山东麓。鸡笼山东连九华山，西接鼓楼岗，北临玄武湖，山势浑圆，状如鸡笼，故名。鸡笼山山清水秀，风景秀丽。当年，达摩东渡，曾到此传经说法。西晋永康元年晋惠帝在此依山造室，创立道场。南朝齐武帝到钟山射雉，至此闻鸡鸣，故鸡笼山又改称鸡鸣山。到南朝梁时，梁武帝痴迷佛教，于大同三年在此兴建同泰寺，成为闻名遐迩的皇家寺院。后同泰寺遭雷击，化为灰烬。洪武二十年，朱元璋拨款重修，改名鸡鸣寺。康熙年间，两次大修，改建山门。康熙帝南巡，御笔亲题四字大匾：古鸡鸣寺。

乾隆皇帝侍奉皇太后登上鸡鸣山，即作《登鸡鸣山即事》诗一首：

钟阜西去堆翠崖，丹梯宛听天鸡喈。
元武湖光上眉睫，金陵春色怡胸怀。
江山不厌城郭占，间阎半与桑麻皆。
旷观台畔瞻天藻，烈并崇峰讵可阶。

随后，乾隆皇帝侍奉皇太后又游览了玄武湖、燕子矶和永济寺。

在永济寺时，乾隆皇帝对这座滨江寺院印象深刻。特别是这里的默默和尚，数十年如一日。他修行打坐，与世无争，百岁高龄依旧精神矍铄。乾隆皇帝到时，默默和尚已年过百岁。而当乾隆二十二年第二次南巡时，默默和尚已经圆寂，乾隆皇帝写下了《游观音山永济寺》，以示纪念：

滨江得初地，插汉俯诸天。
铁锁连飞阁，金绳阐福田。

涛声风里立,花色雨中燃。

默默今何在,彼宁非大年。

在江宁,乾隆皇帝的重头戏有两项:一是主持科举考试,二是阅兵。

江苏和浙江古称吴越,是著名的鱼米之乡,经济和人文方面,在全国占据着十分重要的地位。以清朝为例,经济方面,两省上交的钱粮税银分别达到全国赋银总数的30%和20.8%左右,盐课银占全国盐课银总数的68%左右,关税占全国税额总数的一半。这里出产的丝绸和茶叶,历来是宫廷内外的必需品。

人文方面,江苏和浙江两省才子学者之多,数倍甚至于数十倍于其他各省。从顺治三年到乾隆六十年的一百五十年里,全国共举行了六十一次科考,其中,江苏和浙江两省出了五十一位状元,占全国状元总数的87%;出了三十八位榜眼,占榜眼总数的62%;出了四十七位探花,占探花总数的77%。再就大学士九卿督抚来看,江苏和浙江两省人数也多于各省。另一方面,江苏和浙江两省又是明末遗民活动的中心,反清活动持续不断,发生了多起文字狱。这一点,也让清朝皇帝对此另眼看待。

总的来说,没有江苏、浙江这两个省支持,清朝的统治是很难巩固的。牢固控制住江浙,充分利用江浙的财力、人力和物力,这就是乾隆皇帝六下江南的根本原因,也是在此额外举行科考的根本原因。

考试当日,江宁府考场热烈有序。数百名学子依次入场。他们拿到的题目是"天下归仁"。最后录取一等五名,依次是蒋雍植、钱大昕、吴烺、褚寅亮、吴志鸿。

这些人的试卷都是经过乾隆皇帝反复审阅,最后亲自定夺的。这几个人均特赐举人,授为内阁中书。

阅兵是江宁活动的压轴戏。

要真切了解当时乾隆皇帝的阅兵安排,就需知道当时清朝的兵制以及军队的战斗力情况。

当时,清朝的军队由八旗和绿营组成。

清朝的兴起,依仗的是强大的八旗。随着领土的扩大,八旗不敷使用。入关后,虽然八旗军多达二十万人,但兵力仍远远不足。为了加强对领土的有效统治,清政府招降明军、招募汉人,组织了一支军队。它以绿旗为标志,以营为单位,被称为"绿营兵"。

八旗是开国功臣,有特殊优待。因此八旗官兵日益腐化,失去了战斗力。而绿营则愈战愈强,在康熙平定"三藩"的过程中,八旗已经退出历史舞台,绿营成为战场主力。这样,绿营军的地位也渐渐提高,成为全国主要的军事力量。其人数渐渐增多,到乾隆年间,已经达到六十万人。

绿营主要是步兵,分为战兵和守兵两种,此外还有骑兵和水师。它的基本单位是"营",分标、协、营、汛四种。总督、巡抚、提督、总兵所属称"标",副将所属称"协",参将、游击、都司、守备所属称"营",千总、把总、外委所属称"汛"。

每营的人数少则两三百人,多则六七百人。按道路远近,计水陆冲缓,绿营军分汛布防。其建制分京师、行省、边区三个方面。京师设巡捕五营,统于步军统领。在内地各直省,均有绿营驻守。

绿营的军职,以总督为最高,节制总兵以下各级军官。而各省区绿营,自巡抚、提督、总兵各标以下,统归所在总督节制。巡抚原则上不节制提镇,但在不设总督的省份及巡抚兼任提督的省份均可节制镇协。

总督、巡抚、提督、总兵除了统辖本标官兵外,还兼辖若干协营。个别省份的八旗驻防将军,如伊犁将军、成都将军亦统辖、节制部分绿营兵。

在边区,新疆、蒙古和西藏建立了屯戍制度。

地方绿营基本任务是"慎巡守,备征调",此外还担负差役、西北用兵、东南海防和边防、屯戍、河工、漕运、守陵等任务。这一套组织严密的军队成为清王朝维护其统治的主要支柱。

为了防止割据,清朝在绿营军建制中采取了一系列防范措施。第一,以文制武。地方绿营的各级统兵官均归地方最高文官统辖或节制。第二,互相分权,相互牵制。总督有权节制巡抚、提督、总兵,而提督和部分巡抚也可节制总兵以下各级武官。第三,兵皆土著,户籍以驻当地为准。将领可以调动,而不得调兵随行,即将不得私兵,兵不为将有,权力悉归兵部。

在乾隆朝,绿营保持着强盛的战斗力。像骁勇善战的天筑牛录那样的八旗军已是凤毛麟角,故而深受乾隆皇帝的器重。

且说当时乾隆皇帝检阅的军队,就是驻扎在南京的绿营。

当天天气很好,校场的周围已经人山人海——百姓们一来是要看皇上,二来是看热闹,看看这从来没有见过的阅兵场面。

校场上搭了一个高台,乾隆皇帝端坐在高台中央,其两侧坐着庄亲王允禄和其他大臣,如松则站在乾隆皇帝身后。

江苏巡抚雅尔哈善担任阅兵总监,他通过旗语进行指挥。被阅绿营共十营,身着新装、新旗,一营一营分列入场,整齐划一,引起全场欢呼。

绿营的入场式已经演练多次,天筑牛录未曾实地演练。绿营皆为步兵,而天筑牛录是骑兵。

入场前,天筑牛录先在校场的西侧列队。一声令下,天筑牛录照"三骑一组,三组一簇"阵势行进,不断地变换队形,而每每阵形变换,皆异常地整齐。队形无论如何变换,马头、马尾的排列,横看竖看,都是笔直的。它如此通过几百丈的校场,始终如一。

绿营的演练可称为训练有素,而与天筑牛录相比,就显得不足了。

乾隆皇帝还没有见识过天筑牛录的真容,这次见后兴奋至极,不住惊叹:"真乃威武之师!真乃英雄之师!它战无不胜,不是没有原因的!"

阅兵结束后,乾隆皇帝保持着兴奋的状态。他对身后的如松,重复了刚才的话,最后又加了一句:"倘若我们所有的队伍都是如此,那何患疆域无保,社稷无佑!"

之后,乾隆皇帝一行从江宁到了嘉兴,三月初一日到达杭州。

乾隆皇帝在杭州的日程安排除侍奉皇太后游览外,主要有三项:一、主持科举考试;二、阅兵;三、督查海防工程。

杭州游历,自然首推西湖。

当时的西湖,经过冲刷已经定型。西湖原名武林水,因水出武林山而得名。最早,武林水与钱塘江相通。后由于泥沙淤积,在武林水南北两山——吴山和宝石山山麓逐渐形成沙嘴,此后两个沙嘴逐渐靠拢,最终连在一起成为沙洲。在沙洲西侧形成了一个内湖,即为武林水。

西湖这个名字,是唐代以后才出现的。唐穆宗长庆二年,白居易任杭州刺史,他拓建石涵,疏浚内湖,筑堤修闸,增加湖水容量,解决了钱塘(杭州)至盐官(海宁)之间农田的灌溉问题。当时白居易修建的堤坝,称为白公堤。白居易曾作《钱塘湖闸记》,并刻石立碑。他不仅留下了惠及后世的水利工程,还创作了大量有关西湖的诗词,最为著名的作品有《钱塘湖春行》《春题湖上》《忆江南》。从这些题目可知,那时白居易称武林水为"钱塘湖"。

唐末宋初，钱塘湖多年不治，日渐荒芜，"葑草湮塞占据其半"。宋哲宗元祐五年，时任杭州知府的苏轼上《乞开杭州西湖状》，强调西湖的重要性："杭州之有西湖，如人之有眉目，盖不可废也。"

由此可见，西湖的名字已经出现。

同年四月，苏轼动员二十万民工疏浚西湖，并用挖出来的葑草和淤泥堆筑起自南至北横贯湖面近六里长的长堤，在堤上建六座石拱桥，自此西湖水面分东西两部，而南北两山始以沟通。后人为纪念苏轼，将这条长堤称为苏堤。

到了明代，西湖再次荒芜。明孝宗弘治年间，杭州知州杨孟瑛见当时的西湖几近淤塞，苏堤以西高者为田，低者为荡，遂向朝廷上呈奏章《开湖条议》，力陈西湖占塞的诸多弊害，请求朝廷允其疏浚快被富豪吞没的西湖。正德三年，朝廷批准此奏。于是，杨孟瑛带领百姓用一百五十天左右的时间，终于做完了疏浚工程。疏浚产生的葑泥，一边用于增补苏堤，使堤增高二丈，堤面增阔至五丈三尺；一边在西里湖筑起一条南北走向的长堤，南起赤山埠、钱粮司岭东麓，北至栖霞岭西侧。西湖湖西一带终于恢复了往日的景象，"自是西湖始复唐宋之旧"。

西湖的面貌维持到清雍正时期。雍正二年，浙江总督李卫再次疏浚，挖出大量淤沙，使湖水增深数尺。

这次，乾隆皇帝侍奉皇太后游览了苏堤春晓、平湖秋月、断桥残雪、三潭印月等。皇太后兴犹未尽，次日游了孤山、大运河拱宸桥、广济桥，并视察了富义仓。

初三日，南巡的第二场科考在杭州举行。最后，乾隆皇帝亲点了谢墉、陈鸿宝、王右曾三人。

初五日，举行阅兵仪式。场面与江宁相当，只是天筑牛录有了新科目。

天筑牛录出场依然是压轴，它先是做了"三骑一组，三组一簇"的演进，随后是骑射表演。

在校场的东侧，高高地悬挂着一块一丈见方的蓝色幕布。幕布的中央有一面铜锣，铜锣的中央有一茶碗大的空洞。

天筑牛录的骑手们在校场西侧列队，口令下达后，他们如箭出弦般前进。离幕布约一百五十步时，"射杀"口令一出，箭一支又一支穿过铜锣的空洞，然后飞向远方。随后，奔驰到离幕布约一百步时，又发出齐射口令，先见铜锣中央的圆孔被射去的箭堵死，铜锣上形成一个"箭靶"。随后，后面的箭射到"箭靶"之上。结果，"箭靶"越来越长，最后形成一把扫帚，尔后从铜锣上脱落。

全场的欢呼声、掌声震耳欲聋,乾隆皇帝激动万分,转身对身后的如松道:"除去威武之师、英雄之师,还要加上一个'神奇之师'!"

天筑牛录的检阅,获得了巨大的成功。

最后是督查海防工程。

杭州湾一带特殊的"喇叭口"环境,牵动了有清一代的钱塘海防。

钱塘江的入海口有二百里宽。在潮汐的作用下,海水从钱塘江口倒灌,进入钱塘江。钱塘江海口上溯几十里,江面变窄,仅有数里宽。倒灌的海水来不及均匀上升,而是后浪逐前浪,层层相叠,加上江底淤沙的阻碍和东南风的作用,便形成了钱塘江特有的澎湃江潮。江潮冲击着江岸,如果江岸筑得低,潮水势必涌出两岸,形成灾害。

钱塘江海防工程,亦被称为"塘工""海塘",均是以巩固江岸、保护流域内耕畜民田不被潮水侵袭为目的。

清代的钱塘江海防工程始于康熙年间,较为著名的是康熙五十七年,浙江巡抚朱轼修筑的海宁石塘,这一工程有效地控制了钱塘江漫堤的危害。

雍正十三年六月,钱塘江遭遇罕见风潮,整个雍正朝修筑的海塘工程几乎损毁殆尽,而当年朱轼修筑的海宁石塘却独自屹立。

一劳永逸的石塘工程是历朝海防人的梦想。乾隆皇帝登基伊始,总理浙江海塘事务大臣的嵇曾筠便上书道:"鱼鳞大石塘乃经久保固之工,自应于霜降后次第兴举,以垂永远。"

嵇曾筠所指的"鱼鳞大石塘",是海防工程中最为坚固的一种,其特点是塘工全部使用规格统一的长方形条石,层层上叠,自下而上逐层垒砌,缝隙处用糯米浆勾填,以铁锔、铁榫箍紧,层次密集,状似鱼鳞。因其坚固,被视为海塘中的"一劳永逸之图"。

乾隆皇帝明白,皇祖及父皇没有完成的海塘工程,如全部以鱼鳞石塘兴筑,不仅需要雄厚的经济实力,在经理人选和工程技术上亦具相当难度。但他仍以"不惜多费帑金,为民生谋一劳永逸之计"的决心和抱负,同意启动这项伟大的工程。

从乾隆二年至八年,耗银一百二十万余两的六千余丈鱼鳞大石塘工程完竣。此次,乾隆皇帝南巡来到杭州,江堤巩固,海塘无事,心中十分喜悦。他登上开化寺的六和塔,眺望钱塘,展现在他眼前的是一片江涛涌动、山峦踔厉的图景,他遂发出了"洪潮拗怒尤未已,却数百里时无何"的感叹。

乾隆二十二年，第二次南巡时正值钱塘江大潮期，"滨海诸邑得庆安澜，利及民生"，乾隆皇帝兴奋不已，即兴作《阅海塘作》一首：

> 骑度钱塘阅海塘，间阎本计圣谟良。
> 长江已辑风兼浪，万户都安耕与桑。
> 南壮由中赖神佑，生灵永奠为民庆。
> 涨沙百里诚无事，莫颂唯增敬不遑。

乾隆二十四年，钱塘江海防形势生变。这一年春天江水大涨，北岸塘工有溃决之虞。当时，北岸涨沙后的老盐仓一带，尚有四千二百丈的柴塘。如何处理这段河塘，朝中出现了分歧。一说改筑大鱼鳞石塘，一说将塘址北移，一说巩固现有柴塘，但各说都有弊病。改筑石塘，苦于塘下尽是浮土活沙，难以下桩；移址，要拆人墓庐，毁人田垄；加固原塘，会有"徒费帑项"之嫌，事情定不下来。

三年后，乾隆皇帝三次南巡。三月初一日到杭州次日便直奔海宁，阅视塘工。在进入浙江境前，乾隆皇帝即已决意一定要改筑鱼鳞大石塘，遂命刘统勋、高晋、庄有恭先行"签试椿木"。

但当他三月初二日来到塘工现场亲自排桩时，亲眼看到重达两百多斤的夯筑石碾打下去后，木椿仅摇晃一下，沉不下去。原来，木椿之下尽是浮土活沙。无论如何发力，木椿都无法稳固。

无奈之下，乾隆皇帝只好放弃石塘，照旧加固原有柴塘。又下令加增柴价，鼓励民众踊跃售卖、输运柴木。

鱼鳞大石塘全工完竣的梦想暂告破灭，乾隆皇帝当时的失望之情可想而知，以至于驻跸安澜园行宫后，本已就寝的他于三更天便醒来，对石塘作罢之事仍难以释怀。伴着园外隆隆的江涛，他吟道：

> 睡醒恰三更，喧闻万马声。
> 潮来势如此，海晏念徒萦。
> 微禹乏良策，伤文多愧情。
> 明当陟尖峤，广益竭吾诚。

第二天,遗憾未消的乾隆皇帝在土备塘上巡视一番后,带着大队人马直奔尖山,尔后转了一圈就回杭州了。

三年后,第四次南巡的乾隆皇帝再阅海塘,海宁老盐仓这段柴塘仍然没有机会改筑。这一次,主要是将五千三百丈绕城石塘全部筑成三层坦水,原二层坦水内有桩残石缺处,查明更换。

乾隆四十五年,乾隆皇帝第五次南巡。这次南巡,老盐仓一带的海防环境已经发生了有利于修筑石塘的变化,七十岁的乾隆皇帝注定要完成这桩期待了十八年之久的夙愿。

三月初二日,他先到海宁观潮。初三日,他到尖山阅视海塘,并于当日下旨老盐仓一带柴塘,除个别地段难以下桩暂作保留外,其余各处全部改筑为石塘。

积郁十八年之久的心结一朝开解,回銮途中,乾隆皇帝还不忘叮嘱官员,在石塘修筑完竣以前,千万要保护好尚有护堤功能的柴塘,并特别告诫当地百姓,万不可心生改筑石塘而柴塘弃置无用的想法,否则就是开门揖盗,石塘没有筑好反而丧失了原先的保障。

乾隆四十九年,七十三岁高龄的乾隆皇帝最后一次阅视钱塘江海塘。他站在这座与他打了足足半个世纪交道的鱼鳞大石塘前,最后一次现场交代了关于修筑和增饰塘工的事情,并下拨五百万两库银,接筑章家庵以西范公堤土塘为石塘,以为将来计。当年底,接筑石塘两千九百三十余丈工程完竣。

三年后,全部鱼鳞大石塘工程告竣,浙江海防系统最终形成。钱塘江鱼鳞大石塘与金山至常熟段的江南海塘实现了连接,亿万江左百姓的生命财产得到保障,长江三角洲地区获得了长久的安宁。

三月初七日,乾隆皇帝一行到达绍兴。在绍兴,乾隆皇帝的日程有两项:一、祭拜大禹陵;二、游览兰亭。

大禹陵位于绍兴会稽山门外十二里处,坐落在会稽山麓。相传大禹去世后,遗命葬于会稽山。司马迁记载:"禹会诸侯江南,计功而崩,因葬焉,命曰会稽。"

据记载,大禹墓葬是以窆石所在地作为标志的。所谓"窆石",即传说中大禹下葬时所用的石器,形若秤砣,顶有穿孔。为保护窆石,古人建"窆石亭",明代以前,大禹祭祀活动都在会稽山东北山麓禹庙正殿东侧之窆石亭举行。明嘉靖二年,礼部郎官南大吉调任绍兴知府。随后,礼部员外郎郑善夫也来到绍兴,遂与南大吉共议禹陵祭祀之事。郑善夫对大禹陵进行了实地考察,并撰写了《禹穴记》一文。《会稽方志》记载,大禹葬处"郑善夫定在庙南可数十步许,知府南大吉信之"。

嘉靖三年,南大吉开始着手营建大禹陵园,并在陵园建"大禹陵碑",碑上题三个大字:大禹陵。据说是南大吉的手笔。

初八日,乾隆皇帝亲祭大禹陵。这一天,他身穿龙袍,行祭祀大礼。扈从之内大臣、侍卫以及文官五品以上,武官三品以上,地方知府以上、武官副将以上,陪同皇帝祭祀。众人行三跪九叩首大礼,读祝文,奠酒;其余地方文武百官,俱穿蟒袍礼服,排列在行宫门前两侧,跪伏迎送。

乾隆皇帝御笔亲题禹庙大匾、楹联,其亲书《祭夏禹王文》曰:

唯王神灵首出,文命宣昭。平地成天,万世仰随刊之绩。府修事治,兆人歌功叙之休。绍统绪于见知,亲承帝训。际都俞之交赞,时拜昌言。成允成功,继勋华而媲美。不矜不伐,诵谟典而兴怀。追维窆石之封,想象导河之烈。朕省方问俗,莅止会稽。瞻閟殿之穹窿,式临南镇。仰神功之巍焕,永奠中邦。俎豆亲陈,苾芬载荐!

仪式完毕,乾隆皇帝又写了《谒大禹庙恭依皇祖元韵》:

展谒来巡际,凭依对越中。
传心真贯道,底绩莫衡功。
勤俭鸿称永,仪型圣度崇。
深维作民牧,益凛亮天工。

随后,乾隆皇帝瞻仰大禹庙,写下了《禹庙览古》诗:

得莅稽山峻,言瞻禹庙崇。
碑文拟衡岳,井穴达龙宫。
问讯传工部,栖迟遇义公。
錞于寻岂在,窆柱恨难穷。
帆石终邻诞,梁梅久付空。

唯应敷土迹,天地并鸿功。

游览兰亭,乾隆皇帝首先瞻仰了御碑亭,亭中有皇祖康熙御笔《兰亭集序》。此《兰亭集序》乃康熙三十二年书,勒石立碑,并建造了御碑亭。乾隆皇帝抚碑观览,心潮澎湃,写下了《兰亭恭咏皇祖抚帖御笔》诗:

真赝操戈互诋攻,圣多能以不同同。
右军设使瞻仙藻,定早倾心拜下风。

乾隆皇帝信步兰亭,缅怀古迹,感慨万千,遂作《兰亭杂咏》四首,其二曰:

即景还思晋永和,崇山真见绿嵯峨。
斯人不祇清谈辈,誓墓高风有足多。

其中"誓墓高风有足多"还暗含一典:东晋朝廷为巩固其统治,征召士族名士为官,王羲之也属被征之列。但他看到官场争斗不已,为官实是一件凶事。而自己无意仕途,因此为表白自己辞意之坚,写了这篇《誓墓文》,曰:

维永和十一年三月癸卯朔,九日辛亥,小子羲之敢告二尊之灵。羲之不天,夙遭闵凶,不蒙过庭之训。母兄鞠育,得渐庶几,遂因人乏,蒙国宠荣。进无忠孝之节,退违推贤之义。每仰咏老氏、周任之诫,常恐死亡无日,忧及宗祀,岂在微身而已!是用寤寐永叹,若坠深谷。止足之分,定之于今。谨以今月吉辰肆筵设席,稽颡归诚,告誓先灵。自今之后,敢渝此心,贪冒苟进,是有无尊之心而不子也。子而不子,天地所不覆载,名教所不得容。信誓之诚,有如皦日!

文中所言辞官理由,如为官"进无忠孝之节,退违推贤之义",皆为说辞,其真实原因,在"常恐死亡无日,忧及宗祀"。此举果然有效,自此,朝廷不再征召他。

乾隆皇帝诗中有此句,表明他是赞成王羲之的举动的。

第六章 天下不静，私传伪稿掀大案

如松在京城已经等了近两个月，这天终于有了动静。皇上下诏，让他即刻去承德见驾。如松不敢怠慢，接到圣谕之后，快马加鞭奔向木兰围场。

一路上，如松都不知这次皇上召见是为了什么事。他分析了几种可能，可见了皇上之后，才发现他所有的想法都是错的。

乾隆皇帝先是拿出两份奏折让如松看了。如松看着那奏折，五脏六腑都在翻动。

奏折是云贵总督硕色发来的，一份发送的日期是当年七月初二日，一份是七月初六日。第一份奏折是向皇上报告，云南发现了一份用孙嘉淦名义写的奏折，内容是攻击皇上的南巡，同时涉及四件事：一、第一次金川之役，攻击此役劳师糜饷、毫无成就；二、金川之役杀张广泗，诿过臣属；三、孝贤皇后丧事风波；四、曾静案，攻击皇上杀人禁书。奏折附了一份抄录的伪稿，那上面有所谓"五不解十大过"的概括。

第二份奏折，是硕色对事件的表态及建议，说伪稿"显系大恶逆徒，逞其狂悖，不法已极""臣自披阅逆词之日，忿气满胸，切齿痛恨，昼不能食，夜不能寝，辗转思维，恐其传至滇省惑乱人心"，恨不得立刻抓住伪造者"寝皮食肉"。他已派得力员弁私下密查，还获悉在云南省城已有伪稿传播。他建议皇上敕令从京师到云贵沿途各省严查密访伪稿传播者。

伪稿的内容是如松不能接受的，他完全赞成硕色的说法，对它同样"忿气满胸，切齿痛恨"，在安静地等待皇上的盼咐。

乾隆皇帝道："让你留下来，原本是想派你做什么事，但做什么朕一直犹豫未定。现在出了这事,朕就派你做这件事了。"

"奴才定然抓到这个伪造者!"这算是如松对事件的表态。

乾隆皇帝遂道:"名义上你是军机章京,这样才好办事。"

如松道:"谢皇上。"

乾隆皇帝解释道:"做军机章京得是进士,现在朕给你一个进士出身,就可顺理成章了。"

如松再次谢恩。

乾隆皇帝又道:"下面要做些什么,你多加思考。"

如松道:"奴才明白。"

乾隆皇帝又道:"晚间军机处会商此事,你参加。"

如松道了声:"喳!"

晚上,军机处会商。军机大臣们已经看过了硕色的两份奏折以及所附的那份伪稿。会商决定,让有关省份彻查此事,皇上发一份密谕,要有以下内容:讲明"伪稿"性质;表示"一网打尽"的决心;方式是"密查"。

当时,大家对伪稿传播的时间究竟已有多长,传播的范围究竟已有多广,都是两眼一抹黑。因此,有关省份究竟是哪几个,都心中无数。

最后,由梁诗正起草,军机处议定,皇上批准,发了一份圣谕:

谕军机大臣等:

据云贵总督硕色折奏,本年七月初一日接古州镇总兵宋爱密禀,内称:六月二十二日据驻安顺府提塘吴士周呈禀内,另有密禀一纸,词殊不经,查系本月初八日,有赴滇过普之客人,抄录传播,现即着落提塘吴士周根追。阅密禀所抄传播之词,竟系假托廷臣名目,胆肆讪谤,甚至捏造朱批,种种妄诞,不一而足,显系大恶逆徒,逞其狂悖,不法已极。等语。着传谕步军统领舒赫德、直隶总督方观承、河南巡抚鄂容安、山东巡抚准泰、山西巡抚阿思哈、湖北巡抚恒文、湖南巡抚杨锡绂、贵州巡抚开泰,令其选派贤员密加缉访。一有踪迹,即行严拿,奏闻请旨,勿令党羽得有漏网。务须密之又密,不可稍有张扬浅漏。

这则圣谕于八月初五日发出,之所以让以上各省密查伪稿,而没有惊动其他的省份，是因为直隶、山东、山西等几个省属畿辅重地；河南、湖北、湖南、贵州则都处在从云贵到京城的沿途。这表明，乾隆皇帝和军机大臣对伪稿的可能性来源有了初步的判断。

这样，"伪稿"便摆上了全国几乎所有督抚的案头，而成千上万的人则被怀疑为伪稿的始作俑者，吃尽了苦头。

贵州安顺府普定县有一家旅店，叫胡家老店。乾隆十六年六月初八日，一名商人模样的人拿着一张纸，跟一名军士聊着纸上的内容。他越讲越起劲，好像在讲一个有趣的故事。

眼前那名军士看样子不识字，所以，只能听那商人在那里瞎白话。

之后，那军士向那商人要了一张纸，说要带回去给其他人看一看。

第二天，那军士带着商人给他的那张纸离开旅店，回到了军营。

无论是那位商人还是那位军士，他们都想不到，此次的聊天和这一张纸，将改变他们两人的命运，也将改变很多人的命运。

这名商人叫谭永福，四川人。他的职业是贩卖药材，经常往来于四川、贵州和云南之间。而贵州的安顺府，则是云贵和四川之间必经之路。这一次是他从昆明出来，准备回四川。到安顺后，他病倒了，于是便在普定县的这家旅店中休养。和他聊天的那位军士叫彭朝贵，因公经过，也住在这家旅店。他是一名守备，属武职正五品。

安顺府东距贵州省会贵阳约一百八十里，西距云南昆明一千里，北接四川，南达广西，是云、贵、川之间的战略要地和商业重镇，素有"黔之腹、滇之喉、粤蜀之唇齿"之称。

贵州提督就驻扎在安顺府。在清代，提督是一个省绿营兵的总统领，官列武职从一品。按惯例，各省提督或与督抚同城，或选远离省会的战略要地驻扎。提督之下设若干总兵，总兵武职正二品，分统各镇的绿营兵。

在安顺驻扎的贵州提督和贵阳的巡抚相距百里多，而与在昆明云贵总督则相距一千多里。这样，需要有专门的人员递送文报，联络声息。而且作为一二品高级武官，提督和总兵不仅要接受来自督抚的指令，而且经常直接受命于朝廷和皇帝，并有权力阅读朝廷下发的邸报，了解全国各地的情况。

由于驻地偏远，提督和总兵之间的信息联络无法借助于驿站，而由省内提塘负责。

彭朝贵属于中下级军官，没有资格阅读邸报。另外，因为他识字不多，对邸报的了解只能听其他人说起。

商人谭永福照本宣科，给彭朝贵就是一份"邸报"的内容。至于这张"邸报"是真是假，那不是彭朝贵要考虑的问题。这样，他便把"邸报"内容当成一个重大消息带回安顺军营。

回营之后，彭朝贵把这张纸交给一名叫张忠的候补守备。张忠也不识字，又把这张纸交给了另外一个候补守备李全。李全给了提塘吴士周，吴士周则将它抄入正式的邸报，并将其报给驻扎在贵州各地的总兵，包括古州镇总兵宋爱。

清代邸报承袭前朝，制度更为健全，这里涉及一种官职——提塘。朝廷的政令、各地的奏章，审核下发后，由各省的驻京提塘抄录，发送本省的督抚、将军等行政、军事长官。各省的督抚又将中央邸报连同本省的政令等交给本省的提塘，发送全省府县及所辖地方驻军。所以，提塘是专门负责京城和各省之间的文报、信息往来的官员，在京城的称驻京提塘，负责收发、抄录和递送京城和该省之间的文报；在各省的提塘称驻省提塘，也负责收发、抄录、递送京城与本省之间的文报，但主要为本省督抚等官员服务，还要将文报、邸报抄录、分送省内各级、各地的官员。

如果一省的提督和督抚不同城，那也会有专门为提督服务的提塘。在贵州，提督驻扎安顺府，这个地方自然也会有提塘驻扎。吴士周就是安顺府的提塘。

对那张纸，从彭朝贵一干军职人员到提塘吴士周，都没有怀疑它的真实性。特别是吴士周作为提塘，他除了把来自督抚的文报分送提督和各镇总兵，还有一项重要职责就是抄录邸报。一份邸报送到他手中后，他根据阅读邸报的人数，以最快的速度抄录、复制若干，然后分送给各地驻扎的将领，包括总兵，以及驻扎协营的参将、副将。

吴士周恪尽职守，该发的他都发了。除了古州镇总兵宋爱外，其所属各协营共七人也每人一份，镇远镇总兵唐开中也发了一份，其所属协营将领共发了五份。

在接到这张邸报后，镇远镇总兵唐开中没有给予足够的注意，他既没有上报也没有交出，而是放在一边不再理会。而宋爱就不一样了，他是一名久经沙场的战将，乾隆十二年到十三年的金川之役中，曾因战功突出受到皇帝嘉奖。宋爱在六月二十二日收到这张邸报，意识到事情重大，立刻密向三位上级报告了，分别是云贵总督硕色、贵州巡抚开泰和贵州提督丁士杰。

开泰于六月二十六日收到密禀,他看出了问题,一方面赶紧派人进行调查,另一方面立刻将事情札报远在昆明的总督硕色。但开泰没有意识到问题的严重性,因此他没有马上奏报皇帝。

而硕色就不同了,七月初一日他收到宋爱的禀报,便立刻派出营员飞赴安顺,提解谭永福、吴士周。尤其是硕色于七月初二日向皇帝发出第一个奏折,报告了发现伪稿之事。

当时,安顺府知府王守震正在省城贵阳。开泰收到邸报后,立即要王守震火速返回安顺查办,同时,以快马密令普定县署理知县朱怀栻立刻收审提塘吴士周。

很快有了收获,朱怀栻通过吴士周很快查出谭永福;谭永福的伪稿得自他在云南所设五福行的伙计唐宽、郝彭祖;唐宽、郝彭祖则抄自信丰行,抄件给了谭永福。

王守震返回安顺后,立刻将谭永福抓捕,并将审讯情况禀报给开泰。

不久,王守震收到总督的札令,令其将谭永福、吴士周押送到昆明,由总督亲自审理。

另外,开泰派出的人员在贵阳也发现伪稿踪迹。先是在一名叫张洪学的人那里查获伪稿,而张洪学的伪稿得自六合行的彭洪范;彭洪范则得自江西安福县监生朱步兰;朱步兰则是一名布商,经常从汉口贩布到贵阳。

有了这些线索,开泰才于七月二十二日向皇帝发出第一道奏折。这时,离接到宋爱密报已经过去了差不多一个月。当然,开泰也将这些情况报告给了硕色。

开泰的奏折不是通过驿站,而是派专人递送京城。这样,他的奏折还要再用一个月才能到达京城。而在这期间,乾隆皇帝已经根据硕色的两个奏折做出查办伪稿的决定。在收到开泰的奏折后,乾隆皇帝立刻让军机处起草一份上谕,对开泰进行了严厉批评,指责他与硕色同时接到伪稿,应该"即由驿递星驰奏报,今迟迟不发,仍循例俟赍折家人入奏,独何心耶"?

硕色在云南展开了查访,并查到了若干线索。鉴于开泰迟报受责的教训,硕色对查获的情况及时奏报了。而在奏报中,谈到复审某人时,说"听从分散及私行抄录、辗转传播者,亦属助恶逆党,应从重办理"。对此,乾隆皇帝则批示道:"其实系无知传抄者,仍遵旨枷责释放,其稍有可疑应质问者,自应严禁。"这样,追查的目标应该是伪稿的撰写者,而对一般的传抄者应该尽快放过,不应抓了芝麻,丢了西瓜。

另外，硕色对唐开中这样的武官在奏折中表示了怀疑。对此，乾隆皇帝说唐开中的忠诚他毫不怀疑，不相信他会写出这样的悖逆文字。因此，对武职官员不要轻易怀疑。

所有的奏折和上谕都要经过如松之手，如松意识到这三项准则对追查工作有重大意义。第一保证了皇上对追查工作的集中统一，避免各行其是；第二规定了追查的方向，避免乱仗的发生；第三则稳定了军心，使众多的军官避免了被追查的苦楚。

原以为伪稿只在从京城到云贵的途中传播，但很快，这一判断被事实所破。

八月初五日密谕发出后，直隶总督方观承正陪乾隆皇帝前往热河的途中。八月初七日，他收到军机处的廷寄，成为督抚中最早接到上谕的一个。随后方观承在全省布置开始查捕伪稿之事，而且很快查到了线索，在古北口外发现有人携带伪稿。审讯的结果是伪稿携带者关永宁从枣强带来的，方观承立即向皇上报告了这一情况。八月二十三日，乾隆皇帝收到了方观承的奏报。

这是云贵之外最早出现在乾隆皇帝龙案上的追查报告，对伪稿传播的范围，乾隆皇帝有了新的认识。

山西巡抚阿思哈于八月初十日接到廷寄密谕，他立刻召集山西布政使、按察使及各司道等密商查办措施，然后精心选拔各府州县中之才能精细者，让他们筹备查拿伪稿的各种方案。同时又派委精干之员，改装易服，深入各地私下打探。阿思哈严嘱这些人既不能遗漏任何线索，亦不许株累无辜。阿思哈还密札太原、大同两镇总兵一起访查伪稿线索。

但实际上，阿思哈并没有把心思专注到伪稿案上来，也没有执行皇上关于快查快报的圣谕，竟然在接到密谕后的一个多月内，没有回奏追查伪稿的任何情况。

其实当时，阿思哈正在忙于处理王肇基的案子。

王肇基是直隶的一个落魄秀才，曾多次参加科举考试，但屡试不中，后流寓于山西省介休县。乾隆十六年八月初九日是皇太后寿辰，王肇基写了《恭颂万寿诗联》，想通过为皇太后祝寿获得官府青睐，谋个一官半职。他将诗联呈送给汾州府同知图桑阿，图桑阿看后认为其中有一段文字谈古论今，有"毁谤圣贤，狂妄悖逆"之嫌。于是，立刻呈送上司。等报告送到阿思哈的案头时，阿思哈看后也认为王肇基的诗属于"借名献颂、妄肆狂言"，于是将他关押在巡抚衙门，并将情况奏报给乾隆皇帝。乾隆皇帝看后,令阿思哈"速行严密审讯,务得确情,按律问拟,毋得稍有漏网"。

恰在此时,伪稿案发生。看到皇上的密谕后,阿思哈表了态:"定会实力追查伪稿,不敢大意,以致疏纵。"

由于王肇基在他所献的诗联中也有对朝廷大臣不满的一些议论,阿思哈自然怀疑他或与伪稿有纠葛。这时,皇上的谕令到了,一方面严厉批评阿思哈的迟报,另一方面谕令他快马将王肇基所献诗联驰送京师,认真查究王肇基与伪稿案到底有无关系,如有关系,则需根究清楚,不能立毙杖下;如无关系,也不得牵强关联。

当乾隆皇帝收到并看了王肇基的诗句后,立刻明白他与伪稿案无关,朱批曰:"知道了。竟是疯人而已!"

这之后,阿思哈开始专心于伪稿案的追查。

山西是孙嘉淦的老家。伪稿事发后,乾隆皇帝虽不怀疑孙嘉淦本人,但对孙嘉淦的族属并不放心,这是他最初把山西列入密查范围的原因之一。对于这一点,阿思哈心领神会。

九月十五日,山西也发现了伪稿的踪迹。太原府知府那丹珠、阳曲县知县王应超首先在一名叫张联义的学房内发现有抄录孙嘉淦书稿一纸。经审讯,张联义供称伪稿是在乔世昌学房书案上取来的,官府立即将乔世昌捕捉。当时乔世昌十五岁,他供称伪稿是当年五月到书铺里买书,有徐沟县人田凤诏在书铺隔壁开布铺,拿着这张伪稿叫书铺人念给他听。书铺人看了说,只怕是假的,不必看它。但乔世昌倒是很感兴趣,就把伪稿拿了回来放在书案上,后被张联义拿去。官府又拘田凤诏讯问,说是在常家庄常琏家拿到的。常琏供称,是当年四月间有亲戚梁东娃子从清源县来时,拿出这张字纸来看留下的。随后,阿思哈命人前往清源县抓捕梁东娃子。

九月十七日,阿思哈向乾隆皇帝奏报了查捕的情况。

然而,就在阿思哈送出奏折的第二天,收到了朝廷于九月初十日发出的一份密谕。在上谕中,乾隆皇帝对阿思哈提出严厉批评,认为他以前所说"实力侦缉,断不敢稍有泄露,略存将就之见,以致疏纵"一类的话,都是敷衍搪塞。

实际上,当时四川、云南、两湖、广东都来报发现了伪稿。山西是孙嘉淦家乡,其乡人对此事肯定喜谈乐道,必然有传抄伪稿、幸灾乐祸之人,怎能没有任何线索?因此,乾隆皇帝认为阿思哈性格柔懦,平日遇事不能勇往,所以警告他,"如此等事,非可苟且塞责"。

阿思哈接到这样的谕旨,除了表示痛加自责,深感羞愧外,只能加紧追查。

至乾隆十六年十一月,山西发现伪稿线索三十九起,但大多来自陕西、江西、河南、山东、直隶等省,阿思哈没有找到任何孙嘉淦亲戚、族人传抄伪稿的证据。

后来,闽浙也发现了伪稿。这说明,伪稿的传播已经远布江浙了。

在八月初五日密令几个省查缉伪稿的上谕发出后,乾隆皇帝收到越来越多的线索报告。这使他对伪稿案的认识发生变化,对各地方督抚能否认真追查,也持怀疑态度。

八月二十七日,山东巡抚准泰因在伪稿案中懈怠被革职,成为第一个因为伪稿案被撤职查办的省级官员。

乾隆十六年四月十九日,当乾隆皇帝南巡回銮行至山东泰安时,有人冲撞圣驾仪仗,很快被抓。乾隆皇帝非常不悦,但没有过问此事,而是把挡驾者交由山东巡抚准泰审讯。

准泰很快查明,此人名叫房铉,长清县人氏,冲撞仪仗是为了状告长清知县马泽。在呈状中,房铉列举了马泽八条罪状。

房铉是一名举人,颇负才学,但科场不顺,举人之后数次参考,再无建树,于是慨叹"此天下无人知我",希望将来"设有际遇,从龙得志"。雍正九年房铉在河南大梁书院肄业时闹事,被当时的总督王士俊下令解回原籍看管。乾隆九年,房铉又赴京城都察院,状告当时的大学士张廷玉纵容族人祸害百姓。都察院将此事发回山东审理,后来房铉的继子称其父素患疯疾,因此官府没有追究,允其保释。乾隆十年,房铉又以漕运陋规,撰写状子跑到前任山东巡抚喀尔吉善的衙门告状。此事也被发回长清县审理,仍以疯疾交其子在家中看管。乾隆十四年,房铉自己写了一份保状,其中有"群小横行嫉妒"一类的话,并自比为箕子,并让他的朋友、已革生员郑广送给县衙。后房铉跑到已革生员萧嵩龄家中,设馆教学,然后又将他自己前后写的几次状子、保状和一些诗文,抄录一册,卷末画上掌图,题名《野人语》。当时,县令马泽勒令将房铉看管在家中,官府正忙着准备皇帝南巡的诸项差务。

房铉很快闹出更大的动静,他宣称南巡差务繁重,苦累百姓,企图带领很多人到省城呈控。房铉又让其族叔房国琦为其整理衣冠,带着族弟房博拿着《野人语》到处宣讲,称房家有生徒数千人。已革生员齐邦彦遂抄录《野人语》一部,收存家中。至四月十九日，终于闹出冲撞仪仗的行为。

审讯之后，准泰的意见是"竟以欺天邈法之狂悖语言，公然于法堂之上，放肆无忌，诚为国法所难容，人心所共忿，实非寻常干法犯纪者所比"。应该照例处置，即邪言，煽惑人心罪者，斩立决。很快，房铉人头落地。

其实是准泰不敏，伪稿案的发现不应在云南，而应在山东；不应在八月，而应在四月。原来，乾隆十六年四月，也就是刚刚处理完房铉案时，皇帝还在南巡回銮途中，山东按察使和其衷已经发现了伪稿在山东的传播。

四月二十日，山东沂州府兰山县铺户章邱县民人李仆到济南购货，被发现带有伪稿一张，而且上面有"该部知道"的朱批。后经官府追查，伪稿是由兰山县商铺的伙计李洪仁抄自邻铺的张魁林。按此追查，一直查到郯城县的刘恒发。刘恒发的伪稿则得自流寓于郯城县的江南吴县已革州判周尚智，周尚智得自官贵震，而官贵震此时住在江南江宁府上元县花牌楼一带。

看了伪稿，和其衷意识到问题的严重性，当即禀明山东巡抚准泰，请他一面奏闻，一面转咨江南一带的督抚，查缉官贵震。

但准泰不以为然，他认为伪稿并非山东民人捏造，只要将传播之人惩办即可。至于伪稿的来源则"以无庸深求，亦不必具奏"，将原禀勾抹了一番，将山东伪稿来源改为拾自途中，发还给和其衷。这样，事情就搁置了。

到八月间，当乾隆皇帝严令追查伪稿案的上谕下发后，和其衷赶紧上折奏报当初的情形，参劾了巡抚准泰。和其衷的奏折被如松首先看到，他对准泰的不敏甚感吃惊，遂将和其衷奏报呈送皇上。

乾隆皇帝见奏后勃然大怒，严厉申斥准泰身为巡抚，"平日一味取巧因循，已不能称职。及见此诬谤悖逆之词，竟至忍心隐匿，实出朕意料之外"。并说"唯知自顾己私，遂置君臣之义于不问，且此等梦呓谤张之词，即朕宽大，不令深究，独不思为风俗人心之大害乎？封疆大吏，居心若此，国法实不可容"。

这样，准泰被革职，山东巡抚由河南巡抚鄂容安调补。

八月二十五日，在接到和其衷奏报两天后，乾隆皇帝派钦差大臣、兵部侍郎兆惠启程赶赴山东抓捕准泰。新巡抚鄂容安到来之前，由兆惠署理山东巡抚。

次日，乾隆皇帝又用异常严厉的口气敲打了四川总督策楞，斥责他没有把最早的伪稿线索上报。

八月二十七日，乾隆皇帝发布上谕，警告两江总督尹继善不要因为爱惜"名声"而耽误伪稿案的查办。当时,山东的线索已经追查。乾隆皇帝谕示尹继善查拿官贵震,并称若涉及官员,无论是谁,即当拿问。他还告诫尹继善,"如存隐匿草率了结之见,必于该督是问。尹继善之果能遵朕训谕,改向来好名之习与否,将于是案观之"。

八月二十八日,钦差大臣兆惠抵达济南。这一天,乾隆皇帝向全国督抚发出一个明发上谕,公布准泰被严惩之事:

谕军机大臣等:

滇省传播伪撰孙嘉淦奏稿逆犯,前经传谕直隶等省督抚,密行严擎。该督抚等奉到谕旨,有将现在查办情形奏闻者,亦有尚未具奏者。此案将来办理,自当分别轻重。所有首先诬捏撰写、分散传播之犯,自属首恶渠魁。其辗转传抄,虽均非我国家生养编氓之所应有,然其中情罪亦异。如见此技痒,抄录传写,流播人口,藉以煽惑众心,或为之注释及仿效词句、私自记载者,均当从重办理。至得之传播,实系愚懵无知,一时私抄,未经转示他人者,又属有间,该督抚等办理此案,当量其情罪,知所区别。恐各督抚各出意见,轻重反不合宜,是用先为明白宣示办理梗概。至此等醉生梦死,不知天高地厚、一以幸灾乐祸为心、实乃害稼之蟊贼,其贻害于风俗人心者甚钜,不可不亟为剪除。倘该督抚等姑息养奸,唯恐株累多人,思欲苟且了事、不实心查办,则有准泰之前车在,将此通行传谕知之。

这个上谕是伪稿案升级的标志。一是此谕为"通行传谕",它意味着伪稿追查由原来的密查、局部追查,升级为全国、公开追查。二是皇上明确要求各省督抚大员必须严厉办案,不得因为担心牵累无辜而苟且姑息,否则准泰就是前车之鉴。

兆惠抵达济南时,准泰正在章丘一带勘查河工,兆惠没有立刻采取行动,而是派人通知准泰回省城,并将他的家属全部羁押。九月初一日,准泰被带到济南,开始接受兆惠的审讯。

准泰承认曾经将和其衷关于发现伪稿的报告涂抹勾还,也承认没有将查办伪稿的上谕及时抄发给和其衷。但他强调自己不忍目睹那些讪谤文字才没有将伪稿原件抄发和其衷，当初之所以将禀告涂抹勾还，是不想在没有查获案犯前就张扬到外省。

九月初三日，兆惠将这些行动和审讯情况，连同准泰的口供向乾隆皇帝密折报告。两天后，乾隆皇帝在兆惠的第二个奏折上批示："知道了。"意味着对准泰的审讯到此为止。很快，兆惠押着准泰回京，以后他也没有再介入这件事中。

查办准泰上谕发出的同一天，乾隆皇帝专发上谕，警告江西巡抚舒辂办理伪稿案"不认真"。过了一天，乾隆皇帝又令江南河道总督高斌，如果发现山东伪稿传播嫌犯官贵震潜居河工近次，则立即捉拿。在上谕中，乾隆皇帝叫着高斌的名字道："高斌向来有宽厚道学之名，若于诬谤君父之人而施宽厚，其令高斌自忖之。"

八月的最后一天，乾隆皇帝虽认为王肇基与伪稿案没有什么关系，但仍下令将他立毙杖下，并告诉阿思哈不要受此事影响，继续严密追查伪稿案。他告诫阿思哈，对于伪稿案之事，"非可苟且塞责，独不见准泰之前车，可为炯戒乎"？

九月初，湖南巡抚杨锡绂也受到类似的警告和斥责。杨锡绂在接到查办伪稿的密旨后，立刻派人乔装打扮在湖南、贵州之间的冲衢大路、市镇寺院，潜行密查。杨锡绂对自己的做法十分得意，但乾隆皇帝却认为这种做法非常荒唐。说他已经明令降谕，何必如此偷偷摸摸？应该像湖北巡抚恒文那样大张旗鼓地查办，明令："如不实力加紧缉办，则纵奸之咎断不能为杨锡绂宽也。"

到了十一月，乾隆皇帝命如松统计各省收集的情况。如松发现自伪稿案发以来，福建还没有任何动静，巡抚潘思榘也没有上报任何线索。他如实向皇上奏报了情况，乾隆皇帝认为伪稿传播既然已遍及云贵、四川、甘肃等地，福建怎么可能没有一点儿线索？因此他警告潘思榘道："如稍不实心，则有准泰之前车在。"

乾隆皇帝还以同样严厉的口气批评了广东巡抚苏昌。在广西发现伪稿线索并牵涉广东后，苏昌表示以前没有接到查办伪稿的谕旨，所以没有行动，直到接到广西方面的咨会后才开始严查。对这种说辞，乾隆皇帝非常不满，便传旨对苏昌严饬，令其加紧严缉根究，"如稍不实力，则纵奸之咎，有准泰之前车可鉴，断不稍为宽贷也"。

全国的追查还浮在面上，无穷尽追查的是"上线"，即某某的伪稿是从哪里来的。乾隆皇帝要各地督抚不要捡芝麻丢西瓜，要全力查找撰稿人。大家都在向着这个方向努力，但问题是那个撰稿人在哪里？

八月二十四日，在收到和其衷弹劾准泰奏折的第二天，乾隆皇帝将搜捕官贵震的上谕同时发给了两江总督尹继善和江南河道总督高斌,警告他们伪稿追查不得因"好宽厚之名"而心慈手软。

在这样的背景下,一个名不见经传的小人物,顿时成为整个大清王朝关注的焦点。

在江宁,两江总督尹继善于八月二十八日接到上谕后,立即派人将官贵震抓获,并连夜进行了审讯。

尹继善原为陕甘总督,是在乾隆十六年闰五月的时候才和黄廷桂对调接任两江总督的。当时,皇上的南巡刚刚结束,黄廷桂已经圆满完成了接待圣驾南巡的差务。

官贵震是福建人,曾任山东沂州府州同,后入赘当地的郑家。官贵震为人慷慨,有许多朋友。郑家在沂州有个邻居叫刘弘谟,是个读书人,自号禹文,深谙时事,还精通拆字卜卦,是山东按察使和其衷的幕僚。他与郑家交往密切,还从官贵震那儿借过银子。

乾隆十四年,在皇上准备南巡的上谕发出后,沿途官员们一片欢腾。官贵震也参与到迎接圣驾的各种活动中,可不知什么原因误了办差,很快被革职。一同被革职的,还有他的好友沂州州判周尚智。祸不单行,江宁城在修御道的时候,又拆了官贵震刚刚买下的房子。

作为州同,官贵震在当地还算是一个有身份的人,可遇到皇上南巡这样的大事,他就如同汪洋中的一粒沙子那样渺小。他的冤屈,没有什么人关注。

周尚智被罢官,心中不平,于是与官贵震一起到京城叩阍,非但没得到什么好处,他们反而因进京告状被发配到江南水利效力。

这样,气愤不已的官贵震准备趁皇上南巡时,寻机再次告状。

乾隆十六年二月,圣驾南巡,官贵震声称一定会趁皇帝回銮京师经过山东时拦驾呼冤,以求能够官复原职。他表示即使不能,也死而无憾。

三月间,官贵震买了一条船沿运河北上,刘弘谟搭船与之同行。

途中,官贵震请刘弘谟拆字,他先说了个"蒋"字,以卜其能否官复原职。刘弘谟说,"蒋"字有两个草头压着,所以不会有什么好结果。因此,他劝官贵震返回福建老家。

官贵震听后心中更加气愤,说道:"如无什么好结果,那就要干出一件惊天动地的事情来。男子汉顶天立地,一死方休。"

刘弘谟又为官贵震拆了第二个字"柴"。柴字开首是个"止"字,次是"匕"字、"木"字。"匕"为利器,"木"为凶器。刘弘谟说此番不但不可去,且有凶险。随后,刘弘谟就辞了官贵震回去了。

实际上,官贵震并没有做拦御驾叩阍的事,否则他就成了第二个房铉了。

一口气出不来,恰在此时,官贵震看到了那份假冒孙嘉淦批评皇帝的奏稿,非常契合他的心态,给他开了一个发泄心中不满的窗口。于是,他一口气抄了几十份,随后到处发送,以泄胸中愤恨。

尹继善派人抓捕官贵震时,同时将他家中所有书札彻底搜查了一遍,并在废纸中找到了一封信。这封信是刘弘谟密寄给官贵震妻舅、江宁人郑鹤年的。这封信以及后来的审讯,竟然揭出了一个大家熟悉的名字:和其衷。

据刘弘谟交代,当他得知官贵震牵涉伪稿案即将被查拿时,便将此消息预先透露给了官贵震。官贵震抄写的伪稿曾给了刘恒一份,当时刘恒已经被捕,供出伪稿来自官贵震。这样,官贵震恳求刘弘谟向按察使和其衷求情,将供词更改为伪稿拾自途中。然后刘弘谟又写信给官贵震,让他焚稿灭迹。

审讯中,官贵震承认自己传抄了伪稿,但坚决不承认伪稿是自己所撰,说伪稿是从他的朋友、宿迁县皂河地方主簿俞安世的儿子俞正五那里抄来的。

九月初八日,尹继善向乾隆皇帝奏报了审讯官贵震的情况。在奏折中,他仍然将官贵震定为伪稿撰写者。尹继善还要求查办和其衷,说他"闻知各省传播,恐事败露,迟至数月之久,始将官贵震情由具奏,希冀掩饰前非,更为巧诈,罪不可恕。""只要刘弘谟被押解到江宁,当堂对质,官贵震必定无话可说。"

而与此同时,尹继善已经向山东巡抚鄂容安发出抓捕刘弘谟的咨文。

乾隆皇帝收到尹继善的奏折后,又看到刘弘谟的书信,随即认可了尹继善参奏和其衷的观点,他对如松说:"和其衷本来想给幕友求情、布恩,正赶上准泰也不愿张扬此事,于是顺水推舟,不再追究伪稿之事。事发后,又将过错推给准泰。此辈与准泰相比,更为阴险狡诈。"于是,乾隆皇帝诏令军机处起草上谕,准备惩办和其衷,责令鄂容安将其锁拿,押解京城审讯,并查封其所有资财、家口。

鄂容安于九月初九日抵达济南,立刻接手兆惠留下来的工作,紧锣密鼓布置搜罗伪稿之事。

九月十七日,鄂容安接到尹继善的密札,获知审讯官贵震的情况,并于当日抓捕了刘弘谟。经连夜审讯,刘弘谟供称当时巡抚准泰不想深究此事,按察使和其衷也已将官贵震的供词改为伪稿拾自途间,所以他致信官贵震让其焚稿灭迹。

而实际上,刘弘谟也认为官贵震是伪稿的撰写者。

当鄂容安审问刘弘谟为什么认为伪稿是官贵震所撰时,刘弘谟供认称,当年二月,官贵震和周尚智因叩阍被革职,心怀不满,想再到北京叩阍或趁皇帝南巡在山东拦驾诉冤,以求官复原职。而且官贵震还向他表示要做出几件大不解之事,以泄胸中之愤懑。他问官贵震要做什么事,官贵震说将来就知道了。当直隶发现伪稿,并追查到山东时,他觉得官贵震早晚必被查出,所以就给他写了信,而恰恰是他把官贵震的地址告诉给了和其衷,目的是落一个自首。

但刘弘谟并不承认他向和其衷为官贵震求情,更没有请求和其衷更改供词。

听了刘弘谟的口供,鄂容安也认为官贵震应该就是伪稿的制造者。

次日,鄂容安将刘弘谟押往江宁与官贵震对质。同时,将审问结果及供词飞驰奏报乾隆皇帝。在奏折中,他肯定官贵震就是伪稿的撰者。说官贵震是个对朝廷充满怨恨,且准备叩阍、做出点儿有震动的事来的人,动机非常强烈。

几乎同时,抓捕和其衷的上谕由京城发出,二十一日鄂容安接到这份上谕,随即于当日将和其衷锁拿并抄了家。当天,和其衷便被押往京城,接受刑部查问。

接到鄂容安奏折后,乾隆皇帝即派兵部尚书舒赫德为钦差大臣往赴江南,与尹继善共同提审官贵震,还命如松随行。

这是乾隆皇帝在伪稿案上派出的第二个钦差大臣。此时,他已经倾向于将官贵震认定为伪稿的始撰者。

这时,尹继善正处在伪稿案各条线索的交织当中,他派出一拨又一拨的专员,搜查、抓捕从山东、湖广、四川各地各条线索上汇集到两江一带的嫌犯。他正在汇集各方面的嫌犯,当堂对质,以求获取真相。

官贵震交代,他的伪稿来自俞正五,即俞坤。他供称,当年四月有个叫蔡以崤的人带着伪稿到主簿衙门,他也看到了,并交书办盛登仕抄了一份。顺着这条线索一路追查,依次为蔡以崤从他的弟弟蔡以峦所在的书馆中得到伪稿,而蔡以峦得自张树昆,张树昆得自连守让及其弟连守礼。连守礼住在宿虹河营,是守备魏吉的幕友,他的伪稿得自前任宿虹同知李弘,李弘的伪稿得自长随张东海,张东海得之于顾营,顾营的伪稿得自倪心传的木厂,倪心传的伪稿则得之于扬州仙女庙王燮官木行。

尹继善则派员将这些人一一抓获,提解到江宁与刘弘谟、官贵震对质。

舒赫德携如松于十月初四日驰抵江宁,初五日,提齐各犯与尹继善共同审理。

大堂之上,官贵震依然声称伪稿来自俞正五,而非自撰。

可当堂对质之下,刘弘谟翻了口供,说官贵震并没说过"大不敬"的话,那些话都是他编造的。刘弘谟进一步说,他知道官贵震心怀不满,以为是官贵震撰写的伪稿。眼见官贵震已经被山东巡抚列入重点怀疑对象,所以写信给官贵震的舅子郑鹤年,要他转告官贵震焚稿灭迹。刘弘谟称他这样做是想让官贵震欠一个人情,因为他欠官贵震银子。而之所以把"大不敬"这些话加到官贵震头上,是因为在山东连夜受审时,他实在顶不住彻夜鞫讯,害怕被上夹刑,不得不编出这样的话来。实际上,官贵震只说过要做出些事来。

这时,尹继善转而问官贵震,要做出些事来到底指什么?

官贵震说是指到山东向抚院具呈申诉,至于惊天动地的话,从未说过。

之后,任凭尹继善如何刑讯,官贵震也坚持不改口。

尹继善再审问俞正五、蔡以嶟、张树昆、连守让等人,他们都承认传抄伪稿,与官贵震所说完全一致。

由此,大堂上的审讯证明,官贵震并非伪稿撰写者。

也就是说,刘弘谟的那封曾吸引了尹继善、鄂容安以至于皇上注意力的信,那封可以给官贵震定罪的最有力证据的信,其内容不过是刘弘谟为了卖人情而臆想编造出来的。官贵震不是撰稿者,和其衷也没有接受刘弘谟的请托。

之后,乾隆皇帝认定此案中刘弘谟等属于"刑逼诬供",下令将一些得到证实的传抄者,或从轻发落,或无罪释放,让舒赫德将官贵震押解回京。

和其衷、官贵震等被押解京城后,军机处进行了多次审问。和其衷坚持未受请托,官贵震则咬定他的伪稿来自俞正五。

如松回京后,向皇上奏报了他参加的对和其衷和官贵震会审的情况。他明确向皇上表示,认为和其衷无罪,官贵震不是伪稿撰写人。

乾隆皇帝点头赞同,并让如松起草一份诏书,这就是后来关于释放和其衷的那份诏谕:

前因和其衷于传抄伪稿一案听从幕宾刘弘谟干请,遂复随同隐匿,居心巧诈,是以革职拿问,交部定拟。今既据官贵震等到案,审明刘弘谟原系妄供,和其衷并未听其干请,则和其衷之事前隐匿,尚属屈于上司,其罪与准泰有间,和其衷着加恩从宽释放。

和其衷是满人,曾任御史,后任江宁驿盐道、安徽按察使、浙江布政使,乾隆十六年三月转任山东按察使。开释后降职转任江西广饶道、驿盐道,逐渐又升任湖北按察使、贵州布政使。二十四年,在平准之战中,他以布政使衔赴西路办理屯田粮务。二十七年被召回,二十八年五月出任山西巡抚。三十年任陕西巡抚、署理陕甘总督。三十一年,因包庇下属亏空,被斩。

以后的追查伪稿案的声势一阵紧似一阵,各省均有线索发现。随着各省新线索的不断出现,官贵震很少再被提及。然而一年多后,当伪稿案的追查接近尾声时,署理江西巡抚鄂容安又将怀疑对象拉回到官贵震。当时的伪稿追查陷入困境,鄂容安重新梳理各种线索,他在乾隆十七年十二月初五日的奏折中,回顾了一年多以前对官贵震、刘弘谟、周尚智等人的审讯结果,认为官贵震的嫌疑应该很大。

然而,审讯的结果,无论皇帝还是军机大臣,都认为官贵震不是撰稿者。此后,官贵震这个线索被放弃。一个月后,伪稿案的审查就结案了。

官贵震还属万幸,多亏这是皇上亲自查办的一个案件,使他有机会来到京城,接受军机大臣的质询,由皇上亲自做出结论。若是一个寻常案件,恐怕仅是那封信就已将他置于死地了。

之后,官贵震再也没有被提起。在经历了一场噩梦般的劫难后,这个曾一度牵动了大清王朝神经的小人物,消失于历史的深处。

第七章 数载汹汹,伪稿案最终侦破

俗话说,按下葫芦起了瓢。

但实际上,官贵震沉入水底之后很长的时间里,并没有新的目标浮上来。各省的情况依然停留在追查线索的阶段,而且线索越来越多。

乾隆十六年十月,甘肃也发现有伪稿传播。这时,乾隆皇帝才真正认识到伪稿传播之广。云南、贵州、四川、湖南、湖北、江西、浙江、江苏、福建、广东、广西、直隶、山东、山西、陕西、甘肃俱已发现线索,而每个省的线索又衍生出诸多次线索,这些次线索又向府州县纵深延伸。

在他的严厉督促下,各省督抚不敢怠慢,几乎使尽了全身解数,希望有所突破。这其中,又不知有多少人陷进旋涡。但清查还是有意外收获。

如贵州省思州府发现一份伪稿,是江西客民李象武、饶敏功、饶景星等人在乾隆十六年五月间由江西带来的,这几个人都在思州府属下哑渔场地方开有商铺。经反复审问得知,他们的伪稿是本年二月内由李象武从亲戚罗日调那里抄得的。罗日调的原籍是江西南城县。这之后,李象武将伪稿带到贵州给饶敏功看了。随后,有个叫黄猷的府属生员路过饶敏功的商铺避雨,在那里抄录后带走。后黄猷传给了他的亲戚生员陈英砰,陈英砰的弟弟陈英璋抄录后,给了他的亲戚生员黄之鎏。

不久,黄之鎏的老师、湖南麻阳县贡生龙乾惕于闰五月初来到黄家,黄之鎏设宴款待,生员陈英璋等陪饮。席间,龙乾惕声称带有最新奏稿,并把奏稿的内容讲给大家听,黄之鎏听后说以前已经见过,龙乾惕当即要他拿出来核对。黄之鎏便将自己得到的伪稿拿出给众人看,龙乾惕也取出他带来的伪稿仔细核对。他们发现,两者的不同之处在于,黄之銮之伪稿载有伪造批旨"着孙嘉淦随驾南巡,有不是礼处,着再具奏"几个字。于是,龙乾惕即将那句伪造的朱批录入自带稿。宴会结束后,大家各自散去。黄之銮携带所抄伪稿回家,给他的儿子、时任黄道司土官黄之钺阅看。黄之钺看了知道事关重大,不敢存留,赶紧将伪稿焚毁。

伪稿案追查开始后,黄猷、李象武等人都将所抄伪稿销毁。

经过反复审讯后,贵州布政使温福将这些传抄伪稿者分别处置,并向皇上奏报,然后转咨江西,查拿这条线索的源头、江西南城县人罗日调。

这时,湖南巡抚范时绶奏报了龙乾惕的情况。接到奏报后,乾隆皇帝随即指示范时绶,说龙乾惕虽是湖南人,但经常往来于贵州思州府一带,而伪稿中也有关于当年诛杀张广泗不满的内容,因此怀疑龙乾惕与张广泗有关联,指示他严加审讯。

龙乾惕原名龙九三,后改名龙乾惕,取义周易乾卦。乾隆皇帝在上谕中指出,龙乾惕这样取名"已非人臣所可当"。他对所谓的朱批感兴趣,并抄在自己所有那份伪稿内,"尤为悖诞,丧心已极,实系大逆不道之徒",不可因为龙乾惕年老而稍存姑息。

龙乾惕的麻烦还不止此,官府从他家搜出康熙年间伪诏一纸、已故监生李丰叩阍状稿一纸。这"伪诏"即是吴三桂叛乱时发出的诏书,无形中加重了他的罪名。

最后,范时绶按照上谕给龙乾惕定了罪。由此,八十多岁的龙乾惕被处死。

另外,追查的过程中,不可避免地出现跨省异地审案的问题。省城和省城之间相距数百乃至数千里,即使按照六百里的驿递飞驰速度,省城之间的往返费时甚久,成本甚高,这成为各省感到头痛的事。

如松发现,有关伪稿审查工作,闽浙向朝廷递送的公文远远多于其他省份。闽浙督抚给皇上的奏折,集中围绕该省提督吴进义展开。他感觉闽浙总督喀尔吉善、巡抚雅尔哈善与吴进义之间,有倾轧之嫌。

乾隆十七年三月底,如松收到浙江巡抚雅尔哈善于当月十四日发出的一份奏折,奏折中说他们发现浙江提督吴进义曾于乾隆十六年四月二十二日将伪稿当作邸报发出,致有传抄。吴进义的伪稿,是来自吴进义派驻江苏苏州的提塘陈公绶。事发后,吴进义曾嘱咐有关人员不要讲伪稿传自提督衙门。这些人包括衙门书办朱金、掌案书吏包琳、管宅门家人郁起凤、吴进义的幕友沈翼天等。

不久,雅尔哈善又有奏折报告,说他们已经审讯了自江苏押往浙江的陈公绶。

陈公绶交代,他的伪稿来自包恒山,得稿后确曾寄给了吴进义。据此,雅尔哈善在奏折中说:"吴进义身为大臣,颇知文理,见此大逆不道之伪稿,既不立时查拿于前,复捏词奏辩掩饰于后,昏聩负恩,罪实难逭。"因此主张将吴进义处以斩监候。

这话让如松吓了一跳。一位提督看了伪稿,竟然当作邸报发出,那确实应该受到制裁了。至于是不是判为"斩监候",那倒可以商榷。

如松将雅尔哈善的奏折呈递给了皇上,他心里明白,对于武官,皇上是不会轻易怀疑的,何况是一名高级武官。

后来,由于与陈公绶有关的线索均在江苏,陈公绶又被押解到江苏受审。让如松感到吃惊的是,到了江苏,陈公绶差不多全部翻供,这见之于江苏巡抚庄有恭给皇上的奏折。据庄有恭奏称,陈公绶说他在浙江的供词,全然是逼出来的。他被罚跪三天,体力难支,遂违心地乱讲了一通。他本人没有看过伪稿,也不曾寄伪稿给吴进义。他传抄给吴进义的邸报,仅限于江苏巡抚辕门内的日常事宜。浙江方面认定他是在四月间向吴进义封发伪稿的,但当时的江苏巡抚自乾隆十六年正月初即起程赴安徽办差,至四月二十八日才回到江苏巡抚衙门。所以,江苏在四月以前并无辕门事宜可报。直至五月初三日,始有第一号日报发递,在此之前他也没有向吴进义发过任何邸报,这一点有沿塘号簿可查。陈公绶还说,他在浙江曾屡次供明此事,但浙江官员不肯调查,也不让吴进义家人出面对质。即使他自己真的传抄伪稿,罪止枷责而已,何苦拖累他人受刑呢?庄有恭还奏报说,他随后密查了在江苏办理浙江塘务谢裕的号簿,与已经搜出陈公绶发报号簿校对,号数先后日期完全相符。

但庄有恭也明白,他只能据实奏报,而不能直接否定浙江的结论,一方面,庄有恭对陈公绶等人的供词不能轻易相信;另一方面,案件毕竟由浙江主要负责,庄有恭贸然出头,必然引起闽浙方面的不满,搞坏彼此的关系。他说"若不质明,即数叶寻枝,终无着落"。经乾隆皇帝恩准,庄有恭委派人押带陈公绶等赴浙江重新审理。

可这次会审不但未能消除双方的分歧,反而疑窦丛生。

吴进义已经发觉自己受到督抚的算计,于是写奏折向皇上要求派"大员"审理与他有关的问题,他坚称自己从未见过伪稿,也不晓得所谓伪稿"误发"之事。而喀尔吉善和雅尔哈善则坚持给吴进义定罪。

这样,庄有恭又提出将陈公绶等押解京城,到军机处会审。

乾隆皇帝同意了庄有恭的建议,于是,陈公绶等一干人被押解进京。

最后,军机处终于审明白,所说陈公绶寄伪稿给吴进义,纯属子虚乌有。此事起因是陈公绶受不住严刑威逼,而喀尔吉善和雅尔哈善轻信了口供。这样,这场纠葛终于了结。

随后,雅尔哈善、按察使同德、布政使叶存仁、道员塔永宁等浙江官员为此事受到严厉批评,被革职留任。

或许因为觉得吴进义太冤枉,此后,乾隆皇帝对吴进义格外恩宠。已经致仕的吴进义被重新召入京城,并出任古北口提督,封太子少保。乾隆二十七年他寿终正寝,终年八十四岁,加太子太保,谥"壮悫"。

这里看起来没有喀尔吉善什么事,其实,在雅尔哈善坚持判吴进义"斩监候"的时候,如松就想到他们之间可能有"倾轧"的因素。

闽浙总督喀尔吉善是一位出身豪门的满洲贵胄,他属满洲正黄旗,其祖上为开国功勋,因此喀尔吉善得以靠袭世职入仕。乾隆三年擢内阁学士、户部侍郎,后外任为山西、安徽、山东巡抚。乾隆十一年,任闽浙总督,曾弹劾浙江巡抚常安贪婪,又劝课农桑,兴修水利,屡受嘉奖。乾隆十六年皇帝南巡,蠲免江南积欠赋税两百余万,浙江无欠税,但在喀尔吉善的请求下,也蠲免当年赋税三十万,被皇帝专门写诗表彰。

但追查伪稿案一开始,喀尔吉善就被乾隆皇帝劈头盖脸地申斥一顿,说"该督等如此办理,甚属荒谬"。

原来在乾隆皇帝下令追查伪稿案之前,在乾隆十六年的闰五月,浙江鄞县县令伍铖、巡检郑承基就接触了伪稿,而当时这些州县官员也只是当作邸报新闻看,没有采取任何措施,及时查访。八月间,乾隆皇帝以雷霆之势展开伪稿案的追查,喀尔吉善这才将伍铖等人抓捕审讯,奏请革职。为此,皇上认为喀尔吉善等身为督抚大员,竟然不能及时发现属官传抄伪稿,是故意委曲迁就,有意怠慢。

而让乾隆皇帝大动肝火、对这位总督深表不满的,还有另外一件大事,就是喀尔吉善不能将"米粮平减之处随时奏闻"。

乾隆十六年夏,浙东温、台等八府五十余州县干旱无雨,早禾失收,中禾枯萎,旱情严重,全无收成者十居其六,歉收者十居其四。这导致金华、太平(今温岭县)、遂昌、江山等地百姓闹事,请粜、罢市、塞署、哄闹公堂之事时有发生。乾隆皇帝接报后,一面令闽浙总督喀尔吉善、当时的浙江巡抚永贵严厉弹压,一面想办法极力赈济灾民。喀尔吉善和永贵提出的措施得到皇上的批准,米价迅速回落。而这个结果,喀尔吉善和永贵迟迟未报。

倒是浙江提督吴进义向皇上奏报了情况,说调剂后的米价为每石二两。乾隆皇帝认为这样的价格还算不错,说明赈灾措施得力,效果不错。

对于喀尔吉善,乾隆皇帝严加训斥,说他身为总督却不知及时奏报,还不如一个武职官员关心民生。这还不算,乾隆皇帝让军机处将吴进义原折抄寄给喀尔吉善,令其阅看,然后明白回奏。这使喀尔吉善大失颜面。

如松判定,这件事使喀尔吉善与吴进义结了怨,在追查伪稿案的过程中,喀尔吉善伺机报复。但他自己不出面,而让雅尔哈善冲在前头。

到乾隆十七年夏,如松来军机处参与伪稿的追查工作已经有一年多了。一年多来,他对伪稿问题的看法发生了些变化。

首先是对"伪稿"怎么看?当初,如松对伪稿的内容是不能接受的。现在,他已经不再简单地认为伪稿是"大恶逆徒"的"狂悖"。

"伪稿"的中心思想是围绕皇上"南巡"而发的,认为"南巡"有问题,"劳民伤财",这一点如松认为不能一概否定。不错,皇上南巡是效法皇祖康熙爷而进行的,特别是对河工、海防的关注,对发挥东南士人的作用,都有重大意义。但,细考康熙帝的"南巡"和皇上的"南巡",两者有明显的区别,而最大的区别在于康熙爷更务实,尽量做到减轻民众的负担,随从只有几百人;而今上则明显铺张,很少考虑民众的负担。

乾隆皇帝的南巡路上,自京城至杭州,往返六千多里,沿途修建行宫三十多处,以备驻跸,又每隔二三十里设尖营。巡幸的队伍沿运河南行,有船千余艘,舳舻相接,旌旗蔽空。随行的有后妃、王公、亲贵、文武百官。皇帝和后妃们乘坐的安福舻、翔凤船等五船,共用纤夫三千多人,分六班轮流拉纤。搬运帐篷、器物、用具、服饰的队伍,用马六千匹,骡马车四百辆、骆驼八百只,征调夫役近万人。两岸还有大批的八旗兵随行护卫,战马嘶鸣。御舟所过,水港河汊、桥头村口,都安设围站,派兵丁驻守。

乾隆皇帝在上谕中说南巡不扰民,不许地方督抚多费帑银,他甚至认为南巡的花销大多来自盐商的报效而不是出自国库。但实际上,乾隆十四年发出准备于乾隆十六年南巡江浙的上谕后,沿途各省官员为取悦皇帝,即刻修建行宫、园林,扩建道路,为此不惜拆毁民房、强占民田,又巧立名目增加科敛。由于时间紧迫,各级官员催迫甚急。在两江,总督黄廷桂为准备迎驾,严催督急,州县奉行不善,科派地方绅富各人承办,闹得人心惶惶。御史钱琦风闻其事,遂具折参劾黄廷桂,说他"令铺设备极华靡,器用备极精致,多者用至千余金,少者亦五六百金,且有随从员役,任意勒索"。钱琦同时参劾了直隶总督方观承,说他组织人力大规模修缮御道,"劳民妨农,办理地方,不甚妥协"。

钱琦的奏疏实际上是针对南巡的,因此乾隆皇帝赶紧为黄廷桂、方观承辩护,说方观承是在按既定规矩修路,是为了方便商旅、官员,不仅是为了南巡。对于钱琦所奏,乾隆皇帝命交江苏巡抚雅尔哈善调查。雅尔哈善是黄廷桂的下级,很快回奏称黄廷桂曾札令各属伺候向导供应,而向导舟行迅速,未进公馆,从未接受州县酒席、馈赠,更无索诈银两之事。乾隆皇帝因此判定"钱琦所奏……其为风闻失实,已属显然"。不久,钱琦即被调外任。

实际上,为迎接皇上的南巡而进行的每一项工程,所消耗的皆是民脂民膏。百姓对此提出异议,也是可以理解的。

如松发现,自己的看法实际上与皇上的看法出现了差别。皇上对"伪稿"的看法没有变化,坚信它是"大恶逆徒"的"狂悖"之为,因此,丝毫不会承认南巡有问题。

其次,如松看到了追查过程中显现的五大弊端。

第一是举国汹汹,遍地伪稿,道路以目。

现在,追查在全国范围内进行着,不但牵动着各省督抚的神经,消耗着他们的精力,而且几乎将全部州县官员卷入其中。追查还打乱了全国的安宁,举国陷入恐怖氛围,人和人的关系严重紧张起来。鄂容安在给皇上的奏疏说:"江省无人不存避祸之见,不但街市不肯倾吐一字,即婉转咨访,亦不肯少露口角,唯恐疑其为曾经见稿之人。"

第二是举国陷入逮捕、审讯、招供的怪圈。

从乾隆十六年八月初五日发出追查伪稿的上谕开始,先是直隶、河南、山东、山西、湖北、湖南、贵州,随后是江浙、江西、江苏、安徽、福建、陕西、甘肃、四川、广东,迅速出现一经逮捕就立即审讯的模式,案件像雪球一样,越滚越大。牵动的人员越来越多,所涉地域越来越广。

审讯就有口供,有关官员依据口供分析案情,最后导致的是下一个人的被捕。

被审人的口供,会出于不同的动机。

第三是被屈打成招,随后翻供。

传播伪稿是一项大罪,凡是被认定传抄了伪稿的,随即受到"枷号"和"杖责"的惩罚,就是说在受审之前,传抄人先尝到了下马威。而在审讯的过程中,许多人又尝到刑罚的滋味。行刑逼供的后果是当事人一有机会就翻供,致使按他的供词所进行的逮捕、审讯全成了无用功。

第四是利用法规,把下家推到已是发案人或死去的人员身上。

审理伪稿案定有规矩,已经犯了案的再次被举,维持原定罪责,不得再次审理。这样,许多传抄者被审时,就把下家推在他的名下,使案情终止。另外,也有许多人把事情推在死者的身上,搞一个"死无对证"。

最后是成本高昂,收效甚微。

追查伪稿,出现了逮捕、审讯、招供的怪圈。而每一圈都花费成本,有的则是花费巨大的成本。

怎么办?如松有自己的想法。

伪稿不能不查,不能让其流传;不查这一目标达不到,现在查了一年多,这一目标达到了,如再有人保存、传播伪稿,将严加惩处。因此就不会再有人保留它,传抄它。而真正的"撰稿人"是不必一定查到的。

但如松也很清楚,自己的这一看法皇上很难认同。在这个方面,御史书成便给他上了一课。

乾隆十七年十一月,就在伪稿案追查陷入僵局时,御史书成便上奏劝乾隆皇帝不要再严查下去,以免冤案累累。看到书成的奏折,乾隆皇帝龙颜大怒,劈头盖脸批了一通,称他为"满洲败类",说"今书成身居言路,不思办理重案,必当水落石出,当此政治清明之日,忽为颟顸了事之见。使如所言,则朕与诸臣,何必唯日孜孜?话名清简,诸事皆可不理矣。且伊系满洲世仆,似此丧心病狂之言,如诅咒彼父祖者,乃视为漠然,月所系于败坏满洲尊君亲上之风为尤甚"。最后,将书成革职,送武备院去"学习规矩"。

而事实证明,不管乾隆皇帝如何精明,也不可能始终保持清醒的头脑。江西有一桩案子被督抚误导,让乾隆皇帝进入了迷魂阵。而这个案子,也让如松在很长时间内在迷魂阵中走来走去。

伪稿案开查后,两江曾出现过一些波折,这令总督尹继善很着急。他重新梳理了线索,认为伪稿线索虽多,各省也都捕获诸多嫌犯,但其中有一条主线。这条主线从云南、贵州,到湖北,再到江西。而追查的重点,应该顺着这条主线进行。

这一点,很快取得皇上的认同。而尹继善的"主线"思维,直接影响着手下人的办案。他们认定,伪稿主谋一定在这条"主线"上。

为了减轻办案成本,避免将有关嫌疑人来回押送,尹继善曾选江宁驿道周承勃带着嫌疑人在两江各地巡回。这个办法很有效,周承勃和巡抚鄂昌很快锁定广饶九南道施廷翰的儿子施奕度。

施廷翰是汉军旗人,其家族姻亲繁多,他的弟弟施廷瑞在贵州平越府任知府,他的妹妹嫁给了淮安大盐商程志礼,他儿子施奕学的岳父王廷梅,是前任福建汀州镇总兵,现已休致。施廷翰还有个堂弟施廷皋,也在江西任官。施廷翰于乾隆十四年十二月被擢升江西的道员,半年后又曾署理江西按察使司、粮道事务。

伪稿案发后,江西景德镇、湖北荆州一带发现的线索比较集中,景德镇恰在广饶道辖区内,所以施廷翰曾一度忙于伪稿追查。

乾隆十六年十二月二十八日,当他在九江追查回到衙署时,前来捉拿其子施奕度、施奕学的官役已经候在门口了。

施奕度被捉后,施廷翰打听施奕度之所以被捉,是由于张三的指认。施廷翰遂认为此案在张三这个环节上有问题,因为据说管大任伪稿来自张三,而管大任始终没有说明白张三到底如何把伪稿给他的。张三在被带走时曾疾呼冤枉,尔后从狱中传出,张三被打昏在地,这才供出伪稿得自施奕度。而施奕度被牵入,实属冤案。

巡抚鄂昌不理会施廷翰的意见,很快将审讯情况奏报给乾隆皇帝,并奏请将施廷翰革职,再行审讯。

乾隆皇帝很快下旨:"施廷翰身为巡道,稽查是其专责,乃伊子施奕度将此等逆稿辗转传播,失察之咎实所难辞,且亦断无不知情之理……施廷翰着革职,交与该抚一并审究具奏。"

这说明,乾隆皇帝已经被误导。

施奕度被审讯后,供出伪稿来自宁都县的彭祖立,而彭祖立供称是得自赣州府提塘袁尚志,袁尚志于乾隆十五年七月初身上便带有伪稿。

这样,伪稿最早出现的时间已经推进到乾隆十五年七月,这大大鼓舞了鄂昌。

他立即把这一情况奏报了,乾隆皇帝也备受鼓舞。

整个案件涉案人员众多,除施奕度外,还有施奕度的两个兄弟施奕学、施奕源,另有施廷翰的弟弟施廷皋、施廷皋的儿子施皂保,还有被他们供出的一些人。在追查的过程中,正在京城读书的施奕学曾一度失踪,弄得案子扑朔迷离。同在京城的施奕源被审时因经不住严刑,咬了许多人。在他们身上,同样重复着"套夹则甘认罪,松刃复又呼冤"的情景。

最后,施家父子以及几乎所有涉案人员统统押至京城,接受军机处的审讯。结果真相大白,施家所有的不幸,都是浙江巡抚鄂昌一手造成的。

而如松认为要查伪稿撰稿人,需从传抄最早的案件入手。按照这一认识,如松从浩如烟海的案卷中找出几宗案子整理后,交给军机大臣,请他们传阅,然后发有关省份,请他们追查。

其中有一宗案卷寄往江西。

这时,江西巡抚鄂昌已经因施廷翰的错案被撤,原山东巡抚鄂容安接替了他的职务。

鄂容安属于满洲贵族中的佼佼者。雍正十一年,鄂容安考中进士,那时他才十九岁,故而颇得雍正皇帝的赏识。当时,他的父亲鄂尔泰已经入调内阁大学士,并统兵西北军前。很快,鄂容安就出任军机章京,执掌机要,被雍正帝当作可以着力培养的后备人才。鄂容安比乾隆皇帝小四岁,属于同辈人。乾隆十年,鄂尔泰去世,乾隆皇帝对鄂容安恩宠不减。乾隆十二年,鄂容安出任兵部侍郎,当年他仅三十二岁。伪稿案期间,山东巡抚准泰犯错被革职,鄂容安则调任山东接替准泰的职务,以应追查伪稿之急。鄂昌因查办伪稿不力被处分,鄂容安则由山东调至江西接任。现在,军机处的一份廷寄又摆在他的案头。

廷寄中说,在乾隆十六年八月,当伪稿主线追查到抚州所衙门字识彭楚白时,彭楚白称伪稿得自袁州卫守备衙门字识段树武。后审讯段树武,段树武称伪稿得自粮道衙门书办雇工郭庚为,然后线索延伸到施廷翰家,后来施家被宣布无罪。但当时的审讯记录表明,彭楚白、段树武所供情况不清,要江西将彭楚白和段树武二人提解京城审讯。

鄂容安立即执行军机处的命令,将彭楚白和段树武押送京城。

面对军机大臣的审理,彭楚白承认以前所供伪稿得自段树武是假,实际上,伪稿于乾隆十五年十月间来自自己的上司、抚州所千总卢鲁生。他还交代是在卢鲁生的书房里看到伪稿的,当时,他的表叔陈二相也在场,可以作证。他被抓后,为了保护自己的上司卢鲁生,谎称得稿于袁州卫守备衙门字识段树武。因为他与段树武很熟悉,知道段树武手里也有一张伪稿,所以干脆将他供出。

有了这样的供词,军机处传令让鄂容安即刻抓捕卢氏父子。

卢鲁生是四川人,任职于江西抚州,负责抚州一代漕粮的运输等事务,属于漕运系统。他为人友善,与江西同行各处千总关系很好。在他被抓捕、起解送往京城时,其他千总石宪曾、尹凯等每人送银五两至十两不等,共凑了七八十两银子,作为他进京的盘缠。

鄂容安这边在接到上谕的第一时间抓到了卢家长子卢锡龄、次子卢锡荣,并立即审讯了他们。他们供称,伪稿得自开酒店的李殿臣。而李殿臣之前已经牵涉到伪稿案中,按照"罪不重科"的原则,可以不用追究。对于卢锡龄等人招认李殿臣,鄂容安认为有并案之嫌。

鄂容安立即将情况上奏。在春节前两天,乾隆皇帝接到鄂容安抓获卢氏兄弟的奏折,并在奏折上批道:"此二人速行妥解到京,看来此事已近。勉之!"

鄂容安在收到乾隆皇帝鼓励他的朱批之前,曾对卢氏兄弟连夜进行审问,叠行夹讯。几番大刑过后,卢锡龄终于招认,说当年九月彭楚白到淮安一带讨账,与他往来同行,得知段树武等都已经被抓,并解送京城。于是两人相约,如果他们也被抓捕送到京城,就说伪稿之事是他告知彭楚白的,伪稿是从其弟卢锡荣得来。彭楚白被捕前曾见到过卢鲁生,卢鲁生还赠给他盘缠银两。卢锡龄还供称,当时,卢鲁生一再嘱咐其次子卢锡荣,一旦被抓,要他承认伪稿由别处得来。至于为何说是从李殿臣处得到伪稿,是因为李殿臣已经涉及伪稿案别的线索中,被抓捕过一次,按照"罪不重科"的原则,他不会再受到惩罚,这样就有可能销案。

这个审讯结果,与鄂容安先前的判断完全一致。而对于伪稿的来历,卢锡龄供称,是他父亲从永新所千总石宪曾处得来。

后审讯石宪曾,石宪曾供称伪稿确实是他于乾隆十五年七、八月间给的卢鲁生,而他的伪稿得自在赣州卫千总李世瑶家吃饭时。当时他与南昌前卫守备刘时达等在李世瑶家吃饭,伪稿由刘时达带来,并在饭桌上展示给众人阅看。饭后,石宪曾将伪稿抄录一份转给了卢鲁生。

鄂容安随即抓捕李世瑶和刘时达,然后对两人隔离审讯。两人承认曾传抄伪稿,但到底是谁带来的伪稿,两人说法不一。李世瑶一会儿说得自刘时达,一会儿说是石宪曾。刘时达则一会儿说得自九江后卫千总赵伟，一会儿说是得自石宪曾。

鄂容安对这条线索的判断是，刘时达等人承认得稿于乾隆十五年七、八月间，相对于其他线索来说，这时间是最早的，因此是始撰者的嫌疑最大。

随后，他将审讯情况奏报乾隆皇帝。卢锡龄兄弟两人与石宪曾也都被押解送往京城。

两天后，十二月二十九日，鄂容安又接到军机处咨文，通报说卢鲁生次子卢锡荣之稿得自永新帮千总石宪曾，石宪曾得自饶州帮千总尹凯，尹凯得自粮道柬房书办高尚智即高彦文。

咨文中的这些信息是来自彭楚白的供词。当时，卢鲁生应该还在押往京城的路上。

军机处让鄂容安抓捕尹凯等人，隔离审讯，逐层追究，并将他们由驿解送京城。

乾隆十八年正月初五日，尹凯在饶州府水次总潜被拿获。他供称曾于乾隆十五年七月在千总李世瑶家吃酒时，守备刘时达拿出其子寄来之稿，由李世瑶念与众人听。随后，鄂容安将审讯情况报给了军机处。

卢鲁生抵达京城后受审，供称乾隆十五年十月二十日前后，他的次子卢锡荣称从永新帮千总石宪曾处抄来一张孙大人的奏稿，他要了一张，后传给了彭楚白。

这其中最关键之点是得稿时间。按尹凯所供，他所见刘时达之伪稿是在乾隆十五年七月，而卢鲁生所见伪稿时间是在那一年的十月。如果所供属实，那卢鲁生就只是一个传看者。然而，接下来的审讯和供词推翻了卢鲁生的说法。

乾隆十八年正月初五日，鄂容安再次接到军机处咨提尹凯长子尹训、次子尹浩以及千总万渭的廷寄。鄂容安随后亲自提审万渭，但万渭坚称根本没见过伪稿，只是街坊铺面有关伪稿的传说甚多，不能一一记忆。

尹凯之子尹训被审讯时，称也看过一张伪稿，时间是乾隆十五年七月，是从书办彭蕃五那里得来的，而彭蕃五的伪稿来自一个熊姓之人，此外并无别处见稿，亦未传稿与人。尹训还说，当时他还想将伪稿拿给他父亲看，但尹凯告诉尹训，他已经在刘时达那里见过了。尹训还说，他还拿着这份伪稿前往卢鲁生衙署，与卢鲁生手中的伪稿做过比照。

按照尹训的这种说法，卢鲁生实际在乾隆十五年七月已经有伪稿了。

时间显得非常关键。鄂容安在向皇帝奏报追查这条线索的情况时，仍然强调各嫌犯得稿时间的早晚问题。他认为尹凯所供得稿来历,虽与卢鲁生所供不同,然而与石宪曾、李世瑞、刘时达所供七月间出稿同看的话,则是一致的。

而且,尹训指证说,乾隆十七年六月,当伪稿案追查越来越紧时,彭楚白等已经被送到京城受审,尹训曾见到过卢鲁生,并谈及伪稿之事。卢鲁生告诉他,如果将来被查问,"只说是十月间的事,月份在后,或可无事"。

面对尹训的指证,卢鲁生供称尹凯得稿于粮道书办高尚智即高彦文之处。

情况是不是这样呢?

对卢鲁生的指证,高尚智被提审时坚决不认可。尹凯被捕到案后,也坚称并无其事。

鄂容安随后查出,高彦文于乾隆十五年二月间出差到京城,于十月初五日才回到江西省,这有批文和差册为凭。就是说,高彦文当时并不在江西,卢鲁生的指证不能成立。这样,卢鲁生失去了"上家",伪稿撰写者身份显现出来。

乾隆十八年正月初三日,鄂容安将高彦文等人的供词飞递军机处,然后将尹凯、高彦文、万渭、尹训、尹浩等先后由驿起解京城。

至此,从得稿时间早晚角度来看,伪稿案的重点怀疑对象全部集中到刘时达、卢鲁生身上。卢鲁生已经暴露,下一步就是追查刘时达的伪稿来源。

刘时达任南昌前卫守备,官列武职正五品,官阶高于卢鲁生和尹凯等人。刘时达被抓后,供称伪稿是由他的儿子刘守朴自浙江金华寄来,刘守朴当时任浙江金华县典史。

乾隆皇帝指派周承勃、钱度密行前往调查,还特别指示"应拿问者即著拿问,令其从权行事"。这就意味着,他已经非常确信顺着这条线索可以找出另一个真正的始撰稿者。

周承勃、钱度查到刘守朴的幕宾孔则明。孔则明供称,刘守朴给父亲的家信由他撰写,而伪稿由王玉琳给放入家书之中,而王玉琳的伪稿得自苏州的吴刚。经审讯,吴刚供认伪稿于乾隆十五年三月得自广州许妙观家。但在随后的审讯中,孔则明翻供,说招认得稿吴刚属于诬陷。

这样,刘时达也失去了上线。

随后,对卢鲁生和刘时达进行了进一步审讯,他们供认了密谋撰写伪稿的事实。

乾隆十八年三月初四日,对伪稿追查来说是一个重要的日子。军机大臣们会

议,又经议政王大臣会议,确认卢鲁生和刘时达为撰拟伪稿的撰写人。对此,乾隆皇帝发布上谕道:

> 卢鲁生、刘时达二犯,商撰伪奏,肆行传播。其诬谤朕躬,凡天下臣民自所共晓,不足置论。而当此承平之世,乃敢作伪逞奸,摇惑众听,其贻害于人心风俗者甚钜,自应并置重典,以昭炯戒。但刘时达提解来京,一经研讯,即将与卢鲁生商谋伪撰,及从前串供捏饰情节,逐一据实供认。且伊子刘守朴系患病垂毙之人,该犯亦何难坚执江省初供,以希狡卸?而王大臣等再三详鞫,始终自认不讳,此可见其天良犹未尽昧矣。朕君临海宇,刑赏一秉至公,从无丝毫成见。卢鲁生起意捏造,实为此案罪首,已经先行正法。刘时达着从宽免其凌迟处死,改为应斩。卢鲁生之子卢锡龄、卢锡荣亦着改为应斩,俱监候秋后处决。其刘时达家属之应行缘坐者,俟解京之日,该部另行请旨。

至此,伪稿案正式告破。

第八章 征战几世，准噶尔最终平定

伪稿案结束后，乾隆皇帝欲留如松在身边，让他去兵部履职。

如松离开西师已经三年有余，那里的形势一直牵动着他的心。当听到皇上要留他在京效力时，他最初的想法是不愿意的。但不愿意留下来，那就是抗旨。所以，如松向皇上讲了一句活话，此事容他再思。

应该说，如松重返西师的意愿，还来源于他一年多来在皇上身边办事所产生的感受。如松看到，皇上锐意进取，要继承皇祖康熙帝和皇考雍正帝的遗志，决心干出一番事业来，因此干起事来雷厉风行；另外，皇上精神饱满，知识渊博，有很强的能力。

但皇上也有弱点。在如松看来，皇上的弱点有两个方面：一是过度自信，甚至可以说刚愎自用；二是"侉"。

如松看到的是皇上的长处，他愿意在皇上的身边，帮皇上创建伟业。但他认为自己还缺乏历练，一年多的实际工作表明，自己本事不够，各方面还不成熟，而西师确是他历练的最合适舞台。

最后，如松决定把自己的想法向皇上明确地讲出来。他在讲自己的想法时，曾用了"马思边草拳毛动"的诗句。这句诗深深地打动了皇上，以至于他说道："要不是身居大任，朕也一定到西师去见世面，增见识，'金戈铁马去，马革裹尸还'，不枉一生！"

就这样，如松重返西师。

如松到达定边左副将军成衮扎布驻地乌里雅苏台，向将军报到。

成衮扎布知道爱新觉罗·如松。加之他外表威武，一副儒将气质，成衮扎布一见便是喜欢,连道:"欢迎!欢迎!"

安置好后,如松到了天筑牛录的营房。

天筑牛录的变化是如松最为吃惊的。努哈是天筑牛录的牛录章京,天筑牛录进京陪皇上南巡,当时的牛录章京就是努哈。

努哈向如松述说天筑牛录的变化时,几次抽噎不能畅言。总之,一趟陪君南巡毁了一个牛录!军士们原有的英武永远消失了,打也罢,骂也罢,都不能唤起他们的斗志,花红柳绿的生活已经牢牢地占据了大家的内心。

如松企图通过自己的努力改变天筑牛录的状况,但事实说明,他的一切努力都是徒劳的。最后,如松放弃了。他本想重新组建一个新的牛录,把它训练成另一支天筑牛录。但这事做起来困难重重,他也放弃了。他不住地感叹,难道八旗的威风一去不复返了?这时,如松认识到了"侈"的威力!

当时,准噶尔宰桑玛木特掌政,诸部台吉不满情绪日增,众叛亲离。遂有杜尔伯特部台吉车凌、车凌乌巴什、车凌孟克于率所部三千一百七十七户、一万余人,离开长期住牧之处额尔齐斯河,向大清表示臣服。成衮扎布先将他们安置在额克阿喇勒,随后向朝廷奏报。

接着成衮扎布接到上谕,将车凌等移入卡内驻扎,并动用官项牛羊接济来降者。随后,乾隆皇帝即特遣玉保来到乌里雅苏台,赏给车凌、车凌乌巴什御用之玄狐帽、皮端罩各一,表示关怀之情。

玛木特率兵来追车凌等人,强行越卡进入大清领地。成衮扎布就近调遣兵丁,相机进剿,并将情况急报朝廷。乾隆皇帝遂发上谕,说玛木特或知敛迹,尚可徐观动静,倘恣肆妄行,自以逸待劳,尽为剿绝。

玉保尚未到达乌里雅苏台,乾隆皇帝又发上谕,命玉保、前锋统领努三、散秩大臣萨喇尔为参赞大臣,并命舒赫德赴鄂尔坤军营办理军务。

翌年闰四月,"三车凌"部众设旗设盟,授车凌为盟长,车凌乌巴什为副盟长,令其在乌里雅苏台附近扎克特达里克游牧。复诏封车凌为亲王,车凌乌巴什为郡王,车凌孟克为贝勒。

舒赫德到达鄂尔坤军营后,即召诸将商讨军务,如松与会。会议商定,由参赞达清阿对付玛木特;因准噶尔有意拉乌梁海参战,命准噶尔参赞大臣萨喇尔携如松前去招抚乌梁海。

乾隆十九年正月,舒赫德奏报,说达清阿诱捕了玛木特,萨喇尔和如松擒获乌梁海得木齐扎木参、瑚图克等人。

这乌梁海明时称兀良哈部族，在蒙古诸部之北。乌梁海不以游牧为业，居于深山密林。其族分三部，一曰唐努乌梁海，以居住唐努山一带得名；一曰阿尔泰乌梁海，以居住阿尔泰山一带得名；一曰阿尔泰淖尔乌梁海，以居住阿尔泰淖尔一带得名。

招抚乌梁海，乃清朝征阿尔泰乌梁海之始。

报闻后，乾隆皇帝发布上谕，宽免玛木特冒昧入卡之罪；萨喇尔则以擒获乌梁海得木齐扎木参等之功，补授内大臣。复命拣选察哈尔八旗兵千名，并杜尔伯特台吉车凌所属兵一两百名，交萨喇尔招谕，以作征讨乌梁海之用。

舒赫德又奏称："乌梁海听到瑚图克被擒之信，惧我兵威，越过阿尔泰海喇图岭，远遁额尔齐斯。时方春令，我军马力疲乏，难以远行，若驻守卓克索地方，乌梁海闻之，必坚守自固。臣等公议，奏请暂行撤兵，至夏季乌梁海等贪恋故土，必仍回居住，彼时整兵速出，易于收服。"

乾隆皇帝从其所请，复命于附近阿尔泰地方增设卡伦，如乌梁海思念故土，复来归顺，仍准居住；否则，亦予驱逐。并令遣人往谕准噶尔玛木特牧地，如不听从，即发兵驱逐。

这期间，准噶尔发生内讧。大策零敦多布之孙达瓦齐杀喇嘛达尔扎，自立为准噶尔大台吉。乾隆皇帝悉其内乱，遂调西北两路人马屯边，招抚、驱逐准噶尔乌梁海，向阿尔泰展放卡伦，欲乘机大举征伐准噶尔，雪两朝之愤。然满洲大臣商议时，想起雍正九年和通泊之惨败，俱以深入为险，唯大学士傅恒力主出征，与帝旨合。

于是，乾隆皇帝以时机成熟，决策用兵，遂谕军机大臣曰：

> 伊部落数年以来内乱相寻，又与哈萨克为难，此正伊处人心离散，事会有可乘之机。若失此不图，再阅数年，伊势稍定，必将故智复萌，然后仓促备御，其劳费必且更倍于今。况伊之宗族车凌、车凌乌巴什等率众投诚，至万有余人，亦当思所以安插之道。朕意机不可失，明岁拟欲两路进兵，直逼伊里，即将车凌等分驻游牧，众建以分其势。此从前数十年未了之局，朕再四思维，有不得不办之势。

这个上谕用满文发至西师，如松看到上谕后心情激动异常，他完全赞成皇上的分析,也赞赏皇上解决"数十年未了之局"的决心。

随后,乾隆皇帝有了具体部署:北路备兵三万名,西路备兵两万名。计每兵需马三匹,共马十五万,另需驼一万六千只、羊三十万只,亦在准备之中。

达瓦齐夺位自立后,阿睦尔撒纳返至塔尔巴哈台雅尔地方驻扎,防守准噶尔北境。后来,因达瓦齐杀死阿睦尔撒纳岳父杜尔伯特台吉达什,阿睦尔撒纳遂提出南北分辖准噶尔,为达瓦齐所拒。这样,阿睦尔撒纳起兵攻击达瓦齐,达瓦齐战败。六月,达瓦齐聚集力量,亲率兵三万攻击阿睦尔撒纳。玛木特也率乌梁海兵八千攻击阿睦尔撒纳,又命台吉沙克都尔曼济等领乌梁海兵收取阿睦尔撒纳之牧群。阿睦尔撒纳不敌,遂与讷默库、班珠尔率众向内地迁移,到达喀尔喀时遣人通报到境,请求内附。

阿睦尔撒纳,和硕特部拉藏汗之孙,准噶尔汗策妄阿喇布坦之外孙,时为辉特台吉。当初,准噶尔有"四卫拉特":绰罗斯、杜尔伯特、和硕特、土尔扈特。其辉特一部,附属于杜尔伯特。后土尔扈特远徙俄国,辉特遂单立一部,与绰罗斯、杜尔伯特、和硕特仍称"四卫拉特"。

乾隆皇帝命军机大臣寄信给新任定边左副将军策楞,说如果阿睦尔撒纳等率众来归,可迎接保护,退止追兵。如阿睦尔撒纳投诚,即当安插于阿尔泰以内,将我边卡向外展放,军营向前安设。阿睦尔撒纳乃最要之人,伊若来降,对明年进兵大有裨益。但上谕同时指出:"朕闻阿睦尔撒纳之为人,诡诈反复,全不可信,故防范不可不周。"

至此,阿睦尔撒纳、讷默库、班珠尔等率众投诚,被纳入边卡,共兵五千余名,妇女人众约两万人。

但因对阿睦尔撒纳部的安置,策楞和舒赫德受到乾隆皇帝的批评。策楞担心将阿睦尔撒纳部属安插在乌里雅苏台附近,等明年清军进兵的时候容易泄露消息,且两万人众接济困难,便将他们安插在喀尔喀王车凌拜都布游牧地的南边,想待一年后此事已定,令他们仍回旧处游牧,而阿睦尔撒纳则留在军营待命。这样的安排结果,就将阿睦尔撒纳和妻子儿女分开了。因此,乾隆皇帝批评说:"策楞等办理此事,甚属错谬。阿睦尔撒纳等系远方新归之人,岂有将其妻子如此分散之理。"此旨到时,"无论阿睦尔撒纳等妻子已经启程与否,即行撤回,令其会聚一处,在乌里雅苏台附近游牧居住"。策楞和舒赫德因此也被免职。

鉴于阿睦尔撒纳等人归附的新形势,乾隆皇帝再发上谕,表明解决准噶尔问题的决心：

> 朕于准噶尔，初无利其土地人民之念，是以杜尔伯特台吉车凌等投诚，朕尚遣人于黑龙江等处勘视通肯呼裕尔地方安置伊等，并无用兵之意。不意达瓦齐今岁遣使敦多克等，以阐扬黄教、休养众生，假辞陈奏，则其意竟欲与朕相埒。达瓦齐弑君悖乱，讵可以邻国自居？且今岁辉特台吉阿睦尔撒纳等又领数万众投诚，朕以天下大君，焉有求生而来者不为收养之理，转致被达瓦齐戕害。夫收之必养之，若令附入喀尔喀游牧，非唯喀尔喀等生计窘迫，数年后必有起衅逃避之事，则喀尔喀等转受其累矣。况达瓦齐作乱之人，今即收其数万众，虽目前不敢妄举，而日久力足，必又蠢动，侵我边围。与其费力于将来，不若乘机一举平定夷疆，将车凌、阿睦尔撒纳安置原游牧处，使边境永远宁谧之为得也。准噶尔之事，历有年所，因机无可乘，故大勋未集。今事机已值，无烦大举，以国家之余饷，两路并进，不过以新降厄鲁特之力，少益以内地之兵，即可成积年未成之功。
>
> 达瓦齐众叛亲离，叩关踵至，此皆上苍默佑，有不期然而然者。

阿睦尔撒纳等人赴热河觐见乾隆皇帝，乾隆皇帝钦点如松率军陪护。

十月初，阿睦尔撒纳、讷默库、班珠尔等启程，如松率三百骑陪护。

阿睦尔撒纳于十一月十五日到达避暑山庄，率众至广仁岭恭迎乾隆皇帝车驾。乾隆皇帝降旨加封阿睦尔撒纳为亲王、"辉特额尔德尼诺颜部落"盟长；班珠尔为郡王、"和硕特清伊扎固尔图部落"盟长；讷默库为郡王，因与车凌等同为杜尔伯特部，分车凌"杜尔伯特赛音济雅哈图部落"为左右两翼：车凌为左翼盟长，车凌乌巴什为右翼盟长，讷默库为副盟长。

在避暑山庄，乾隆皇帝宴请了阿睦尔撒纳等人。席间，阿睦尔撒纳面陈进兵准噶尔方略。

乾隆皇帝降旨赏给阿睦尔撒纳等上三旗旗色纛帜，但阿睦尔撒纳奏请明年进兵时仍用"旧纛"，以使彼处人众易于识别，乾隆皇帝允准。

宴会后，乾隆皇帝向如松询问了返回西师的情况，君臣之间还就以下议题展开了对话。

首先是要不要对准噶尔用兵。

乾隆皇帝此次对准噶尔用兵,决心是下定了的,如松对此全力支持,他也认为现在是解决准噶尔问题的最好时机。一是准噶尔内乱;二是诸车凌、阿睦尔撒纳等先后归顺,与达瓦齐对抗;三是相对而言,现是准噶尔力量最为薄弱时期;四是我以阿睦尔撒纳攻达瓦齐,消耗最少,而效果最好;五是现在朝廷君贤臣能,力量最强。趁此机会兴兵,定获一劳永逸之效。

乾隆皇帝听如松如此分析,越发坚定了出兵的决心。

其次,如松毫不保留地讲了天筑牛录的问题,说天筑牛录毁在了江南的花红柳绿之中。乾隆皇帝初听天筑牛录的问题,有些不大相信。但他一不怀疑如松的忠贞,二不怀疑如松的判断力,因此对如松所说有点明白。如松又说八旗牛录的腐化是几代的事,而天筑牛录的腐化是一个早晨的事。所以,它显眼。承平日久,习于晏安,将摆甲执兵,冲锋陷阵视为畏途,这是如今八旗各牛录的现状。

"八旗牛录不能重建了?"乾隆皇帝听明白了如松的话,反问道。

"回皇上,臣试过了,八旗牛录不能重建了!"如松回道。

"罢了!罢了!退后五十年,朕一定重建八旗牛录!"

"现在的问题是,我们一定不能让绿营重走八旗的老路!"

"说得对!"

最后,他们谈了阿睦尔撒纳的情况。如松道:"一路交谈,奴才觉得此人大有野心,不得不防。皇上赐旗,他以战时易于识别旧旗为由不接受,足见一斑。"

乾隆皇帝听后道:"平达瓦齐,我们用得着他,他也用得着我们,故而战时,朕当善用之。而平定达瓦齐,可能就会分道扬镳了,我当防之。此意回去告班第、永常,朕亦将下旨。"

如松陪阿睦尔撒纳返回后,立即投入紧张的备战工作。

乾隆二十年二月,平准之役开始。定边左副将军阿睦尔撒纳、定边右副将军萨喇尔率领精兵分别从北、西两路先行进剿。不久,获悉哈萨克等往讨达瓦齐,北路阿睦尔撒纳立即拣选精兵数千,加速进兵。八日后,定边将军班第即率察哈尔兵衔尾而进,如松随军。萨喇尔率西路哨探兵亦从巴里坤军营进发,定西将军永常随后率兵继进。两路各两万五千人、马七万匹,携带两个月粮食,约定会师于博罗塔拉河。

西路军进军途中,有大小和卓木见萨喇尔表示:"策妄阿拉布坦将我父子缚走为质,至今未被放回,我等情愿带领属下投诚大皇帝为臣仆。"萨喇尔听了令其各回原处游牧,并将情况奏报皇上。

大小和卓木即布拉昵敦、霍集占兄弟。和卓木者,意即和卓兄弟。布拉昵敦、霍集占兄弟系玛哈图木·阿杂木后裔,其父乃白山派和卓玛罕木特。

乾隆皇帝接到萨喇尔奏报后,谕示,著萨喇尔令大小和卓木进京入觐。

四月二十八日,北路班第、阿睦尔撒纳军至于达尼楚滚,西路永常、萨喇尔军已至登努勒台,相距二十里。

时清军侦得达瓦齐带兵驻扎察布齐雅勒地方,班第等议定四月三十日起程,北路由伊犁河之渡口固勒扎,越推墨尔里克岭前进;西路由喀塔克渡口越扣门岭前进,由此直达达瓦齐所居地方。

五月初三日,西北两路大军抵伊犁河岸。初五日,两军渡伊犁河。

清军渡伊犁河后,达瓦齐拥众万人退守格登山。他背山据水,结营固守。但达瓦齐军械不整,马力疲惫,众心离散。

五月十二日夜,阿睦尔撒纳派翼领喀喇巴图鲁阿玉锡等带二十二名兵丁往探达瓦齐踪迹。阿玉锡等突入敌营,达瓦齐已是惊弓之鸟,闻清军袭来,随即逃溃。周围军士见主将逃溃,亦上马逃奔,准军乱作一团,自相践踏。达瓦齐仅率两千余人窜去,黎明之时,阿玉锡等收其四千余众而回。

进军路上,班第军擒获雍正初年由青海叛投准噶尔之和硕特台吉罗布藏丹津,就此上奏,乾隆皇帝下旨将罗布藏丹津解京。

罗布藏丹津等人解至北京后,行献俘礼。乾隆皇帝命将罗布藏丹津交军机大臣审讯,旋下旨免罗布藏丹津父子死,留京居住。

五月十九日,阿睦尔撒纳奏道:"进兵至伊里,沿途厄鲁特、回人等牵羊携酒,迎叩马前。有伊里贸易回人阿卜达莫米木十三宰桑等两千余户投诚,又喀什噶尔赛音·伊苏卜伯克告称,事定之日,愿将旧属两万余户携带来降。"

进军意想不到的顺利,乾隆皇帝非常高兴,遂赐阿睦尔撒纳亲王双俸,班第、萨喇尔俱晋封一等公。玛木特、车凌、车凌乌巴什、班珠尔、讷默库俱晋封亲王。参赞大臣鄂容安因鄂昌、鄂尔泰牵连,不予议叙;定西将军永常筹办军需不称职,亦未膺封赏;如松加封奉恩镇国公。发上谕曰:

夫准噶尔一日不定,则其部曲一日不安,朕筹办之初,亦未敢遽信大功计日可就,是以杩牙推毂之典概未举行。

又谕曰:

近日满洲陋习,假持重以文其退缩,在朕前并不能据实陈奏,一唯退有后言,此风实可寒心!现在师行未及半载,初无血刃遗镞之劳,军资诸费,较前甫及十之一二,即喀尔喀部落亦并未以大兵经过稍有滋扰。皇祖平定朔漠诗中,即有力排众议之语,足见家法独运乾纲,主持振作,群臣唯当竭心协志,共思奋发有为!

且说达瓦齐格登山兵溃败逃,南走回疆,前往喀什噶尔交界处驻扎,其属下半途逃散,仅余百骑。因乌什阿奇木伯克霍集斯为其友,遂投奔霍集斯处。霍集斯遣其弟携带羊酒前往,迎请达瓦齐入城。达瓦齐不疑,遂往。时霍集斯已承将军班第檄,遂诈引达瓦齐入城,伏兵林中,将达瓦齐及其子等七十余人擒获,呈献班第。

班第遂奏报皇上,乾隆皇帝命驻藏大臣萨喇善将擒获达瓦齐、平定准噶尔一事告知达赖喇嘛和班禅额尔德尼,"令其欣悦",复以准噶尔诸部尽入版图。

在进击达瓦齐的过程中,阿睦尔撒纳独吞准噶尔的野心已经暴露。他曾扬言对达瓦齐的声讨,是为"养赡准噶尔穷人",并私下告称:"我等四卫拉特与喀尔喀不同,若无总统之人,恐人心不一,又生变乱。"他全力纠合从前失散之人,只知寻获被抢人口,攫取牲畜;还纵容部属肆行劫夺,隐匿所收达瓦齐驼马各一千余匹、羊两万余只。他还拥众自卫,不愿撤兵,想自行遣使哈萨克,与各宰桑头目私行往来;凡传行事件,仍仿达瓦齐私用小红铃记,视萨喇尔如仇,潜行猜忌,图据伊犁,恋恋不已。

班第与如松商量后,将阿睦尔撒纳种种不轨表现奏报乾隆皇帝。可奏报刚刚发出,便有达瓦齐被执之事。稍后接到皇上上谕,让阿睦尔撒纳进京觐见。

在阿睦尔撒纳启程之前,如松建议即将阿睦尔撒纳拘捕,说:"如不拘捕之,他必途中潜逃。"

班第有些犹豫,认为得不到上谕就行事,怕有不妥。

如松摇摇头道:"那就是纵虎归山了。"

阿睦尔撒纳上路不久,班第即接到上谕,指出"伊未必遵旨前来瞻仰,即使前来,若令仍往准噶尔,伊断不能安静守分"。因此密谕班第等人,"阿睦尔撒纳若仍未起程,即将其擒拿,其亲信之宰桑等亦即拿解前来,其余无干人等慰谕释放。如阿睦尔撒纳已经起身前来,则俟伊到时,朕当另行办理"。考虑到"阿睦尔撒纳或逗留不进,或托病不前,或逃往哈萨克,降旨以照管乌里雅苏台市集为名,留兵一千,令普庆、达色带领驻防,另派阿兰泰预为防范"。并告诫"此等机要之事,不得少有泄露。一切当体会朕意,计出万全"。

果不出如松所料,阿睦尔撒纳潜逃了。

八月二十四日,乾隆皇帝收到阿睦尔撒纳忒字奏章一件,内称:

> 受皇上天高地厚之恩,诸事遵循训示,擒拿达瓦齐等献于阙下,将准噶尔全部归附天朝;班第、萨喇尔诸事暴急;四卫拉特性情剽悍,应一切如噶尔丹策零时方能安居;臣遵旨入觐,闻有擒拿之信,不得已潜避;所有颁给印信不敢弃置,交额琳沁多尔济带回;班第、萨喇尔所奏,请皇上洞鉴;班第、萨喇尔乘马直入经堂,将马系于柱上,伊等并坐大喇嘛之上;萨喇尔又妄言四卫拉特皆伊管理,并于各鄂托克内选择妇女为妻,因此众皆切齿。我并未背负大皇帝,我自伊犁撤兵往阿尔台时,喇嘛、宰桑遣人送信说,班第已将我参奏,一至阿尔台即行擒拿,而撤回之兵逐日跟随围绕,心甚疑惧,西北两路台站被鄂托克抢掠,不能进京瞻仰,是以复回博罗塔拉。

乾隆皇帝亦接到班第关于阿睦尔撒纳潜逃之奏报,遂下令抓捕之。

班第遂派如松领兵一千五百人前往阿睦尔撒纳驻地追捕。如松离开后,班第亦进驻伊犁。

因伊犁荡平,大兵撤回,奉旨缴回西北两将军、副将军敕书、印信、旗牌等。班第因驻扎伊犁,遵旨留兵五百名,办理善后事宜,定北将军印信暂留使用。

阿睦尔撒纳潜逃后,遣人四出煽乱,伊犁众喇嘛、宰桑蜂起响应。厄鲁特宰桑克什木等率兵抢掠伊犁台站,班第因兵少,与萨喇尔和鄂容安撤离伊犁,向崆吉斯觅路而走,力战两百余里。走到乌兰库图勒,克什木率军赶上。萨喇尔不顾班第等人率军奔逃,鄂容安加以阻止,萨喇尔不听。班第力竭自尽,鄂容安本书生,刀不能下,最后令其随从刺腹而死。萨喇尔走至崆吉斯河,为厄鲁特宰桑锡克锡尔格活捉。

阿睦尔撒纳叛走时，定西将军永常拥西路索伦、察哈尔精兵六千人驻扎于穆垒，他以乌鲁木齐等处反叛，恐阿睦尔撒纳抢掠巴里坤为由，于九月初八日擅自撤回巴里坤，以致北路军无援，班第、鄂容安遇害。乾隆皇帝遂以其怯懦退缩，置班第等人于不顾，革定西将军职，并拿解进京治罪。途中，永常病死。

在阿睦尔撒纳煽动下，大小和卓木也反叛，诱杀副都统阿敏道。

十月十七日，原准噶尔大台吉达瓦齐解送至京，行献俘礼。乾隆皇帝下旨免治其罪，并加封亲王，赐第京师，领其子居住。十一月初四日，授策楞定西将军，扎拉丰阿为定边右副将军，筹办进兵伊犁事宜。

追捕阿睦尔撒纳亦是策楞的当务之急，他遂派参赞大臣富德率所部与如松军合兵，追至额布克特地方。闻阿睦尔撒纳已经逃遁，遂分兵尔巴哈台追捕。

阿睦尔撒纳只带二十余人仓皇往投哈萨克。富德和如松侦得阿睦尔撒纳踪迹，遂深入哈萨克境内追捕。

哈萨克汗阿布赉及其弟阿布勒比斯遣使至军营问安请罪，并献马二匹，告称"倘阿贼入我境，必行擒送"，复恳带兵效力，以图往来交易。

如松随哈萨克使者同往宣谕。阿布赉表示情愿以哈萨克全境归顺，永为大皇帝臣仆。随具托忒字《表文》并进马四匹，遣使亨集噶尔等七人入觐。

事闻，乾隆皇帝大喜过望，遂通行晓谕曰：

哈萨克一部，素为诸厄鲁特所畏。叛贼阿睦尔撒纳之所以虚张声势，煽惑诸厄鲁特等众者，唯恃一哈萨克耳。兹阿布赉既已请降，约以阿睦尔撒纳如入其地必擒缚以献，则叛贼失其所恃，技无所施，此一大关键也，朕心实为之庆慰。

总之，阿睦尔撒纳一日不获，则边陲一日不宁；而阿布赉既降，则阿睦尔撒纳不患其不获；阿睦尔撒纳既获，则准噶尔全局可以从此奏功矣！

哈萨克即大宛也，自古不通中国。昔汉武帝穷极兵力，仅得其马以归，史册所载，便为宣威绝域。今乃率其全部倾心内属，此皆列祖之鸿庥，以成我大清中外一统之盛，非人力所能与也。然外间无知者流，又谓其不可深信。又以阿睦尔撒纳、巴雅尔等来臣复叛，至今未已为词。不知哈萨克远在万里之外，荒远寥廓，今未尝遣使招徕，乃称臣奉书，贡献马匹，自出所愿，所谓归斯受之，不过羁縻服属，如安南、琉球、暹罗诸国，俾通天朝声教而已，并非欲郡县其地，张官置吏，亦非如喀尔喀之分旗分设佐领。即准噶尔初归时，不过欲分为四卫拉特，令自为理，哈萨克自非准噶尔近接西陲之比也。

哈萨克汗阿布赍按照与清朝的约定，抓捕阿睦尔撒纳，暗中散其马匹牲口。阿睦尔撒纳警觉，同妻子及亲信数人逃去。

走投无路之下，阿睦尔撒纳渡额尔齐斯河逃往俄国塞米巴拉特要塞，请求准许加入俄籍。

清军副都统顺德讷于七月下旬遣人前往俄国询问阿睦尔撒纳踪迹，俄方诡称阿睦尔撒纳等步行至俄国森图拉，请求遣人操舟引渡，唯久未见阿入境，似溺水淹死。

理藩院奉旨致函俄国枢密院，重申阿睦尔撒纳如逃入俄国境内，即应遣回，并对阿睦尔撒纳已落水溺死一事表示怀疑。

顺德讷奉命往见俄国西伯利亚总督玛玉尔，请俄方遵约擒献阿睦尔撒纳，玛玉尔仍以尚无信息推诿。

于是，乾隆皇帝谕示顺德讷前赴俄国之森图拉地方交涉，晓谕俄方遵约将阿睦尔撒纳交出。说此贼一日不获，两路之事一日不能告竣，揆之事理，实有不能中止之势也。朕非穷兵黩武，特以事势所迫，不得不然。

此时由于征战准噶尔日久，朝中出现"西师中止"之议。大学士史贻直有"弃伊犁之说"，大学士陈世倌折奏亦有"粮饷、马力、将帅"三语，顾虑用兵之难。针对这一议论，乾隆皇帝宣谕曰：

准噶尔一事初虽机有可乘，因虑任事无人，是以迟迟不得已而后办理。及伊犁既已平定，朕意原不过就其四部分封四汗，以示羁縻。至阿睦尔撒纳及噶勒藏多尔济等之乘乱复反，事出意外，因缘辗转，以至今日，揆之事机实有不能中止之势。而卫拉特之众，诛剿者诛剿，病亡者病亡，即蠲而畀之一人，且无可授之者。此或者上天将以全部卫拉特赐我国家耳。即如副都统阿敏道领兵前往叶尔羌、喀什噶尔地方，竟为两和卓木诱杀,此岂有不行诛讨之理?

乾隆二十三年正月十九日,俄国毕尔噶底尔遣图勒玛齐、毕什拉等人至中俄边境,告诉中方,阿睦尔撒纳已拿送固伯喇纳托尔监禁,旋因出痘病故,请清廷差人前往验看。

如松进入俄国境内查看,见阿睦尔撒纳尸肌肉尚完整,面貌宛然,确实无误。经交涉,俄方拒不交还阿睦尔撒纳尸体。乾隆皇帝遂以既详验无疑,尸体解送与否可不必深论而将此事了结。

此后,西师又平定大小和卓木。至此,乾隆皇帝通行晓谕曰:

前此大兵平定伊犁,准噶尔各部悉入版图,而东西布鲁特、左右哈萨克无不倾心向化,今安集延与巴达克山诸部先后归诚,捧檄自效,逆酋授首,从此边陲宁谧,各部落永庆安全。朕得缵皇祖、皇考未竟之丕绪,唯益励持盈保泰之心,夙夜倍切冰兢。

自乾隆十九年准噶尔内讧,乾隆皇帝命将出征起,历时五年、拓地两万余里之准回之役,或称"西师",至此以全胜而告终,前后共开销军需银约三千万两。

十月二十五日,以准噶尔全局大定,诸王大臣请加上尊号。乾隆皇帝却其请,因谕曰:

今以数载间运筹决策之劳,克全我两朝挞伐绥遐之略,返衷自问,差可无负燕贻者,而固非好大喜功也。我皇祖圣德神功,超越万古,戡定殊勋,炳于史册,廷臣请上尊号,尚未允行。乃者关门以西,迄乎大漠,虽通亘古不通之境,究以国家全盛余力及之,视当年之事会稍需刻难中辍者,其缓急轻重固不可同年语矣。兹功成事定,唯钦遵祖宗之心法,益深兢业耳。

准噶尔虽平,但局势依然不平静。如松奉命在伊犁驻守,一直到乾隆三十二年接到上谕,让他速赴云南,这才结束其在西师的生涯。

第九章 辞北赴滇,如松奉旨到南国

原来,清军正在云南边境与缅甸作战,乾隆皇帝对那里的状况不甚了解,遂派如松去了解情况,随后向他奏报。

如松于乾隆三十二年夏赶到云南省城。时原任云贵总督杨应琚已被押往京城,新任总督明瑞已经到任去了永昌前线。

中缅之战起于乾隆三十年。当时,缅甸屡屡侵扰我云南边境。当年十一月,缅人数千蹿入猛捧,焚掠勐腊,中旬已阑入小猛仑、补角、补龙等处,内地土练逃散,缅兵逼近思茅,声称十二版纳原为缅甸土地,欲来收服。

清军无备,不能敌。时任云贵总督刘藻领营兵两千余名于十二月初六日驰赴普洱府,与提督达启计议分四路进剿。当时,乾隆皇帝据奏降旨:

> 缅人敢于扰害边境,非大加惩创,无以警凶顽而申国法。刘藻等既经调兵进剿,必当穷力追擒,捣其巢穴,务使根株尽绝,边徼肃清。

自是,乾隆皇帝决心对缅甸用兵。

乾隆三十一年,云贵总督易人。乾隆皇帝谕新任总督杨应琚,说与缅甸用兵"万里以外之事,不可遥度,卿当相机勉力为之"。时杨应琚为收沿边控制之效,奏请将滇省沿边土司地方夷民一并剃发留辫,又奏称:"缅匪屡次侵扰土司边境,若不乘时办理,恐土境不得常宁,万里边疆之外,须永图辑宁之计。今缅甸人心涣散,所属木邦土司情愿归顺,是有机可乘,已密选土司所属夷民,潜往缅甸,将地方广狭,道路险易,暗行绘图,到日进呈御览。"

杨应琚的做法得到嘉奖,乾隆皇帝据奏传谕杨应琚道:

> 缅酋若效臣服,可一并招抚归降,若畏避潜匿,即将召散擒获,亦可收功葳事。果有可乘之机,又易收戡定之功,尤为一劳永逸。一切事宜悉听该督审势经理。

事实证明,乾隆皇帝轻信了杨应琚。不久,与缅战事开启,杨应琚虚报战功,将清军引入险境。

后杨应琚事发,押京治罪,乾隆皇帝发上谕曰:

> 杨应琚到滇后,缅甸业已剿平,不过经理疆界,搜剿逸贼诸务。而杨应琚接办对缅战事种种欺饰错谬,实出情理之外。办理缅甸一事,朕初无欲办之心,因杨应琚以为机有可乘,故听其办理。及至缅匪侵扰内地,则必当歼渠扫穴,以申国威,岂可遽尔中止?且我国家正当全盛之时,准夷、回部悉皆底定,何有此区区缅甸而不加剪灭乎?

随后,乾隆皇帝调明瑞为云贵总督,调发京师八旗健锐营、火器营兵三千名及邻省汉土官兵,并索伦、厄鲁特等共三万余名,分起前赴云南,准备秋冬大举进剿。军需用银,前已拨三百万两,现再拨银三百万两运赴云南。

明瑞于五月到达云南省城,尔后与巡抚鄂宁一起赴永昌前线,决定分兵三路进军。行前,乾隆皇帝有旨鼓励:"伫待捷音!"

如松就是在这样的情况下到达云南省城的,随后,他立即赶往永昌。

十二月初,如松赶到木邦见了明瑞。乾隆皇帝已经有旨下达,明瑞热情地欢迎如松的到来,遂命其参与军机。

到后第二日,如松向明瑞提出这次进军悬兵深入,犯了兵家大忌。开始,明瑞不以为然,说木邦地方有大军留守,两军之间联络畅通,不算"悬兵"。如松回道:"木邦也未必终在我军手中,倘若缅军夺得木邦,我军后路被切断,怎么办?"

这话提醒了明瑞,他惊出一身冷汗。这样,明瑞上疏提出大军不再前进的建议;如松也给乾隆皇帝发出第一个奏折,指出了悬兵而进的危险。

但此奏没有得到乾隆皇帝的首肯,明瑞大军依然向蛮结挺进,时缅兵已于各要隘竖立木寨十六座。所谓"木寨",即"立木为栅,聚兵其中,栅外开深壕,壕旁植竹木,皆锐其末而外向"。缅兵有栅保护,枪炮不能伤,而可从栅隙处击我辄中,此缅兵之长技。

三十日,明瑞带兵居中策应,分遣领队大臣扎拉丰阿、观音保攻占东、西山梁。缅兵自密林中冲犯观音保一队,明瑞分兵前往,激战至晚,缅兵阵亡两百余人,退保木寨。

明瑞留兵两千余名,交都统伍三泰、音济图张两翼,以壮声势,其余八旗、绿营兵分为十二队,明瑞带队首先冲击,扎拉丰阿、观音保分领左、右继进。

时值大雾弥漫,官兵奋击,缅兵的象阵被冲垮,群象反奔,冲击缅军。

扎拉丰阿骁勇,先破木寨一座,继有贵州藤牌兵王连抵第二寨,借积木攀栅而上,飞身跃入,于数百名缅兵之中,砍杀十余人,以致头带刀伤,仍拔毁栅木,接应众兵,续进清军蜂拥而入。是夜,所有埋伏及各寨缅兵俱不战自退,其十六寨相继被破。

蛮结之役计杀缅兵两千余人,但清军伤亡亦重,明瑞右眼眶被枪伤。

如松一直在明瑞身边,身受枪伤三处,好在未及要害。

蛮结大捷后,明瑞大军进至隔弄山,接近天生桥渡口。此处系有名险隘,缅兵把守甚严,明瑞侦得天生桥以北尚有小路可以通过,遂令达兴阿带兵两千名由大路正面佯攻天生桥缅兵木栅,自带兵进至河水发源处渡河,随后占据对岸山梁。

此处防守缅兵一千名及蛮结败兵两千名惊闻清军已渡,遂退守宋赛。明瑞一军踵行抵宋赛,继至邦亥,一路不见缅兵。至象孔地方,明瑞大军迷失路径,其地道益险仄,且粮尽马疲,遂欲与猛密额尔景额清军会合。

而额尔景额所部往取猛密,进至老官屯,缅兵已沿江岸竖立木栅,清军连日攻打不能克,伤亡甚重。额尔景额旋即染瘴身故,额勒登额为代理参赞大臣。

猛密不能去了,明瑞决定撤回木邦。但行至途中,探马即报木邦被围,明瑞遂改向宛项前进。及行抵小猛育,缅兵已聚集数万,其地距宛项尚两百里,而参赞大臣额勒登额之援久久不至,明瑞大军陷于绝境。

大军行至猛腊地方时,缅兵又截住去路,即于山顶结成大小寨十四座。当时清军弹尽粮绝,除受伤及染病官兵外,全军仅剩下五千余人。

初十日,明瑞下令向宛顶突围,自与诸领队大臣及侍卫数十人率亲兵数百断后。如松再三请求随明瑞断后,明瑞只好应允。

缅军的火器十分凶猛，他们第一拨进攻后，领队大臣扎拉丰阿、护军统领观音保俱中枪阵亡。

如松一杆长枪打退了缅军的第一次冲击，但他身上已经有七处被枪丸击中。这时如松向明瑞喊话，让他趁缅军尚未攻来的间隙，迅速领兵撤退。

缅军随即发起第二拨冲锋。如松带领数十名清军冲出阵地，迎击缅军。缅军撤向后方，如松紧紧追杀，渐渐远离清军阵地。

如松冲出阵地，明瑞便明白他的用意，遂立即组织突围。但此时明瑞右臂、胸部亦被鸟枪重伤，觉得再难支撑，于是将指挥权交给鄂宁，其总督印信亦交付给他，随后自割发辫交由家奴携归，自缢于树下。

立刻浓雾大作，不辨方向，清军各自奔逃。鄂宁不能掌握，遂与总兵常青、达兴阿、哈国兴等溃回宛顶。

大军溃败，明瑞身亡，鄂宁上表报告溃败原因，说："我军两路深入后，木邦驻兵数千，已不为少，旁无可虑，不意贼匪狡诈百端，俟明瑞深入后，复聚众侵扰木邦。"

乾隆皇帝发上谕自责，曰：

朕亦如此想，此即轻敌之处。去岁朕及尔等，皆失于轻敌，朕不得不引为己过。

乾隆皇帝不见如松消息，遂询情况。

鄂宁又奏曰："败兵当日，如松为掩护大军撤退，率数十人杀出大军阵地，所去军士只有三人败回。退回三人讲，缅军数百人蜂拥而上，如松将军和所率人马被围；其中一人讲，他亲见如松背上被砍一刀，大腿被刺了一枪，然后又被刀劈落马。因大军撤回，没有能给如松收尸。"

乾隆皇帝看折后震惊异常。

事实上，这位跟如松杀出阵地后逃回的军士所说不假，但它只是一部分事实。且说如松落马后，已经人事不省。缅军以为他死了，不再理睬，而是从他的身体旁冲过去。很快，这里便没有了人迹。

当时这里下着大雾，伸手不见五指，但接下来发生的情况却与大雾有关。如松醒来后，他什么也看不见，还以为自己的眼睛瞎了。过了一会儿，他看见了一些东西,还渐渐弄清楚了自己所处的环境,并慢慢恢复了记忆。

他想爬起来,但不能够。

天亮了,但大雾还没有退去,如松只好无奈地躺在地上。不一会儿,如松听到一息呻吟声。他循声望去,模模糊糊见一个躺在地上的身影在动,如松也爬了过去。

实际上,那人还在昏迷中,是疼痛让他下意识地呻吟了一阵。如松见状,便待在他的身边。

东方射过第一束阳光,雾依然没有散。

这时,那人又呻吟了一阵。如松推了推那人,起初没有动静,再推,那人呻吟着醒来了。如松看清楚了,那是一名清军军士。

那军士醒后,吃惊地观察着四周,最后,他看见了如松。

"大人,是您!"军士这样说,说明他认得如松。是啊,如松一马当先冲出阵地,跟随他冲锋的如何不认得他?

"你怎么样?伤在哪里?"如松问道。

那军士动了一下,回道:"背上,腿上……我已经动弹不得……"

如松问了军士的名字。

那人说他姓马,名叫马磊,长安人。

如松可以站起来了,他试图扶马磊站起来,但不能够。

此地不能久留,天亮后,缅军会随时到达。另外,如松躺在地上时,曾听到鸡叫声,说明此处离缅人村寨不远,必须迅速离开。

如松想将马磊扶起,放到背上。马磊挣扎着要如松自己离开,不要管他。

如松不应,背着马磊向北走去。他浑身疼痛,但一股气支撑着他艰难前行。

走了一会儿,如松感到饿了。他放下马磊,自己进入树林采了一些野果。他和马磊一起吃了,然后继续前行。

走到一个小溪前,对面传来人声。如松与马磊躲避不及,正好路旁有三具清军军士的尸体,两人便迅速趴在尸体旁。

来的是一队缅兵。如松只好闭上双眼,听天由命。

缅兵过来了,有说有笑。前队已经走过,中间有一个缅兵停下来撒尿,就尿在了马磊身上。最后离开时,他还恨恨地踢了如松一脚。

缅兵走远了,如松站起身来,继续背马磊上路。

按说,如松应该加快速度,但他实在没有气力,所以只能走走停停。走到中午,如松选了一处安全之地把马磊放下。又去采了些野果充饥。如松看得出,马磊伤势很重,但他咬着牙,坚持不叫一声。

到日头偏西,前面一条大河挡住了去路。这样的地方,多半有缅军的木寨。如松小心地前行,行不多远,河边果然有一座缅军木寨。

如松把马磊放下,找到一隐蔽处仔细观察木寨。

这是一座中等规模木寨,中央插有一面缅军军旗,木寨之下的江面之上停着一排船只。如松观察了很久,见河中船只并无人看守,他心中便有了一个计划。

他又采集了一些野果,两人吃后,如松便与马磊一起歇息。

天渐渐黑了,如松再次去江边侦察,见水中船只依然无人看守,心中甚是高兴。

夜间,从木寨中传出阵阵梆子声。如松背着马磊悄悄到了河边,他先把马磊放上最边上的一只船上,然后悄悄解了缆绳,毫无声息地划船离开。

如松感到轻松了,马磊也感到舒服了许多,遂向如松要过双桨,他想让如松睡一觉。

如松醒来时,船已经划行了二十余里。他睁开眼睛,见马磊倒在了船头。如松以为马磊死了,凑近一看才知道他是睡着了。原来,马磊实在是困了,他想停下来喘口气,就这样睡着了。

因为他们是顺流而下,船没有人划了,可它依然向前漂行,已经到了一个缅甸村寨前。从村子里传来牛羊的叫声,偶尔夹杂着人的喊叫声。如松赶紧把桨插入水中,止住船的前行,随后急促划向岸边,躲到一个伸到河水中的树冠下,静观四周的动静。

有一条船从上游的远方划来,很快。如松原想弃船上岸,又怕被那船上的人发现,所以干脆与马磊卧在船内,再次听天由命。

幸亏那船是在江心划行,离这里有一段距离。如松的船隐蔽在树冠下,如果不成心观察,是不容易看到的。那条船划得快,很快就过去了。如松探头观察,发现那是一条军用船只,上面只有两个缅军士兵。

又躲过一劫!

可就在这时,岸上有几十个缅民手里拿着铁锹和铁叉大喊大叫着向他们奔来。看来,他们早已经发现了如松和马磊,为了有把握抓住他们,便到村内招呼了更多的人。

如松和马磊迅速解开系在树杈上的缆绳,用力地划向江心。

缅民们一见如此,遂将手中的铁锹投向他们。这时,远处又有几条船向他们划来。那些船越来越近,如松觉得再也没有逃脱的可能。

而就在这时,上游有数艘大船划过来……

明瑞身殒后,乾隆皇帝即授大学士傅恒为经略,阿里衮、阿桂为副将军,舒赫德为参赞大臣,并命鄂宁补授云贵总督,调明德为云南巡抚。

此前明瑞一军后路被切断,乾隆皇帝已派京旗六千名,索伦、达呼尔兵两千名,荆州、四川驻防八旗四千名,贵州绿营九千名,吉林并福建水师四千名前往前线,加拨帑银二百万两解滇备用。此次又增京旗火器营四千五百名、健锐营两千五百名调赴军前。

随后,乾隆皇帝发出上谕:

> 缅甸恃其险远,竟敢抗我颜行,国体所关,实难中止。然去岁所以暂停进兵者,以缅酋或知悔罪乞降,犹可贷之宽网,乃迟待至一年之久,逆酋仍然怙恶,不遣一人,揆之情理,断无可恕。

当年十月,乾隆皇帝接到发自云南省城的一份奏折,打开一看,是如松写来的。乾隆皇帝甚感诧异,怎么,如松还活着?

如松在折中讲述了他在猛腊死里逃生的经过,重点讲了缅甸环境,说在缅用兵有四难:一、军行难。永昌出口道路,一由腾越之虎踞关,一由永昌之宛顶。两路皆崇山峻岭,羊肠鸟道,多处双人不能并行。每路数万人,绵长即至数十余里,前营已到,后营尚未起程,而边外更险,势难遍行。二、水土恶。永昌百里之外潞江即烟瘴最盛,其余土司地方亦皆有瘴,每年冬月渐减,至正月复出,一年之内,无瘴之时不过一百数十日,且边外冬月虽无瘴疠,而水寒土湿,易患疟疾。是以旧岁锡箔一路官兵病者接踵,随即猛密一路官兵亦患病累累。三、筹粮难。满汉兵四万名即需马十数万匹,以十个月计,兵需米十二万石,马需米三十万石。现通省可拨只三十五万石,每三夫运米一石,用夫至一百余万。四、深入难。若深入贼巢,兵将即精壮如常,而马行险峻数月,又无好水草,大半疲敝无用,加以入贼境一两千里之遥,粮不能继。因此对缅用兵,实无胜算可操,必须精心谋划,速战速决。

如松没有向乾隆皇帝奏报他失去一条腿的事情。原来,当日如松与马磊认为无处可逃时,清军的几十艘船在总兵哈国兴率领下,载着数百名清军水军从野牛坝启程,到勐腊接应,行至此地。哈国兴赶走了缅民,救下了如松和马磊。

如松和马磊伤势过重,被送往省城治疗。如松被诊断大腿中枪毒,最后截肢。乾隆皇帝不晓得如松的伤情,依然留如松在云南参与军机。

乾隆三十三年三月,经略傅恒及副将军阿桂、阿里衮驰抵云南省城,随即前往永昌。如松与傅恒、阿桂、阿里衮等一起赶赴腾越查看了地形。他们认为缅军所据老官屯为水陆咽喉,清军拟于上游蛮暮、戛鸠一带造船。进军时,分兵两路,一路为旱路,由戛鸠江西,取道孟拱、孟养,直捣木梳;一路为水路,发往江东猛密。这样,老官屯缅军则腹背受敌。

绿营可多带鸟枪、藤牌、刀矛,并制三斤重斧,用以攻砍木栅;命善铸大炮工匠先造炮模,并带铜铁,随时铸造应用。

随后,傅恒命哈国兴于铜壁关外野牛坝地方伐树两千株,每日督工赶造船只;又命工匠试铸大炮一位,重两千余斤,于三里外竖立木栅,试炮时炮子直冲木栅,迸散山石,入土五六尺。

九月十八日,清军水师先行进攻,初战告捷。副将军阿桂前于本月十三日将野牛坝所造已成船只,令福建总兵伊昌阿率领自蛮暮江顺流直下前往新街。将入南大金江时,缅军水师二十余船扼住江口迎战。清军水师发枪炮,缅兵稍退。阿桂续遣兵登陆后列于江边,发巨炮击碎缅船三只,缅军水师遁走。清军鸣金鼓出口,声威大震,遂据新街东岸渡口,江路无阻。

此时,傅恒一军抵达孟养,经南洞干、蚌板雅、孟拔,二十九日抵达哈坎。傅恒已在南大金江西岸行军作战近七十天,虽连取孟拱、孟养等地,但未与缅兵主力接战。由于冒瘴强进,清军患病者甚多,统领索伦兵之散秩大臣噶布舒病殁军中。加之攻下的孟拱等处留兵驻守,以致傅恒抵老官屯时,仅剩官兵两千余名。

十月初,傅恒抵达新街西岸驻扎,副将军阿桂等先已于东岸扎营。连同阿里衮所率江中水师,征缅三路清军遂会师于新街。

如松失去了一条腿,但他经多日练习,已经可以骑马,傅恒一直把他留在身边。

人马到齐后,傅恒随即渡江至东岸营盘。初八日,缅军将领盏拉机率船一百艘从阿瓦前来迎战,至江滩左右扎寨。傅恒遂部署阿桂及阿里衮、伊勒图分别在东西两岸预备,约定分路夹攻。

之后,缅船三十余艘沿江前来进攻东岸清军大营。傅恒、阿桂、阿思哈皆立江浒督战,清军分队迎敌,合力进剿,夺获木寨三座,击沉缅船数只,杀死缅兵五百余名。缅军退守老官屯,新街被攻克。但十月十九日,协办大学士、副将军阿里衮因疮伤卒于舟中。

新街攻克后,蛮暮所造船只于十六日驶抵新街,清军水陆并进,傅恒、阿桂率兵沿江东岸前行,其西岸兵由总兵常青等统领。阿里衮卒后,由伊勒图率领水师顺南大金江而下,并檄调先驻龙陵兵四千名由旱塔合攻老官屯。

老官屯系南大金江中洲渚,北至孟拱、孟养,南通阿瓦,东为孟密,西达孟墅,是缅甸水陆交通要隘。

缅军在清军抵达前,已在东岸构建三座寨栅,连绵五里,栅尾伸入江中,开渠引江水而入,缅甸水师停泊其中,有船一百三十艘,载兵三千名。

清军分左右两翼由江岸左右攻击老官屯大寨,傅恒居中调度,令哈国兴带兵直抵东南一面,拆除木栅丈余。而缅军枪炮俱下,烟焰涨天,还从西岸调兵来援,其水师亦从江中冲出。双方鏖战,不分胜负。

此时,清军的大炮发挥了威力。清军新铸的大炮重三千斤,可装炸药三十斤,发炮时声如奔雷,打得缅军人仰马翻。与此同时,清军又积柴焚烧缅寨。只是此地雾起如雨,栅木皆沾润,火不得燔。清军又用巨钩将粗绳投入栅杪,用数十名军士拉绳,绳几断而寨墙不动。总兵马彪命军士挖洞至寨中,终端置火药,火药发,但缅寨屹然不动。

如此,双方对峙数日。

清军领队大臣许多人患了病,兵丁染瘴,日有死亡。傅恒和如松均身染瘴疠,且傅恒腹泻日甚。

在双方的对峙中,老官屯缅军主将诺尔塔派遣节盖来清营求见。这令傅恒、如松喜出望外,遂派哈国兴出面会见。

次日,即有缅王懵驳致书清方曰:

> 内外有界,缅未敢侵天朝尺地,何以屡见征伐?往年遣人持书议款,久之未报,今又围老官屯,未审欲如古行事,抑欲战耶?

傅恒、阿桂、如松召诸将会商,分析缅王书信。诸将俱言,懵驳从阿瓦致书,说明他受到震撼。依此时兵势,度我未能轻进,故可顺势而止。

　　傅恒遂将军情及前方考虑上报皇上。乾隆皇帝回谕,提出三个条件即可同意罢兵:一、缅甸仍像以往那样纳贡;二、永不犯边;三、送还所掠兵民,其木邦、蛮暮、孟拱土司遣还故地,毋相扰害。

　　傅恒遣哈国兴入缅军营,传送清方表文。

　　十六日,缅方主将莽勒西哈苏复函,同意清方提出的全部条件,但要求赏蛮暮、木邦土司给缅方,当场为哈国兴所拒。

　　随后,经清缅订立字据,双方正式罢兵。

　　对缅战争,自乾隆三十一年始,历经四年,前后共拨银一千三百余万两,其官兵阵亡人数计有军官五百二十六人,兵丁三千二百九十一人;病故军官两百八十四人,兵丁四千五百九十七人。

第十章 藤下训俭,如松齐家立新风

如松要回家了。他先到博克托岭收殓了孥桑喏的遗骨,随后在光显寺挖开孥桑喏的衣冠冢,并在衣冠冢处重修了墓地,将孥桑喏的遗骨葬了;他还挖开天筑的墓,将天筑的遗骨取出,置于买好的棺椁之内。最后,他雇了两辆大车,自己乘坐一辆,另一辆载着天筑的棺椁,走上了回家的路。

在路上,如松走了三个月。

关东木夫妇没有与永修一家一起生活,他们过继了一个侄子,跟继子住在一起。现在见如松将天筑棺椁运回,关东木夫妇哭得死去活来。在家中停灵七天,如松帮岳父母将天筑葬于祖坟。

傅恒已从马磊那里查明,如松在身负重伤的情况之下,将身受重伤的他背出险境,一路之上经过千辛万苦;由于当时腿上被带毒的枪刺伤,如松不得不截肢。傅恒又奏了如松的军功。

乾隆皇帝闻奏,遂封如松为贝子。

正好,有一皇室成员犯罪夺爵,其贝子府闲着,内务府遂将那闲置的宅子让如松一家去住。

如松到达京城时,永修等人正准备搬入新居。

如松到达京城后,乾隆皇帝赐宴。

如松担心皇上讲究,而实际席上只有四菜一汤,这使如松颇感意外。乾隆皇帝见如松有诧异之状,遂笑道:"朕知道你不喜铺张,遂备下小菜,避免吃起来心里不爽。"

如松亦笑道："知臣莫如君。"

席间，乾隆皇帝说他要干一件大事，正好如松回来，便要他参与。

干什么大事皇上不讲明，如松也不便问。但他心中已经拿定主意，要集中一段时间全力抓一抓家教，便道："启奏皇上，臣在西师多年，顾不上家教。臣回家后，已见诸多不如意，搞不好，臣怕家中将'礼崩乐毁'了。臣要集中一段时日致力于此，一时恐抽不出精力。"

乾隆皇帝听后想了想，觉得如松讲得有道理，遂道："朕能够想象一二，但朕所之大事，卿不参与，恐落终身之憾矣。"

于是，如松才问道："但不知皇上所说大事者为何？"

乾隆皇帝道："朕要集天下图书，其规模远大于《永乐大典》。工程预计集天下学士，费时数年——或许数十年，成天下第一图书。"

听罢，如松思考了片刻，最后毅然道："确是大事。只是臣即出言，无论有多遗憾，也只好放下了。"

如松对皇上说家中将要'礼崩乐毁'，自然是夸张之词，但实际情况却也严重。他了解家中情况后，认为有几"过"：装饰过奢，用度过费，下人过多，交际过繁。

如松自晋升为镇国将军后，家就从农村搬进京来，内务府给如松家修建了新的府邸。府邸修成后，永修添置了高档的家具和值钱的摆设；后来，如松晋升为奉恩镇国公，永修又修了新的府邸，整个装饰遂跟着升了级；再后来，如松晋升为贝子，永修又赶紧张罗修新的府邸。后来朝廷给了一座现成的府邸，永修计划，将装饰陈设要比现在住的奉恩镇国公府要提高一截儿。这被如松制止了，现在奉恩镇国公府中的装饰陈设，如松就认为过奢了。

用度方面，如松觉得举家都大手大脚，好像银子和东西都是天上掉下来的，取之不尽，用之不竭。

下人很多，不少人无所事事，不但养懒了主子，还惯坏了佣人。

交际方面不加控制，门庭整日车水马龙。

如松觉得，这一切都到了要改变的时候了。

现国家一个"奢"字弥漫，这事他说了不算，但家里的事他可以做主。

关于儿子永修，如松感慨颇多。

永修身材魁梧，仪表堂堂，但看上去总缺乏英武之气。五经四书他都是读过了的,但一是没有下功夫,二是内容明白得少,三是没有心思照做。因此讲话没文采,行事不精彩。但永修已经长大了,再逼他从头学起是不现实的。想到这里,如松不由得心中一阵惆怅。

但他还是对永修提出了要求,写了"言之无文,行之未远"的句子,让他体察深意。

如松清楚地看到,儿子身上明显存在着两方面的问题:第一是奢,第二是色。

在家中,奢的根子在永修。这方面的问题如果不根除,对这个家,对永修本人,都是危险的。如松决定从学习入手,学的是司马光的《训俭示康》,参加学习的有儿子永修,孙子绵杜、绵椿、绵枫,重孙奕征、弈行和奕律。

事前,如松要人抄了八份,一份自己留着,七份发给永修等人。

没过两天,如松便开讲了,他先让孙儿奕征读了第一段——

吾本寒家,世以清白相承。吾性不喜华靡,自为乳儿,长者加以金银华美之服,辄羞赧弃去之。二十忝科名,闻喜宴独不戴花。同年曰:"君赐不可违也。"乃簪一花。平生衣取蔽寒,食取充腹;亦不敢服垢弊以矫俗干名,但顺吾性而已。

诵读原文也不是一件容易的事。首先得弄明白字音,某字不识,便读不出。其次得会断句。而能够断句,就需明白大意,不然就无法断句。而奕征竟然毫无差错地读完了整段。如松十分高兴,遂问道:"你读过这篇文章?"

奕征回道:"曾经涉猎。"

"孩子,是什么让你浏览了这篇文章?"如松听罢大惊,一个十岁的孩子就"涉猎"过这样一篇文章,不能不称奇。

奕征回道:"它像是在说今天的事……"

这一回答让如松更是称绝,他无比高兴。往日,他可没另眼看待过这个孩子。

随后,如松让奕征讲了这一段的大意。

奕征完整、准确地讲了大意,如松越发高兴。又点了永修,让他讲讲读这段的体会。

永修事先是有准备的。之前父亲把文章的抄件发给大家,肯定是有想法的。如果不做准备,届时答不上来,肯定当众出丑。于是,他顺利地讲了自己的看法。

如松觉得儿子讲得还算可以,之后又问道:"司马相公开头就提出了训俭忌奢的大题目,说自己本性尚俭。相公为什么本性尚俭?这是大有深意的。"

随后,他又读了第二段——

众人皆以奢靡为荣,吾心独以俭素为美。人皆嗤吾固陋,吾不以为病。应之曰:"孔子称'与其不逊也宁固。'又曰'以约失之者鲜矣。'又曰'士志于道,而耻恶衣恶食者,未足与议也。'古人以俭为美德,今人乃以俭相诟病。嘻,异哉!"

这次,弈行、奕律紧张得要死,把头深深地低下,生怕叫到自己。

越怕越叫,如松点了弈行的名。

弈行许多字不识,无法断句。

如松又点了奕律,奕律的表现与弈行一样,他们的父亲绵枫羞得无法仰头。这时,如松偏偏又点了他。

事前,永修曾向三个儿子打招呼,要他们预做准备。一来绵枫心存侥幸,以为可能不会出点名这一类的事;二来他这些天特忙,没有时间在这上面下功夫。这样,他也出了丑。

如松再点绵椿,绵椿很容易地读了第二段,还讲了大意。

之后,如松不再让儿孙们说什么了。点他们的名,弄得大家很紧张,说不好的还出丑,这会影响他们对讲解内容的理解。

于是,他自己对这一段话进行了解释,说得很简单:"司马相公以孔子之言回击别人对他反奢尚廉的指责,中肯有力。方才我讲了,第一段中,司马相公说自己本性尚俭,我说这有深意。本性者,天生之性了。相公这样讲,似乎在说,尚俭之性是从娘肚中带来的。实际,司马相公的尚俭之性,来源有三:其一,家教好,这种秉性自幼形成。这可从后面一段得到印证,那一段中有他父亲的事迹。其二,有孔孟的训教,身体力行。这一段中就是明证。其三,相公自己能够坚守。幼时得到好的教育,成长中,会有许多歪风吹向他。他不为所动,坚守少年之志。"说到这里,如松特别强调了一句,"此点,尔等好生体会。"

之后是第三段文字——

近岁风俗尤为侈靡,走卒类士服,农夫蹑丝履。吾记天圣中,先公为群牧判官,客至未尝不置酒,或三行、五行,多不过七行。酒酤于市,果止于梨、栗、枣、柿之类;肴止于脯、醢、菜羹,器用瓷、漆。当时士大夫家皆然,人不相非也。会数而礼勤,物薄而情厚。近日士大夫家,酒非内法,果、肴非远方珍异,食非多品,器皿非满案,不敢会宾友,常量月营聚,然后敢发书。苟或不然,人争非之,以为鄙吝。故不随俗靡者,盖鲜矣。嗟乎!风俗颓弊如是,居位者虽不能禁,忍助之乎!

如松读了一遍,并讲了大意,又道:"此段有三层意思:第一,自'近岁风俗尤为侈靡'到'然后敢发书',为记述当时奢靡之风的盛行。第二,自'苟或不然'到'盖鲜矣',讲当时奢靡之风不但盛,而且烈,必然受到影响。第三,自'嗟乎'到'忍助之乎'。天下汹汹,司马相公管不了,但可以管住自己,管住自己的家。"

讲到这里,如松激动起来,他记得重孙奕征的那句话——它像是在说今天的事,于是问道:"奕征,你刚才说这篇文章像是说今天的事,这跟我的看法一致。在古代,秦始皇是第一奢。他原就奢心膨胀,又被韩非鼓动起来。韩非鼓吹'天下奉一人',很符合帝王的享受心理。秦始皇集天下之财,揽天下人工,大兴土木,在地面建造阿房宫,在地下修建坟墓,不顾百姓死活;他追求长生,派人讨不死之药,导致焚书坑儒。秦始皇死后,他的儿子秦二世变本加厉。丞相李斯为了自保,上了一篇奏折。结果,将秦二世的贪婪欲望调动起来,使二世的奢超过了始皇。"

之后,如松便讲了这个史实——

李斯本想找机会劝诫秦二世,秦二世不听,相反还责备李斯说:"朕记得《韩非子》上说过:'尧之有天下也,堂高三尺,采椽不斫,茅茨不剪,虽逆旅之宿不勤于此矣。冬日鹿裘,夏日葛衣,粢粝之食,藜藿之羹,饭土瓯,啜土铏,虽监门之养不觳于此矣。禹凿龙门,通大夏,疏九河,曲九防,决渟水致之海,而股无胈,胫无毛,手足胼胝,面目黧黑,遂以死于外,葬于会稽,臣虏之劳不烈于此矣。'然则夫所贵于有天下者,岂欲苦形劳神,身处逆旅之宿,口食监门之养,手持臣虏之作哉?此不肖人之所勉也,非贤者之所务也。彼贤人之有天下也,专用天下适己而已矣,此所以贵于有天下也。夫所谓贤人者,必能安天下而治万民,今身且不能利,将恶能治天下哉!故吾愿赐志广欲,长享天下而无害,为之奈何?"

此时，李斯之子李由为三川郡守，吴广等人西略地，李由不能守。待至章邯打败了吴广等人以后，秦二世便派人去追究三川郡的责任，并责怪李斯，说他位居三公，怎么会让造反的人猖狂到如此程度。

李斯心里害怕，遂迎合秦二世的贪欲之心，上了一篇奏折：

夫贤主者，必且能全道而行督责之术者也，督责之，则臣不敢不竭能以徇其主矣。此臣主之分定，上下之义明，则天下贤不肖莫敢不尽心竭任以徇其君矣。是故主独制于天下而无所制也。能穷乐之极矣，贤明之主也，可不察焉。

故申子曰"有天下而不恣睢，命之曰以天下为桎梏"者，无他焉，不能督责，而顾以其身劳于天下之民，若尧、禹然，故谓之"桎梏"也。夫不能修申、韩之明术，行督责之道，专以天下自适也，而徒务苦形劳神，以身徇百姓，则是黔首之役，非畜天下者也，何足贵哉！夫以人徇己，则己贵而人贱；以己徇人，则己贱而人贵。故徇人者贱，而人所徇者贵，自古及今，未有不然者也。凡古之所为尊贤者，为其贵也；而所为恶不尚者，为其贱也。而尧、禹以身徇天下者也，因随而尊之，则亦失所为尊贤之心矣，夫可谓大缪矣。谓之为"桎梏"，不亦宜乎？不能督责之过也。

故韩子曰"慈母有败子而严家无格虏"者，何也？则能罚之加焉必也。故商君法，刑弃灰于道者。夫弃灰，薄罪也，而被刑，重罚也。彼唯明主为能深督轻罪。夫罪轻且督深，而况有重罪乎？故民不敢犯也。是故韩子曰"布帛寻常，庸人不释，铄金百溢，盗跖不搏"者，非庸人之心重，寻常之利深，而盗跖之欲浅也；又不以盗跖之行，为轻百镒之重也。搏必随手刑，则盗跖不搏百镒；而罚不必行也，则庸人不释寻常。是故城高五丈，而楼季不轻犯也；泰山之高百仞，而跛牧其上。夫楼季也而难五丈之限，岂跛也而易百仞之高哉？峭堑之势异也。明主圣王之所以能久处尊位，长执重势，而独擅天下之利者，非有异道也，能独断而审督责，必深罚，故天下不敢犯也。今不务所以不犯，而事慈母之所以败子也，则亦不察于圣人之论矣。夫不能行圣人之术，则舍为天下役何事哉？可不哀邪？

且夫俭节仁义之人立于朝，则荒肆之乐辍矣；谏说论理之臣间于侧,则流漫之志诎矣;烈士死节之行显于世,则淫康之虞废矣。故明主能外此三者,而独操主术以制听从之臣,而修其明法,故身尊而势重也。凡贤主者,必将能拂世磨俗,而废其所恶,立其所欲,故生则有尊重之势,死则有贤明之谥也。是以明君独断,故权不在臣也。然后能灭仁义之涂,掩驰说之口,困烈士之行,塞聪掩明,内独视听,故外不可倾以仁义烈士之行,而内不可夺以谏说忿争之辩。故能荦然独行恣睢之心而莫之敢逆。若此然后可谓能明申、韩之术,而修商君之法。法修术明而天下乱者,未之闻也。故曰"王道约而易操"也。唯明主为能行之。若此则谓督责之诚,则臣无邪,臣无邪则天下安,天下安则主严尊,主严尊则督责必,督责必则所求得,所求得则国家富,国家富则君乐丰。故督责之术设,则所欲无不得矣。群臣百姓救过不给,何变之敢图?若此则帝道备,而可谓能明君臣之术矣。虽申、韩复生,不能加也。

讲到这里,如松继续说道:"李斯的这篇奏书呈上之后,秦二世看了非常高兴。于是他推行所谓的'督责'便越来越严厉,剥削压榨老百姓越狠。当时,路上的行人有一半是受过刑的,每天被处死的人尸体成堆,谁杀人杀得多,谁就被认为是忠臣。在这种情形下,陈胜、吴广喊出了'天下苦秦久矣'的口号,在喊声中,秦朝二世而亡。

"秦灭后,汉高祖与项羽争天下,萧何在后方建未央宫,高帝知道后非常害怕,说,没有看到秦朝的下场吗?他的儿子汉文帝也接受教训,即位二十三年,宫室、苑囿、车骑、服御无所增益。有不便,辄弛以利民。尝欲作露台,召匠计之,值百金。上曰:'百金,中人十家之产也。吾奉先帝宫室,常恐羞之,何以台为!'身衣弋绨,所幸慎夫人衣不曳地,帷帐无文绣,以示敦朴,为天下先。治霸陵,皆瓦器,不得以金、银、铜、锡为饰,因其山,不起坟。只是,刘邦的子孙秦始皇第二虽不敢做,奢却不能去除。很快也奢了起来。这几乎成为历史的惯例。

"本朝圣祖是崇尚节俭的,他一直记着明朝诸君好奢亡国的先例。为了自省,他曾在《勤俭论》中写下这样的话:'崇宫室、丰饮食、美衣服,此人心也,其几易溺。敬天地、孝祖宗、拯民生,此道心也,其几易怠。溺则侈,侈则嗜欲日荒,怠则逸,逸则理道日远。发于一心,见于天下,而盛衰治乱之途判矣。'他认为'为官者俭,则可以养廉''俭以成廉,侈以成贪''历代以来,皆由朴而渐至于奢,未有由奢而渐至于朴者,不可以不禁也'。除掉鳌拜的第二年,圣祖发布了《圣谕十六条》,其中第五条就是'尚节俭,以惜财用'。为了让官员百姓,以节俭为美德,他以身作则,尚俭戒奢。他亲自削减皇宫开支,曾说:'朕于宫中费用,从来力崇俭约。'圣祖贵为天子,但从不贪享华衣美食,'衣服不过适体'。平时用膳'除赏赐外,所用肴馔从不兼味'。康熙二十九年初,圣祖让大臣查出明朝时皇宫所需的费用,然后和当时宫中的花费做比较,并令朝廷官员共知之。最后结果是,圣祖的花费还不及明朝宫里花费的十分之一。康熙四十九年,圣祖又做了一次统计,自豪地说:'皇太后宫及朕所居正宫不过数百人,较之明代宫人则减省多矣。'圣祖不喜欢大臣给他送礼,他五十大寿时,大学士及部院诸大臣曾向他进献万寿无疆屏风,他让人将屏风上刻着的祝寿词抄了下来,把屏风退了回去。历代帝王动辄大兴土木,圣祖对此十分反感。他执政六十一年,只有两处比较大的工程,一个是畅春园,一个是热河避暑山庄。热河避暑山庄的修建,是作为接见蒙古王公和其他少数民族上层人物的地方之需。山庄内的建筑简素淡雅、不彩不画,其正殿澹泊敬诚殿在初建时用的也不是华贵的楠木。圣祖在位期间,为了治理黄河、考察民情吏治曾经六下江南,一路不讲排场,不好奢华。为了避免随从人员及地主官吏借机向沿途百姓苛派敲诈,他出巡所用物品一律从京城备办,并且亲自检查。每次'雇从者仅三百余人'。一路上不设行宫,一切供应均由中央直接开支,严禁地方官借此扰民。康熙二十八年,圣祖第二次南巡的时候,江宁地方官给他预备了华美精致的画舫。康熙见到这个画舫之后,不但没上去坐一下,还当即命人将它大卸八块,把拆出来的材料送到有需要的地方。

"世宗皇帝同样节俭。他不同意韩非'以天下奉一人'的主张,写了'唯以一人治天下,岂为天下奉一人'的条幅,表明了自己的志向。他自己简朴,连吃剩下的米饭也不让倒掉。因此,圣祖皇帝之时,世宗皇帝之时,天下盛行节俭之风。可现在怎么样呢?就拿咱们这个家来说,怎么样呢?我看咱家有四过:装饰过奢,用度过费,下人过多,交际过繁……"

就这样,如松虽不能在这样的场合讲当今皇上的不是,但他又要说明问题,就从大说小,由"小家"代替了"举国"。

如松分别讲述了"装饰过奢""用度过费""下人过多""交际过繁"的存在,并以这些内容与文中"嗟乎!风俗颓敝如是,居位者虽不能禁,忍助之乎"相呼应,道:

"司马相公是无可奈何的。因为天下事不能由他说了算,但他的家却可以由他做主。他的家要堂堂正正,要严严实实,要朴朴素素。"接下来,如松又道,"儿孙们!咱们这个家也要由咱们说了算。任凭天下汹汹,咱们也要挺住,堂堂正正,严严实实,朴朴素素。"

这样,如松完成了这一段的讲解。

又闻昔李文靖公为相,治居第于封丘门内,厅事前仅容旋马,或言其太隘。公笑曰:"居第当传子孙,此为宰相厅事诚隘,为太祝奉礼厅事已宽矣。"参政鲁公为谏官,真宗遣使急召之,得于酒家,既入,问其所来,以实对。上曰:"卿为清望官,奈何饮于酒肆?"对曰:"臣家贫,客至无器皿、肴、果,故就酒家觞之。"上以无隐,益重之。张文节为相,自奉养如为河阳掌书记时,所亲或规之曰:"公今受俸不少,而自奉若此。公虽自信清约,外人颇有公孙布被之讥。公宜少从众。"公叹曰:"吾今日之俸,虽举家锦衣玉食,何患不能?顾人之常情,由俭入奢易,由奢入俭难。吾今日之俸岂能常有?身岂能常存?一旦异于今日,家人习奢已久,不能顿俭,必致失所。岂若吾居位、去位、身存、身亡,常如一日乎?"呜呼!大贤之深谋远虑,岂庸人所及哉!

御孙曰:"俭,德之共也;侈,恶之大也。"共,同也,言有德者皆由俭来也。夫俭则寡欲。君子寡欲则不役于物,可以直道而行;小人寡欲则能谨身节用,远罪丰家。故曰:"俭,德之共也。"侈则多欲。君子多欲则贪慕富贵,枉道速祸;小人多欲则多求妄用,败家丧身;是以居官必贿,居乡必盗。故曰:"侈,恶之大也。"

昔正考父饘粥以糊口,孟僖子知其后必有达人。季文子相三君,妾不衣帛,马不食粟,君子以为忠。管仲镂簋朱纮、山节藻棁,孔子鄙其小器。公叔文子享卫灵公,史䲡知其及祸;及戌,果以富得罪出亡。何曾日食万钱,至孙以骄溢倾家。石崇以奢靡夸人,卒以此死东市。近世寇莱公豪侈冠一时,然以功业大,人莫之非,子孙习其家风,今多穷困。

其余以俭立名,以侈自败者多矣,不可遍数,聊举数人以训汝。汝非徒身当服行,当以训汝子孙,使知前辈之风俗云。

如松读完这一节,继续道:"司马相公深受触动,说'风俗颓敝如是,居位者虽不能禁,忍助之乎'。其实当时相公已经有尚俭的同僚与他一起,抗击着歪风的侵袭。其中御孙的话是点睛之笔,相公做了深刻的分析,讲明了'俭,德之共也''侈,恶之大也'的道理。大家切记。"

就这样,如松把《训俭示康》全文讲完了,道:"这是司马相公给儿子司马康的一封家书,内容是训诫儿子崇俭戒奢。司马相公之所以崇俭戒奢在于,节俭令人节制私欲,奢侈令人放纵贪欲,即'俭则寡欲''侈则多欲'。无论'君子''小人',多欲必招致祸端,害己、败家、祸国。这说明'俭''奢'的深处是'人欲',阐明了'人欲'之适度,利己、利家,也利他、利国;'人欲'的放纵,害己、害家,也害人、害国。'居官必贪'和'居乡必盗'不就是害己、害家,也害人、害国吗?这也是告诉世人的警策之言。"在这里,如松又点了重孙奕征的名,"奕征,听完这篇文章的讲解,你有什么心得?"

奕征听后回道:"重孙有三点要讲,恭请曾祖聆听。第一点,崇尚俭朴是传统美德。司马相公说:'古人以节俭为美德。'他引用了孔子的话:'与其不孙也宁固''以约失之者鲜矣'。孔子认为'奢则不逊,俭则固',说'与其不逊也宁固',这也就是说,选俭弃奢,是人的重要选择。选择'俭',就能使人走上正道,避免发生大的过失。司马相公举了春秋时宋国的正考文和鲁国季文子的事例,以此赞扬古人的尚俭。又举了宋真宗时李文靖、鲁宗道、张文节的例证,来赞扬宋人的尚俭。司马相公还特别申明自己的家风'世以清白'相承,司马相公的父亲司马池,虽官至天章阁待制,但为人清正廉洁,家无余财。司马相公回忆任群牧判官的父亲请客时就十分简朴,而且说当时'士大夫家皆然',以表明'吾心独以俭素为美'。第二点,历朝历代反对奢侈之风。司马相公在此文中已明确表示,他是坚持反对'奢侈'的,说:'吾性不喜华靡。'历史记载,帝尧选舜而不选自己的儿子丹朱的理由是,朱丹贪奢不俭,'唯慢游是好'。尧说,如将天下授予舜,则天下得其利而丹朱一人不利;若将天下授予丹朱,则天下遭殃而丹朱一人得其利。舜因此'终不以天下之病而利一人'。这足可见自古便是反对奢侈之风的。司马相公也引用了春秋时公叔文、晋代何曾、石崇等人的例证,来表示对奢侈的否定。他还将批判的矛头直指当朝,说'众人皆以奢靡为荣''近岁风俗尤为侈靡'。并质问道:'风俗颓敝如是,居位者虽不能禁,忍助之乎?'第三点,历朝历代很早就将人的物质欲求同人的本质进行了联系思考。此点司马相公已借御孙的言论道明：'俭，德之共也；侈，恶之大也。'俭，表明人的物质欲求适度。这种适度是道德的一种表现，而道德是人的本质引发的。侈，表明人的物质欲求的膨胀。这种膨胀是恶的一种表现，是由人的非本性引发的。在社会中，人的欲望应该顾及家、国、他人，所以人的物欲要控制在适度范围。这样，'俭'，就是有益的。否则，人的物欲不加控制，从而侵犯国家和他人之利，这样，'侈'必定是有害的。这一观念对我等仍然适用。国家再富有，天下再大，它的资源也是有限的。这样，人的物欲就要求有一个'度'。你不能有'非分之念'，你也不能认为国家或天下之资'取之不尽''用之不竭'。不要不为他人着想，不要不为子孙后代着想。'度'是最低之线，这个'线'被突破，就会出现危害他人、危害天下的祸患。宋代的林逋所写《省心录》中有这样的话：'饱肥甘，衣轻暖，不知节者损福；广积聚，骄高贵，不知止者杀。'其中'不知节''不知止'讲的就是不知'度'。从这种意义上讲，司马相公的这篇家训，也可看作对世人的中肯训诫。"

如松闻言大惊。一个十岁的孩子，竟然井井有条地讲了这一通，他长时间地看着这位重孙，默默不语，最后道："好，奕征！"

如松认为奕征的意思已经讲得相当完备，但他还是做了补充："如果还要对奕征的意思进行补充，那就是，戒奢尚俭，牵涉儒学一项最重要的内容，这就是民本。《尚书》说：'民为邦本，本固邦宁。'又说：'欲至于万年，唯王子子孙孙永保民。'周武王说：'天矜于民，民之所欲，天必从之。'又说：'天视是我民视，天听是我民听。'孔子以这些思想教学生，形成了自己的民本思想。又强调'重民''爱民''惠民'，以民为本；朝廷要做仁人贤君，施行'德治''仁政'；教化民众，构筑'老者安之，朋友信之，少者怀之'的大同天下。秦始皇要使自己的王朝延伸到'万代'。他不明白，要想把江山延续下去，'唯王子子孙孙永保民'。他受法家那套'天下奉一人'的煽动，不把民众放在心上，令天下'苦秦'，天下人起来反他，那是必然的。奢无一处不动着民本，可以说，小奢伤民，中奢害民，大奢殃民，特大奢逼民反。此点尔等切记。今日我们是在藤下讲这一课的，为了尔等便于记忆，可以将之称为'藤下训俭'。"

事后，如松立下规矩。

旧府邸的装潢已经如是，不加改变，新的贝子府的装潢，严格照规矩行事，摆设过奢的，或退还内务府，或另室封存，只存极少数必要的。家传名画《虢国夫人游春图》，是如松带出的唯一家产，曾让妻子天梳保存，现挂在书房里。如松命人取下收起。

不必要的下人被裁减了,伙房只留了三人,护院留了两人,养马留了一人,门房留了两人;福晋的贴身丫头,天梳两名,其余每人一名。

交际被大大压减,一般不主动联络,谢绝一切无干的人上门交结。

饭食规定,两荤一素一汤。

如松讲《训俭示康》多了一项收获,就是发现了奕征的才华。他决定亲自调教奕征,此后每日用一个时辰,教奕征学习。

永修的婚事,是如松最闹心的。如今他已经近四十岁,可还是花心不已。

永修的第一房夫人是关东木村上的一位姑娘。现在,永修不但有了二房,还有了三房。

永修娶的第一房夫人名叫莲姑,模样和人品都好,但永修却不满足。京城富察氏家一个姑娘,叫赫赫,其姑妈有事到村上来,在村中住了下来。永修很快与赫赫勾搭上,并让她怀了孕。事情传出来,富察氏一怒之下将赫赫除籍。永修无法瞒下去,便告诉了母亲天梳和外祖父母。天梳和关东木夫妇知道后大吃一惊,但无可奈何,只好将赫赫娶进了家。当时,如松正陪皇上南巡,等他回来,生米已经做成熟饭。

莲姑生绵杜,赫赫生下双胞胎:绵椿和绵枫。

永修进城后,眼光变高。赫赫已经看不上,莲姑就更看不上了。他依仗父亲的地位,于乾隆三十二年娶了第三房夫人,名叫完颜丝丝。

这时,关东木已经与永修一家分住,家里管事的就剩下了天梳。天梳虽认为不妥,但儿子却说:"看看京城哪家不如此?"永修说得没有错,京城的大户,哪个不是三房六妾的?她又心疼儿子,最后也只得答应。完婚后,天梳才通知了如松,如松也是无可奈何。

对儿子的这些行为,如松看在眼里。他认为儿子的婚事是全家最大的奢,儿子的好色之心不加收敛,会给家庭带来灾难。

为了教育儿子,如松找了《史记·齐世家》的几段话,要永修看——

> 四十三年,初,齐桓公之夫人三,曰王姬、徐姬、蔡姬,皆无子。桓公好内,多内宠,如夫人者六人:长卫姬,生无诡;少卫姬,生惠公元;郑姬,生孝公昭;葛嬴,生昭公潘;密姬,生懿公商人;宋华子,生公子雍。桓公

与管仲属孝公于宋襄公,以为太子。雍巫有宠于卫共姬,因宦者竖刀以厚献于桓公,亦有宠,桓公许之立无诡。管仲卒,五公子皆求立。冬十月乙亥,齐桓公卒。易牙入,与竖刀因内宠杀群吏,而立公子无诡为君。太子昭奔宋。

桓公病,五公子各树党争立。及桓公卒,遂相攻,以故宫中空,莫敢棺。桓公尸在床上六十七日,尸虫出于户。十二月乙亥,无诡立,乃棺赴。辛巳夜,敛殡。

十九年五月,昭公卒,子舍立为齐君。舍之母无宠于昭公,国人莫畏。昭公之弟商人以桓公死争立而不得,阴交贤士,附爱百姓,百姓说。及昭公卒,子舍立,孤弱,即与众十月即墓上弑齐君舍,而商人自立,是为懿公。懿公,桓公子也,其母曰密姬。

懿公四年春,初,懿公为公子时,与丙戎之父猎,争获不胜,及即位,断丙戎父足,而使丙戎仆。庸职之妻好,公内之宫,使庸职骖乘。五月,懿公游于申池,二人浴,戏。职曰:"断足子!"戎曰:"夺妻者!"二人俱病此言,乃怨,谋与公游竹中,二人弑懿公车上,弃竹中而亡去。

懿公之立,骄,民不附。齐人废其子而迎公子元于卫,立之,是为惠公。

这几段的文字并不难,永修完全可以读懂。

数日后,如松把永修叫到榻前,让他讲一讲见解。永修已经体察到了父亲的用心,先将第一段讲解道:"此段讲桓公的荒淫好色。这酿成了大祸,致使数子争位,后宫难宁。"

如松听后,让永修讲第二段。永修回道:"桓公的淫乱,不但造成国乱,还直接殃及自身。儿子们忙于争权,置病中的桓公于不顾,桓公死后,竟'在床上六十七日,尸虫出于户'。"

如松又让永修讲了以下三段。永修道："懿公假使仁义,取得公位,实是一个贪婪好色之徒。他贪婪不逊,与大臣争夺猎物;他残暴不堪,得位后竟然砍掉了与他争猎物大臣的脚,并让这被砍脚的大臣的儿子丙戎给他驾车;他好色丧德,见大臣庸职的妻子长得好,就纳入宫中,并且让庸职做他的陪乘。懿公的倒行逆施得到了应有的报应,最后他被丙戎和庸职杀掉。他的恶行失掉了民众的支持,致使他的儿子最后不能继承他的君位。"

永修明白父亲给他读《史记》这几段的意思,最后保证道："父亲,儿子向您保证。自此之后,儿子一定照父亲的教导行事,修身齐家。绝对不会再娶!"

如松闻言,半天没有说话。

第十一章 复爵称王，睿肃两家恩怨解

一日，如松收到圣旨让他入宫。

如松进宫后，发现皇上情绪很好。皇上让他坐了，把手里的一个本子递给他。如松接过看了，见是《世祖实录》，就听皇上道："你看看打开的这一面。"

如松见打开的一面上写着一段多尔衮的话：

> 王集诸王大臣，遣人传语曰："今观诸王大臣但知媚予，鲜能尊上，予岂能容此？昔太宗升遐，嗣君未立，英王、豫王跪请予即尊，予曰：'若果如此言，予即当自刎。'似此危疑之日，以予为君，予尚不可；今乃不敬上而媚予，予何能容？自今后有忠于上者，予用之爱之；其不忠于上者，虽媚予，予不尔宥。太宗恩育予躬，所以特异于诸子弟者，盖深信诸子弟之成立，唯予能成立之。"

看到这一记载，如松心潮澎湃。他没有捉摸出皇上让他看这《世祖实录》的用意，因此没有说什么。

这时，就听乾隆皇帝道："朕每次看实录至此，未尝不为之堕泪。睿亲王之立心行事，实为笃忠荩，感厚恩，明君臣大义。乃由宵小奸谋，构成了冤狱……"

听到这里，如松觉得不相信自己的耳朵。"冤狱"？皇上承认这是一起冤狱？

乾隆皇帝已经发觉如松的惊愕，重复道："不错，这是一桩冤狱！"

如松已经完全明白，遂泪如雨下。

"回府吧，朕将有上谕发出……"

如松回到府上，上谕已经下达，曰：

  睿亲王多尔衮，扫荡贼氛，肃清宫禁。分遣诸王，追歼流寇，抚定疆陲。创制规模，皆所经画。寻奉世祖车驾入都，成一统之业，厥功最著。

  殁后为苏克萨哈所构，首告诬以谋逆。其时世祖尚在冲龄，未尝亲政，经诸王定罪除封。朕念王果萌异志，兵权在握，何事不可为？乃不于彼时因利乘便，直至身后始以敛服僭用龙衮，证为觊觎，有是理乎？

  今朕再览实录，未尝不为之堕泪。则王之立心行事，实为笃忠荩，感厚恩，明君臣大义。乃由宵小奸谋，构成冤狱，岂可不为之昭雪？宜复还睿亲王封号，追谥曰"忠"，配享太庙。依亲王园寝制，修其茔墓，令太常寺春秋致祭。其爵世袭罔替。

如松读罢上谕，将自己关在室里很长一段时间。

之后，如松去的是叔叔墓地，他要把消息第一个告知叔叔。随后，如松立即做的是重修睿亲王多尔衮的墓。

成了王爷，这是多大的喜事啊，全家沉浸在喜庆的气氛中。

最为激动的是永修。成为王爷之家，这是他做梦都不曾想过的。他兴高采烈地办着两件事，张罗着接待祝贺的客人，筹备王府的选址、建造。

如松一直保持着平静，他发话谢绝一切的祝贺，并暂缓王府的选址和建造。永修的热情被泼了一瓢冷水，他不明白父亲的用意，但也没有讲什么。

回绝祝贺是一件不容易操作的事。开始达官贵人纷纷登门，携带礼品。如松坚持不出面接待，并拒收礼品。不少人不高兴，如松任其发怨。渐渐地，祝贺的人也就不上门了。

永修以为王府修建之事父亲不动声色，是出于谨慎，要选一个好的地方。这实际歪曲了他父亲的意思。实际上如松是在犹豫，要不要搞一个王府？

成了王爷，树大了自然招风，不少人张罗着给如松找侧福晋。

对此，如松态度非常明朗——绝不纳妾，坚守糟糠之妻。

如松与天梳是一对恩爱夫妻。妻子长期持家，拉扯着儿子和孙子，操持着家务，立下了汗马功劳。由于如松长期不在家，妻子有点惯着儿子。如松体贴妻子的不容易，不把儿子身上出现的问题算在妻子头上。天梳更是疼爱自己的丈夫。如松出生入死，建起了英雄般的业绩，天梳对他又是疼爱又是敬重。

关于如松娶妾的事，天梳曾说一个王爷，三房六妾是惯例。但这方面的话，如松不允许天梳开口，说："在睿忠亲王多尔衮的墓侧，我已经选好了墓穴，那里面只能摆下我们两个人。"

于是找侧福晋的事，渐渐也再没有人张罗。

面对突如其来的荣耀，如松一直考虑着向家庭讲一讲先人多尔衮，让全家正确对待复爵之事。他又把永修、绵杜、绵椿、绵枫、奕征、弈行、奕律集中起来，表达了这次讲话的目的，尔后道："先人多尔衮是老汗的第十四子，他和哥哥阿济格、弟弟多铎乃大妃所生。天命十一年，老汗在沈阳郊外瑷鸡堡晏驾。突然的事变，引发子侄们一场争夺汗位的争斗。"

随后，如松讲了前后的经过，继续道："先人多尔衮坦荡、大度、睿智，是大清国的缔造者。他年轻时曾有无助之时，是太宗皇帝改变了他的一切，最后使他成了智者。朝廷给了他一切，他毫无保留地给了朝廷一切。他对自己的付出是无悔的，直到他永远闭上眼睛的那一刻起，都是这样。我们作为他的后人，应该像睿亲王那样，坦荡、大度、睿智。在这里，睿智，就是无怨。现在这宗案子终于翻过来了，其一，是皇上想到了这宗案子；其二，是我们这些后人有所作为，促成皇上想到了这宗案子。"

如松的讲述，收到了成效。第一，家中所有的人，知道了先人多尔衮是怎样一个人。家史上有这样一个人，是很荣耀的；第二，对家人不同程度地促其上进，因人而异；第三，消除了一些怨气，这也因人而异。

拿奕征来说，效果就是很积极的。他听后感到很兴奋，决心以先人睿忠亲王为样板，以曾祖父为样板，要努力磨炼自己，做睿忠亲王那样的人，做曾祖父这样的人。

一日复一日，天梳总是先于如松起床，给他做好早饭。早饭后，如松开始读书，每天雷打不动。读书一个时辰，如松坐在车上，由天梳推着在院子里散步。午饭后，如松有一小睡，醒后再次读书，一直到晚饭。

天梳有一个贴身丫头，但所有这些活动，丫头都不跟着。

如松立有规矩，早起后，儿子、儿媳、孙子、孙媳妇，都来请安。

天梳靠着自己的身体力行,在儿女中树立了威信;加上如松对她的敬重,孩子们愈加敬重她,她是家中的一尊神灵。

最后如松还是拗不过传统,决定修建王府——他原想就住在贝子府不动的牛劲儿最终败下阵来。

王府的地址很快选定,修建工程接着启动,孙子绵杜抓总。

如松对王府的图纸没有提出任何意见,只让孙子在王府的一角留出一个院落,修建三十几间房子,这便是他梦寐以求的"荣军院"。

如松早就想建荣军院,但觉得不具备条件。现在成了亲王,岁俸银一万两,禄米一万斛,建一个荣军院,其中养上百八十人,是完全可以做得到的。此事他已经跟马磊进行了筹划,马磊那边已经着手找人了。

如松和马磊商量好进入荣军院的条件,即参加过平定准噶尔之战和清缅之战后没有了依靠、失去了生活来源、失去了生活能力的人。如松以亲王的名义向进入荣军院的人做出承诺:生管养,病管医,死管葬;吃穿用度中等;保持人格尊严;极少数人死后可回葬祖坟。

与肃亲王后人的关系问题,一直是压在如松心头的一块石头。他曾几次试着找肃亲王家人谈这个问题,以捐弃前嫌,但没有成功。复爵后,如松决定再做工作。

当年睿亲王多尔衮案发后不久,肃亲王豪格翻了案。他的第四子富绶于顺治八年袭亲王爵,改封号为"显"。康熙八年富绶去世,其第四子丹臻袭显亲王爵。康熙四十一年丹臻去世,富绶第五子拜察礼袭爵。拜察礼死后,丹臻之第六子衍潢袭爵。衍潢于乾隆三十六年去世之后,富绶之孙,拜察礼第三子蕴著袭爵,时间是乾隆三十七年。

蕴著,康熙四十七年承袭父爵为三等奉国将军,乾隆年间,自三年辅国将军授职内阁侍读学士,历任通政使、盛京户部侍郎、兵部侍郎、漕运总督。后坐受商人诬告,乾隆皇帝宽之,复授副都统,后任凉州将军、绥远城将军、工部尚书。

如松的叔叔死时,蕴著正是官运亨通之时。在睿亲王与肃亲王关系方面,他不释心中的不平之气。因此,对如松几次释嫌的试探,他不加理睬,认为按照以往的状态,彼此过下去也没有什么不好。

一天,家人禀报,说睿亲王求见。蕴著惊了一下,接过家人递上来的名帖,见那名帖附有一张纸,上面写着:

两家结怨,已逾百年。

如松登门,以弃前嫌。

蕴著看罢,忙道:"请!"

如松进来了,蕴著先道:"睿王爷驾到,有失远迎,当面恕罪。"

这原本是客套话,但如松听出话里蕴含着深情,遂回道:"谢肃王爷!"

两人寒暄了几句,如松道:"来意已经表明,肃王爷接纳,表明彼此前嫌已释。此你我之幸,两家之幸,大清之幸。"

蕴著点头道:"睿王爷大智。附在名帖上的那张小纸打消了我的疑虑,也就打开了两家通好的大门。"

听罢,如松笑了笑道:"开门见山,总比重重迷雾畅快!"

这样,两人又笑了一阵。

蕴著接纳如松一个重要的因素是,近来,如松的事迹在朝中广为传颂,蕴著是一个正直的人,如松的事迹令他感动,他对如松是抱有好感的。

最后,蕴著主动提到如松叔叔的死,道:"那全是家人所为,只怨我管教无方。重修您叔叔之墓,我负担一切费用。"

"谢肃王爷。叔叔的墓,在重修祖上睿亲王墓时,已然修好,无须破费。"如松怀着愉悦的心情走出了肃王府。

睿忠亲王多尔衮的墓修好后,乾隆皇帝给睿忠亲王多尔衮和袭爵的子弟的墓碑都题了字。

多尔衮的碑文是:

和硕睿忠亲王爱新觉罗·多尔衮之墓

乾隆四十三年秋七月己丑御笔

其后袭爵者:

乾隆四十三年袭

睿亲王爱新觉罗·多尔博之墓

乾隆四十三年秋七月己丑御笔

乾隆四十三年袭
睿亲王爱新觉罗·苏尔发之墓
乾隆四十三年秋七月己丑御笔

乾隆四十三年袭
睿亲王爱新觉罗·塞勒之墓
乾隆四十三年秋七月己丑御笔

乾隆四十三年袭
睿恪勤亲王爱新觉罗·功宜布之墓
乾隆四十三年秋七月己丑御笔

墓修成之后，以上五王与相关人员遗骨迁入墓中。

迁葬仪式十分隆重，乾隆皇帝御驾亲征，出席了迁葬仪式。

此后，如松决定守墓三年，天梳一直陪着他。这期间，如松一直把奕征带在身边。

乾隆四十六年七月，如松守墓期满，回到了府邸。次日，即有圣旨传来，要他入宫觐见。如松已经有很长时间没有见到皇上了，他进宫后，乾隆皇帝就甘肃的气候问题咨询了他。

如松闻言不明就里。乾隆皇帝解释说，由于甘肃苏四十三作乱，朝廷派阿桂和李侍尧率兵进剿。贼众盘踞华林山，负隅顽抗。阿桂、李侍尧屡报，由于那边连日阴雨，不能行军。这让他想起甘肃往年的雨水并不多。

如松依然摸不着头脑。乾隆皇帝进一步解释，过去几年，陕甘总督和布政使屡报干旱成灾，要求救济。可今年为何却大雨肆虐？

如松这次倒是听明白了，但依然不晓得皇上为什么问这个，于是回道："臣倒有一两个旧僚是那里的人，臣和他们常有书信来往。那边干旱是真，但并不年年干旱成灾。"

乾隆皇帝听后，思索起来。

如松听皇上说甘肃之事，便想起在西师的同僚、现任肃州总兵马瑞前些天的来信。马瑞在信中说，前布政使王亶望调任南方，行时雇了数百匹驴骡托运他的行李，民众戏称为"民膏骡队"。信中还说他怀疑甘肃一直在搞折色。

如松知道，甘省在搞捐纳。捐纳捐的是粮食。马瑞说他怀疑那里在搞"折色"，就是说那里在捐银，而不是在捐粮。

如松接到书信后曾想奏明此事，现在趁皇上召见，如松遂向乾隆皇帝讲了马瑞信上的内容。

听完之后，乾隆皇帝遂道："这就是了！"

停了一会儿，乾隆皇帝又问道："近来爱卿身子可好？"

如松笑道："尚可一日三饭。"

乾隆皇帝笑道："那朕就派你一个差使了！"

这样，如松就领了查办陕甘制台、藩台贪腐大案的圣旨。

乾隆皇帝遂向如松讲了甘省捐纳的事，最后道："朕让你查办'甘案'，实质是行文之需。现在此事还不能说是个案件，但朕预感，它不但是个案件，还是个大案——但愿不是如此。"

回府后，如松立即给马瑞写信，请马瑞将王亶望离任情况和他在甘肃似搞折色的依据写来。

甘肃的捐纳，是经乾隆皇帝批准的。

清朝的捐纳制度，开始于顺治朝，完善于康雍乾三朝。初行之时，捐例不外拯荒、河工、军需三者，目的是解决财政困难，同时也为了"搜罗异途人才，补科目所不及"。

在康熙朝，报捐者多为家境殷实之人，并且还会经过正规的手续，待考察之后再行任用，所以初行之时并没有多大弊端。雍正朝时，随着捐纳人数的增加和开捐次数的频繁，弊端日益暴露出来，弄得"名器不尊，登进乃滥，仕途因之淆杂"。

具体来说，它的弊病之一是对科举制度的破坏。

参加科举考试首先必须取得生员的资格。生员是读书人取得功名、进一步晋升的基础。读书人通过三级考试，即县试、府试、院试。三级考试通过后，才能取得秀才的身份，才能参加乡试，取得举人资格。举人要参加会试，考中进士才可分派官职，堂堂正正进入仕途。

但捐纳制度产生后,生员也可纳捐入仕,变考试做官为花钱买官。这对那些十年寒窗只求一朝金榜题名的读书人来说,无疑是严重冲击,其后果就是"士不安于读书,开侥幸之风,害人才也"。

弊病之二是对吏治的严重损害。

捐纳者一般都是家境富裕的地主、商人和官僚子弟。这些人大多"不能发愤自砺,志趣单陋,甘于污下,久居民上,荼毒小民"。而且,捐纳者在得到一官半职后,只要有机会就会捞钱。这样,它成了贪污腐化的温床。

有鉴于此,乾隆皇帝下旨取消了这项制度。

但乾隆三十九年二月,时任陕甘总督勒尔谨上奏要求在甘肃的肃州、安西恢复这项制度。他说"捐监之弊,皆大吏稽查不严所致",认为只要严密稽查是能杜绝捐监之弊端的。

乾隆皇帝深知捐纳的弊端,因而收到勒尔谨奏折后犹疑不定,批户部议决。

时户部尚书为大学士兼首席军机大臣于敏中,他认为勒尔谨所奏确为实情,如果能恢复甘肃的捐纳,让有财力的人缴纳豆麦捐为监生,于国于民都是一件好事。"甘肃捐应开,部中免拨解之烦,闾阎有民,粜贩之利,一举两得"。

由于军机处地处中枢,加之乾隆皇帝对于敏中极为倚重。因此,在于敏中的全力建言下,乾隆皇帝同意了陕甘总督勒尔谨的奏请,批准在甘肃肃州、安西两州恢复捐纳。

为防止甘肃在捐纳中舞弊,保证捐纳发挥应有的作用,乾隆皇帝还在乾隆三十九年四月十八日恢复捐纳的谕旨中严厉警告勒尔谨和王亶望不得搞折色,如有违背,一经发觉,唯勒尔谨是问。

当年七月十七日,乾隆皇帝在给陕西巡抚毕沅的谕旨中又对甘省捐纳避免折色做了强调,希望毕沅对甘肃捐纳予以监督。

如松了解到,在给毕沅的上谕中,有"诚恐尹嘉铨才识拘迂不能妥协"的话。这是指皇上认为原甘肃布政使尹嘉铨是一位道学家,恐他不能胜任实行了捐纳的甘肃的治理,故调王亶望来接替尹嘉铨。

甘肃的布政使,不同于一般省份的布政使。甘肃不设巡抚,由总督兼任。所以说,甘省的行政大权在布政使。

王亶望上任四个月后,即乾隆三十九年十月,即向皇上报告据案件情况:"现在捐纳之安西州、肃州及口外各属,扣至九月底止,检查册档共捐监生一万九千零十七名,共收粮八十二点七五六八万石,粮食已经动用二十点六四二万石,实贮粮六十二点一一五七万石。"

王亶望欺骗朝廷,说他搞得捐纳都捐的是粮食。乾隆皇帝于十一月十九日专门给勒尔谨发了一道上谕,提出了"四不可解",说:"王亶望奏捐纳事宜折内称,现在收捐之安西州、肃州及口外各属,扣至九月底止,共捐纳生一万九千零十七名,收各色粮八十二点七五六八万石等语,固属承办认真,其情理多有不可解处:甘肃人民艰窘者多,安得有两万人捐纳。若系外省商民就彼报捐,则京城现有捐纳之例,众为何舍近求远?其不可解者一也;且甘省向称地瘠民贫,户鲜盐藏,是本地人食用尚且不敷,安得有如许余粮供人采买?若云商贾等从他处搬运至边地上捐,则沿途脚价费不赀,商人利析秋毫,岂表为此重费捐纳。若收自近地,则边户素无储蓄,又何以忽尔丰盈? 其不可解者二也;况以半年收捐之监粮之多至八十余万,若合一岁而计,应有一百六十余万,若年复一年,积聚日多,势必须添设仓厫收贮,而陈陈相因,更不免滋霉混之虞。且各处尚有常平仓谷,统计数复不少,似此经久陈红,每年作何动用? 其不可解者三也;若云每岁春间出借籽种口粮需费甚多,设无捐项,势不得盖不借采买,约岁需价百余万金,然此项究系购自民间,与其敛余粟紧之于官,复行出借,何如多留米谷于闾阎,听其自为流传乎? 或以盖为藏之内多系富户,而出借种粮皆属贫民,贫富未必相通,不得不官为经理,则又何如于春时,多方劝谕富户减价,平粜以利贫民,转需多此一层转折乎?其不可解者四也。"上谕要求勒尔谨"将所询各条逐一详细查核,据实明晰复奏"。

如松查到了勒尔谨的复奏,针对皇上的疑问,勒尔谨在奏折中说王亶望"未能将开捐之年月述明",而"开捐之年月"究竟是哪年哪月,勒尔谨也没有讲清楚。接着,勒尔谨说捐者"实系本地富户之余粮",并认为即使这样多的人数捐纳,与甘省额储常平仓粮五百一十九万石的数目相比较"尚属不敷"。同时,他在奏报中还提示说:"臣检阅旧案,甘省历年采买借粜及赈济等项为数甚多,自三十一年停捐以后至三十七年,共请拨协济粮一千三百七十六万两……国家经费有常,亦须加意熟筹,以节糜费。是以捐粮以富民之有余,济穷黎之不足,每岁可省百十万千金,似与公私两便。"

当年十一月,乾隆皇帝又有上谕给勒尔谨和王亶望,说:"捐纳之事恐日久难免滋弊,因责成你二人实力妥协经理,未知现在所办若何。接旨后,务须严切稽查,不可稍涉大意,如办理略不尽心,或复颟顸了事,任属员从中弊混,将来经朕访知,唯你等是问。"

这说明，乾隆皇帝并没有把这件事放下，而是表现了极大的忧虑。

乾隆四十一年五月，此时离开始捐纳已过去两年。王亶望向皇上奏报了甘肃收捐的情况："上年闰十月间，统查自开捐起至四十年十月底，共收捐生五万七千零五十七名，收各色粮两百六十五点四五万石……上年闰十月起截至本年四月底，通计口内外八十厅州县共续收监生两万五千五百三十七名，共收各色粮一百一十二点九八万石，连前共存粮两百三十三点零一万石，除动用出借籽种口粮，估拨兵马粮料以及灾赈、平粜、供支等项，共用粮一百三十二点一万石，现在实存粮一百零一点零五万石，均实贮在仓，并无亏缺以及虚收诸弊。"他在继续欺骗朝廷。

到了乾隆四十二年五月，在三年的时间里，王亶望上报的捐粮累计多达六百多万石，捐纳人数达十八万余名。而临近的陕西省依照甘肃省之例开捐纳，从乾隆四十年到四十五年，五年间才报捐纳人员九千六百余名。王亶望所报人数和捐粮数目，不但在甘肃省前所未有，就是在全国范围内也是首屈一指。当时，甘肃全省在册土地二十三点六三三万余顷，可征田赋银二十八万余两、粮五十二万余石，银粮合算不过粮八九十万石。就是说甘肃省一年报的捐粮，是甘肃全省一年赋税的两倍多。

乾隆四十二年五月，王亶望擢升为浙江巡抚。

王亶望离任后，王廷赞被任命为甘肃布政使。

乾隆四十二年七月，王廷赞曾向皇上奏报他上任一个月来第一份奏报。说甘省自开捐到如今，累计报捐粮七百多万石。在乾隆四十二年五月王亶望的奏报中，说甘省捐粮已累计六百万石。这就是说，王廷赞的工作卓有成效，上任仅一个多月就收了近百万石的捐粮。

王廷赞同样也是在欺骗朝廷，可这引起了乾隆皇帝的怀疑。当年八月，乾隆皇帝就派刑部尚书袁守侗、刑部左侍郎阿扬阿，到甘肃勘验捐纳情况。

经过数月的实地勘验，袁守侗和阿扬阿向皇上奏报，库粮"俱系实储在仓，并无短缺"。

随后，乾隆皇帝下旨："甘省自收捐粮以来，停止采买经费，且节年动用之外，现在仓储尚有余粮百万余石，办理甚为妥协，着将该督勒尔谨交部叙议，其自藩司以至各州县承办监粮各员，自开捐至今，办理卓有成效者，并着勒尔谨查明具奏，交部一并叙议。"

至此，乾隆皇帝打消了甘省捐纳之事的疑虑，而致使甘肃捐纳冒赈又平静地干了三年之久。

王亶望到浙江后，经他推荐做了杭州知府的王燧倚恃权势，强行在杭州城奎垣巷置买了很多房屋，并渐次开拓、宽阔、建造了许多花园、屋宇，还把临街一带房屋俱租给民人开张店面，自己坐收租息。为利于商人经营，王燧又将邻居民房地基买去，拆毁后拓宽道路，引得民怨沸腾。除此之外，王燧又在西湖西泠桥及海塘潮神庙两处大建房屋；出银数万两，与民人何永利在省城合伙开张银号，牟利营私；强买民女为妾，等等。

到乾隆四十五年正月，乾隆皇帝第五次南巡到浙江，宣布这次南巡意在"省方观民、勤求治理"。为不给途经各地民众增添负担，同时也为了防止官员借机徇私枉法，乾隆皇帝专门下发了上谕，明确提出："清跸所经，各处旧有行宫祗令扫除洁净，以供憩宿，毋得踵事增华致滋靡费。屡经降旨谆切晓谕，封疆大臣自能仰体朕心，遵旨办理……且非朕念切民依，行庆地惠之意也，第恐不肖有司。或有藉办差为名暗中科敛，而穷乡僻壤未及周知，容有帮贴差费者，一经查出，必将该督抚等重治其罪，以昭警戒。其各凛遵朕旨，慎勿自干严谴也。"

南巡途中，乾隆皇帝还多次颁发谕令，要求经过直隶、山东、浙江、江苏等地，本年应征要丁钱粮，蠲免十分之三；凡老民老妇，均加恩赏赉，以示优勉。

而王亶望根本不把皇上这些上谕放在心上，在浙江境内预先大兴土木新建行宫，并花费巨资将行宫装饰得富丽堂皇。乾隆皇帝驻跸后，甚觉过分奢华，当面向王亶望表示不满："省方问俗，非为游观计。今乃添建屋宇，点缀灯彩，华缛繁费，朕实所不取。"

王亶望见皇帝斥责，便推说下属所为。

三月十三日，王亶望的母亲邓氏病逝。按照守制之例，王亶望自应解任回籍，丁母忧三年。可王亶望却上疏乾隆皇帝说："世受国恩，荷蒙重任，恳恩于治丧百日后，自备资斧，在塘专办工程，稍尽犬马之忱。"

王亶望的请求得到恩准。

王亶望去职后，浙江巡抚一职由原广东巡抚李质颖担任。

百日后，王亶望回浙江专办海塘工程。此前，王燧受王亶望举荐，由杭州知府升任杭嘉湖道员兼管海防事，蒋全迪亦调任了浙江宁绍台道道员。

王亶望回籍为母治丧期间，他的妻子没有按例随行。新任浙江巡抚李质颖认为这"异乎寻常",遂上书参王亶望"不遣妻孥还里行丧",还揭发王亶望在海防工程"接受商捐",另告发王亶望接受王燧"馈送婢妾"之事。

对于李质颖的参劾,乾隆皇帝颇为重视,专门派大学士阿桂前往调查。不过阿桂调查后认为,李质颖的参奏实系"伊二人意见龃龉所致""王亶望尚无情弊"。

到了乾隆四十六年正月,乾隆皇帝再次派大学士阿桂赴浙江查勘海塘工程。这一次,阿桂发现了王燧贪赃枉法、浮冒开销的情况。正月二十九日,乾隆皇帝发出谕旨:"王燧着革职拿问,交与阿桂等严审,定拟具奏。"

王燧乃由王亶望保举擢升道员,乾隆皇帝由此觉得王亶望也脱不了干系,甚至认为:"朕上年南巡,入浙江境,即见其侈糜,诘亶望,言虞盛所为。今燧等借大差为名,贪纵浮冒,必亶望为之庇护。"遂要求阿桂"严密访查,至王亶望与王燧有无交通情事"。

王亶望得知被查,十分恐慌,遂主动"呈请罚银五十万两,以充塘工公费之用"。

王亶望的反常举动使朝廷咋舌,乾隆皇帝怀疑王亶望此五十万两乃贪污所得,便嘱阿桂秘密察访王亶望劣迹。

只是,阿桂想不到这些银子大多是王亶望任甘肃布政使时非法所得,只在浙江查来查去,始终没有发现王亶望贪腐的问题。这样,乾隆皇帝便把对王亶望的怀疑放在了一边,而王燧被处决。

当年四月初一日,乾隆皇帝为镇压叛乱,又派户部尚书兼理藩院尚书和珅带钦差大臣关防率四千名清军赶赴甘肃。同时,急调陕西绿营三千五百名,八旗六百名赶赴兰州。

这样,阿桂、李侍尧、和珅俱在途中,甘省局势,只有勒尔谨掌管。但甘省战局不利,勒尔谨不敢禀奏。乾隆皇帝不明战况,非常着急。

四月十七日,和珅到达兰州,并向乾隆皇帝奏报了战况。

四月二十七日,乾隆皇帝下旨将勒尔谨革职,拿京查办。布政使王廷赞因没有及时为守城道员请功,受到皇帝加赏后一人独据其功,亦未谢恩等事,令其进京陛见。

王廷赞不知皇上已经对他有了怀疑,因承办军需粮务款项繁多等原因没有立即赴京。过了二十天,即乾隆四十六年五月二十一日,乾隆皇帝再次谕令王廷赞启程赴京,毋再迟滞。

这时,王廷赞才明白让自己进京觐见,实际是要治罪。于是,他急忙上了一道奏折,道:"臣历官甘省三十余年,屡蒙皇上格外天恩,不次擢用,游历藩司,任重才庸,涓埃未报。……现在用兵之际需用浩繁,臣情愿将历年积存廉俸银四万两缴贮甘省藩库以资兵饷。"

啊!一个认捐五十万两,一个认捐四万两!这令乾隆皇帝和如松既震惊又愤怒。

乾隆皇帝一拍龙案道:"查!"

第十二章 二王伏法，贪腐大案尘埃定

王亶望的五十万两银子和王廷赞的四万两银子，把乾隆皇帝和如松的目光引向了同一方向。勒尔谨是"二王"作孽的关键人物，他被押解到京后，乾隆皇帝和如松决定把勒尔谨的问题集中在捐纳之事上。乾隆四十六年闰五月十二日，乾隆皇帝传谕大学士英廉等，就此进行审问。

勒尔谨供称，他从前奏请恢复捐纳时并无折色之事，后来风闻有折色之事，便询问王亶望有无此事，王亶望说并无其事。直到王廷赞继任后告诉他王亶望在任时私收折色，他才知道确有此事。

这样，勒尔谨实际上承认了甘省确有折色之事，并拉出了王亶望和王廷赞。

在取得勒尔谨的口供后，乾隆皇帝又传谕工部右侍郎杨魁赴浙，会同闽浙总督陈辉祖在杭州审问王亶望。为方便审案，乾隆皇帝还命人将刑部讯问勒尔谨的口供寄予杨魁、陈辉祖等人阅看。

这时，王亶望正在浙江办理海塘工程。谕旨传来的那天，杨魁尚未到达浙江，闽浙总督陈辉祖担心若拘泥于与杨魁会审，未免稍需时日，而王亶望一有风闻，一定会进行掩饰，便决计先行行动，乘王亶望自海塘工所进省城杭州料理应缴银款之机，亲自王亶望寓所，率同司道官员查封他的财产，希望能够查到有关甘省捐纳折色的所存底簿和同僚属吏禀札，直接作为其舞弊证据。但查无所获，陈辉祖大失所望。随后，陈辉祖将王亶望传至衙署宣读谕旨。王亶望听后，立刻伏地叩首，先表白了一番："罪臣祖孙父子世受国恩，席履丰厚，又蒙皇上生成豢养，擢用至巡抚重任，因奉职无状负恩实甚，复蒙天恩逾格曲赐，矜全在塘工黾勉自效，方期补过于万一。乃前在甘肃藩司任内办理捐粮一事糊涂错谬，犹复仰荷圣恩不即从重治罪，特降谕旨着向臣讯问,令据实供出,此皆获罪之身所不易得之鸿慈,尚有天良亦何忍不尽吐实情?"

随后,王亶望供称自乾隆三十九年八月间他到甘肃任布政使,在督臣勒尔谨奏准捐纳之后,他曾详议条规,后来风闻有折色之事,曾责成道府查禁,但并没有彻底根究。待勒尔谨问时,他以现责道府查无其事作了回复。关于分肥入橐,他说那时收捐分散在口内口外八十厅州县,并非聚在省城一处,如何能丧尽廉耻向各处分肥?现在甘肃原办监粮之人尚多,如有情弊,此时若不据实供出,将来一经别人指实,是他既负恩于前,又欺饰于后,益发罪上加罪了。王亶望如此蒙混其词,不做实质交代,最后还道:"罪臣于乾隆四十二年六月蒙恩升授浙江巡抚,七月内离甘肃藩司任,实存监谷一百七十万石有余,盘查无亏,并移交给新任藩司王廷赞接收。到乾隆四十四年王廷赞为何向勒尔谨说将各厅州县收捐粮改归兰州首府专办折色,以所捐之银分发各州县买粮之事,罪臣离甘已久,实不知情。"

陈辉祖再三诘问,关于折色,王亶望坚称道:"总以立意在捐多谷多,便见能事,以致才一任通融办理。"而关于分肥,他又道:"并无分肥入己得拥厚赀情弊,不知众人因何有此议论,实在无从置辩。"

陈辉祖认为王亶望虽拒不承认分肥,但已承认有折色之事。他想待杨魁到浙后,再会同杨魁继续审问。

杨魁赶到杭州后,立即与陈辉祖一起对王亶望会审。再问折色之事,王亶望辄自认糊涂,前后混供;问及如何分肥入己、通同舞弊,王亶望最初承认分肥,后又否认,言语翻易,一会儿这样说,一会儿那样说,弄得陈辉祖、杨魁不知如何是好。

陈辉祖、杨魁两人苦于浙省无人质证,又不能听任其如此狡饰下去,遂遵旨委派台州府知府、游击,于六月二十九日从杭州启程,押解王亶望赴京交刑部收审。

陈辉祖、杨魁在浙江审讯王亶望的同时,王廷赞已经被押至热河行在。乾隆皇帝随即传谕军机大臣会同大学士一起审问王廷赞,由大学士嵇璜主持。

嵇璜为河道总督嵇曾筠之子,是王廷赞的亲家。如松心想这层姻亲关系皇上一清二楚,但仍令其主审,目的显而易见:如若嵇璜有意袒护,则必受连累,谅其不敢抗命;如若奉命严审,则断不会稍存私心,必能问出缘由。而王廷赞则会顾及亲家,必会如实供吐。

嵇璜心中明白皇上的用意,故诚惶诚恐,如履薄冰,诘讯之时不敢有半点含糊。

稽璜审问王廷赞时，先告知乾隆皇帝对其前奏中守城贪功等项宽宥不究，唯监粮私收折色一事令其据实陈明，随后便开始了审问："皇上因你尚有良心，是以将你由道员破格任用为藩司。从前甘省捐纳折色之事，虽是王亶望的主意，但你受皇上深恩，一经接任即当据实陈明，方为良心不昧。然你既不能将王亶望办理错谬之处据实陈奏，而又将各府州县向例分捐之监俱归首府收纳。况藩司与首府最近，颐指气使，何弊不可为？皇上已将你前款罪过搁置不究，你若不将此项监粮因何私行归入首府、从前因何私行改为折色之处据实供出，罪将更大，皇上不能再宽宥了。"

王廷赞随即供称道："收捐粮一事，自王亶望开捐之后即改收折色，并不自罪臣任内起。罪臣到任后即禀过总督，说这事违例，随后通饬各属不许改收折色。以后各州县不见具报捐纳，当即询问，各州县据称定要收本色则无人报捐，恐于仓储无益。后又与总督商量，只好仍用折色。王亶望在任时，各州县办理所捐银数多寡不一，恐不免有私自分肥及短价勒买谷石之事，是以酌定每一捐者捐五十五两数目。至各省赴甘捐纳之人俱聚集省城，不肯散赴各县。就是从前在各州县收捐时也是在省城填发实收，即先由省城将空白的收据发给各府交由各州县，然后各州县分别向报捐者收取折色银两，掣给收据，将来收据换领正式部照。但各地粮价不一，是以改归首府，令首府定数出示晓谕的。首府收捐银两仍交各府领去，监同采买粮食。但这些办法总未奏明皇上，实是罪臣糊涂了。罪臣蒙皇上如此恩典，如果还有别样弊窦不据实供出，那就是丧尽天良，天理亦不容了。"

稽璜又诘问道："你是藩司，本有奏事之责，况且钱粮之事又是你专管，为何并未奏明？自然你也要照王亶望的办法与首府沟通，从中染指，况各州县果有弊情，你原可揭发，难道首府就信得过吗？况收捐后仍分发各府交各州县采买粮就没有弊了吗？"

"罪臣到任后即晓得王亶望的不是，原要想复本色，后来报捐人少，看来实不能行，是以只得仍用折色，且交首府办理，希冀可以画一收捐。但各州县采买，罪臣虽交道府稽查，亦不能保其必无弊窦。原不应专交首府收银转发，这总是罪臣办理糊涂，无可置辩。况且罪臣受皇上如此恩典，既不恪遵定例，又不随时奏闻，辜负圣恩，只求将罪臣从重治罪。"

初审进行了三天，如松看了审讯记录，觉得审讯抓不住要领，被审者含糊其词。如此下去，很难审出个子丑寅卯。

如松认为,其他军机大臣在提审中倒抓住了要害,如问:"你收了折色,到底交各州县买了粮食没有?所买粮食叫哪几州县买的呢?有何凭据?"

对此,王廷赞供道:"首府收捐纳银后,仍照各州县报捐数目将银两交各府领去,发给各州县买补还仓。罪臣还交各道会同该府监察州县买足监粮后,按季有结申报,道府又加结核转。至各州县多有监粮存储,即如灾赈内动用种子口粮以及应放兵饷,俱系实支,并无遗误。但罪臣亦不能亲赴各州各县逐一盘查,只能以道府结报为凭。"

如松遂将审讯记录呈给皇上。乾隆皇帝翻看着记录,给如松指了一个座位。如松谢了座。乾隆皇帝翻完又合上,如此数回,半天才道:"看来要实供,比登天还难。传谕刑部,王廷赞虽不必革职,但不应仍听其回寓所安居,可派员在衙门看守,令其不得随意走动。并传谕王廷赞,伊之生死总在此番实供与否,令伊自定,朕不食言。"随后自言自语道,"朕套上九头牛,不信拉不回王廷赞。"

这时,如松收到了马瑞的复信,信中说甘省折色一事可以定论,他曾暗访了十几处州县粮仓,无一县仓中有粮。甘省官员分肥之事也可定论,他就曾凭空分得两千两银子。就得银子的事,他曾问过布政使,布政使笑而不答。他又问总督,总督则说"闭眼收银,何必多嘴"?他了解到省中大大小小官员均有此进项,他将所得的银子,原封不动地留在署内。

接到马瑞的信后,如松看明白了此案的症结,遂动脑子寻求突破。他明白突破在甘省,而那里的官员,定有如马瑞者。他向皇上表明了想法,乾隆皇帝完全赞成他的判断,遂向阿桂、李侍尧发出上谕,让两人在那里寻求突破。随上谕还将勒尔谨、王廷赞和王亶望的供词一并传到。

如松特别同意上谕中所说"臬司即系局外之人"的说法。马瑞之所以对甘省的捐纳赈灾案能够认识和处置正确,除他本人的品格外,还因为他是"局外之人"。于是,如松给阿桂、李侍尧发信函讲了此意,并让他们与马瑞联络,请他协助。如松也给马瑞发函,让他全力协助阿桂、李侍尧办案。

阿桂、李侍尧随即找到马瑞,马瑞向阿桂、李侍尧介绍说,按察使是一个快心直言之人,似可从他身上突破。阿桂、李侍尧遂传按察使福宁问话。想不到第一次审讯,福宁便交代了他所了解的甘省捐纳赈灾实情:"开捐之始,即系折色,并未交粮上仓,藩司原属知情。其时实收王亶望总交兰州府存贮,发给各州或多或少俱系藩司主政。各省捐生俱赴兰州报捐，而各州县亦就近在省填捐。况各县仓厫俱在本处，既然在省收捐，岂能复交本色？此即至于各属折色银两并未见买补归仓，多系放银抵粮。盘查既属具文，按季出结亦系虚应故事。通省如此，下官一人亦断不能从中梗阻。"

阿桂、李侍尧得报喜出望外，遂问福宁可有州县官员为他作证？

福宁道："此情大凡甘省藩司衙门的人，是无人不晓的。"

这样，阿桂、李侍尧询问了巩昌府知府宗开煌，宗开煌的供词证实了福宁的说法。

这是一个重大突破，阿桂、李侍尧将情况连夜奏报给乾隆皇帝。乾隆皇帝遂旨令阿桂、李侍尧再接再厉。

阿桂、李侍尧再问宗开煌甘省赈灾情形，宗开煌供道："各属报灾分数俱由藩司议定，或于总督具奏后藩司补取道结，或取空白由藩司填定，从未亲往勘验，即放赈时亦从未亲身监视。"

根据宗开煌提供的线索，阿桂、李侍尧检查了王亶望任内各属报捐实收及开销赈恤的原始账簿。其余各属虽参差不齐，大约都是多捐者赈恤必多，其余无灾赈地方则报捐亦少。这显然是如宗开煌供称"各属报灾分数俱由藩司议定"，王亶望为通同侵蚀、任意开销已无疑议。

至于甘肃通省上下如何舞弊分肥之事，阿桂、李侍尧查到了王廷赞给福宁的一封信。说除前任藩司王亶望定额外，又收公仓费银一项，即各属请领实收时，每张加议收银一两，用以给上下各衙门吏役人等杂项之需。这封信暴露了甘省官员上下分肥的状况，显然是"明知捐纳一事弊窦多端，借此想取悦众人，以塞其口"。

至于王亶望本人如何肥己，福宁称他在藩司任内向各属给发实收多少由其专主，报灾轻重由其议定，厚薄因人而施，最后还说："当王亶望升任后，无人不知其拥厚资而去。"

随后，阿桂、李侍尧又提审了已升狄道州知州的郑陈善。郑陈善供称开捐之始，王亶望已主持折色收捐，通行多年，并无捐生亲自上粮，焉有本色？且甘肃地瘠民贫，一时也买不了许多粮食，至于王亶望声名狼藉，通省皆知，彼时众人有说他"一千见面、两千便饭、三千射箭"之语，这话接任藩司王廷赞见属官时是常说的。郑陈善还说："有要捐的监生，王亶望便将捐生姓名开单交给州县，令其用印填捐，并不发给银两，此亦是通省皆知的。""乾隆四十年程栋办理赈恤案时，有运赈粮脚价银两千四百余两,系应补领之项,我们虽已填印捐,而王亶望并未发银。"

紧接着,阿桂、李侍尧就运赈粮脚价银事又问了升为兰州府知府的陆玮。据陆玮供称,乾隆四十一年此项脚价银两王亶望亦未给发。

经查,王亶望任内乾隆四十年、四十一年两年所有皋兰县开销此项脚价银六千余两。于是请旨将程栋等人先行一并审讯,等王亶望解到京时严切根究通省如何冒赈开销。

随后,阿桂、李寺尧的审查又有突破。为查当年原始证据,收审皋兰县民户房书吏,将他们隔离后分别严刑审讯,其中有一名书吏供出其手中存有前任皋兰县令程栋于乾隆四十年的散赈点名清册,乃系实放数目。阿桂立即调取查验,发现抽查册内所开户口与奏销册所开户口名数悬殊,其中残缺甚多。于是阿桂诘讯这位书吏:"既有清册,为何不全?自是尔等藏匿。"

那书吏供道:"此系作弊之事,向来散赈完时即行销毁,这是我们上官程栋遗忘留下。今既败露,若我要藏匿,岂肯供出?"

程栋当年因疏忽而遗忘留存下来的这份点名清册,为侦破整个冒赈大案提供了铁证,成为全案的另一个重要突破口。

随后,乾隆皇帝找如松商议,说甘省涉案官员甚众,在审讯期间应鼓励涉案官员自首赎罪,一可于破案有助,二可挽救他们。并给阿桂、李侍尧颁发相应上谕。

接旨后,阿桂、李侍尧立即传司道及在省的各府厅州县各官,令其敬谨恭阅谕旨,并反复开导,有的官员供认历年办理灾赈时总是有以轻报重、户口以少报多的情况,但是当被问及通省官员如何沆瀣一气冒销舞弊关键之处时,这些官员则都缄默不语,不肯尽吐实情。

到最后,终有知府陆玮等十三人各自将浮冒赈粮银数,以及被上司勒取交办物件等项用去银两数目逐一开写前来。

陆玮等十三人呈交的供词,再次说明甘肃全省上下官员沆瀣一气冒销舞弊已无疑义。虽然这些人所供还有"不实不尽之处,而大局已破,虽百喙莫辩"。

至此,所有捐纳冒赈案的关键在甘省俱已查明,铁证如山。

这期间,王亶望依然如故。他吃得饱,睡得好,所谓心广体胖,受审期间,还长了好几斤。当有司向他展示所查证据时,他不为所动,最后心平气和地在拟好的供词上画了押。

而王廷赞在此期间吃不好,睡不了,几个月间,已经骨瘦如柴。

当有司向他出示第一条证据时，他似乎听到了一声霹雳，开始惊醒。有司向他出示完所有证据，他大哭了一场，他知道自己的生命到了头。而在这之前，他曾希望自己活下去。

这时，皇上的那份特别圣旨出现在他的脑海。随后，王廷赞又大哭了一场。

一天，王廷赞被告知睿亲王如松要见他。狱中原本是黑暗的，突然亮起了烛光。监门打开，就见审讯他的大学士嵇璜和其他几个人陪着一位坐在椅子上，看上去身材高大的老者进了监门。

就听有司道："王廷赞，王爷前来问话，你好生回复。"

狱卒搬来三把椅子，两把放在对面，如松和嵇璜坐了，而另一把椅子放在了王廷赞面前。王廷赞已经上了长枷，瘦骨嶙峋，站在那里。

如松看罢不免一阵心酸，便道："王廷赞，你且坐了。"

王廷赞哪里敢坐？如松只好任他了，遂问道："甘省捐纳案中，你分肥的银两为公花了许多，算来所剩无多。我十分不解，你既然为公花销，又何必分肥入己？"

王廷赞听后立即泪流满面，恸哭道："罪臣家贫，自幼丧父，由母亲抚养成人。母亲省吃俭用供罪人读书。罪臣后得官职，稍有积蓄即禀报母亲，为公修路架桥，母亲深以为是。这样，罪臣初到藩司，决心清白一生，发现前任搞了折色，立即叫停。"讲到这里，王廷赞抽噎难言，半天才继续道，"后来顶不住压力，也是罪臣害怕丢掉官职，遂同流合污……但所得不敢让母亲知道，遂花销在公事之上。罪臣之妻也是贤惠的，绝不允罪臣干伤天害理之事……千言万语，又有何用。此事玷污一生清白不算，反陷母亲妻子于不义……罪臣欺瞒皇上，谓之不忠；限亲于不义，谓之不孝。此不忠不孝之人，万死不能赎其罪。"

如松听后感叹道："皇上曾给你留有活路，是你不悟，致有今日。我心软，欲向皇上请求：一、免你母亲妻室为奴；二、留家中资物，够老人养老送终之用；三、临刑前，允你母子、夫妻见面一次。"

王廷赞一听，立即跪伏在地，大哭顿首。

之后，如松又问道："你还记得乾隆四十三年刑部尚书袁守侗、刑部左侍郎阿扬阿到甘省查捐纳的情形吗？"

王廷赞一听忙回道："这是罪臣一宗大罪，如何不记得？当时是八月十五，正好是家母的诞辰，罪臣准备阖家祝寿。当日下午，忽报钦差到，罪臣和勒尔谨意识到是来查捐纳之事的。给钦差接风后，由勒尔谨侍奉钦差，罪臣称事离开去应付。当时并不晓得钦差如何查,但终归以查仓为重点。而当时,各仓空空如也。罪臣遂选一空库,在仓库下面铺上木板并掺和糠土,在上面铺盖谷麦。经过一番倒腾,本来一粒谷也没有的仓库竟然装得满满当当了。如此布置了两个库后,钦差查验了由勒尔谨和罪臣已经安排好了的第一库。由于当天时日尚早,又查了第二库。当夜,罪臣如法炮制,将这两个库的粮食和物件移至另外两个空库。次日,两位钦差又查了另外两个库。如此,钦差在甘省待了十余日,回去向圣上报告'不曾有一州县不足''俱系实储在仓,并无短缺'。"王廷赞说这些事时,几次哽咽,"罪臣如此欺瞒朝廷,万死难辞……"

如松也为之动容,道:"早如此招供,何致今日?"

这时,王廷赞已不能支撑,倒了下去。

如松向皇上奏明与王廷赞会面情况,乾隆皇帝动容,遂决定准如松所请,而且允王廷赞之子免去向边省服役,在祖母、母亲身边侍候。

王亶望是山西临汾人。其父王师,进士出身,由知县历任知州、知府、道员、按察使、布政使,直至江苏巡抚。但王亶望考不上进士,只能以举人身份捐纳。

之后,在其父清廉名声的庇护下,王亶望很快得到了知县的实缺,先后在甘肃任山丹、皋兰知县。乾隆二十八年二月,王亶望被初次引见给乾隆皇帝时,或许受王师的影响,乾隆皇帝给予他"此人竟有出息"的评价。

王亶望也确实精明,"先是小心谨慎,貌似清廉,拿出自己的小钱办些公益事业,赢得政绩,为升官打下了基础"。他很快就被吏部选授为云南武定知府。

乾隆三十四年七月,王亶望第二次被召见,乾隆皇帝在其履历引见折上朱批:"竟好,王师之子,将来有出息。"

乾隆皇帝没有让他到云南上任,而是让他回到甘肃等待补缺,意思是要留有大用。后来果然被任命到有"塞上江南"美誉的甘肃宁夏任知府,旋任山东按察使。乾隆三十五年十一月,又升为浙江布政使。

浙江富甲天下,赋税收入在全国总是名列前茅。当时浙江巡抚空缺,浙江巡抚的职务也一并交由王亶望暂署。

乾隆三十七年七月,乾隆皇帝第三次召见王亶望,时朱批:"可胜此任。"

升任浙江布政使,王亶望很快就展现出了他所谓的"才能"。乾隆三十八年,乾隆皇帝到外地巡幸,为了表达忠心,王亶望将金子铸成如意,并装饰上等龙眼珍珠进贡给皇上。这柄如意,乾隆皇帝没有收。

此时,陕甘总督勒尔谨上书请示在甘省实施捐纳,乾隆皇帝认为搞捐纳易出弊端,需好生"把拿",催乾隆皇帝任命王亶望赴甘肃任布政使。

上任之前,王亶望专程进京觐见了乾隆皇帝,并保证"随时随处实心实力,务期颗粒均归实在"。

乾隆皇帝也向王亶望明示:"只能以谷粮报捐,万不可滥收折色银两。"并规定捐纳粮数为四十三石。还交代他一定要妥办,使捐纳事务顺利进行,不要辜负朝廷的信任。

上任伊始,王亶望并没有按照乾隆皇帝的要求"详定章程",而是以拜访为由见了总督勒尔谨,借口官仓粮食储备远远不足,怂恿勒尔谨在甘肃下辖各州县都复开捐纳,即捐纳不仅仅局限于肃州、安西两州。勒尔谨虽然性格"小心谨慎",但鉴于王亶望是皇帝钦点的"能事之藩司",不敢轻易开罪,只好同意。

按照过去的惯例,收捐的粮食不限于谷物,还可以为大豆和麦子。但即使收捐的范围由肃州、安西扩大到全省后,报捐的人数依然不多。王亶望"见报捐人甚少,因思捐多则粮多,于仓储有益,若俱令其缴纳本色,甘省地瘠民贫,买谷甚难,未免人惮于报捐",便又去找勒尔谨商议,以"甘省地瘠民贫,买谷甚难,未免人惮于报捐"为由,要求改本色捐粮为折色捐银,即将乾隆皇帝开列需捐的四十三石粮食,按各地市场价折算为相应的银两。

其实,王亶望是看到捐本色于己无利可图,便"将收捐粮改为折色银两""既可与属员通同作弊,随便勒扣,又想有散赈的事可以将少报多,从中上下其手"。

此前,乾隆皇帝曾经警告勒尔谨,一旦发现有"滥收折色"之事,要唯他是问。因此听王亶望要折色报捐,勒尔谨大惊失色,坚决不同意。

但王亶望坚持认为改为折色后,一定能使报捐的人数大大增加,且折色与本色是殊途同归,捐银最终还是要用来买粮归仓。

勒尔谨虽然是总督,官秩在王亶望之上,但甘肃财政、民政向来由布政使主持,且王亶望又是皇帝钦派来全权主持捐纳一事的。他尽管十分不情愿,却又抵不过王亶望的一番花言巧语,只得在其诱骗和保证之下,勉强同意折色报捐。

为了把折色捐纳的事做得圆满,也为能最大限度地获取私利,王亶望禀知勒尔谨同意后,奏请把"能办事"、捐升候补知府的蒋全迪调至甘省首府兰州当知府,并把他引为心腹,专门承办捐纳事务。

蒋全迪系安徽歙县人,乾隆三十二年任甘肃皋兰县知县,乾隆三十四年升为甘肃肃州直隶州知州,乾隆三十八年捐升知府,待缺离任。

乾隆四十一年十一月蒋全迪被引见时,乾隆皇帝在其履历引见折朱批"人明白"。

按清制,每名监生除了要缴纳规定的粮食外,还需"交公费银(即储粮耗仓之费用)四两,以二两解部,二两作为上下各衙门书吏公费,自五钱至二钱不等"。

四两公费银是早已按例公开确定的数目,这笔定数不能算少,而王亶望又于公费银外议收杂费银一两,并"内议给首府衙门三钱"。王亶望这样做,显然是明知捐纳一事弊窦多端,借此想取悦各级官员,令众人均沾实惠以塞其口。尤其是兰州知府获得了好处多,蒋全迪更是尽心尽力。

各州县折色捐纳的文告下达后,一些富裕商贾、官家子弟便趋之若鹜,尤其是受到了甘肃广大学人士子的青睐。这不仅在于甘肃捐纳数量比较其他各省少得多,更主要的是甘肃科举正途入仕较其他各省更加艰难,折色捐纳则为广大士子提供了一条终南捷径。因为,甘肃与陕西虽然于康熙五年分省而治,但"乡试"并没有与陕西"分闱"。陕甘"合闱"时期,甘肃读书人参加"乡试"要远赴西安,不仅交通不便,盘费高昂,而且长途跋涉,影响了正常应试。

分闱后,甘肃按小省成例规定乡试中额,加之应试便捷,激发了甘肃地方的向学热情,仅"兰山书院肄业的多至四五百人",通渭"分闱以来,科目倍增,登贤书者较广"。

转眼到了乾隆三十九年十月,王亶望上任甘肃布政四个多月。在这四个多月的时间内,甘肃捐纳取得了巨大成绩,捐的粮食超过通省每年岁额征收的地丁粮五十余万石的额定。王亶望向乾隆皇帝奏报了这一情况,但隐瞒了折色的内容。

看到王亶望专门上的奏折后,乾隆皇帝一方面非常高兴,另一方面又产生了种种疑问,于十一月十九日专门给陕甘总督勒尔谨发了一旨,提出"四不可解"。

接到谕旨后,勒尔谨惊恐万状,因为他知道王亶望所报的八十余万石监粮完全是纸上空谈,而且监粮折色的银两都集中在兰州府存储,并没有用来买粮归仓。

最后,勒尔谨不得不同意了王亶望的主意,以"未将开捐之年月叙明"为由加以搪塞,保证"现在捐者多系外省商民,以卖货之银就近买粮捐纳",而粮源"实系本地富户之余粮",并认为即使这样多的人数捐纳,与甘省额储常平仓粮五百一十九万石的数目相比较"尚属不敷"。

乾隆皇帝轻信了勒尔谨的解释，这也助长了王亶望的气焰，勒尔谨也完全放松了对王亶望的戒备，捐纳事务任由他一手操作。

王亶望深知各州县"报灾多报捐亦多，得到的银子也就多"，便向各州县官员大肆索要银子；还以各种借口要各州县代买古董、珠宝、衣服、皮张等物品，说"代买"，他却并不付银子；遇到布政使衙门、亲朋中要托其捐监生的，就"将捐生名姓开单交给州县，令其用印填捐，并不发给银两"，银两全由王亶望贪占。为便于操纵，王亶望就令各州县设立"坐省长随"，遇有需索，即令人向坐省长随通知，以便送信给各州县，而且要求各州县有馈送的东西俱由坐省长随经手。

除了设立"坐省长随"坐收坐支外，王亶望还谎称要用捐粮赈济甘肃各地，需要运粮脚价费四万两，以募集役夫运粮；而给各州县发给折色银两时，也称需要脚价费。他又借口收捐粮太多，各州县旧有仓库不敷存贮，共请添建者二十六宗，估需银十六万一千八百余两，经户部批准添建，即于所收捐纳仓费银内动支，造报工部核销在案。

这些虚列的费用，毫无例外地全部落入王亶望个人腰包。

在王亶望的影响和带动下，各州县以王亶望为榜样，大行其道。有的捏造灾情，多报重报分数，冒赈开销银两；有的虚开领赈人名捏结，以便多领银两；有的多报户口，以小报大。总之，都是为了想方设法地捞取银子。而王亶望则当作顺水人情，一一俱准，上下"私相授受，办理甚巧"。

作为王亶望心腹的兰州知府蒋全迪，更是利用"将实收交兰州府存贮，转发各州县"和王亶望"一切报灾办赈俱一起商定"的优势，公然向各州县进行勒索，而且多送银子的便多开灾分，少送银子的便少开灾分；还时不时托州县代卖物件，却并不发价；署中亲朋熟人托捐，俱勒令各属填给实收，亦不发价；自己藉称患病告假回籍，也要向各州县索要程仪银；同僚皋兰县知县程栋捐升刑部员外郎离甘进京时，仍不忘勒要银子，可以说"收受各属馈送盈千累万"，与王亶望"党恶藐法，侵帑殃民，莫此为甚"。更有甚者，蒋全迪还公然帮助属员"钻营关说，指缺求官，公行贿赂"。

广东番禺县人麦桓，于乾隆三十八年借补甘肃河州州判，几年不得志。到了乾隆四十一年，得知靖远县知县出缺，便委托与蒋全迪素相熟识、在甘肃贩卖南货的陕西富平人翟二南，"向蒋全迪行求，许给六百两，翟二南即为代劳。蒋全迪声言，麦桓要补靖远县缺，须送王亶望银四千两，并送己银四千两。麦桓一时没有银子，说俟得缺后补送,蒋全迪应允,即向王亶望说定,保举麦桓升补靖远县知县。麦桓上任后,正值报办夏灾,麦桓想要捏报灾赈,又托翟二南向蒋全迪求助,许再送王亶望、蒋全迪银各四千两。麦桓于请领捐纳实收时,蒋全迪即如数扣填,以抵前后许送银一万六千两之数。

王亶望非常明白"朝廷有人好做官"的道理,在个人捞足了银子之后,便大肆向朝廷重臣于敏中等人行贿。由于有于敏中的庇护,王亶望的胆子和胃口也就越来越大。

到了乾隆四十二年五月,在三年的时间里,王亶望上报的捐粮累计多达六百多万石,捐纳人数达十八万余名。而临近的陕西省依照甘肃省之例开捐纳,从乾隆四十年到四十五年,五年间才报捐纳九千六百余名。这样,王亶望所报监生人数和捐粮数目,不但在甘肃省前所未有,就是在全国范围内也是首屈一指。

当时,甘肃全省在册土地二十三点六三三万余顷,可征田赋银二十八万余两、粮五十二万余石,银粮合算不过粮八九十万石。就是说,甘肃省一年报监生的捐粮,是甘肃全省一年赋税的两倍多。

乾隆皇帝深感王亶望不负所望,于是在乾隆四十二年五月,将王亶望擢升为浙江巡抚。

家底随着家的挪动亮了出来。王亶望离开甘肃到浙江上任时,有数百骡子驮载行李,其中古董、皮张、衣服等物,实不计其数。这只吸血虫吸饱了甘肃的民脂民膏,以亿万之姓之脂膏,供一人之囊橐,不仅在甘肃这块"地瘠人贫"的土地留下了千疮百孔的"包袱",也致使甘肃各级官吏陷于万劫不复之地。

王亶望调任浙江巡抚后,不知收敛,继续为非作歹。

乾隆四十五年正月十二日,七十岁的乾隆皇帝从京师出发,开始了第五次南巡。这次南巡意在"省方观民、勤求治理"。为了不给途经各地人民增添负担,同时防止官员借机徇私枉法,乾隆皇帝专门下发了谕旨,明确提出:"清跸所经,各处旧有行宫祇令扫除洁净,以供憩宿,毋得踵事增华致滋靡费。屡经降旨谆切晓谕,封疆大臣自能仰体朕心,遵旨办理。第念直省行馆,近京数程,屡经驻跸,即圬墁褾饰,为费尚属无多。其自山东以至江浙所有行宫,则自乙酉南巡至今未经临莅,阅时既久,不免变旧剥落,地方官修理葺治,不无所费,且山东、江苏二省俱有添建此项用度,闻各省俱系捐廉办理,在地方大吏养廉丰厚,分年扣捐,以抒忱悃,尚属可行,况朕又复加恩赏给库银,用示体恤,伊等办理尽足敷用,若更因此派累闾阎,致滋苛扰,则断不可。且非朕念切民依,行庆地惠之意也,第恐不肖有司,或有藉办差为名暗中科敛,而穷乡僻壤未及周知,容有帮贴差费者,一经查出,必将该督抚等重治其罪,以昭警戒。其各凛遵朕旨,慎勿自干严谴也。"

南巡途中,乾隆皇帝还多次颁发谕令,要求所有经过直隶、山东、浙江、江苏等地,本年应征要丁钱粮,蠲免十分之三;凡老民老妇,均加恩赏赉,以示优勉。

王亶望深知,上谕中对沿途督抚所提要求是真实的,但皇上爱好虚荣的侈心,也是真实的。他坚信银子花在皇上身上,绝无亏吃。为讨好皇上,他在浙江境内大兴土木,并花费巨资将行宫装饰得富丽堂皇。乾隆皇帝驻跸此处,甚觉过分奢华,当面向王亶望表示了不满:"省方问俗,非为游观计。今乃添建屋宇,点缀灯彩,华缛繁费,朕实所不取。"

当年三月十三日,王亶望的母亲病逝。按照守制之例,王亶望自应解任回籍,丁忧三年,可他却上疏说:"世受国恩,荷蒙重任,恳恩于治丧百日后,自备资斧,在塘专办工程,稍尽犬马之忱。"

王亶望去职后,浙江巡抚一职由广东巡抚李质颖担任。百日后,王亶望回浙江专办海塘工程。此前,王燧受王亶望举荐,由杭州知府升任杭嘉湖道员兼管海防事,蒋全迪则由甘肃调来浙江,升任宁绍台道道员。

在王亶望办理海塘工程期间,也就是这一年的八月十三日,是乾隆皇帝七十大寿。各路员吏纷纷行动,精心准备寿礼"进贡"。

王亶望心想又有了机会,便挖空心思准备了四面雕琢着山水人物图的玉山子、玲珑剔透的玉瓶、古朴庄重的玉寿山等几件珍宝献给了乾隆皇帝。

王亶望把乾隆皇帝的心思琢磨通透,当乾隆皇帝看到其进贡的这些珍宝后,几乎到了爱不释手的地步。按制度规定,凡各地方官员上贡物品中,须得进九回三,也就是说只能择收部分,其余要退回。王亶望贡品中,乾隆皇帝留下了几件最中意的物品,将剩下的玉山子、玉瓶、玉寿山等退还给了王亶望。

王亶望还是出了问题。他回籍为母治丧时,妻子和孩子没有按例随行。新上任的浙江巡抚李质颖了解后,便上书参王亶望"不遣妻孥还里行丧",同时还参奏他接受王燧馈送婢妾之事。

对于李质颖的参奏,乾隆皇帝颇为重视,专门派大学士阿桂前往调查。只是阿贵调查后认为,实系"伊二人意见龃龉所致,王亶望尚无情弊"。

但乾隆四十六年正月,乾隆皇帝再次派大学士阿桂赴浙江查勘海塘工程。这一次，阿桂发现了王燧贪赃枉法、浮冒开销的罪行，立即上疏揭发。

正月二十九日，乾隆皇帝发出谕旨："王燧著革职拿问，交予阿桂等严审，定拟具奏。"

因王亶望任浙江巡抚时，王燧是其亲信，而且"王燧由王亶望保举擢升道员"，乾隆皇帝觉得他也脱不了干系，心想"朕上年南巡，入浙江境，即见其侈靡，诘亶望，言虞盛所为。今燧等借大差为名，贪纵浮冒，必亶望为之庇护"，遂向阿桂下谕严审王燧的同时，要求他"严密访查，至王亶望与王燧有无交通情事"。

只是，阿桂没有想到这些银子大多是王亶望任甘肃布政使时非法所得，而只在浙江调查，因而始终没有查出王亶望贪腐的问题。

王廷赞系奉天宁远州（今辽宁省兴城）人，捐纳出身，乾隆二十三年补授甘肃张掖知县，此后长年在甘肃为官。他廉洁奉公，为百姓做了不少实事。

乾隆二十四年，王廷赞任甘肃张掖县知县时，拿出家中积蓄，花巨资重修了自明朝嘉靖以来便已经废弃的甘泉书院。从此，张掖"人文日盛，历试士子日益加多"。

乾隆二十五年，王廷赞又出资重修张掖甘泉庙，并于甘泉庙左侧建有德政生祠，百姓称"王公祠"。

王廷赞还热心慈善，于乾隆二十六年在张掖县城东南隅重修养济院，并于城西关捐修了一处留养所。《张掖县志》记载：王廷赞"智勇过人，治行清洁，锄强扶弱，贵族敛手。在任数年，垦荒田，鉴河渠，置义仓，修书院，为贫寒子弟立社学，爱恤提标兵士，使不扰民……其有功德于张掖者甚大"。

乾隆皇帝对王廷赞的评价也很高。乾隆三十五年十月王廷赞被引见时，乾隆皇帝在其履历引见折上朱批"此人去得府"的评语，不久，果然升任甘肃秦州知州。

乾隆四十一年二月王廷赞第二次被引见时，乾隆皇帝的评语是"可用道，还可升用"。随后，王廷赞升任宁夏知府。两个多月，即于乾隆四十一年四月二十九日补授甘肃甘凉道道员，一年后又被破格提升为甘肃布政使。

王廷赞上任前就晓得王亶望折色捐纳冒赈等贪婪舞弊之事，只是鉴于"其形迹诡秘"，加之上任时"未将旧册细细核对根究缘由"，一时没有发现他贪婪舞弊的确切证据，只发现藩库里短少三千两银子。但通过核查弄清楚，这三千两银子虽然没有入账，却是实实在在地修了布政使衙门，且有向陕甘总督勒尔谨报批的文书。

即便如此，王廷赞还是禀报勒尔谨，说"各州县收捐有多少折色包揽弊实"，并表明"这样做是违例的"，要求奏请停捐。

勒尔谨则明确表示，"捐例一停，将来猝遇灾赈的事如何办去呢？且若要停捐也不难的，只需将实收扣住不发，分明就是停捐了"。

这样，王廷赞毅然"通饬各属不许改收折色"。

只是这样实行之后，各州县再也不见有报捐纳的了。王廷赞向下面询问原因，各州县俱称，"定要收本色，则无人报捐"，并说如此"恐于仓储无益"。

这样，王廷赞只得又与总督商量，最后决定依然采用折色。

但因王亶望在任时，各州县办理捐银多寡不一，恐不免有私自分肥及短价勒买粮食之事，因而他和总督酌定每名捐生收银五十五两。由于各省赴甘捐纳之人全部聚集省城，不肯散赴各县报捐，就是从前在各州县收捐时，也是在省城填发实收，徒然价不尽一，因此改归首府，并令首府将收捐定数出示晓谕。首府收捐银两仍交各府领去，监同采买粮食。

为了容身甘肃官场，王廷赞最终还是选择了同流合污。收捐时，他在继续实行王亶望定例四两公费银的基础上，又添加了一两心红纸张银。这是过去相沿已久的一项陋规，王廷赞设立此项，只不过想表明自己的态度，以此来向甘肃各级官吏表示他的态度。他想要在政绩上超越王亶望，就必须得到甘肃上下各级官吏的支持；而要得到各级官吏的支持，首先就要融入这个群体中去，否则，包括勒尔谨在内的各级官吏都会担心他揭发捐纳冒赈之事，继而想方设法地陷害他、排挤他，那样，他不仅无法在甘肃官场容身，搞不好连命都可能没了。

从甘肃复开捐之日起，至乾隆四十二年七月，甘肃累计报捐粮七百万石。也就是说，王廷赞工作卓有成效，上任仅一个多月就收了近一百万石的捐粮。但远在京城的乾隆皇帝再次对甘肃捐纳起了疑心，于乾隆四十三年八九月份特派刑部尚书袁守侗、刑部左侍郎阿扬阿到甘肃勘验捐收监粮情况。

为了应付钦差，王廷赞使尽了全力欺骗朝廷。此后，在乾隆四十六年三月案发之前，乾隆皇帝再没有追问甘肃捐纳的事情。

从乾隆四十二年六月至乾隆四十六年初，在王廷赞担任甘肃布政使的三年半时间里，甘肃共收"监粮"五百多万石，收捐监生十二万余名，实收折色银子七百二十多万两，但落入王廷赞腰包的只有加收的红心纸张银，共十二万两。而且，这十二万两也大多用在了公事和地方公益之事上。

第十三章 惩治凶顽，乾隆帝恩威并施

乾隆四十六年秋，甘省折色冒赈案主犯王亶望、勒尔谨、王廷赞、蒋全迪被绳之以法。乾隆四十九年结案时，情节特严重的皋兰知县程栋等二十二名犯人业已正法。其余涉案罪犯照《大清律》规定，侵盗钱粮一千两以上应斩，那涉及此案的一百余名官员将被处决。

如松心里很矛盾，如照他疾恶如仇的本性，这些人一个也不留。但这些人也各有各的具体原因，全都杀掉，他于心不忍。他把自己的想法奏报给了皇上，最后，他们确定了处理甘省一案的办法，不依《大清律》处置贪污罪，而是按其赃私多寡来区别罪情轻重。

此时阿桂已离甘肃赴河南督办河工，乾隆皇帝遂传谕李侍尧将本案各犯中侵冒银款数在两万两以上者，全部问拟斩决；其数在一万至两万问拟斩监候；其数在一万两以下各犯亦应问拟斩监候，请旨定夺，候朝廷酌核罪情轻重分别办理。

李侍尧立即按乾隆皇帝的办法，查明侵蚀银数在一千两以上的人犯共六十六名，针对各犯实情，他提出了处置办法。

九月十五日，乾隆皇帝向全国臣民发出上谕，正式宣布了案件的经过和已经查清楚的六十六名人犯的判决决定，同时传谕：

> 前因王廷赞、杨士玑、程栋、陆玮、那礼善、杨德言、郑陈善七名人犯侵贪不法，经降旨查明该犯等人之子，革去官职，俱发往伊犁充当苦差。

乾隆四十七年八月秋审时节，刑部将甘案内贪得银数在两万两以下者四十一人，问拟斩监候，放入本年勾决名单呈在了乾隆皇帝的案头。

面对这份名单，乾隆皇帝斟酌再三，毕竟人命关天哪！

其中几个人的名字跃入他的眼帘。乾隆皇帝记得谢桓、宗开煌、万邦英、董熙、黄道煲等人如今就要勾决，身首分离，勾起了他的恻隐之心。念及五犯从前曾有微劳，他决定于万无可宽之中给他们一线生机。与此同时，他传谕留京办事的王公大臣会同刑部堂官，将现在拟斩监候各犯逐一通查，如果原案各犯内有似谢桓等人战时有微功情节，许其自行陈诉，一并交军机大臣核查办理。

这道谕旨传下，在押各犯感激涕零，纷纷抓住这一线生机表明各自在上年的功劳。

据留京王公大臣和刑部堂官的复奏，除谢桓等五名人犯外，其余麻宸、申宁吉等二十八名人犯供称，或在兰州道随同守城，或拿获余党及办运军粮。军机大臣阅看过各犯的供词后，遵旨进行核查，对阿桂上年原折未提及的各犯交李侍尧核实。

对已核实确有微劳的谢桓等五名人犯，乾隆皇帝于八月初一日晓谕中外，宣布了对谢桓等人的判决：

> 此案人犯侵帑殃民，俱属法无可贷，因念王亶望等人之肆行侵冒，舞弊营私，皆系朕平昔宽仁，未免失之姑息，以致各犯毫无忌惮，所谓"水懦民玩"，朕甚愧之。今复因人数众多，不忍概予骈诛，不得不又宽一线。所有谢桓等五犯从前既据阿桂等奏明曾经在事出力，朕不肯没此微劳。谢桓、宗开煌、万邦英、董熙、黄道煲俱著从宽免死，发往黑龙江充当苦差。
>
> 但伊等罪情重大，不加显戮已属格外施仁，嗣后虽遇大赦，各该犯不得援照省释，伊等所生亲子亦不准应考出仕，以示惩儆。其余麻宸等二十八犯所供各情节是否确实，并著李侍尧再行详细查明，具奏到日另降谕旨。其各犯供词一并发交李侍尧核对。
>
> 朕于案内各犯非不欲求其可生之路，但求其生而不得，则朕亦无如之何。直省大小官吏嗣后务须洁己奉公，毋蹈覆辙。如再有此等以侵贪败露者，朕必按律严惩，不少宽贷，勿以现今甘省应正法者多获宽免仍以身试法，侥幸苟免，庶不负朕谆谆教诫之至意。

在传旨李侍尧详查各犯剿匪功劳实在情形的同时，乾隆皇帝还传谕刑部堂官立即将麻宸等二十八名人犯从前在甘肃省侵蚀银数多寡以及有无别项从重情节，如冒请建仓、事后狡供捏饰等逐一详细查明，开单具奏，以备日后量刑时参考。

八月初十日，李侍尧确查麻宸等二十八名人犯是否有守城微劳的奏折递来，其中二十七人供词与彼时情事约略相同，唯闵煜一犯先已告病离甘，后因查办冒赈被捉拿归案，其所供随同防守兰州显系捏饰之词。时在京城的甘省布政使福崧也证实闵煜告病卸事，大兵齐集即别无派委。

从李侍尧、福崧的复奏看，闵煜一犯系告病之员，所供随同守城显系虚捏情节。

八月二十日，军机大臣遵旨从吏部查明了闵煜的履历：该犯本籍山东，入籍吉林，投充同知衙门书吏，后捐复历任甘肃，经历县丞，乾隆四十六年告病离任。前任甘肃庄浪县县丞时，侵冒银三千余两，问拟斩监候，秋审时声明分别办理。据查，闵煜离甘后并未回籍，因查办冒赈一案，李侍尧行文各省。乾隆四十六年十一月内，经陕西巡抚毕沅奏到，于该省汉中府南郑县地方拿获，解赴兰州。

乾隆皇帝得知详情后于八月二十一日传谕，将闵煜押赴市曹即行处斩。

这样，闵煜捏造事实，图谋蒙混过关，最后还是丢了性命。另有一犯华廷在监中病故，剩余的麻宸等二十六名人犯侵冒情节以及微劳之处已经全部查清。八月二十二日，乾隆皇帝传谕中外：

> 数十人骈首就戮，朕心实有所不忍。但此内如善达、承志身系满洲，用为州县，尤当洁己奉公，以尽职守，遇有上司抑勒婪索等事，即应直揭部科或告病回旗，及竟恝不畏法，随同侵帑殃民，营私舞弊，似此亦得幸邀宽免，旗员更何所儆惧耶？善达、承志仍著交刑部入于朝审办理。其舒玉龙等所供在甘效力之处既属确实，万邦英等五人既经免死，则舒玉龙、李本楠等二十四名人犯亦可从宽免死，发往黑龙江充当苦差，仍照万邦英等之例，虽遇大赦不得援照宽释，该犯所生亲子亦不准应试出仕，以示惩儆。朕办理诸案常以水懦民玩，失之姑息为愧。今于舒玉龙等办人数众多，不忍加之骈戮，宛转求其生路，仍不免于姑息，此实朕务慎庶狱不得已之苦心，亦天下臣民所共见者。至此案舒玉龙等犯俱应立置

重典,特因其于苏四十三之事稍经出力,即得仰邀末减,此后凡身任地方之责者,设遇贼匪窃发,尤宜共矢天良,力图报效,庶不负朕训诫矜全之至意。

舒玉龙、麻宸等二十四名人犯免死发遣黑龙江的判决下达后不久,乾隆皇帝思虑再三,特念善达、承志二人有协同守城、派防要隘一节可贷其一死,于是传谕著善达、承志从宽免死,发往烟瘴地方,遇大赦不得援照省释,所生亲子皆系旗人,未便令其闲住,著交该旗存记。

乾隆四十七年十月,涉嫌此案的最后二十三名官犯经调查核实,罪情确凿,乾隆皇帝在朝审时宣布了对这批案犯的处罚:

孙元礼、吴鼎新等五犯,侵冒银俱在一万两以上,又无守城微劳,法无可贷,现已予勾。其余各犯侵冒银在五千两以上及五千两以下之奇明、周人杰等十二犯及捏结收受馈送之陈之铨等三名人犯,俱著加恩免死,内旗人奇明等五犯著照善达等人之例,发往烟瘴地方,虽遇大赦不得援照宽释;周人杰等十犯著照万邦英等之例发往黑龙江充当苦差,虽遇大赦不得援照宽释。

至于成德、陈严祖两名人犯尤非他人可比,成德系高晋之子、书麟之弟,陈严祖系陈大受之子、陈辉祖之弟,该二犯世受国恩,身为大员子弟尤当洁己奉公,以图报效,见有通省贪婪舞弊事情,如能直揭部科,朕必优加奖擢,而竟然悉不畏法,随同侵帑殃民,虽该二犯冒赈银数在五千两以下,但系大臣子弟,昧良负恩,罪情尤重,是以予勾,以使大臣子弟知所儆惧,即便为大臣者亦当引以为鉴。

又巴彦岱一犯收受馈送,代属员担承亏空,及事败露又瞻徇隐匿,有心袒护,是以予勾。

就是说,在甘肃捐纳冒赈案中,直接涉案的一百九十五名官员中,被朝廷处死(含谕令自尽)及子辈流放者五十八人、革职流放者五十六人、案发时因身故查抄且子辈流放或革职者十二人、革职并追罚银两者二十人、查抄者十九人、追罚银两并革职留用者三十人。

在办理甘肃捐纳冒赈案中,如松看到这个案子之所以能够持续七年,与首席军机大臣于敏中干系极大。

于敏中官居高位,阿谀、逢迎之人自然少不了,而他并不是一个刀枪不入的铁汉。乾隆皇帝曾说:"于敏中拥有厚资,必出王亶望等贿求酬谢。"

这"贿求酬谢"四字,一语道破了从地方到朝廷整个贪污网纽结在一起的原因。但仅有此四字,不足让皇上对于敏中的不法行径进行追究。因为他了解于敏中的生平事迹,也了解皇上与于敏中非同一般的关系。

于敏中,字叔子,康熙五十三年出生于江苏金坛。其曾祖父于嗣昌、祖父于汉翔、叔父于枋都是进士。其父于树范,曾任浙江宣平县知县。于敏中生长在这样的官宦家庭里,从小便立志读书。由于家族先祖传承孔孟程朱之学,于敏中受益匪浅,加之好学力行,于雍正七年十六岁时举于乡试,乾隆二年二十四岁时中状元,授翰林院修撰。乾隆八年,充日讲起居注官。乾隆皇帝喜爱吟诗作对,灵感闪现便有感而发,这就需要随侍大臣凭记忆追记,而于敏中就有这种本事。由于深得乾隆皇帝的信任,他仕途一帆风顺。乾隆二十五年,以户部右侍郎在军机处行走,之后官至军机大臣、太子太保、文渊阁领阁事、文华殿大学士、掌翰林院事,先后充任过《四库全书》、国史馆、三通馆正总裁。

于敏中不仅得到了诸多荣誉和荣耀,以致"儒臣际遇百余年来无与比肩",而且死后也受到乾隆皇帝的格外恩眷,"优诏赐恤,祭葬如例,祀贤良祠,谥文襄"。

只是,于敏中虽然文才出众,官高位显,但为官却并不干净。起初尚行事检点,但随着官位的升迁和权势的增大,他便开始广交诸吏,收受贿赂,营私舞弊。由于他深受乾隆皇帝器重,朝中没有人敢揭发他。加之他为人极为谨慎,凡事不喜欢张扬,其受贿劣迹在生前并没有败露。

他的事败露于卒后第二年,即乾隆四十五年六月。当时,于敏中死了才六个月,他的孙子于德裕到顺天府控告其堂叔于时和侵吞其祖父在京资产事。对此,乾隆皇帝十分重视,命大学士阿桂、英廉查办。结果令人震惊,素有廉直之名的于敏中在京中及原籍家产竟值银两百万两。

乾隆皇帝闻奏后十分恼怒,认为于敏中巨额遗产"非得之以正者"。但他仍然想保全于敏中的名节,谕示办案大臣不必去追究于敏中生前之罪。

紧接着,苏松粮道章攀桂私下为于敏中营造花园的事发。对此,乾隆皇帝认为于敏中受地方官员的逢迎是情理之中事,既然他已经去世,就不必追究了,仅将章攀桂革职处理。

为避免重蹈覆辙,如松让办案人员详细地整理了于敏中的材料上奏皇上。

事不过三,这次,乾隆皇帝重视起来。从如松的奏折中,乾隆皇帝认识到于敏中的罪责不同一般,他指出:"甘省收捐监生……至乾隆三十九年,该省复奏请开例,彼时大学士于敏中管理户部,即行议准,并'若准开捐,将来可省部拨之烦'巧词饰奏,朕误听其言遂尔允行,至今引以为过。其时捐纳冒赈案王亶望为藩司,恃有于敏中为之庇护,公然私收折色,将通省各属灾赈历年捏开分数,以为侵冒监粮之地。"乾隆皇帝还认为,"非于敏中为之主持,勒尔谨岂敢遽行奏请?王亶望岂敢肆无忌惮?"

乾隆皇帝虽列举了于敏中的上述罪行,但还是"事必出王亶望等贿求酬谢""姑念其宣力年久,且已身故,是以始终成全之,不忍追治其罪",只是将于敏中撤出贤良祠,说:"贤良祠为国家风励有位盛典,岂可以不慎廉隅之人滥行列入?"

到了这一步,如松也只好罢了。

案子持续了七年之久,而"内外臣工并无一人言及",这种现象让如松认为应该有所作为,于是向皇上禀奏处分陕西巡抚毕沅。

毕沅作为陕西巡抚,对近在咫尺的甘肃捐纳冒赈案不可能不知情。但他置若罔闻,直至王亶望案发,他才供认"臣在陕西先后八年,两署督篆,且近在邻封,该省情弊种种并未据实参奏,此实臣溺职辜恩,即加以重惩自分万无可逭",自请罚银五万两。

御史钱沣曾弹劾毕沅,认为其所犯罪行应与捏灾冒赈官员们相同,请求予以重办。如松把钱沣的意见报与乾隆皇帝,但乾隆皇帝仅仅谕令将毕沅"降为三品顶戴,所有应得职俸永行停支"而"仍留陕西巡抚之任",同时强调"倘因停其养廉或需索属员,以为自肥之计,一经查出,朕必重治其罪"。

与毕沅相同性质问题的,还有闽浙总督陈辉祖、两江总督高晋、江苏巡抚闵鹗元、山西巡抚雅德、奉天府尹奇臣等人。这些高官虽然屡次接到乾隆皇帝询问的圣旨,却都一味包庇回护,不予奏报实情。直至事情败露,再也无法掩饰之时,他们才"各奏称伊弟婪赃舞弊,从前亦有所闻,并有家信往来。只因一经陈奏,恐伊弟必罹重罪,是以隐忍瞻徇,致涉欺饰,实属罪无可逭"。而乾隆皇帝对他们的处理,只是同意他们缴纳赔罪银,"宽免交部"。

再有就是袁守侗、阿扬阿的问题。乾隆四十三年,刑部尚书袁守侗、侍郎阿扬阿奉旨到甘肃盘查捐纳之事,受了甘肃地方官的蒙蔽,案发后,他们难辞其咎。当时,袁守侗已官至直隶总督,阿扬阿则由刑部侍郎兼署吏部侍郎、正红旗满洲副都统。如松和吏部商议后,认为袁守侗、阿扬阿属溺职行为,应处以革职。结果,乾隆皇帝也从轻定为革职留任。

王亶望被抄家后,抄出的字画和玉器押往京城。乾隆皇帝在检览这些古玩字画时,发现它们成色极为平常,甚感惊讶。他想起南巡时王亶望的贡品极其奢靡,甚为讲究,于是对解送来的这些物件产生了怀疑。

如松当时在场,他虽平日对古玩不太上心,但也觉得那些东西品质低劣,便立即想到可能有人做过手脚,将原物件调换了。

乾隆皇帝随即密谕浙江布政使监管杭州织造盛住,将查抄王亶望家产办理情况,确查密奏。

盛住奉命后不敢怠慢,立即着手秘密查访。他从查抄时的登记物件底册入手,很快就查明了问题。

原来,查抄王亶望家产的具体经办人是原浙江省粮道王站住,他所抄各项资财底册及外估册都存于浙江。盛住遂调取该底册与解京咨送内务府之册核对,发现底册所载玉器等物件与实物有很大出入,于是断定查抄之资财在解送京师之前有人做过手脚。

盛住密报乾隆皇帝。乾隆皇帝见折后大为吃惊,遂专门派刑部尚书喀宁阿、工部侍郎福长安,以检查河南河工为名,就近询问已升任河南按察使的王站住,随后解押浙江质讯,同时还将盛住的密折一并抄寄陈辉祖阅看。

乾隆皇帝又担心福长安经验不足,难以胜任,遂再发谕旨给正在河南办理河工事务的大学士阿桂,令其会同福长安等先行讯问王站住。

阿桂奉命之后立即对王站住进行讯问,而王站住的交代完全出乎意料,他供称上年六月查抄王亶望浙省家财时,会同府县官员每日亲自验点,记得玉器甚多,当时造有底册,一式三份。因自己当时已接到升任河南按察使的谕令,遂于初九日查完后,十三日即启程赴京陛见,动身之前将底册一份呈送总督陈辉祖,另外两份分存于藩司和粮道衙门,并提出可以问讯当时一同查点的官员,而且陈辉祖曾调取查抄物件阅看,拨出收进及押送都是总督府的人经手办理。若自己有盗换行为，必然会销毁底册，焉能把底册三份留在浙江？阿桂认定盗换查抄资财一事，必与陈辉祖有直接干系。

看罢阿桂的奏报之后，乾隆皇帝大吃一惊。他想不到陈辉祖竟然做出这种狗盗鼠窃之事！继而谕令阿桂偕同福长安迅速前往浙江，将陈辉祖革职拿问，彻底查办。

此时，陈辉祖见事情败露，遂支吾掩饰。先称查抄物件繁多，时间紧急，未来得及将每件亲自验看；继称查抄时王亶望曾向自己说金子太多恐碍眼，请求依照时价变换为银两；又称自己见查抄出的一些朝珠过于平常，便派人购买了数盘添入，又挑选添入一些自己的朝珠。

这些显然都是搪塞之词，而且据涉案官员供称，陈辉祖当时每个月都将查抄之物分类调进署内查看。

乾隆皇帝览奏后指示阿桂、福长安，说此案已是证据确凿，令其严讯陈辉祖等人，务必取得切实供词。

阿桂、福长安到达杭州后，立即提审陈辉祖及一应涉案官员，连夜逐项审问。

关于易换古玩玉器字画等项，陈辉祖供称在提验查抄物件时，两次抽换的物件有玉松梅瓶、玉方龙觥、玉碗、玉提梁卣、白玉梅瓶、玉蕉叶花觚、玉太平有象、玉暖手、自鸣钟，及刘松年、苏东坡、贯休、米芾、冷枚、马湘兰、董其昌、唐寅、王蒙、宋旭等名家字画。在抽取这些珍品后，"又另行捡取署内平常字画归入箱内加封发出"。

陈辉祖还交代，受蒋全迪转托，在王亶望被解送京师时，给予其查抄的十六件皮衣。而查抄物件经手之人知府王士澣、杨仁誉等人见陈辉祖大肆盗换，也趁机抽取皮衣大呢等珍贵物品，并删改底册。

此外，阿桂等人还查明，陈辉祖曾接受河南布政使李承郑馈送黄金一千两之多。

经过阿桂等人的严讯之后，陈辉祖无视国法，大肆坐盗查抄入官的王亶望财产之真相大白于天下。

乾隆四十七年十一月底，陈辉祖等人被解送到京师，乾隆皇帝命大学士会同军机大臣、刑部堂官共同审讯。陈辉祖对所犯罪行供认不讳，"伏地痛哭，并称臣世受国恩，身为总督，乃昧良负恩，作此鼠窃之事，天理不容，以致败露，实无颜面立于人世，如今追悔莫及，罪该万死，只求皇上将我速正典刑，实在无可置辩"。

乾隆四十七年十二月初二日,大学士九卿等根据陈辉祖等所犯罪行,依照《大清律》核议后上奏:"陈辉祖商同属员,隐匿抽换王亶望入官财物,照例分别拟斩,请旨即行正法。"

乾隆皇帝览奏后指出:"陈辉祖身任总督,专意营私,置地方要务于不问,其藐法负恩,情罪尤为显著。即照大学士九卿等核拟,立置重典,亦属罪所应得。"还称"陈辉祖以陈大受之子,受朕厚恩,用为总督,不思洁己,率属勉图报效,其于地方应办诸务,不能实心实力,随事整饬。于查抄入官之物,又复侵吞抽换,行同鼠窃。其昧良丧耻,固属罪无可逭。但细核所犯情节,与王亶望之捏灾冒赈侵帑殃民者,究有不同……陈辉祖祇一盗臣耳,其罪在身为总督,置地方要务于不办,以致诸事废弛,种种贻误。而侵盗者止系入官之物,不过无耻贪利,罔顾大体,究非腹剥小民,以致贻误官方吏治者可比。陈辉祖著从宽改为应斩监候,秋后处决"。

这实际上是给了陈辉祖一条生路。

与此同时,将涉案的布政使国栋、知府王士澣、杨仁誉俱按律定拟斩监候,杨先仪、张矗等从重改发新疆,充当苦役。

但对陈辉祖来说,他的问题并没有完。秋后处决的上谕颁布后不久,新任浙江巡抚福崧上奏,陈辉祖在任期间酿成积弊,嘉兴府属之桐乡县有聚众闹漕之事。随后,新任闽浙总督富勒浑上奏,访查浙闽两省亏空仓谷,各州县俱未能足额,正在督促下属清厘查办。

这些问题的出现,反映陈辉祖空有能员的名声,而实际上并未尽职尽责。于是,乾隆皇帝再次令军机大臣会同刑部堂官将福崧、富勒浑等人奏折交陈辉祖阅看。陈辉祖承认闽浙两省武备废弛,仓谷亏空,是自己不尽力办事因循贻误所致。

军机大臣、刑部堂官奏请按律例将陈辉祖即行正法,但乾隆皇帝谕令:

> 陈辉祖本应照拟即行正法,但念伊办理海塘尚无贻误,著加恩免其肆市,即派福长安、穆精阿前往,将此旨明白宣谕,监视赐令自尽,以为封疆大臣废弛地方者戒。朕办理庶政轻重必权衡至当,若陈辉祖之从前仅止抽换官物,是以贷其一死。及此时之贻误地方,不能再为屈法施恩,皆一秉大公,至正毫无成见。大小臣工当各知感畏,力图称职,毋负朕谆谆惩戒、明刑弼教之至意。

甘省的案子震撼全国。而随着查办的深入，新疆的采买侵盗官币案跟着也浮出水面。

乾隆二十五年，清朝收复全疆后，在那里实行军府管理制度，设立伊犁将军，作为新疆的最高军政长官，统领天山南北地区，又在塔尔巴哈台(今塔城)、喀什噶尔(今喀什)和乌鲁木齐设立参赞大臣，管理地方军政事务。

随着民户的增多，清朝于乾隆三十八年在巴里坤、乌鲁木齐地区开设了府、州、县，随即又将甘肃安西道移驻乌鲁木齐，改称镇迪道，仍隶属甘肃省。作为甘肃八道之一，镇迪道所属各府、州、县等机构，分布在乌鲁木齐、巴里坤、哈密等地区。

作为新疆人口最为集中的地区——乌鲁木齐，当时总计有军民近二十万人，其中有从内地移驻的八旗携眷官兵，于乌鲁木齐、古城、巴里坤、吐鲁番设驻防满营。

为加强对乌鲁木齐地区的管理，朝廷将乌鲁木齐参赞大臣改为乌鲁木齐都统，并任命索诺穆策棱为乌鲁木齐首任都统，统辖乌鲁木齐及吐鲁番、哈密、巴里坤、古城、库尔喀喇乌苏等地驻防官军，并将其权限扩大到"统辖满、汉文武官员，督理八旗、绿营事务，总办地方刑钱事件"。

索诺穆策棱，满洲镶黄旗人，曾任护军统领，在内廷任职多年。乾隆三十七年出任乌鲁木齐参赞大臣，乾隆三十八年设立乌鲁木齐都统时成为首任都统。

索诺穆策棱在乌鲁木齐任职直至乾隆四十五年六月，后迁盛京将军(又称奉天将军)，主持乌鲁木齐事务长达八年之久。

接任索诺穆策棱的是奎林，乾隆四十六年，奎林升任乌里雅苏台将军。之后，由明亮接任乌鲁木齐第三任都统。

在查办甘肃捐纳冒赈案的过程中，如松就多次想到新疆的问题。案件查办结束后，他便向皇上提出查一查新疆的建议。

乾隆皇帝也想到了新疆的问题，遂于九月二十八日传谕新任乌鲁木齐都统明亮，指出"乌鲁木齐等处向来产米，最多粮价亦属平减，本不必藉监粮以充仓储，现已降旨停止捐例。至该处折收买补诸弊，相沿已非一日"。指示明亮"即将该处历年如何折收买补，及现在粮贮有无挪移亏短，及索诺穆策棱、奎林任内如何办理之处，一并详细查明，据实复奏"，同时还谕令索诺穆策棱、奎林据实复奏。

当时，明亮刚接到任命的上谕，遂在前往乌鲁木齐途中进行了认真的调查，发现"今镇迪所属各厅州县于违例折收之外,更有捏价采买,侵蚀帑项情节"。随后又查明哈密通判经方不仅在任甘肃抚彝厅通判时参与了甘肃捐纳冒赈活动,而且任哈密通判时"亏缺库项银八万六千余两……亏缺粮石草束核计价银六万七千余两,连前共亏缺库存项十五万两有余"。

时任盛京将军的索诺穆策棱复奏,称自己任内曾于"乾隆四十二年派委镇迪道巴彦岱详查仓存粮数,并于四十三年、四十四年、四十五年盘查实存,并无亏短"。

孰是孰非?

如松看了两方面的复奏,心中断定索诺穆策棱必有问题。乾隆皇帝也大为震惊,遂下令将经方解京严审,同时谕令陕甘总督李侍尧进一步清查。

李侍尧复奏,说经方自乾隆四十一年任哈密通判的五年时间里,共接受原存库银及道库司库拨银四十七万九千万余两。由于哈密地处口外,距省城较远,所属各厅州县动用银两经乌鲁木齐都统索诺穆策棱奏准,由哈密通判自行报销,收支细数总督衙门无凭查考。

乾隆四十六年十二月,经方被拿解到京师,经交军机大臣会同刑部严加审讯。据经方供称,他在任甘肃抚彝厅通判时,折收捐纳余银一千余两,又捏灾冒赈银三千两;在哈密通判任内五年,亏空银十三万两,其中累计送都统索诺穆策棱礼物计值银一万余两,送过勒尔谨金子一百两、王亶望金子一百两。

明亮到任后,随即调阅了镇迪道所属各厅州县历年采买兵粮的粮价清单,发现采买价格与他沿途查访情形,并本城街市现行时价大相悬殊,每年捏价冒销银两成千上万。他认为"胆敢虚报贵价恣意贪侵,较内地捏灾冒赈借端开销者更重,实堪发指……前任都统索诺穆策棱于三十七年到任,四十五年离任;奎林于四十五年到任,四十六年离任,于属员遁例折收一案漫无觉察,已难辞咎"。

看到明亮的奏折,乾隆皇帝主即派刑部侍郎喀宁阿迅速驰赴乌鲁木齐,会同明亮秉公查办。乾隆皇帝还敏锐地意识到,索诺穆策棱在乌鲁木齐任职期间可能存在着严重的贪腐问题,便于乾隆四十七年正月十二日传谕喀宁阿:

> 昨以明亮查奏乌鲁木齐采买粮食,价值与时价不符,显有浮开冒销情弊,因令喀宁阿驰驿前往审办。此案系索诺穆策棱、奎林任内之事,奎林不过糊涂,失于觉察,且在任不久,于该处州县或不致有交通情弊。至

索诺穆策棱在任前后几及十年，前于经方案内既曾收受节礼，该处地方官藉采买之名，将价值以少报多，希图侵冒肥橐，若非该管都统有收受馈送之事，岂肯受其浮开冒销，以致官价与时价迥不相符。著传谕喀宁阿，到彼时即将此旨告知明亮，一面将各州县解任，严行鞫讯，究出实情，毋得稍存将就瞻徇之见。

作为钦差的刑部侍郎喀宁阿，到达乌鲁木齐后立即会同都统明亮将镇迪道下属各州县官员解职，严加审讯。不仅得知"迪化等州县采买粮食，侵蚀自一万两至数百两不等"，而且受审府州县官员们一并供出，各自都曾送给索诺穆策棱银两。

喀宁阿等人一面严密查抄涉案府州县各员任所家产，一面奏请朝廷下令有关各省督抚，将在任、离任新疆各员原籍之家财严密查抄。

乾隆皇帝览奏后大为吃惊，感到"迪化等州县采买粮食，辄敢浮开价值，冒销帑项，又复交结上司，公行贿赂，此事实属大奇"！谕令查抄迪化涉案各旗籍官员在京家产，并传谕相关各省督抚，将已经离任的涉案官员木和伦、丰伸等六人革职拿问，派员解交刑部，其原籍及任所赀财一并严密查抄；在新疆任职的涉案官员伍彩雯、王酷等六犯原籍家产，一并查抄。

喀宁阿与明亮对涉案官员进一步审讯后得知，自乾隆二十五年收复新疆之后，乌鲁木齐作为屯垦的重点地区，移民不断增多，兴建了多处水利灌溉工程，军民开垦的农田面积不断扩大，粮食产量有了很大的提高。虽然乌鲁木齐地区粮食连年丰收，但因地域遥远，不可能将余粮运往内地，只能在当地市场上低价出售。官府从市场上采买粮食，自然会节省不少官帑开支。当时，乌鲁木齐都统统领的驻防八旗主要担任军事任务，当地驻防的绿营一部分担任军事任务，一部分担任屯田任务。乌鲁木齐军政官员及八旗官兵的用粮，部分由绿营屯田生产的囤粮供给，不足部分则按年采买各府州县百姓在市场上出售的余粮予以补足。镇迪道所属府州县官员便利用采买粮食这一机会，贿赂都统索诺穆策棱，串通一气，捏高价开销银两，公然合伙贪污官帑。

这一贪腐活动开始于乾隆三十八年，那时，当地市场粮麦价格低贱，各州县以市场低价采买，但不按采买时的实价报销核准，如小麦每石用银不过九钱至一两一钱不等，而州县仍以每石一两九钱具报，采买一石，即可贪腐银一两至八钱。凡涉案官员历年贪污银自一万两至数千两不等，而馈送索诺穆策棱银两自一千两至数千两不等。

索诺穆策棱在内廷行走多年,对朝纲法纪的了解按理应非一般官员可比,但在乌鲁木齐都统任内,他竟敢罔顾法纪,纵容属员侵冒官帑,大肆收受属员贿赂银两,实出乾隆皇帝意料。

震怒之下,乾隆皇帝谕令工部侍郎福长安"驰往盛京,将索诺穆策棱革职拿问"。同时,将"所有此案之木和伦、丰伸等人一并革职拿问,派员解京,交部治罪"。

两个月后,一应涉案官员被解到热河行在。乾隆四十七年六月底,军机大臣奉命会同刑部对涉案官员逐一严讯。

接着,军机大臣会同刑部将在任六年亏空库帑十万余两的宜禾知县瑚图里、索诺穆策棱家人王老虎与郭子施严加审讯。

如松看了审讯记录,感到触目惊心。像迪化知州德平供认:"乾隆四十年,前任索都统奏准采买,臣在昌吉县知县任内奉文采买小麦一万石,每石领银二两,共银两万两。缘本城粮少,一时买不出来,必须差人到各乡村收买,早晚价银低昂不一,每石或一两零几分至一两二钱不等,因道途远近不同,须雇车挽运以及夫役盘费,约计小麦每石运脚费用银一两二钱八分,共实用银一万二千八百两,剩下银七千余两,报销时经藩司王亶望驳饬,臣与前任迪化州知州木和伦等人商量,公送王亶望金子两百两,值价银三千两。臣摊出银一千两,又给木和伦知州门印家人银六百两。又四十三年,索都统奏准采买小麦每石迪化州以东价银一两八钱五分,迪化州以西价银一两六钱,臣在迪化州任内采买两万五千石,每石价银一两八钱五分,领银四万六千零二十五两,彼时实在粮价每石一两一钱上下,因承买数多,差人往各乡采买,连运脚盘费,约计每石用银一两三钱五分不等,共用银三万三千七百余两,实剩银一万两千五百余两。两次共剩银一万九千五百余两。索都统在任数年,待臣甚好,臣在昌吉县任内送过银一千两,后到迪化州任,陆续送过银三千两。又索都统进京陛见,送过盘费银一千两、狐皮四张、黑骨种羊皮三百张;四十二年索都统生日送银一千两,金如意一把,重四十余两;四十三年生日送银一千两;四十四年生日送银一千两;四十五年二月内,自京回任,差家人李春接至肃州,送过盘费八百两。又索都统添生子女满月,每次送过金镯铃铛约重十两,计有四五次,每逢年节送袍褂料八套;四十五年索都统家眷进京,又送盘费银五百两,又陆续共送过索都统管门家人并众家人银六百余两,又索都统署内办事人邬玉麟两年内共送他银一千多两。其余银两是臣花用了,至奎都统在任不久,臣实没有送过他东西,历任各道也没有送过银两是实。"

原任迪化州知州木和伦则供认："臣于三十八年在迪化州任内采买小麦一万一千石，每石价银二两，共领银两万两千两；买谷三千石，每石价银二两四钱，共领银七千二百两，彼时因移驻满兵，建筑满城，安插户口，人数聚集，以致粮价昂贵，所领官价不敷采买，共赔垫银两千余两。又三十九年采买小麦一万石，每石价银二两，共领银两万两，彼时粮价稍贱，实用实销，并无剩余。四十年采买粮一万石，每石价银二两，共领银两万两，实用银一万七千余两，所剩银两补还前垫数目，后来交代时并无亏缺。至凑送王亶望金子，实因四十年在迪化州任内详情采买粮食经王亶望驳饬，臣与德平、伍彩雯、王喆遂凑送金子两百两，核计价银三千两，臣实与德平各摊银一千两，伍彩雯摊银四百两，王喆摊银六百两，原是有的，至德平、伍彩雯领粮，价银时如何扣给臣家人银两，及臣家人陈升如何代德平送索都统银两的事，如今陈升已经死过多年，臣实不知道。再臣四十年采买粮食原盈余银两千余两，已补足三十八年赔垫之项，此外实无再有剩余银两。四十一年并未详请采买，四十二年四月内臣已升任知府，就离迪化州的任了，没有馈送索都统银物的事，所奏是实。"

宜禾县知县瑚图里的供词是："臣于四十二年到任，请买小麦一万五千石，每石价银一两九钱四分，共领银两万九千零十两。因巴里坤产粮甚少，市价昂贵，是以臣差人到奇台县采买，每石运脚价用银一两四钱三分二厘，共用银两万一千四百八十两，剩银七千六百二十两。四十三年，又买小麦八千石，每石价银一两八钱九分，共领银一万五千一百二十两。臣在奇台地方采买，每石连脚价用银一两三钱四分，共用银一万七千二百两，剩银四千四百两。四十四年，又买小麦一万五千石，每石价银一两九钱六分，共领银两万九千四百两，臣仍在奇台县各处采买，每石连脚价用银一两一钱八分四厘，共用银一万七千七百六十两，剩银一万一千六百四十两。四十五年，又买小麦一万五千石，每石价银一两九钱五分，共领银两万九千二百十五两，臣在奇台县采买，每石连脚价用银一两三钱，共领银一万九千五百两，剩银九千七百五十两，四次臣共得银三万三千四百余两。四十三年、四十四年两年，共送过索都统银四千五百两，系臣长随陆明经手送去，交与索都统家人王老虎、郭子施的。又四十三年，送过索都统貂皮大褂一件，狐软袍褂三件。四十四年索都统进京，臣送过盘费银一千两，俱系长随徐福送去的。每逢年节并索都统生日，俱送蟒袍、绸缎、水礼，每节约费银三百余两，节年共约费银四千两，也是徐福经手送的。四十三年，又送过前任镇西府知府崧柱银三千两，系他家人尹姓取去的。至于前任奎都统并未送过银两，亦未送过节礼，本道本府俱未送过银两，年节送些水礼是有的。臣侵冒银两，除送给索都统及崧柱外，其余都是自己历年花用了是实。"

此外，玛纳斯县丞徐廷绂供称，曾送过索诺穆策棱银一千九百两；昌吉县知县傅明阿供称，曾送过索诺穆策棱一千六百两。

此前，解至热河行在的索诺穆策棱供称自己并不知德平、瑚图里等人馈送银两之事，将一应问题都推给了家人王老虎、郭子施等人。在朝廷取得各府州县涉案官员及其家人的供词，尤其是取得索诺穆策棱家人王老虎、郭子施等人的供词后，索诺穆策棱已无法狡辩推诿，只得伏地吐实，泣称："臣十八岁即受皇上重恩，至今几及三十年，豢养生成至优极渥，用臣至都统，乃不能洁己报效，以致属员等侵吞亏空，竟未能觉察查参，实属辜负皇上天恩，既当治臣重罪。至德平等所供馈送银两，内如盘费银两及年节水礼、皮张、绸缎等物俱是有的，其余馈送银两臣实不知道。臣已将各属所送盘费等项逐一供认，已属罪无可逭，岂敢再有狡卸。至臣不能查察家人收受属员银两，即如臣自己侵用无异。臣受皇上如此厚恩，任听属员侵冒亏空，并收受他们馈送，家人等私收属员银两至如是之多，臣又不能觉察，实属昏聩糊涂，罪该万死，再何颜见皇上。若致皇上为臣生气，臣就死无葬身之地了。至令臣与瑚图里等质对，臣已据实供认，还有何辩呢？"

乾隆四十七年七月二日，军机大臣等依照《大清律》，将乌鲁木齐各属侵冒粮价的各涉案官员分别定罪，上奏请示。对于索诺穆策棱，军机大臣等认为："索诺穆策棱身为都统大臣，始于属员冒销粮价并亏空库项，数至盈千累万，不能查明据实参奏，已属昏聩糊涂，迨该州县等因采买获利送给伊家人王老虎、郭子施银两盈千累万，岂得诿为不知，况伊又曾收受德平等馈送盘费银两及年节、水礼、皮张、绸缎等物，亦有数千两之多，此项均系德平等侵盗帑项所得，即与自行侵盗钱粮无异，索诺穆策棱应依侵盗钱粮一千两以上例拟斩。但索诺穆策棱受恩深重，且身为都统大员，驻扎新疆重地，不思洁己率属，实属辜恩昧良，若仅照侵盗钱粮一千两以上拟斩监候，实不足蔽厥辜相，应请旨即行正法，以彰国宪。"

次日，乾隆皇帝即谕内阁，同意拟定的对乌鲁木齐采买侵盗涉案人员处理意见，但对将索诺穆策棱拟斩决之刑，从宽改为"应斩监候，秋后处决"。同时令将索诺穆策棱押至行刑处，观看其家人王老虎、郭子施正法。索诺穆策棱被押赴行刑处所看视行刑后，伏地碰头，痛哭不已，再三谢恩。

八月初四日，明亮又查奇台知县窝什浑亏空库帑三万七千余两，并曾馈送索诺穆策棱银一万五千余两。另外，窝什浑还代前任知府崧柱报收监粮并馈送供应银一万六千余两。

所有这些，都是索诺穆策棱没有交代的。惊诧之余，乾隆皇帝当即谕令王公大臣等再次提讯索诺穆策棱。这时，索诺穆策棱这才一一供认不讳。

八月二十一日，乾隆皇帝谕令刑部侍郎诺穆向索诺穆策棱宣示旨意，赐其自尽。

甘肃捐纳冒赈案涉案人员之广、枉法款迹之多、贪赃金额之巨、持续时间之长，在大清史上实属罕见。当然，此案查处时间之快、力度之大、皇上态度之坚决、处置之严厉，在大清史上也是罕见的。

通过一番严惩，涤荡了官场，震慑了官吏，一是打消了偏远地区官吏们"天高皇帝远"的侥幸心理，对各级官吏起到了巨大的威慑作用；二是乾隆皇帝严办此案的态度，再一次向全国各级官吏宣示：对贪官污吏绝不姑息纵容，使各级官吏受到了极大的警示；三是对于剔除官场官官相护、结党营私的积弊有促进作用，有刀敦促他们廉隅自励、洁己奉公。

经过对甘省捐纳冒赈案的查处，如松发现朝廷行政的诸多弊政。他将这些问题整理后向乾隆皇帝奏报，并相应提出五项弥补措施。他的建议得到乾隆皇帝的批准，并在这些方面做了调整和完善。

首先是调整捐纳制度，停止甘肃、陕西和新疆捐纳。乾隆皇帝发出上谕，此后甘省捐纳一事竟宜停止。将此通谕中外知之。

在停止甘肃捐纳后不到一个月的时间，乾隆皇帝又下诏曰：甘省捐监生业经降旨停止，所有陕西省捐纳并着一并停止；所有乌鲁木齐、新疆捐纳着一并停止。

其次是停止甘肃进贡制度。根据常例，甘肃每年冬季要向朝廷贡送瓜果、皮张等地方特产。由于很多不法官员转借代买皮张等贡物之机向总督勒尔谨行贿，督抚等大员也往往借此机会，通过向下属派买物件进行勒索。据此，乾隆皇帝发上谕停止甘省的一切贡品。

再次是增订卓异官犯赃定例。甘肃捐纳冒赈案的始作俑者是前任布政使王亶望，总督勒尔谨对其私收折色起初并不知情。但得知实情后，勒尔谨不但不对其上奏参劾，反而与他同流合污，沆瀣一气。甘肃省提刑按察使司等其他官员，亦没有将此种情形奏闻皇帝。因为这里的上下级，存在着保荐关系，即许多下级都是上一级官员保荐的。所以，乾隆皇帝增订了卓异官犯赃、议处原保荐上司定例，于乾隆四十八年四月确定，"原保荐各上司于未败露之先查参者，免其处分，若不行揭参，督、抚降三级调用，司、道、府降二级调用；如原上司已离任，无从揭参，督、抚降二级调用，司、道、府降一级调用。定例本未周匝，请嗣后卓异官于原上司离任后犯赃者，仍照旧例议处；若犯赃年月，在该上司未离任之前，虽败露于已离任之后，不得幸邀末减，仍照同省不行揭参例议处，再保荐系藩司专政，未便同道、府一律处分"。

四是重申仓原储赈灾的各项规定，要各级官员层层落实。乾隆皇帝还特别强调，各地官员不要由于出了甘省捐纳冒赈案就缩手缩脚，有灾不报：

> 甘省收捐纳粮一事，原因边陲地瘠民贫，应令仓储充裕，以备赈恤之用，是以复经允行。乃开例之始即公然私收折色，甚至通省大小官员联为一气冒赈分肥，扶同捏结，积成弊薮……况办赈之事有滥必致有遗，若官吏多一分侵渔，即灾民少受一分实惠。朕之所以严行穷究者，正欲剔除官吏积弊，使百姓实受赈济之益，并非因办赈有弊，转将赈恤之事靳固不举也……各该督、抚务皆以爱民恤灾、使得均沾实惠为念，遇有地方水旱即详悉查勘，据实奏报，加意赈恤，断不可缘有甘省监粮之案遂尔因噎废食，以致稍有讳饰。倘如此申诫再三而督、抚等仍有蹈此者，经朕查出，必重治其罪！

这一上谕发得非常及时。当年八月，甘肃陇西、宁夏、宁朔、平罗四县黄河涨溢，金县、靖远、安定、会宁、伏羌、碾伯、大通七县发生旱灾，庄稼歉收。乾隆皇帝降旨令督抚率领属员亲往查勘，分别赈恤，并蠲免金县等七县本年额征银粮一半。陇西、宁夏、宁朔、平罗四县正赈发放完毕后，又于第二年正月对受灾较重的宁朔、平罗二县加赈一个月，考虑到"尚届青黄不接之时，民力未免拮据""着再加恩将被灾较重之宁朔、平罗二县贫民，展赈一个月"，对受灾较轻的陇西、宁夏两县"仍着该督，饬令地方官留心体察，如有缺籽乏食之户，即行酌借籽种口粮，以资接济，务使灾黎共庆安全"。

在督促各级官员一如既往地落实赈灾制度的同时，乾隆皇帝还下令对全国各级所属仓库进行了清查,指出:"经此次清查后,再有亏缺,或别经发觉,除本员照例治罪赔补外,将盘查出结之督抚等官,交部从重议处。"

第十四章 英武如松，贯天地浩气长存

如松在审理甘省捐纳冒赈案时，王府的荣军院也开了院。

当时，马磊已经找到合乎条件的荣军三十三名，并带领他们来到北京。乾隆皇帝在给多尔衮复爵的同时，曾赐给睿王府三个庄子。如松和马磊计划，先让这三十三人在处于通州的一个庄子上落脚，并在那里换上了新衣。这样，在他们进王府时，会感到体面。

当日，如松率全家男丁在府门像迎接贵客一样迎接了他们。

荣军院已经修好，吃穿住的各项用具俱已备齐，照顾他们的各类人员业已到齐，三十三名荣军在这里安了家。

从此，如松差不多每天早晨都到荣军院来看他们。看着这些人，他就想起自己在西师生活的岁月。

三个月后，马磊领回第二批共二十八人。仍照第一批的规矩，二十八人先在庄子上住了，尔后换上新衣进入王府。如松像第一批一样，率领全家男丁在府门迎接。

后来来了第三批、第四批……这样，到年底，荣军院的人数已经到了九十一人。如松像往常一样，还是每天都来看他们。

乾隆四十九年初，从宫里传出皇上要举行"千叟宴"的消息。

这次设宴的缘由是天下太平，民生富庶。正月初二日，在紫禁城乾清宫前，设宴招待八旗文武大臣、官员及致仕、退休人员中年龄在六十五岁以上者六百八十人。初五日，再宴汉族文武大臣、致仕退休人员中年龄在六十五以上者三百四十

人。

宫中传出,此次乾隆皇帝举行的"千叟宴",预计超过三千人。

消息传入荣军院,荣军们兴奋起来。荣军中,有五十余人年龄超过六十五岁。按规矩,他们有可能参加这次"千叟宴"。如果能够进宫去和皇上一起吃饭,这将是何等的荣耀啊!

如松虽说对举办这类活动持保留态度,但这些为国贡献了自己一生的老兵心愿,他觉得是不能违背的。如果"千叟宴"真的举行,他将与他们一起参加。

乾隆四十九年,乾隆皇帝添了曾孙,是为"五世同堂"。他自认为"天下多福""皇家多寿",内心起了举办"千叟宴"的强烈冲动,遂下旨礼部全力筹备。

乾隆五十年正月初六日,乾隆皇帝在乾清宫如期举行了"千叟宴"。自宗室王爷以下,内外文武大臣官员、致仕大臣、蒙古王公、台吉、新疆代表、西藏代表、西南土官及朝鲜贺正陪臣之年过六十者约三千人,共聚一堂。

宴席以乾清宫为中心,殿廊下设五十席,丹墀内设二百四十四席,甬道左右设一百二十四席,丹墀外左右设三百八十二席,计八百余席。

席间,乾隆皇帝召一品大臣及九十岁以上者至御前,亲赐饮酒。又命皇子、皇孙、皇曾孙在殿内依次敬酒。

席间,乾隆皇帝曾给百岁老人敬酒,其中一名百岁老人叫郭钟岳。大概事前乾隆皇帝已经知道了这位老人的岁数,因此,他以一联介绍这位老人的年龄,说:"花甲重开,外加三七岁月。"在一旁的纪昀已经懂了皇上的意思,立刻说出了下联:"古稀双庆,内多一个春秋。"这样,大家便知道这位老人的年龄是一百四十一岁。

如松率领他的西师伙伴也参加了这次欢宴。由于乾隆皇帝放宽了年龄限制,由六十五岁降为六十岁。这样,睿王府的荣军能够参加"千叟宴"的,增加到了七十三人。

如松与他的伙伴的阵势,依然是这次聚宴的一道亮丽风景线。当他率领荣军们走到御座前向乾隆皇帝敬酒的时候,乾隆皇帝以及他身边的大臣,皆被这些独特身份的人群所震撼。乾隆皇帝和大臣们都知道,睿王府有一个"荣军院",但他们都是什么人?什么样?没有谁说得清楚。这次大家见到了,他们大多已经残疾,有的只剩下了一只手,有的只剩下了一条腿,有的面部已经毁容,但他们身上都有军士的血性,有压不垮的气魄。乾隆皇帝感动了,他站了起来,把杯子高高举过头,干了杯中的酒,眼睛都湿了。

乾隆四十九年，乾隆皇帝进行了最后一次南巡。在这之前的乾隆四十七年，《四库全书》编成，这都是他为之自豪的大事。

第六次南巡结束后，乾隆皇帝撰写了《南巡记》，其中有"敬告后人，以明予志"的话。军机处立即刻印分发，供王公大臣仰阅。

如松得到了一册，认真阅读了一遍。

《南巡记》开宗明义，讲了南巡的意义："临御以来，凡举二大事：一曰西师，一曰南巡。"字里行间，洋溢着自信、自满、自豪的情绪。

《南巡记》最后说："故兹六度之巡，携诸皇子以来，俾视予躬之如何无欲也，视扈跸诸臣以至俾役之如何守法也，视地方大小官吏之如何奉公也，视各省民人之如何瞻觐亲近也。一有不如此，未可以言南巡，而西师之事更不必言矣。"

就是说在皇上看来，他的"四视"是南巡的前提，没有"四视"中的一种，就没有资格进行南巡，那就越发没有资格做西师之事了。

但如松从中看出了皇上的刚愎自用。

就拿"四视"中的第一"视"来说，南巡真的反映皇上"无欲"吗？

在如松看来，皇上的南巡坏就坏在一个"欲"字上。南巡突出表现了皇上的五欲：欲做万世之圣君，欲受百臣之颂扬，欲得万民之瞻仰，欲赏天下之美景，欲尝天下之美味。欲做万世之圣君，就好大喜功；欲受百臣之颂扬，就生吹捧之人；欲得万民之瞻仰，就高高在上，与民同乐变成博得民众颂扬的工具，颂扬之声充斥于耳，虚名过实；欲赏天下之美景，欲尝天下之美味，作为一国之君，侈字当头，必玩物丧志。

实际上，皇上的欲早已暴露，而皇上本人则浑然不觉。

如松觉得有责任做点什么，他决定上表讲讲自己的心里话。事情都在他的心中，所以奏折很快完成。他誊清后，递了上去。

如松的奏折首先分析了大清发展到乾隆朝时的优势，归纳了历朝历代失国的七个缘由，而大清都规避了。它们是：幼主登基之危，君出昏庸之危，朝出劣政之危，奸佞当政之危，外戚当政之危，宦官乱政之危，藩镇割据之危。

对这"七危"，如松逐一进行了分析，如其中"幼主登基之危"，我朝世祖年幼，睿亲王辅之。即使贤者辅政，也生危机，况奸佞乱政乎？万幸，此一危机我朝渡过了。圣祖曾历经危机，自那之后，危机荡平，后我雍、乾两朝，无此忧矣。我朝荡除"七危"，集万世之成，人力也，而非天赐。

接着，奏折讲了康雍乾盛世的形成，随后，也即奏折的重点，是他见到的皇帝的毛病：一是刚愎自用，二是多欲。

关于刚愎自用，如松借用了孙嘉淦《三习一弊疏》中的分析说："孙嘉淦言'三习'，讲'习于所见'曰：'敬求天下之士，见之多而以为无奇也，则高己而卑人；慎办天下之务，阅之久而以为无难也，则雄才而易事。质之人而不闻其所短，返之己而不见其所过。于是乎意之所欲，信以为不逾，令之所发，概期于必行矣：是谓心习于所是。'而'心习于所是'，则'喜从而恶违'。'小人挟其所长以善投，人君溺于所习而不觉。审听之而其言入耳，谛观之而其貌悦目，历试之而其才称乎心也。于是乎小人不约而自合，君子不逐而自离。夫至于小人合而君子离，其患岂可胜言哉！'"

在这里，如松心中的"小人"是和珅。如松与和珅接触很少，可以说并不了解这个人。但关于和珅的议论他听到了很多，总的印象是和珅已经成为乾隆皇帝身上的一个毒瘤，无论人们如何参劾他，乾隆皇帝一直不为所动。对此，如松没有实际的了解，不敢妄下结论，故此奏折中加上这么一段，请皇上自处。

关于乾隆皇帝的"多欲"，以及造成的不良后果，他之前的判断和分析，全都写入了奏折。

从当时的情况看，如松的这份奏折是很显眼的。乾隆皇帝津津乐道的《四库全书》的编撰已经完成，其作为毕生两件大事的南巡也刚刚结束。此时的乾隆朝处于鼎盛时期，百臣颂，万民咏。在这样的时候，此奏折显得不合时宜。

但如松上这样一份奏折，一不为显名，二不怕丢官。像他这样的一个人，在此时上这样一个奏折，顶多惹皇上大不快，甚至龙颜大怒，从而疏远了关系，但除此之外，再没有更大的危险。既然如此，他若还瞻前顾后，不敢做此逆龙鳞的事，那谁还敢做呢？

上书后一直没有消息，如松便不再为这事动脑子。只是他感叹，一个人，特别是一个刚愎自用的人，尤其是一个具有这种性格又有很多政绩令他自信的皇帝，要做到像孔子所说的那样，其过如日月之食，改过令人仰观，而不是俯视，是不容易的。

八十寿诞，如松是在荣军院度过的。活到八十岁，他就很知足了。

最后给皇上上了奏折，使他去了一块心病。对皇上的毛病，他很早就看到了，但憋在心中没有讲出来。最后他和盘托出，该做的事做了，该说的话说了。

乾隆五十六年正月初七日，八十一岁的睿亲王爱新觉罗·如松——大清朝最后一个八旗兵——与世长辞。

临终前,他曾把曾孙奕征叫到床前叮嘱道:"天有裂,汝等当奋力补之。勉之,勉之。"

如松去世后,天梳也跟着去世了,一对美好的夫妇共同结束了世间生活。在办完公公和婆婆丧事后,莲姑便出了家。

如松生前留话,他死后葬礼从简,但永修没有遵照他的遗嘱行事。他认为父亲作为一代传奇人物,丧礼绝对不能简单从事的。结果,丧礼极其讲究,极其隆重。

京城所有的王公大臣都来府邸吊唁,没有一个落下。特别是乾隆皇帝亲自来到了王府,这自然是丧礼的最高规格了。

吊唁期间,乾隆皇帝召见了永修以及永修的三个儿子,还给如松的墓碑题了字:

和硕睿恪亲王爱新觉罗·如松之墓

乾隆五十六年正月壬子御笔

乾隆皇帝亲自参加了丧礼,还看到了站在墓旁的上百名的老荣军。

如松下葬后,乾隆皇帝在墓前长时间站着,眼里先是闪烁着晶莹的泪花,最后淌下两行泪水。

葬礼后,乾隆皇帝下旨召永修携三个儿子入宫觐见。

从外表上看,永修的长子绵杜与永修一样,很像如松,二子绵椿外表也不错,三子绵枫给他的印象则一般。

与永修和他的三个儿子的谈话渐渐进入实质,乾隆皇帝问绵杜等兄弟三人可识骑射之术?对此,老大和老三均道:"奴才惭愧,不识。"老二绵椿则道:"奴才略识。"尔后,乾隆皇帝取出一本《孟子》,指定《梁惠王上·五亩之宅》一节,让绵杜朗读一遍,而后谈要旨。绵杜全部读了下来,要旨也讲了出来。随后,乾隆皇帝翻开《梁惠王上·齐桓晋文之事》一节,让绵椿朗读一遍,而后讲要旨。绵椿读得很顺畅,要旨讲得也全面准确。最后,乾隆皇帝翻开开头的一章《孟子见梁惠王》一节,让绵枫朗读,并讲要旨。绵枫许多地方竟不能断句,要旨也讲不出什么。后来,乾隆皇帝又问了些别的事,永修便带三子出宫。

永修离开后,乾隆皇帝长时间叹息。眼前的永修,外表与如松相似,可内里却判若两人，不但没有他老子那样的谈吐，而且也不见他老子那股坚定、自信的气质。乾隆皇帝由此想到自己的儿子们，他们外表也像朕，可哪个能真的像朕！难道大清真的像如松所讲的那样，衰落了？他独自一人思考着，叹息着……

永修一直没有弄明白皇上召他父子进宫的意图是什么。三日后，睿王府接到圣旨，授永修长子爱新觉罗·绵杜为户部主事，次子绵椿为御前侍卫。这使永修大感意外。

此后，永修在墓地守丧，以三年为期。

光阴荏苒，日月催变，大清国发生着巨大变化。乾隆皇帝于乾隆六十年退位成了太上皇，他的第十五个儿子爱新觉罗·颙琰登基，是为嘉庆皇帝。自清朝入关到嘉庆皇帝，大清国已传了五代。在此不表，专说永修之事。

三年不改父之志，可谓孝矣。永修坚持了三年，没有改变父亲生前所立下的规矩，自认为是个孝子。实际上，父亲立下的规矩早已在悄悄改变。

第一个改变的是如松关于死后丧事从简的遗嘱，永修并没有遵从。

第二个改变是对"吃"的规定。如松生前立下规矩，全家吃饭两荤一素外加一汤。鉴于他的权威，没有什么人敢于不遵从。而如松去世后，这个规定渐渐不被遵守。永修原对两荤一素外加一汤的规定有看法，觉得难以坚持，所以最先破了规定。"小屋"纷纷破规，他睁一只眼闭一只眼。两荤一素外加一汤的饭食，已经不见了踪影。

厨房人手变得不够了，守家护院的人嫌少了，各福晋的丫头用起来不凑手了，下人越来越多。奕征渐渐长大了，对家庭的每一改变都提出看法。他找到父亲问道："'藤下训俭'的事忘记了吗？"对此，父亲只是听听，而没有说什么。

第三个最严重，永修"忘记"了对父亲的承诺，在女人的问题上开了戒。

永修的大福晋是关莲姑，她婚后给永修生了一个儿子，这就是绵杜。不久，就出现了永修与本村姑娘赫赫私通的丑事。后因为赫赫怀了孕，关东木夫妇和天梳不得不将赫赫娶进门来。赫赫给永修生下双胞胎，即绵椿和绵枫。永修和赫赫的丑事发生后，关莲姑从此信佛，把人生看淡。如松从西线回家后，即着手处理这件事，但关莲姑内心已灰，如松无奈，只好由她。关莲姑在王府设了一佛堂，终日关在其中，不理世事。如松、天梳去世后，关莲姑干脆出了家。

永修的第二个福晋富察赫赫，因与永修私通的事不光彩，婚后抬不起头来，终日不舒畅。后来，如松被封为贝子，赫赫便恢复了祖籍，精神抖了起来。大福晋整日做她的佛事，不问府中之事，赫赫实际上坐的是大福晋的位子。如松、天梳去世后，莲姑出了家，赫赫成了名副其实的大福晋。特别是绵椿是乾隆皇帝的御前侍卫，她觉得自己在府中的地位是毫不动摇的。

当然，让她不自在的是永修竟又添了三房。好在三房的到来并没有动摇她实际的地位。只是有了三房后，永修到她房里的日子少了。三房年轻貌美，她无法相比，只好默默地受着。

永修曾向父亲承诺，他绝对不会再在男女问题上做出对不起祖宗的事。他能不能践行诺言呢？

一日，永修骑马外出回府，感到口渴难忍，见一个路口上有卖水的小摊儿，桌子、壶碗倒还干净，便下马要买一碗水喝。他走到摊儿前，才发现那看摊儿是个姑娘。不看便罢，这一看竟然让他怦然心动！

永修心猿意马，再也放不下那姑娘。回府后，他派人到附近了解情况，下人回报说那姑娘已经有了夫家。谁知，当时已经六十七岁的永修壮心未泯，竟害起相思病来。在他的心中，那姑娘就应该是他的，不管她有没有许配了人家。他认为那姑娘家里很穷，娶那姑娘的人家一定也很穷。如果给他们一些银两，就可以让他们解除婚约，然后再把那姑娘娶进府来。

说干就干，他把事情交给了儿子绵杜，说银子只管使，只要把人娶进来。

拆散人家的婚姻，总不是件光彩的事。但父命在身，绵杜硬着头皮去办。此事办起来很不顺利，相关的人说，那叫蒙贴儿的姑娘并不看重钱财。再说她如花似玉，嫁给一个快七十的人，那还不是一朵鲜花插在牛粪上？

绵杜把情况说与父亲，永修对儿子道："别的我不管，只管要人！"

无奈，绵杜找了和珅。和珅是户部尚书，绵杜的顶头上司。绵杜硬着头皮把事情跟和珅说了。结果，和珅说是小事一桩！

绵杜把情况禀报了父亲，永修一听喜出望外，叫道："他能把事办成，给他一个庄子！"

蒙贴儿是蒙古八旗一个普通人家的姑娘，自幼丧母，父亲无力再娶，便与蒙贴儿相依为命。父亲在自家的门前摆一张桌子，靠卖大碗茶维持生活。蒙贴儿渐渐长大，便一边给父亲守摊儿，一边做些针线活，这样的日子持续了若干年。长大后的蒙贴儿成了一个漂亮姑娘，引得不少人前来提亲，其中不乏有钱的人家。蒙贴儿不想巴结豪门，长到十六岁时便与一个名叫淦哥的年轻人定了亲——知根知底，自己不会受委屈。蒙贴儿十七岁那年，父亲便张罗着让她过门。

一天，淦哥正在布置新房，突然闯进一群人。那些人进门后不由分说，就将淦哥锁了。进来的人有几个在房中乱翻了一通，听其中一人叫道："找到了，人赃俱获！"

随后，淦哥被带进了刑部大堂。

过堂的老爷询问了他诸如姓名、年龄、籍贯一类的问题后，便问道："你昨天夜里去了哪里？"

淦哥回答道："一直在家里。"

过堂的老爷听后笑了笑，道："不打，每个人都说自己是没事人儿。"他投下签，两边的衙役遂将淦哥按倒在地，接着就是一顿板子。

淦哥不服，叫嚷道："究竟何事如此？"

过堂的老爷这才道："事到如今还装好汉——昨夜，你潜入荣华胡同一户人，逼着那家老人交出银两。人家不交，你遂把人家绑起拴到门框上，当着老人的面，翻箱倒柜，最后翻出纹银十两，悉数带走，难道不是你吗？"

淦哥听罢连连喊冤，说昨夜他就在家收拾房子，不曾迈出半步。

淦哥如此说后，就听那过堂的老爷道："不曾出去半步，那银子会自己飞到你家里不成？"说着，就命衙役取出一个包儿打开，里面露出银子。淦哥一脸茫然，不晓得是怎么回事。

这时，过堂的老爷道："如此你还不招，那就让被盗事主出来指认罢了。"

刚说完，一位老人便出现在堂上，见了淦哥道："就是他，就是他！他把我绑在门框上，自己在屋内翻腾，最后翻出我攒了半辈子的银子……取走。还好，你是个善心的，当时便没有要我的老命……"

淦哥着急，对老人道："老丈，你再认认，确定是我吗？"

"你扒下三层皮，我也认得你出来……"那老人说着，便看见了衙役手中那个银包，"就是这个包！就是这个包！"遂转向过堂的老爷道，"老爷，当夜他拿走的就是这个包，不信老爷细看，那包上有'那记'两个字。"

过堂老爷忙命衙役查看，上面果有"那记"二字。这时，过堂老爷又问道："小子，到如今你还有什么话好说？"

就这样,淦哥被判一个入室抢劫罪,被发配边疆服劳役。

实际上蒙贴儿的父亲是一个见钱眼开的人。这中人向他透露一位王爷看上了蒙贴儿,他就动了念。后来中人许他三百两白银,他就乐得闭不上嘴,很痛快地答应退了原有的亲事,把女儿嫁给永修。

手续办起来很容易。淦哥已经成了一名罪犯,大清的律例规定,跟一名罪犯解除婚约是合法的。实际上,民间此事做起来就更简单些:与一名罪犯解除婚约,也用不着取得罪犯的同意。

就这样,淦哥与蒙贴儿的婚约被解除,永修将蒙贴儿娶进府去。蒙贴儿的父亲得了三百两银子,他靠这笔银子添置了一处宅子,娶了一名年轻的女人,过起了滋润的日子。

对于祖父的这桩婚事,奕征不知底细。他见七十岁的爷爷要娶一个十几岁的姑娘,觉得心中不是滋味。他跟父亲讲了自己的感受,父亲听后没说什么,心想你哪里知道这桩婚事背后的事。这和珅强行拆散人家的婚姻也就罢了,何必治男家的罪呢?老天爷一定会把这事算在我们家的头上……

且说嘉庆元年正月初五日,爱新觉罗·永修坐在轿子里。他刚刚参加完太上皇举办的"千叟宴",正在回府的路上,激动劲儿还没有过去。他手里小心翼翼托着一个如意,这是席间太上皇亲自递到他手里的。

他已经七十岁了,但百分之百具有王爷的气质:高高的个儿,挺直的腰板儿,红光满面,斑白的胡子修剪得整整齐齐。眼睛不大,但有神。直鼻口方,两只耳朵大大的,红红的,一看就是一位有福气的爷。

永修乘坐轿子入宫,这本身就是太上皇的恩赐。嘉庆皇帝即位之后,为了保持祖上的传统,规定满族官员上朝必须乘马。永修年纪大了,身体又不是太好,骑马是有困难的。此次,永修得到太上皇的特别恩准,乘轿进了宫。

到府邸门前,永修下了轿。门人早就报了进去,大声喊道:"王爷回来了!"

顿时,各屋门帘频动,子女们纷纷出屋相迎。

王爷满面春光,手里高高举着那如意,大步流星奔向银安殿。大福晋率领全家肃立院中,看着王爷走过。最后全家都被召入大殿——整个大殿被黑压压三十余口人挤满。

"这是太上皇所赐……"永修高举手中的如意,眼睛已经湿润了,"是太上皇亲自递到我的手里……满员王公大臣、蒙古王爷、贝子、额驸台吉年七十岁以上者三千人中，一品大臣和九十岁以上者才被召至太上皇御座之前接受赐酒……未入座的五千人，各赏了辞章、如意、寿杖……并未被召见……皇恩浩荡啊！"

其实永修讲的话，众人中大多数听不明白，他是要对大家讲这样几层意思：此次参加"千叟宴"的人共分两部分，一部分是"入座的"，即有座位的。这部分共三千人，他们是七十岁以上满八旗中的王公大臣，蒙八旗中的贝勒、贝子、额驸台吉。这些人中，一品大臣和年龄九十岁以上的老者，被太上皇召至御座前亲自赐了御酒，还另有赐物。另外一部分是"未入座"的，即没有座位的，共五千人，他们没有享受到被太上皇召见、赐御酒的待遇，只是得到了太上皇所做辞章的抄件、如意、寿杖等赏赐。永修当属于第一类，他虽不是一品大臣，也非九十岁以上者，但他得到了特别恩赐。

永修命人在大殿的中央设一大案，亲自恭恭敬敬地将如意放在案上。另外设了香案，永修跪了下去，三拜九叩，随后全家跪拜。与此同时，院中则鞭炮齐鸣。

皇恩浩荡啊！

之后，其他人退了出去，堂中留下了永修和他的三个儿子：长子绵杜、三子绵枫、四子绵枚。他们被留下来，是要写一份谢恩表，以便明天一早送进宫去。

按照当今皇上的要求，满人上谢恩表一类的表章一定要用满文。永修在回来的路上已经有了一个腹稿。他将自己想好的话讲了一遍，儿子们俱都表态说阿玛想得好。这样，剩下的事就是有人执笔，把老爷子的意思写成满文。

这却将父子们难住了，永修本人年轻时曾经学过满文，但长大之后，满文已经忘得干干净净。

绵杜也不能够承担执笔的重担，因为他年轻时学的满文已经随酒肉进入肚内，没在脑子里停留；绵枫更是这种情景；绵枚年纪尚小，满文正在学习之中，目前还在初学阶段，更是难当重任。

此刻老爷子想到了孙子奕征，方才，孙辈没资格留在大殿，被轰了出去。

奕征被叫了来，他毫不费力地完成了执笔任务，一篇谢恩表就此写就。

老爷子来了精神，亲自做了布置，哪个封表、哪个备车、哪个护送，安排得井井有条，单等次日四更送进宫去。

二更刚过，永修的屋中传出了一声尖叫，这是蒙贴儿的惊呼声。

大福晋第一个赶到了炕前。王爷仰面躺在炕上，被一条锦被遮了身子。她撩起锦被,发现老王爷赤条着身子,已经不省人事。

大家都聚了来。

此时,蒙贴儿衣服还没有穿好,偎在炕上不敢动一动。大家已经看明白究竟发生了什么事,整个王府乱成了一团。

毋庸置疑,危难之时,作为长子的绵杜应该挺身而出,统筹全局,当他赶到阿玛的房内,看到那不省人事的父亲时,脑子中曾一片空白。

随后,他想到的第一件事,今后家族怎么办?

王爵是跑不掉的,问题是由谁来袭爵?一般来讲是长子袭爵,父亲去世后,袭爵的应当是他绵杜。但有一个情况必须考虑,就是二弟绵椿的情况。他记得爷爷去世后,父亲曾经带领他们哥儿仨觐见皇上。显然,那次觐见,二弟给皇上的印象比他好,后来二弟授御前侍卫,在皇上身边,职务比他的户部主事好得多。不久前,二弟又升任了山西布政使。这样,在太上皇眼里,二弟是优于自己的。父亲去世后,太上皇和皇上把王爵让二弟袭了,也不是不可能的。

让二弟袭了爵,绵杜心里是不能接受的,这涉及富察氏的问题。富察氏的介入,造成了母亲的终身痛苦。作为儿子,绵杜与富察氏的这个结,无论如何也解不开。

二弟绵椿并不坏,但他有一个绵杜心中不能接受的母亲。现在富察氏在府中以大福晋身份自居,作威作福。如果绵椿袭了爵,那富察氏还了得!

那怎么办?绵杜此时想到了和珅。

他为父亲办娶蒙贴儿的事,曾经找了和珅,那事很容易就办成了。父亲曾说,事情办成后,以一个庄子酬谢。办成之后,绵杜跟和珅讲了这个意思,和珅笑道:"那算什么事?"坚持不要。从那以后,绵杜与和珅的关系更加密切。后来,绵杜将自己的女儿天酬大姑嫁给了和珅的弟弟和琳的儿子,他们成了儿女亲家。

为此事自己出面不太合适,绵杜遂把天酬大姑召回做了交代。

富察氏那边也没有闲着,她是个聪明人,知道自己与绵杜之间有解不开的结。如果老爷子有个好歹,最后让绵杜袭了爵,那他们母子就不会有好日子过了。她想儿子绵椿曾被乾隆皇帝爷选为御前侍卫,现升任山西布政使,有太上皇的这层关系,加把劲儿,绵椿袭爵也不是不可能的。

绵枫更是图谋二哥绵椿袭爵的鼓吹者,他情绪甚为激动,老爷子病后,他就向母亲提出了想法,鼓励母亲"不惜工本"干成这件事。

富察氏也有自己的渠道，绵椿大福晋的哥哥是正黄旗副都统、内务府总管和尔经额，而绵枫的女儿天酬三姑则是和尔经额的儿媳妇。绵椿的女儿天酬二姑呢，是大学士阿桂儿子的福晋。她把绵椿的大福晋、天酬二姑和天酬三姑叫到一起，如此这般吩咐了一遍，三人遂领命而去。

富察氏心里明白，绵杜是长子，要阻止他袭爵，就得有个说头。而绵杜找和珅为永修谋求纳妾所干的勾当，外界不知，她却是一清二楚。凭这一条，他就没有资格袭爵，弄不好，他还会吃不了兜着走。富察氏向绵椿大福晋等三人细细地讲了绵杜这方面的事，让她们向和尔经额和阿桂揭露绵杜。

富察氏还知道，绵杜的女儿是和珅的侄媳妇，绵杜必找和珅，而阿桂与和珅是死对头。这几年来，阿桂与和珅同朝为官，每次上朝，总是离和珅远远的，不屑与和珅为伍。只要向阿桂讲明绵杜正在走和珅的门路这一条，那阿桂也会与和珅较劲，极力阻挠绵杜袭爵。

且说天酬大姑当夜去，次日中午便赶了回来，带来了好消息：和珅答应帮忙，而且大包大揽，说绵杜袭爵之事就包在他的身上。

绵杜听了，一块石头落了地。

但随后，女儿讲明了和珅提出的条件，要祖传的那幅《虢国夫人游春图》。

听到这里，绵杜倒吸了一口凉气！

绵杜独自一人沉思了足足一炷香时间。这和珅够贪，也够绝的。

《虢国夫人游春图》是睿王府镇宅之宝，动用这幅画就等于动了自家的命脉。所以说和珅够贪，但也够绝。事情没做，就张口要东西，不合情理。但你能不给吗？现在，绵杜才想到自己找和珅这步棋的危险性。如果没有向和珅求情一事，袭爵的事还存在能与不能这两种可能。但是一旦把事情摊开，和珅提出条件，就得答应——如果不答应，那么，袭爵的事就绝不可能了，因为和珅不会允许一个违背了他的意志的人吃到什么好果子。

想到这里，绵杜急得浑身冷汗直冒。

接着绵杜还想到了另外一个难处，即使痛下决心把那《虢国夫人游春图》交出去，可那画如何拿得到手呢？

《虢国夫人游春图》一直被锁在一间屋子里，那屋子除了放这幅图的箱子之外，再没有其他器物。老爷子可能是哄蒙贴儿，门锁的钥匙放在了她手里，而开箱子的钥匙则由老爷子自己掌管。眼下，老爷子已经昏迷不醒，开箱子的钥匙可以拿到。能不能拿到那幅画，就看能不能拿下蒙贴儿了。如果蒙贴儿不愿意，不但事情彻底砸锅，而且一系列的问题将会出现，最终闹得整个家族鸡犬不宁。

随后，绵杜想好了计策。事不宜迟，成功还是失败，在此一举。

第十五章 争利袭爵，传家之宝作燕飞

午饭过后，绵杜把蒙贴儿拉到一间没有人的屋子里，心里怦怦直跳。蒙贴儿不晓得绵杜要干什么，心里也怦怦直跳。

一进房子，绵杜就给蒙贴儿跪下了。

"出了什么事？"蒙贴儿大吃一惊。

"求您一件事……"绵杜说道。

"说，什么事？"蒙贴儿声音颤抖着。

"阿玛的病来得突然，咱们家袭爵的事没有着落。为了能够袭爵，我找了和中堂，他答应在太上皇面前为咱们家说话，并发话说这事包在他的身上。可他也提出了要求……"

"他要什么？"蒙贴儿紧张起来。

"他提出要……"绵杜欲言又止。

"要什么？"

"要咱们家的《虢国夫人游春图》……"

蒙贴儿闻言，沉默了。

绵杜一直盯着蒙贴儿的脸，他清楚地看到，蒙贴儿听后，眼里的怒火都烧到了外边。

"你答应了？"蒙贴儿逼问。

"为家族操心，只想到了一面，便走了求和中堂这一步。过后才想到，这一步走出去之后，犹如一支箭发出再也难收，无法回头了。要是没有向和中堂求情一事，袭爵的事尚且存在能与不能两种可能。可求了他，他提出条件，就不能不答应

了——不答应,袭爵的可能不存在了……"

听到这里,蒙贴儿眼中的怒火已经变得炽人了。

过了一袋烟的工夫,蒙贴儿没有说话。突然,她看到绵杜全身瘫软,一头栽到了地上。蒙贴儿想尖叫,但刹那间制止了自己。她俯下身挪动绵杜的身子,让他平躺在地上,并用手指尖掐了掐他的人中。一会儿工夫,绵杜醒来了。他扭着头看了一下四周,大概是在思考自己为什么在这里。随后,他双手抱膝,把头埋在了两只胳膊之间,抽噎起来。

"那就给他好了……"蒙贴儿轻声道。

"您说什么?"绵杜不敢相信自己的耳朵。

"给他……"蒙贴儿重复着,声音变得异常平静。

"您说把那画儿拿出去?"绵杜把话说得更明确。

蒙贴儿点了点头。

绵杜激动起来,他伸开双手扶地,随后身子蜷曲给蒙贴儿磕了一个头。

方才蒙贴儿眼中的怒火,像是三年中积累起的干柴而一朝燃烧起来一样,蓄之既久则燃之即烈。

蒙贴儿进入睿王府后,虽受到永修的百般宠爱,但同时受尽了精神上的折磨,富察氏的冷嘲热讽,其他人终日白眼相加。

这次永修昏迷之事,蒙贴儿遭受到了前所未有的精神伤痛。当晚,富察氏将她找去,先是劈头盖脸一顿训斥。蒙贴儿争辩了两句,越发激怒了富察氏,遂一巴掌打来,她脸上一阵热辣辣。蒙贴儿还从来没有挨过打,便大声与富察氏辩理。这更加将富察氏激怒,随手又是一掌。完颜氏听到声音赶过来劝说,富察氏原本就有气,现见完颜氏来劝,越发有气,便让蒙贴儿给她跪下。蒙贴儿哪里肯依,坚决不跪。富察氏见蒙贴儿不从,便气得浑身发抖,叫人将蒙贴儿按倒在地。蒙贴儿挣扎着,绝不屈服。完颜氏看不下去,垂泪离开。

在整个过程中,蒙贴儿没有掉一滴泪。但事情过后,她到了自己的房间,蒙着被子大哭一场。

次日,绵杜找她,她眼中的怒火与受到的那场侮辱有关。她最后答应把画拿出来,也与那场羞辱有关。她看得明白,在这个家族中,如果富察氏一支得势,她是没有好下场的。

后面的事就不难做了,经过巧妙的包装,绵杜把画轴带出了府,亲自送给了和珅。

再说富察氏这边的情况。绵椿的大福晋回来说,她找的人答应办事。为打通关节,需要八百两银子。天酬二姑回复说她直接跟公公讲了,公公说这事包在他身上,决心让和珅在此事上栽个跟头。而且,他一两银子也用不着花。天酬三姑回来得最迟,她说正赶上夫君有事在外,最后夫君回来答应办事,并没有提用银子的事。

富察氏对办事人所索银两全部答应,她动用了自己多年的积蓄。

奕征一直守在爷爷的身边,有时他与奶奶,有时与父亲,有时与叔叔,有时他独自一个人。爷爷突然得了这样的病,看来将不久于人世,他很悲痛,可他的悲痛并不止于此因。

爷爷病后,奶奶、父亲以及婶子和绵枫叔叔究竟干着什么事情,他并不清楚,但家中的形势他看得明白。看来,爷爷得的是要命的病。爷爷是大清国的世袭王爷,全家的花销来源,一是爷爷的俸禄,二是几个庄子的收入。爷爷去世后,下一辈袭爵,家境将照样维持。对于这一点,全家人都会想办法保住世袭的爵位,这是必然的。他看到父亲,还有奶奶和二叔、三叔都忙得不可开交,想必是为了这事。

另外,奕征也想到了父亲与奶奶富察氏以及绵枫叔叔为争得袭爵而进行的明争暗斗。王爵并不是一个虚位,它是全家的主要生活来源,并且为全家带来尊严。哪个得以袭爵,哪个在家中便取得财产的支配权,并得到家人的特别尊重。有鉴于此,也有鉴于父亲与奶奶的微妙关系,他们一定会展开对王爵世袭权的争夺。奕征只希望,这种争斗按照大家可以接受的规则进行。

第二天清早,他抽空去父母房里请安。父亲不在,他给母亲请了安,又回到了爷爷身边。

午饭前,谢启明先生来到府上。这谢启明是乾隆三十年进士,此后任编修,进南书房,曾参与《四库全书》的编撰,又为乾隆皇帝写起居注。五年前辞官后,应永修之邀,做了他家私塾先生,曾教了奕征、奕行和奕律兄弟,三年前辞馆。谢先生听说永修发病,便来府中探视。

绵杜从外面回来了,陪谢先生到房中去看王爷。之后,绵杜将谢先生让到客厅,上了茶,谈了几句,奕征也到客厅拜见了先生。奕行和奕律不知去向,没有来见老师。奕征见了谢先生后,谢先生告辞出府。

奕征自幼就喜欢读书，决心照圣人修齐治平之道安排人生。可奕征发现，他的这种心意并没有得到先生的鼓励。对此，奕征很是感到奇怪。有一次，奕征直截了当向先生提出了这一问题，谢先生听后笑道："八旗子弟有多少走了科举之路？"从此，奕征也就不再问什么。但奕征心中一直存在着这样的问题。先生教书是不辞辛苦、异常认真的，那他是为了什么呢？

习武是满人的传统，朝廷一直很重视，各旗也一直很重视。但没有战事，空头习武弄不出什么名堂。故而，永修便特别看重子孙们习文。他不惜重金，聘请有学问的先生教子弟们读书。只可惜，朽木不可雕，先生是好先生，学生却不是读书的材料，先生们认为在这样的人家教书，简直是白费力气。于是，几任先生先后辞馆。到奕征读书时，便来了谢先生。当时，相近的宗族子弟都集中于永修王爷办的私塾，学生多达十人，奕征、奕行和奕律兄弟都在其中。学生的糟糕状况也曾令谢先生萌生退意，就拿奕行、奕律兄弟来讲，聪明倒是聪明，但心思并不用在读书上。谢先生最后之所以留下来，就冲奕征一个人。这奕征正可谓鸡窝之中出凤凰，一堆黄土之中独闪真金本色，一丛乱蓬之内长出了一棵梧桐，这令谢先生不忍离去。

奕征明白，自己践行修齐治平，有两种途径。一种途径是常规的，就是参加科举。中了进士，方可进入仕途。进入仕途，方可谈到治平。另一种途径就是寻找机会得到推荐，受到赏识，得个一官半职，尔后步步高升，取得治平之资。而这种机会，他这种人是会有的。

只是在奕征心里，他所选择的是前一种途径。他认为参加科举是正途，尽管科举考试有弊病，但毕竟正大光明。

既然确定走前面那条路，他便做了准备，最终踏入科考的大门。第一次乡试，他未能考中。满腹经纶，却被挡于仕途大门之外，这不乏其人。不能够灰心，再考再试。第二次乡试，他依然未能考中。这之后，他有些泄气。此后，他第三次踏进了乡试的大门，结果依然不中。空怀一片报国之志，可报国无门。往日，他不怎么读老庄的书，生怕被出世的思想所熏染，即使像儒学尊崇的《易》，他也不敢涉猎。而第三次落榜之后，他便开始阅读老庄，也确实从中得到了一些安慰。他找到谢先生，说他将放弃科考，钻研学问。如果哪家私塾需要先生，他可应聘。

谢先生听后甚为吃惊，问他为了什么？他讲了自己的想法，并说这也是以先生为榜样的。

奕征看得出，他的决定使谢先生高兴。奕征早晨没有见到父亲，先生走后，奕征觉得有话与父亲说,便去找父亲。

奕征到父亲那里去要经过一个廊子,廊子的拐角处有两间小屋子,皆是下人住的地方。他走到那里之后,一阵悄悄的说话声传到了他的耳朵里,一个声音道:"你果真看到了?"奕征并不在意,继续走自己的路。随后,还是那声音道:"真的他给她下跪了?"这话引起了奕征的注意,遂不自觉地放慢了脚步。这时,传来另外一个声音:"这样的事我还会编造出来骗你不成?福晋要一件东西,我记得那东西在那间屋里,便去取。只见那门虚掩着,刚要推门,便听里面有动静,住了手。一听,是你主子的声音,便停下脚步,轻轻推开一个门缝向里面看,一看便吓得七魂出窍……"

奕征听得出,讲话的是三奶奶完颜氏的丫头领弟,问话的便是四奶奶蒙贴儿的贴身丫头秋云。她们之间的对话早已经开始,这"某人"她们心中明白,可奕征却不晓得是谁。他很想知道,但自己不能够如此倾听下人之间的悄悄话,便移动双腿向前走去。但秋云的声音还可以听到:"你这就是说,他在我主子那里做了见不得人的事,求我主子别张扬出去……"似乎领弟不太赞成秋云的判断,说了什么,但奕征已经走远,没有听到。

奕征到了父亲那里,父母俱在。奕征请了安,绵杜交代道:"正想找你……我到和府见到中堂,中堂还特别提起你,叮嘱不要因一时没能考中就灰了心,更不可荒废了学业。他还讲了些鼓励的话,说:'将来大清股肱,必奕征也。'你切记在心,莫辜负了中堂的期望……"

当父亲讲到见和珅的话时,奕征心中一惊,料定自己的估计不错,父亲为袭爵确实走了和珅的门路。奕征心中讨厌和珅,但在父亲面前不好表露,只得回道:"孩儿谨记……"

来时,奕征还打算劝诫父亲一番,现在他改变原来的思路,问父亲道:"阿玛,孩儿斗胆,敢问阿玛见和中堂可是为袭爵一事吗?"

绵杜没有立即回答儿子的问题,思索了片刻才道:"正是。"

奕征听罢遂道:"和中堂可有回话吗?"

"他说会办好这件事……"

奕征心想和珅可不是一个靠得住的人,但想到父亲已经找了和珅,再说也无益,便说了声"孩儿知道了",然后退了出来。他想看看情况的进展之后再说。

从父亲那里出来,奕征路过领弟和秋云讲悄悄话的屋子时,两个人的谈话已经停止。碰巧领弟从房子里出来,看到奕征,好像顿时魂飞九天,那小脸儿变得蜡黄,双脚好像绑上了铅饼,呆呆地站在那里动弹不得。

"怎么回事?"奕征感到诧异。

这时,秋云从前院回来,见了奕征,也脸色骤变。

奕征见状,越发感到诧异了。

"你们是怎么啦?"奕征又问了一句。

闻言,秋云急忙给奕征跪下,指着自己的屋子道:"请大少爷到屋里,奴婢有话要回。"

奕征进了秋云的屋子,秋云和领弟一起进屋,双双跪倒。

"你们起来……"

两人坚决不起,就见秋云哭道:"大少爷一定要开恩……"

"什么事,你们快讲!"

秋云道:"刚才奴婢讲的句句实情,可除我们二人之外,并没有对第三个人讲。我们敢对天发誓,今后也绝对不会跟第三个人讲……"

听秋云如此讲,奕征有些纳闷,到底什么事弄得两人失魂落魄,且如此恳求自己?难道刚才她们悄悄讲的那"某人"就是自己父亲?难道是父亲单独与蒙贴儿在一个屋子里,并给蒙贴儿下了跪?

原来,秋云与领弟的悄悄话快要讲完的时候,秋云忽然怕她们极为秘密的谈话被人听到,便推开门探出头来,看看外面是否有人。屋外并没有人,但她看到廊屋的尽头却有一个人影一晃,随后消失了。顿时,秋云紧张起来。从时间推断,当她们的话讲到要紧处时,那个人正好走到她们的门窗之前。她们声音尽管极小,但定然被那人听到了。而令秋云感到可怕的是,那过去的人身影很高。在整个王府中,有两个高个子的人,一个是绵杜大爷,另一个是奕征少爷。而如果她们的话叫绵杜老爷本人听了去,那她们大概就只有死路一条了。而如果听到话的是奕征少爷,也是不得了的。

秋云把自己的发现和想法告诉领弟,领弟听罢也是吓掉了魂儿。

秋云决定首先弄清情况,看看听到话的究竟是绵杜还是奕征。老爷子病后,奕征一直守着。秋云决定到前面去看看奕征是不是在那里。如果奕征在那里,那刚才过去的,就是绵杜老爷本人。而如果奕征少爷不在那里,那过去的就可能是奕征少爷。如果是奕征少爷,那就还有挽回的余地。秋云去了前面,奕征不在那里。等她回来的时候,她就看到领弟给奕征少爷磕头的情景。

听明白了问题之后,奕征立即道:"你们不要害怕。要是你们讲的不是瞎话,并没有向第三个人讲,也不再讲给第三个人,那你们便没有事。起来去干自己的事吧。"

秋云和领弟连连磕了几个头,奕征便出门离开了。

奕征强使自己冷静地听完了秋云她们的话,他一离开那间屋子,便哇的一声吐了出来。不管父亲做了什么事而给蒙贴儿下跪,都说明父亲是见不得人的!而奕征更多想到的则是父亲做了乱伦之事。

这是一个肮脏的、不可救药的家庭!

永修昏迷的第三天上午,门人忽报,说邢公公进府!

啊!宫中有了反应。高兴的是绵杜,因为这邢公公乃是太上皇身边的人。这意味着,自己托和珅办的事已经有了头绪。

绵杜与绵枫出迎。

邢公公确为太上皇所派,他说太上皇听说王爷患病,特遣他前来探询病情,表示慰问。绵杜谢恩,接着讲了父亲的病情,并感谢公公不辞辛劳,大冷的天儿跑了这么一趟。

临走时,绵杜拿出一百两银票给邢公公。邢公公固辞不受,绵杜也就罢了。

邢公公让绵枫等人留步,绵杜独自送他到门口,遂从袖中拿出一张三百两的银票塞给邢公公。邢公公道了声"破费",便收了银票,自回不提。

过不多时,门房又传黄公公进府!

哪个黄公公?以绵杜为首,阖府再次出迎。

黄公公进得大殿,说皇上知道王爷患病,特遣他前来探询病情,表示慰问。

这回绵枫窃喜。

绵杜出面谢恩,讲了父亲的病情,并讲了与邢公公同样的话,说感谢公公不辞辛劳,大冷的天儿跑了这么一趟。

随后,绵杜同样拿出一百两银票要给黄公公。黄公公同样固辞不受,绵杜只好作罢。

这次是几个人同时将黄公公送出府,众人都在,不好有什么动作,黄公公辞别自去。

这黄公公上轿行之未远,便陆续收到从后面赶来的人送来的两张银票。第一张三百两,附有绵杜的名帖。第二张也是三百两,附有绵枫的名帖。这黄公公明明是绵枫那边的人,绵杜为什么也舍得拿出三百两银票?这就是绵杜的精明之处,尽管黄公公不一定是为自己说话的人,可这样的人能得罪吗?

随着两位公公的到来,绵杜、富察氏、绵枫个个都成了热锅上的蚂蚁。老子重病躺在炕上,儿子们希望老子活下来,这无疑是孝心。那会不会有儿子希望老子快快死去呢?

眼下可以毫无疑问地说,这两个儿子都是盼着老子快快死去的。不然的话,他们的脑筋岂不是白用?他们的努力岂不是白费?他们的银子岂不是白花?而且事情拖下来,还不晓得出什么意想不到的变故呢!

从永修昏迷那天起,已经将近三天。他所拟定、由孙子奕征写成满文的那份谢恩表,还是按照他预先的布置送进了宫。郎中也请来了。几名郎中都看不透王爷的病情,但有一个共同的诊断:老爷子不成了。为此,家里准备了后事。

送走黄公公不久,绵枫回到父亲身旁,他没有发现任何异常。当时,正是大福晋富察氏在。她突然发现老爷子的嘴动了动,随后她发现老爷子的眼睛也在动。她喊了一声绵枫,指着老爷子的嘴和眼睛,提醒儿子注意。

眼睛又是一动,绵枫看到了。他怀着难以名状的复杂心情,同母亲交换了一下眼色。

顿时,永修的双眼睁了开来。

"老爷子醒来了!"整个府邸顿时一片欢腾。

郎中们丢了脸,永修并没有像他们诊断的那样即将寿终正寝。他不但醒了过来,而且身子很快恢复,在炕上躺了不到十天就下了地。儿女们看着他,个个口念阿弥陀佛。大福晋富察氏形影不离,体贴备至。绵杜在户部请了假,终日陪在老爷子身边,让老爷子尽享天伦之乐。三儿子绵枫同样守在老爷子身边,端茶递水,嘘寒问暖。

老二绵椿也赶了回来,他赶到时老爷子已经好了。不久,他又去山西赴任。

奕征也守在老爷子身边。病愈后,永修发现孙子有些异常,一再询问他发生了什么不高兴的事?奕征屡屡否认,说没有发生任何事。

该做的事永修均都做了安排。首先安排的是谢恩。病重期间,太上皇、皇上差人前来探望，这是何等的恩宠！还是那句话，皇恩浩荡啊！

有两份谢恩表分别送往太上皇和皇上那里。

表面上看，永修一家的生活没有受到什么影响。实际上，这一家的日子再也不能够照原来的方式运行了。

绵杜的内心自此再难以平静。镇宅之宝《虢国夫人游春图》早已不在了，如今除蒙贴儿之外，家里没有一个人晓得这个秘密。可这样的事是不可能长期隐瞒的，说不定哪天事情就会暴露，到那时如何理论？父亲的严厉斥责姑且不谈，大福晋富察氏和她的两个儿子岂能够轻饶自己？

蒙贴儿的内心同样难以平静，送走《虢国夫人游春图》有她一份责任。以后事情败露，自己的日子可就没法过了。平日里富察氏就把她看成眼中钉，到时富察氏还不把她一口吞下去！

下人中也有两个人的内心难以平静，这就是永修王爷侧福晋完颜氏的丫头领弟和蒙贴儿的丫头秋云。虽然奕征少爷向她们做了保证，只要她们并没有把事情告诉第三人，只要她们今后不把这事讲出去，那她们就不会有事。但是这样的保证是不是可靠？会不会有一天少爷变卦，会借故收拾她们？

按说，绵枫内心也应该受到冲击。与母亲一起干着见不得人的事，他心里就那么坦然？

富察氏心里并不坦然，她曾与二儿子一起策划并实施了找关系的事，实际上事情没办，谅绵椿大福晋和天酬二姑、天酬三姑也不会透露什么，但她心里依然难以踏实。

可无论绵杜、蒙贴儿，还是领弟、秋云，表面上还是该干吗干吗，该哭的时候哭，该笑的时候笑，所有人的恐惧都深深埋在心底，不示于人。

爷爷病好之后，奕征不愿意待在家里，总想到外面去。他并不去访亲会友，而是喜欢独自一个人，待在某个地方消磨时光。

当年的后海也是一片水，王府离这片水并不是太远，奕征常常一个人待在水边。那时，湖的北岸有一些半人高的矮墙。由于多年失修，这些矮墙皆成残垣断壁，墙内墙外长满蓬草。有一处矮墙较为完整，旁边还有一棵大树。奕征最喜欢这个地方，他把双肘放在矮墙上，把上身压在双肘上，一待就是半天。

隆冬还没有过去，天气还很冷。这一天飘着雪花，奕征一个人在那大树下的矮墙边已经待了半个时辰。在这里,他思考的是人生问题。

以往没有任何人打搅他,因为这个地方是罕有人迹的。可这次,他正在思考之时,旁边却有了动静。

"相公可好。天儿太冷了,长时间在此会受病的……"一个人从后面凑了上来,这样对奕征说道。

奕征回过头来一看,凑过来的人穿了一件灰色的袍子,头上顶了一顶大帽子,脖子里围着一条黑色的围巾。看样子,那人二十岁出头,白净的面孔,像是一位读书人。

奕征并没有说什么,向那人点了点头,表示对他关切的谢意。

那人走近后又道:"学生看相公在此不止一日了……"说着,指了指远处湖边一处房舍,"学生就住在那里……"后一句话,算是对前一句话的解释。

奕征依然没有讲什么,还是像方才那样点了点头。

"相公也住在附近吗?"那人又问。

这次不能不回答了,奕征回道:"是的,距此不远。"

密集的雪花飘落下来,而且朔风骤起,狂风夹裹着雪花吹打在脸上,其寒令人难以忍受。

"倘若相公不弃,可到敝舍暂避风寒……"

倒不是奕征惧怕这样的风雪,而是眼前这位读书人的气质让他产生了好感,再加对方相邀,奕征便答应下来,说道:"那就实在太打扰了……"

奕征被领到一所破旧的宅子里。院门冲着湖面,院子很小,正面有两间简陋的北房,靠门洞处有一棚子堆着一些柴草。

奕征被引进房中,他在书中读过"家徒四壁"这样的句子,并没有什么体会,眼前的情景让奕征心中一惊,这不就是"家徒四壁"吗?

两间屋子中间并没有隔断,进屋之后,屋里的情景一目了然:外屋一张歪七扭八的桌子,桌子旁边一把将要散架的凳子,桌子上摆满了书和文具。有一个锅台,连着里屋的炕。炕上铺着一条薄薄的褥子,一条薄薄的被子叠得很整齐,放在炕头上。炕的对面是一个破柜子,上面是炊具。在桌子前面有一个火盆,火盆中的炭火奄奄一息。除此之外,再也没有别的什么了。

这读书人就住在这里?奕征对这人的敬重之情油然而生。

那人让奕征坐在那桌前的凳子上,自己到屋外取了几片劈柴过来,把它们置入火盆之中,然后俯下身子,去摆弄那盆火,以便让它燃旺。

桌子上放着不少的书,其中一套是《易经折中》。奕征早就想读这本书,家中没有,他想向别人借阅,但还没有借到,不想在这里看到了。这样,奕征拿起那本书翻看目录。

那人见奕征翻《易经折中》,便道:"相公看过这书了?"

"没有看过……"奕征回道。

"很值得一读的。"那人道,"不才读过一遍,现在才读第二遍。"

奕征对那人的话产生了兴趣,心想读书还论遍吗?于是便问道:"这'遍'可怎么讲?"

那人听后笑了笑,道:"古人说读书不求甚解,不才看书,一目十行,从不翻来覆去。如此一遍读下来,若感到有些意思,便从头再来,而这世上的书值得从头再读一遍的却是不多的。"

"那《四书》呢?"奕征有了开玩笑的意思。

不想奕征讲完之后,那人似乎并没有以诙谐应之,而是沉思起来,这弄得奕征不知如何是好。

这时,就听那人道:"《四书》更需要一遍一遍地读。小时听先生讲,无论是《论语》《孟子》,还是《大学》《中庸》,总是翻来覆去,在章句上翻筋斗,读完一篇,也不晓得它究竟讲的是什么。长大后采用另外一种办法,一遍一遍地读。这样,某些章句或许没有弄明白,可要旨却清楚了。用这种办法,既可以了解其精髓,又可以检验它是否值得重读……"

讲到这里,那人停下了。奕征思索了一阵,又问道:"先生是汉人吗?"

针对奕征"先生"的称谓,那人说了声"不敢当",尔后回道:"不,是满人。"

"在旗吗?"

"只可以讲原在……"

这时,奕征明白了那人讲话的实质。有清以来,读书人形成了只注重章句考证,不注重义理钻研的风气,是很糟糕的。房子的主人是一位满人,方才的议论,明显是站在汉人学者那边的。

其实,奕征同样是站在汉人学者那边的。

如此这般,受奕征之邀,那人坐在火盆旁边的一个小板凳上,面对着奕征,讲了《易经折中》的大意。从这里入手,两个人对《易经》大义展开了讨论。

两个人谈得甚是投机,奕征从那破房子里走出来,已经是快掌灯的时候。

临别时,他们彼此通了姓名。那人姓那拉氏,名叫鄂鄂自真。他的老爷爷曾是雍正皇爷的一名侍卫,后获罪充军。祖父那一辈儿穷下来,他祖父省吃俭用让他父亲上学,希望家族有重新出头之日。但父亲一生都未能考中,直到三十几岁去世。父亲也曾把希望寄托在儿子身上,同样省吃俭用,让儿子读了书。鄂鄂自真曾两次乡试,均未中式。

奕征发现,当他讲出自己的姓氏时,鄂鄂自真曾经一惊。奕征想,许多寒士们往往不愿意巴结官宦人家,这鄂鄂自真怕也是如此。

从此,奕征有了去处,不再在湖边那棵大树下的矮墙边发呆。他几乎天天都到鄂鄂自真这里来,一待就是一天。他和鄂鄂自真一起读书,有时也一起下棋。

由于家中有事,奕征有两天的工夫没有到鄂鄂自真那里去。第三天前去,发现鄂鄂自真桌上有一幅画儿。他展开看来,那是一幅人物画,题写"西王母巡游"。那画构图别致,笔运神妙,图中的西王母香车宝马,凤冠霞帔,羽衣云裳。最突出的是其面部,蛾眉杏目,脂颊丹唇,似仙又俗,似俗又仙。体态丰盈,神态既庄重又婀娜,跃然纸上,又令人欲罢不能。如此这般,奕征在画前待了半天。再看落款,有"丙辰春怡百寿"字样。

鄂鄂自真发现奕征看画的异常神情,又见他看那落款儿,便道:"想知道这怡百寿何许人吗?"

奕征赶忙问道:"是什么人?"

于是,奕征在鄂鄂自真的带领下找到了怡百寿。

在未见怡百寿之前,奕征从名字和画作上猜测,认为这怡百寿定是一位上了年纪的人。即使他同样是一位寒士,也不会像鄂鄂自真那样家徒四壁——他的房子的墙壁上,定然挂满大大小小、五颜六色的画作。

等见到怡百寿时,奕征大吃一惊。出现在自己面前的,竟然是一位翩翩少年——年龄在二十岁左右的白面书生。另外,主人的房子里也不像他想象的那样,挂满画作。墙上有,但仅仅一幅,看来是尚未完成的一幅画。

奕征抢先自我介绍了,但这怡百寿听后,并没有像鄂鄂自真那样表现出惊奇之色。

从室内的摆设和器物看,这怡百寿并不像鄂鄂自真那样贫穷。院子里有三间正房,还有几间厢房,他们所在之处便是正房。这里是三间中的两间,占据中间和西间的位置。通向东间的门上,挂着一个门帘。这大房子中有一张很大的桌子上面满是笔、墨、砚之类,看来是供主人作画的。靠墙有一像样的长几,上面有一些青铜器和古瓷器。有几把椅子散落在桌子的周围,有一个灶台,紧靠着东面的隔断。

看来家中没有其他的人,一直由怡百寿本人张罗,他搬了一张椅子让奕征坐了,又搬了另外一张椅子让鄂鄂自真坐了,然后忙活着沏茶给他们喝。

如此,奕征又交了一位新朋友。这怡百寿也是一位没落了的满族子弟,高佳氏,从祖父那辈穷下来。父亲喜欢画儿,但因生活所迫,祖上传下来的最后一张画儿经他的手卖掉。怡百寿十五岁那年,母亲去世,次年,父亲也撒手人寰,给怡百寿留下了这处房子。不过在怡百寿看来,父亲给他留下了无价之宝——绘画的本领。

从怡百寿本心讲,他极不情愿把画卖掉,他宁愿画一幅焚一幅,把绘画纯粹当成内心境界的一种表露,从作画之中享受人生的乐趣。但他斯文不起来,雅兴难表,原因是他还长着一张吞吃食物的嘴,一个需要裹起来的躯体,而这都需要花银子才能办到。另外,要想作画,需要纸,需要笔,需要颜料……所有这些,也都不会飞到他那张大桌子上。故而,他的画大都卖掉了——稍微认为还满意的便送给朋友。这样,在怡百寿的画室里,就不会有什么画被挂在墙上了。

自从认识了怡百寿之后,怡百寿家便成了奕征想待着的另外一个地方。

有一次,奕征到怡百寿家里来,看他正在作画。奕征突然想起一个问题,便提了出来:"你也不出门,你的画是如何卖出去的呢?"

怡百寿回道:"我有一个朋友,他做收藏,约定把画全部收走……"

奕征听后接着问道:"他会给好价钱吗?"

怡百寿停下手中的笔道:"什么好价钱不好价钱的,我明白他的意思,是用这样的办法资助于我罢了——全然是一片好心!"

当时的京城已经有了"收藏"的行业,其中有人凭借慧眼,专门注意那些极有前途但尚未成名的人的画作,以作可居之奇货。开始奕征认为收怡百寿画作的就是这样的一种人,后来又听怡百寿说那人实际上意在资助,那样的话那人就是另外一种人了。可如此资助,需要源源不断地拿出钱来,而又并不一定是为奇货而居,那什么样的人会这样干呢?想到这里,奕征便问:"那他是什么样的人?"

怡百寿依然停住笔道:"说来你是一定知道的,那便是绵絮大爷……"

奕征当然知道,这绵絮的曾祖父是康熙皇帝的一个儿子。康熙共有三十五个儿子,有的早逝,剩下的便有各种各样的排行,故绵絮的曾祖父究竟排行老几,后人已经弄不清楚。大家知道的是,绵崟的祖父是康熙皇帝九十七个孙子中的一位,曾得了一个郡王的爵位。从他祖父开始,家里皆为独苗儿。爵位传到祖父一辈儿时,家境已经衰落。到父亲那辈儿,又出了大乱子——父亲永明因争一旦角儿与人发生冲突,连杀数人。当时乾隆皇帝在位,永明被削爵、赐自尽,但家产没有没收。此事轰动一时,当时绵崟才十三岁。

"想来,绵崟有二十三岁了……"奕征道。

能够拿出闲钱来资助怡百寿,说明绵崟的日子过得还可以。另外,有资助怡百寿这样的寒士之心,说明这绵崟心地善良。那件祸事已经过了十年,这十年之中,绵崟一家是如何过来的?或许奕征预感自己的家境将面临重大变化。因此也就有了希望见到绵崟的意愿。

一天,由怡百寿陪同,奕征终于来到绵崟家拜访。

"就是这里了……"怡百寿指着一处门首道。

啊!一座王府。

奕征自家便是一座王府,所以一看那五间的大门,就知道这是一座王府了。

门首有一名看门人。那看门人认识怡百寿,上来请安后,便进门去禀报。不一会儿,那看门人出来,说老爷在书房等着。

怡百寿领奕征到了书房。

行走的过程中,奕征注意观察,看这早已不再是王府宅子的变化。

五间的大门,没有变化。七间的正殿一座,没有变化。三间东西配楼两座,没有变化。其他建筑,没有变化。

奕征觉得这是一奇,主人被削爵多年的一处宅子,竟然会保持原样!

绵崟站在书房门口迎接客人,一位翩翩少年!这绵崟中等身材,有一副引人注目的面容,两道剑眉之下有一双明亮的眼睛,望之让人感到亲切、果敢而睿智。颧骨突出,这与满人,特别是爱新觉罗家族那扁平的颧骨大有不同。他穿着整洁,衣衫裁剪得甚为合体,这同样给了奕征深刻的印象。

没等怡百寿介绍,绵崟已经做了自我介绍,奕征也自报了名字。

进入书房,绵崟安排奕征和怡百寿坐了,便有一名男仆上了茶。

书房很大,靠山墙有一长几,上面摆着数件瓷器。山墙上有一幅画儿,画的两边是一副对子。那幅画奕征一看便知,是宋人马远的作品,名曰《梅石溪凫图》。马远以山水画闻名,画幅讲究边角的构图,运笔多用"斧劈皴"。对子的上联是"我生本心直方好",下联是"岂知折枝画中奇",这是果亲王的墨迹。果亲王的字和画,奕征看到过多幅。他喜欢果亲王的书画,也喜欢果亲王的为人。

右边靠墙有一大书橱,里面的书满满的,书橱前便是一张书案。

左边靠墙是一张八仙桌,奕征和怡百寿就坐在八仙桌旁的椅子上,绵崟则在下位坐了。

当天算是初次见面,没有过多交谈。次日奕征又去,这次除怡百寿外,还有鄂鄂自真,鄂鄂自真与绵崟早已经认识。这次他们谈了很长时间,也谈得很是投机。他们的谈话从墙上挂着的《梅石溪凫图》谈起,又谈到果亲王的那副对联。绵崟还谈了画和对联的来历,说画是果亲王送给爷爷的,送那幅画儿时,又写了这副对联送了。

那对联,大家共同的认识就是果亲王借马远那画儿在说理。奕征还进一步讲明,这副对联也许浓缩了果亲王自己的人生。至少,他所要表达的意思,是他人生的深刻感悟。

在座的绵崟、奕征、鄂鄂自真、怡百寿四人中,绵崟、鄂鄂自真和怡百寿的家庭有相同或相似的命运,只有奕征的家是有爵者。但自从祖父病后,尤其是听说父亲曾给蒙贴儿下跪的事后,奕征就预感到将要发生大事。故而,他的感情便无形之中与绵崟、鄂鄂自真、怡百寿发生共鸣。

在座的四个人中,最有资格讲果亲王为人的当属绵崟。绵崟的爷爷与果亲王可是亲兄弟,而且是彼此要好的亲兄弟。这一点,奕征心里明白。但他还是越俎代庖,讲了果亲王的为人,这或许是他对那位老前辈极度敬重的缘故。自然,奕征对果亲王为人的讲述,只是他自己的认识。

从绵崟等三人的眼神中,奕征发现了一种复杂的情绪:诚心诚意的敬佩,无可奈何的感伤,其中还夹杂着跃跃欲试的活力。奕征觉得,他完全能够理解眼前这三位年轻友人的心境。

有一点奕征讲明了,尽管果亲王笃信佛学,可他从未放弃入世的想法,而是努力践行,给后人做出了榜样。

说到这里,绵崟拿出一卷绢。打开看时,是一幅长六尺、宽一尺五的绫本,是果亲王的手笔。那是一偈,道:

日面月面,胡来汉现。

有时放行，有时把断。

世法佛法，打成一片。

若作一片，会遇贵即贱。

不作一片，会麦里有面。

这是绵崈第一次将家传之宝示人。

"太珍贵了！"奕征、鄂鄂自真、怡百寿同时惊呼。

四个人先是赞叹书法的绝妙，随后便是对偈语内容的探讨。大家共同的认识是它语言平实，但寓意深邃，一时是难解其真意的。

从此之后，奕征与绵崈熟悉起来，他了解绵崈一家生活状况的愿望最终得以实现。

原来，是绵崈的祖母那拉氏挺起了这个家。老人家三十岁守寡，丈夫去世时儿子已经长大成人，但由于丈夫对儿子溺爱，疏于管束，儿子难以成器，这成了她最大的心病。后来果然出事，儿子的死给了那拉氏严重警告，这个家庭再也不能够照原来的样子生活下去了。皇上开恩，给这个家留下了家产。那拉氏不再把这些家产当作家人享受的温床，而是把它当成家族复兴的依靠。当时全家只有三口人，却有五十多名佣人。她将大部分佣人裁减掉，只剩下了男仆五名，女仆三名。就靠这八名佣人，整个府院被整治得井井有条。百余间房子，处处一尘不染。家人外出，在城中一律步行。桌上的饭菜，样数减少了许多，也清淡了许多。庄子上的事情，她亲自掌管。一切节省，一切从简，但她给孙子请了两位先生，而且是当时颇有名望的先生。

世态炎凉，原来门前车水马龙，出事后顿时门庭冷落。这给家人造成的精神创痛剧烈而又深重，但那拉氏挺住了。无人再进这个门，也无须再去探访别人，这正好是难得的清静。在这样的清静之中，自我反省，休养生息。

结果奕征都看到了。绵崈的成长可以代表那一切的成效：人品好，学问深。从绵崈的身上可以清楚地看到这样一点，门庭已经改换。

看到这一点，奕征一直紧紧收缩着的那颗心舒展开来。自己的家庭如果不得袭爵，未必不是一件好事；家里即使像他一直忧心忡忡的那样，发生更大的不幸，那也未必是一件坏事。

绵崈曾三次参加乡试，前两次不中。嘉庆元年三月，顺天府恩科会试一连三场,共有一千三百四十九名举人应试,最后一百四十四人的名字上了杏榜,而绵崟榜上有名。

殿试的那天下午,奕征、鄂鄂自真、怡百寿聚在了绵崟府,等待绵崟归来。绵崟回来时,心情极为平静。

在现场,皇上曾经主动问了他的情况。当时纪昀在皇上身边,夸了绵崟的文章。

绵崟是二甲第七名,大家喜气洋洋。几个朋友之中,毕竟有人实现多年的心愿,最后有了实现治国平天下夙愿的可能。

最后,绵崟进入翰林院,授编修。

老二绵椿只有一个丫头,没有儿子。老三绵枫有一个丫头,两个儿子。大概这家人有特殊的基因,富察氏生了双胞胎,老三绵枫也生了双胞胎:弈行和奕律。前些日子,奕行和奕律哥俩认识了一位名叫绵溶的人。这绵溶是京城一位声名显赫王爷的孙子,论起辈分来,奕行和奕律还得管绵溶叫叔叔。而为了拉近乎,奕行和奕律成天叔叔长,叔叔短,为的是求绵溶把他们带进戏楼——自然不是进戏楼听戏,而是进去"玩儿"。

玩儿戏楼只有钱是不成的,但首先要有钱,这是无须多费唇舌的。

奕行和奕律追得紧,绵溶开了价儿:"那拿出一万两来!"

这样的要价令奕行和奕律目瞪口呆。

"得得!既拿不出,就让你们那两个驴屌捅裤裆好了!"

"别,叔儿,漫说一万两,就是十万两,侄儿们也不在话下……"奕行首先拍了胸脯。

"废话不讲——今日银子到,明日就入港!"绵溶也拍起了胸脯。

回来的路上,奕律犯了愁,问哥哥道:"这么多银子,到哪里弄去?"

"开娘老子的金库!"

奕行一想,也只好如此。

奕行和奕律如愿以偿,从母亲的金库中取到了他们所需要的一万两银子。

绵溶不愧为圈子里的人,而且说话算数,奕行和奕律的银子交到他手上的次日,两人进入了圈子,开始了玩儿戏楼的日子。

爷爷病时,他们一夜未归,就是睡在了某某角色那里。

才进圈子,奕行和奕律所玩儿的角色远远够不上一流,甚至还够不上二流。但这对两位年轻人来说并不重要,重要的是他们已经进入圈子,在潮流方面,"上"了一个新的档次。

这之后,奕行和奕律在外享受这种新时尚的次数越来越多,而他们母亲的体己则越来越少。

第十六章 好事连连，府中二仆喜嫁人

绵崟进入翰林院不久，宫中便传出他将要升迁的消息。

这样的消息并不令奕征感到意外。只要皇上志在治理天下，只要绵崟一家之事能够上达天听，那像绵崟这样的皇家子弟，得到任用是顺理成章的事。不讲别的，就是作为榜样向皇家子弟们宣示，这一意义就非常重要。如果八旗子弟都能够像绵崟一家那样严格自律，贫贱不移，富贵不淫，严格自律，自强不息，那大清朝就不难做到国治而天下平了。

想到这里，奕征记起曾祖父临终前的嘱咐。曾祖父的"汝等"现在有了着落，他和绵崟、怡百寿、鄂鄂自真不就是吗？

果不其然，不久绵崟成为一名御前侍卫。绵崟是一名书生，他有什么本领能够保卫皇上的安全？皇上挑他做侍卫，定然有特殊的考虑。

绵崟成了皇上身边人，大家自然感到兴奋不已，而宫中的情况也自然成为朋友之间的谈资。

私下里议论当今皇上在当时是犯忌的事，但要好的朋友之间这种议题却必不可少。绵崟直接接触皇上，这大大调动起了朋友们的好奇心，而就奕征、鄂鄂自真、怡百寿来说，要了解皇上的事，还不仅仅是出于好奇。

皇上，乃万人之上之人。但当今的皇上之上还有一人，这就是太上皇。太上皇禅让前在位六十年，文治武功，世人尊之为圣主。但太上皇身边又有一个和珅。和珅倒行逆施，世人皆曰可杀，可太上皇却宠信有加。太上皇禅让后，宫中便存在三种关系：一是皇上与太上皇的关系，二是和珅与太上皇的关系，三是皇上与和珅的关系。奕征等人所关心的正是在这三种关系中皇上的表现。宫中传出了相互矛盾的消息:一则消息早在太上皇禅让之前就已经传出,说所有皇子达成共识,无论哪个继位,惩治和珅之事当置首位。可皇上继位后,宫中传出的消息却是皇上对和珅百依百顺。有消息说,皇上素称和珅为"相公",继位后,依然是相公长,相公短。和珅每到皇上那里奏事,皇上总是表现出一副拿不定主意的样子,说:"唯太上皇处分,朕何敢与焉。"遇有向太上皇禀奏之事,皇上也常托和珅代转。皇上如此对待和珅,身边人曾流露不满,而皇上见后曾正色道:"朕方依相公理四海,汝等何可轻也!"因此,太上皇禅让后,和珅非但无收敛的表示,反变本加厉,继续作威作福。

与此有关,奕征等人听到了这样一则消息:皇上继位不久,曾下诏调两广总督朱珪进京,要晋升为大学士。为此,皇上曾写诗志贺。朱珪是皇上年轻时的老师,为官后深孚众望。孰料,皇上的志贺诗落在了和珅手里,和珅遂转递于太上皇案前,并对太上皇讲了这样的话:"嗣皇帝欲布恩于师傅。"太上皇听和珅如此道,没看诗脸色已变。看诗后,把诗稿推给侍立于身旁的军机大臣董诰。董诰见势不妙,看了一眼诗稿急忙叩头,打了圆场。事后,朱珪非但没有当成大学士,反被责以缉捕广东艇匪不力,降到安徽做了巡抚。

"可有这样的事?"奕征就此事询问绵綮。

对奕征的问题,绵綮做了肯定的回答。而绵綮的回答,令怡百寿灰心丧气,感慨道:"朝廷无望了!"

奕征听后同样有些泄气,但他想到了另外一个问题,于是轻声道:"对于和珅,皇上在使韬晦之策也未可知……"

绵綮同意奕征的估计,他还讲了一个故事,说侍卫中议论此事时,有侍卫就认定皇上在使韬晦之计,证据就是看到了皇上写的《味馀书室稿·唐代宗论》,其中写了这样的话:"代宗虽为太子,亦如燕巢于幕,其不为辅国所谗者几希。及帝继位,若苟正辅国之罪,肆诛市朝,一武夫力耳!乃舍此不为,以天子之尊,行盗贼之计,可愧甚矣!"那侍卫说,皇上瞧不上代宗的做法,却表示了将和珅"肆诛市朝"的决心。来日方长,这不是韬晦吗?

奕征等人随后分析皇上调朱珪受阻和发代宗之叹背后传出信息。调朱珪受阻之事至少说明:第一,皇上感到身边缺少人手,本想起用一批老臣。第二,和珅在监视皇上的举动。第三,大凡皇上有对和珅不利之举,和珅必设法阻止。第四,和珅对太上皇的影响力依旧。第五,太上皇牢牢掌控着朝政。第六,对于太上皇的意志,皇上不会有相违之举。这种情况导致老臣慑于和珅之威,不会轻易靠到皇上一边来,于是皇上便另外想辙。正是在这种情况下,绵紫被调入宫中。

两个月不到,绵紫进入内务府,成为广储司总办郎中。内务府总管大内事务,自然是一个极为重要的机构。广储司是内务府最重要的部门,绵紫确实得到了皇上的信任。而把绵紫派到广储司,皇上定然有其特殊需要。

白天,绵紫得进宫去,晚上,他便邀请奕征、鄂鄂自真、怡百寿到府上来。尽管奕征、鄂鄂自真、怡百寿,包括绵紫都是八旗子弟,但对内务府的认知,大家都流于皮毛。绵紫进入内务府后,得知了许多以前不知道的东西,另外,他自己也有不少的感触。奕征等人对内务府都表现出浓厚的兴趣,这样,有关内务府的一些事,自然成为几位老朋友谈话的中心。

绵紫先是讲了内务府的职责和机构设置,他说内务府有"七司""三院",机构将近五十个。人员不算大内的太监,大约有三千人。

关于"七司""三院",绵紫是主动介绍的,说"七司"计有广储司,掌管内府银、皮、瓷、缎、衣、茶六库,设总办郎中、郎中、主事、委署主事、笔帖式、书吏等。都虞司掌管内务府武职官铨选及畋鱼之事,设郎中、主事、委署主事、笔帖式、书吏等。掌仪司掌管内廷礼乐及考核太监品极诸事,设郎中、员外郎、主事、赞礼郎、司俎官、司祝、司香、司碓、笔帖式、书吏等。会计司掌管内务府出纳及庄园地亩、选用宫女、太监等事,设郎中、员外郎、六主、委署主事、笔帖式、书吏等。营造司掌管宫廷修缮工程,设员同掌仪司。庆丰司掌管牛羊畜牧之事,设员同掌仪司。慎行司掌管审谳上三旗刑狱案件,设员同掌仪司。

"三院"为上驷院,掌管御用马匹,设兼管大臣、卿、堂主事、笔帖式等。武备院,掌管制造器械,设兼管大臣、卿、郎中、主事、委署主事、笔帖式、书吏等。奉宸院掌管景山、三海、南苑、天坛斋宫等处的管理、修缮。圆明园、畅春园、万寿山、玉泉山、香山、热河行宫、汤泉行宫、盘山行宫、黄新庄行宫亦由奉宸院掌管,设总理大臣、卿、郎中、员外郎、主事、良署主事、苑丞、苑副、委署苑副、笔帖式、书吏等。

此外,内务府还管辖太和、中和、保和三大殿,管理慈宁宫、寿康宫、御药房、寿药房、文渊阁、黄武殿修书处、御书处、养心殿造办处、咸安宫官学、景山官学、敬事房等。

让奕征等人想不到的是,举国闻名的三大织造,即苏州织造、江宁织造、杭州织造也是统由内务府掌管的。

看到奕征三人惊讶的神情,绵紫道:"你们可看过渔人捕鱼的那张大网?三大织造,大网之一目而已!"

这话把奕征等说愣了:"怎么,会有一个网吗?"

绵絫停了有半刻钟的样子,最后才道:"是一种网,一种很大的网……"

大家屏住了呼吸,静听绵絫说下去。

"皇上看到了这张网,但不知这张网的内部情况,需要有人进入这张网,给皇上探个究竟……"

尽管奕征等人依然不明白这张网的情况,但经绵絫这一点,皇上任用绵絫的用心大家已经看得清清楚楚。

奕征本着"君子之交淡如水"的古训,并没有给鄂鄂自真和怡百寿什么资助。他在家不主事,更无法用绵絫那样的方式帮助两位朋友。

但他很想让两个朋友到他家坐一坐,只是他的这种想法并没有能实现。每当他提出邀请的时候,鄂鄂自真和怡百寿总是找些理由推脱。奕征认为,这是因为两个朋友清高。这样,奕征就不再提这个请求。

有一次,大家聚在绵絫家时,绵絫向奕征提了这样一个问题:"秋云在你们家过得如何?"

"秋云?就是四奶奶的那个丫头?你如何知道她的?"奕征有些诧异,将这样的问题提了出来。

"你先回答我的话。"绵絫说道。

"她是一个开朗的姑娘,能够应对各种的境况……"奕征这样答道。

"她遇到了什么难处吗?"绵絫问。

"你明白,像我家那样的家庭,她的主子又是那样一种地位……"奕征觉得一言难尽。

"那就该让她解脱了……"绵絫又道。

听了这话,奕征心中一惊,顿时紧张不已。他看着绵絫,不晓得讲什么好。

"有难处吗?"绵絫又问了一句。

"你是什么意思呢?"奕征反问道。

这时,绵絫笑了笑,指着鄂鄂自真道:"你问他……"奕征见状转脸看鄂鄂自真时,发现他脸上一阵绯红。

奕征越发糊涂了,问:"怎么回事?"

"乃月老红绳之事……"怡百寿接着解开了谜底。

原来,鄂鄂自真与秋云是表兄妹,幼时在一起生活过几年,后来分开,但也经常见面。两人渐渐长大,彼此心里有了爱慕之情,秋云的父亲名叫千木,又嫌鄂鄂自真穷,虽知女儿与鄂鄂自真有情,却不愿意把女儿嫁给他。两年前,睿王府招聘丫头,秋云的父亲便把女儿送进王府,雇期三年。这期间,因秋云模样好,有不少人到千木家求婚。可女儿离开家时曾给父亲留下话,她的婚事要等三年期满再说。有了姑娘这句话,千木不敢轻易许人。女儿的烈性子他知道,别到头来闹出什么事,不好收拾。

秋云进王爷府之前,曾与鄂鄂自真见了一面。两人表白了心愿,一个说非表兄不嫁,一个说非表妹不娶,海誓山盟,情动日月。

最后,怡百寿道:"绵綵讲的就是这件事……"

奕征一听,顿时感到心花怒放,道:"原来如此!"遂转向鄂鄂自真道,"现在我才明白与你第一次见面时,咱们各自道了姓名,我一说自己的名字,你曾一惊。当时感到奇怪,现在不足为奇了。你也瞒得可以,到如今我才知道这段公案,还是别人讲出来的。"

鄂鄂自真依然红着脸,喃喃道:"惭愧……惭愧……"

"这事我也是昨天刚刚听怡百寿讲到……"绵綵说着,转向鄂鄂自真,"怡百寿是在讲别的事情时偶然提到,经我追问,才讲了真情。"

怡百寿立即道:"无论如何对鄂鄂自真兄算是一次食言……"

奕征笑了起来:"为人谋而不忠乎?与朋友交而不信乎?传不习乎?"

大家听了,遂一起笑起来。

绵綵又道:"既然有这桩姻缘,我等为什么不有所作为呢?"

奕征打断绵綵的话道:"这事包在小弟身上……"

鄂鄂自真谢过,大家又对鄂鄂自真开了一番玩笑。

奕征心里一直放不下与秋云、领弟的约定。他觉得秋云能够与鄂鄂自真结缘,遂了心愿,这是好事。另外,像秋云这样心地善良且要强的姑娘,摊上那天给他下跪求情那样的事,尽管自己做了保证,她定然还是提心吊胆地过日子。有了这桩婚事,她就可以彻底解脱了。方才绵綵用了"解脱"二字,那是从一般意义上讲的,是指秋云摆脱佣人身份。绵綵哪里晓得,对秋云来讲,还有这样独特的意义呢?奕征越想越觉得高兴。

既然想到那个约定,他又想到了领弟。领弟也是一个聪明、干练的姑娘,模样也算标致。她与秋云同病相怜,由于她倒霉地看到了父亲给蒙贴儿下跪那一幕,并且更加倒霉地被人听到了她俩关于那一幕的谈话,她会跟秋云一样,终日惶惶不安。秋云解脱了,她呢?可以想象,她会越发地感到害怕。原来她们是两个人,彼此之间有个依靠,有个慰藉。往后就剩她一个人了。唉!想着想着,奕征想到了怡百寿。怡百寿还没有成亲,如果他不嫌弃领弟是一名佣人,他们倒是合适的一对儿。

心里虽然这样想,但这事不能够轻易出口的。奕征有了一个主意,把这事跟鄂鄂自真讲了,让他探探怡百寿的口气。

鄂鄂自真听后想了片刻,高兴地说道:"有门儿……"

事情果然有了门儿。怡百寿不像奕征想象的那样注重身份和门第,他提出需要见领弟一面,再做定夺。

奕征和鄂鄂自真安排了怡百寿与领弟的见面。怡百寿不像鄂鄂自真那样羞涩,见后回到绵崇府上,他当众宣布将与领弟结成百年之好。

绵崇听后笑道:"且慢,人家那边还不晓得愿不愿意呢,你不得剃头挑子一头热……"大家闻言,都笑起来。

奕征很快得到领弟愿意嫁给怡百寿的回话,如此这般,两桩婚事谈成。

奕征并没有费多大的力气就说服了爷爷和大福晋富察氏,同意秋云和领弟提前出府完婚。有爷爷和大福晋做主,领弟的主子三奶奶无奈,只得放行。蒙贴儿与秋云的关系最密,就像亲姐妹一般,自然高兴她有这样的归宿。

蒙贴儿自然舍不得秋云离开。但她明白,由于她和秋云要好,秋云便成了富察氏的眼中钉、肉中刺,故而多方刁难,使秋云吃尽了苦头。这次秋云出府是为了完婚,而据秋云说,她与鄂鄂自真是自幼一起长大的表兄妹,这触动了蒙贴儿那根敏感的神经。她也曾有一个可亲可爱的表兄,两个人也是自幼一起长大,青梅竹马,可到头来,一条无情棒打来,她被困王爷府,永远地失去了心上人。

蒙贴儿拿出了自己全部的积蓄送给了秋云,秋云哪里肯收?她知道蒙贴儿的难处,在这样的家庭里,处于那样艰难境地,没有银子怎么成?

蒙贴儿不讲二话,一定要秋云拿走。为此争执中,两个人相对哭了很长的时间。

秋云有一桩未了的心事,临别之际,她所知道的有关绵杜大爷给蒙贴儿下跪要《虢国夫人游春图》的事,要不要跟蒙贴儿讲?

她明白,有关《虢国夫人游春图》的事非同小可,而蒙贴儿担着重要责任。事情不出便罢,一出,蒙贴儿就危险了。而纸终究包不住火,事情迟早会暴露的,因为这事府里已经有三个人知道。知道的三个人中,她要走了,领弟也要走了,可府上还有一个奕征少爷。大家都认为奕征少爷是一个正派人,可知人知面不知心,谁能钻到他心里去看?

秋云陷于两难境地。

当天晚上,领弟把秋云拉到自己的房间,冲着蒙贴儿的房间一努嘴儿,悄声问道:"那件事怎么办呢?"

"我正愁呢……"秋云随即把自己的两难之处讲了出来。

"我看还是告诉你的主子,她是多么叫人可怜哪!"领弟讲了自己的理由,"告诉蒙贴儿,至多是失信于奕征少爷,可不告诉她,她毫无准备,必然遭人暗算,那可是大事……"

秋云觉得有理,遂与领弟一起把事情的原委全部告诉了蒙贴儿。

这真是所谓屋漏引起厅漏,厅漏引起堂漏。只因秋云告诉蒙贴儿这事,便有了一系列事变发生。

蒙贴儿住着三间西房。房子的山墙开着窗,窗外与院墙之间有一不足三尺的夹道。这样的设计,意图十分明显,就是给屋子开后窗留出空间。这条小夹道的南端是封闭的。西房与北房之间有一间小厢房,厢房前有一小院儿,夹道的北端就通着这个小院儿,夹道与小院之间有一道门,门一直掩着。平日,这夹道从无人迹,长满了蒿草。

可这两天便有人进入这个夹道,打破了它多年的沉寂。这天悄悄进入夹道的是蓉儿,她是大福晋富察氏的丫头。蓉儿是被大福晋派到这里来的,得到的命令是藏好身子,不要弄出声响,把耳朵紧贴窗子,静听里面的动静。对于蒙贴儿和秋云的谈话,要一个字不漏地牢记在心,完了要一个字不漏地回禀。

富察氏这种极不寻常的措施,足见其内心之辣。可论起这一招的心计,却不得不佩服她的"高明"。两个要好的人就要分别了,彼此定有心里话需要讲出来!陈谷子、烂芝麻一定不少,可就在这陈谷子、烂芝麻之中,定然会捡到一些珍珠玛瑙。更何况,如果彼此有什么秘密,那就必然会在这分别的前夕把它讲出来,有所嘱托,有所叮咛。

与蓉儿一同执行这一机密使命的,还有富察氏的另外一名丫头绿珠。她们会照富察氏的设计,进入那个夹道,做到人不知,鬼不晓。

绿珠当值时,没有得到什么有价值的东西。但她按照吩咐,一个字不漏地回禀了。

蓉儿呢?

秋云与领弟商定把有关《虢国夫人游春图》之事告诉蒙贴儿之后,秋云便回到了蒙贴儿那里。

知道事情已经被人知晓,蒙贴儿起初非常害怕。后来,她听完秋云的讲述,知道事情并没有传出去,心里平静了许多。秋云说这事迟早要露出来,让她想办法,预做准备。这时蒙贴儿落下泪来,再次表示感谢,说她会想办法。但实际上,当秋云让她预做准备、想办法的时候,她的内心已经灰到了极点。做什么准备,想什么办法?在这样一个家庭里,还有什么活头儿!一死而已。但这样的话,她不能够对秋云讲出来。秋云让预做准备,完全是出于好意,不能用这样泄气的话回报这样一位好姑娘的善意。再说,秋云就要完婚了,自己不能够讲出这样的话来,伤姑娘的心,应该让她高高兴兴走出这个大门。

秋云与蒙贴儿讲这些话是绝对机密的,在谈话以前,秋云到外面看了,不会有人听到。讲话的中间,秋云还几次推门看外面的动静,确保她们的谈话没有被任何人听到。

可躲在窗外夹道的蓉儿,一个字不漏地听了她们的谈话。

蓉儿吓了个半死。《虢国夫人游春图》是睿王府的命根子,这一点蓉儿是清楚的。绵杜真不成器,为了一己之利便把传家宝送了出去,而蒙贴儿也忒大胆了些儿。事情可太大了!富察氏要是知道了这样的事,一定是闹翻了天。王爷对绵杜大爷,对蒙贴儿四奶奶也不会轻饶。想着想着,那种种景象便在蓉儿的脑海中不断地翻滚,太可怕了!

一个极为要紧的问题摆在了她的面前,这事关系王爷家命运,一准关系到多人的性命,要一个字不漏地回禀给富察氏吗?她犹豫起来。

屋内没有动静了。她的身子已经难以支撑,便转了个身坐在地上,背倚着墙陷入了深思。最后,她还是拿不定主意,决定与绿珠商量一下。

蓉儿悄悄找到绿珠,把她拉进了后院的佛堂。选这样的地方,蓉儿有三方面的考虑:这里是嫡福晋关莲姑出家前在府中吃斋念佛的地方,没有一个人敢擅自进入;嫡福晋出家后,这里闲下来,再也没有人进入;而且佛堂很大,人在靠里的地方讲话，外面不容易听到。

佛堂的门平日是掩着的，蓉儿拉着绿珠推门进入，走到香案旁便对蓉儿简述了事情的经过。

"竟有这样的事！"绿珠也被吓住了。

"你有什么主意？禀还是不禀？"

绿珠一直沉默着，蓉儿着了急，又追问道："到底怎么办呢？"

"咱们得起个誓！"绿珠道。

"为啥？"

"要瞒起来，就需要起誓！"

蓉儿明白了，绿珠的意思是瞒起来。但事关重大，瞒就要瞒到底，故而需要起誓。

"对！"蓉儿道，"我蓉儿对如来盟誓，要泄露分毫，五雷轰顶！"

绿珠也对香案上的如来起誓："我绿珠泄露分毫，同样五雷轰顶！"

于是，两人又编造了一些瞎话，去向富察氏禀报了。

屋不漏厅漏，厅不漏堂漏。蓉儿以为自己找了一个安全的所在，绿珠也认为这佛堂最安全。可谁能够想到这最安全之地，却成了一个敞开的广场。蒙贴儿与秋云的话被隔墙的蓉儿听了去，而如今蓉儿与绿珠的话，又被就在眼前的一个人听了去！

这人叫花四儿，是奕律福晋鄂济氏的丫头，入府不久。她才十三岁，是一个顽皮的孩子。她对府上的一切都感到新奇，这里那里她都看过了，唯独那佛堂还没有见识过。这天，她抽了个空偷偷来到佛堂，门是掩着的，她推门进去，又把门掩了。刚刚进去时，她的眼睛还没有适应屋内的黑暗，便听到外面有了动静。花四儿身子轻巧，动作迅捷，一闪身撩开桌帘，便钻到了香案之下。

蓉儿和绿珠就在她的身边，她们的话，她岂能不听个清清楚楚！

花四儿听不明白她们所说的什么画儿，什么老爷、少爷，乱七八糟。可蒙贴儿她是知道的，大福晋富察氏她也是知道的。从话里花四儿听得出，富察氏与蒙贴儿不对付，她们所讲的那画儿是蒙贴儿弄出府了，而富察氏还不知道，如果知道了，那不但蒙贴儿吃不了兜着走，就是整个家族也会闹开了锅。故而，蓉儿与绿珠商定要把事情瞒下来，不告诉富察氏。为此，她们还发了誓，足见事情不小。

花四儿觉得这很好玩儿，她原想在蓉儿和绿珠发完誓时从桌子底下冒出来，吓她们一跳。但随后想自己擅入佛堂罪过不小,自己出来岂不给人留下话把儿。于是,她便老老实实待在桌子底下,一直到蓉儿她们离开,听外面没有动静了,这才出来。

花四儿出来以后,心中一片惆怅。她看到府内的丫鬟都各自有自己的伴儿,秋云与领弟,蓉儿与绿珠,等等,唯独自己孤单单一个人,好不可怜。她随后又想到自己命苦,小小的年纪便失去了父母,狠心的舅舅为了几十两银子把她和她的三个姐姐都卖掉了。她到了这样一个地方,监牢一般,不觉滴下几滴泪来。

回到房子里,花四儿发现鄂济氏独自一个人也在垂泪,便走过来站在她身边,轻声问道:"主子,你又伤心了?"

鄂济氏原没有听到花四儿回来的动静,见她俯下身子呆呆地看着自己,便赶紧擦去泪水道:"好好地,伤心什么——一阵风吹来,禁不住,吹的……"这时,鄂济氏看到了花四儿脸上的泪痕,"倒是你哭了——为什么呢?想姐姐了?"

花四儿道:"主子钻到我心里去了……"

这鄂济氏只比花四儿大四岁,娘家也是一个显赫的家族。她本人文静,心地善良。她来睿王府后原有一个丫头,但不幸病死了,这对她刺激很大。家里又买了花四儿,她使起来有一种负疚感,这样便放松了约束。花四儿的不幸遭遇,又令她起了怜悯之心。花四儿直爽、开朗、善良,模样也可以,且有几分灵气儿。鄂济氏惜金怜玉,便很喜欢这孩子。

鄂济氏听花四儿讲完后,道:"是应该伤心的,可伤心又有什么用呢?等以后咱们想想辙……"

花四儿年龄虽小,可也并不是世事不知。方才鄂济氏独自垂泪,她就知道缘由——为她那不着调的男人而伤心。大户人家的公子,在外寻花问柳是平常的事,可这奕律也忒出格了!近来,奕律在玩什么戏子,娘老子的体己差不多让他给折腾光了。鄂济氏苦劝,奕律哪里肯听?又在媳妇身上打主意,要鄂济氏娘家陪嫁的金银首饰。鄂济氏倒不是舍不得那点东西,可要是答应,往后将如何是好?奕律要不出东西,赌气不理鄂济氏,如此已经多日了。

花四儿明白主子的心事,但她并没有解决问题的锦囊妙计。花四儿觉得讲不出什么安慰的话——只是呆呆地站在主子的身边,与主子一起垂泪。而每每出现这种情况,鄂济氏便赶紧擦泪,倒说了一些高兴的话,安慰花四儿。

方才,由于想到秋云和领弟,蓉儿和绿珠彼此知心、要好,自己感到孤独,随后又想到自己的不幸家世,便伤心起来。现在想到,自己不能说是孤独的。碰上这么好的一位主子,还有什么不如意呢?秋云有蒙贴儿那样的好主子,自己则有鄂济氏这样的好主子,知足了!

此刻,花四儿心中自然又捡起蓉儿跟绿珠讲的偷听秋云与蒙贴儿讲话的事。秋云与蒙贴儿好,秋云临别时自然与蒙贴儿讲明自己内心的秘密。现在,我花四儿心中也有了一桩秘密。自己既然与主子好,那这桩秘密也同样应该讲给主子听。想到这里,花四儿叫了声:"主子!"

可喊了一声之后,花四儿停住了。她忘不了蓉儿与绿珠在菩萨像前发誓时那庄严的神情、沉重的语调。她并不十分清楚事情的严重性,但蓉儿和绿珠那种神情和语调,使她体会到了事非寻常。那一刹那间,她自己似乎也加入了向菩萨起誓的行列。

鄂济氏听花四儿叫了一声"主子",便转过身来,可花四儿什么也没讲。鄂济氏见花四儿如此,便伸手去拍花四儿裙子上的尘土。

花四儿一阵紧张,因为她裙子上的尘土,是她钻进佛堂香案沾上的。

鄂济氏没有再说一句话,花四儿心中暗暗道:"主子,不是花四儿不相信你,是花四儿有了一个约定……"

秋云和领弟从睿王府出来后,剩下的事就容易办了。一切由奕征与绵紮操办,两对新人顺利完婚不提。

且说奕行和奕律兄弟俩继续在外寻花问柳,自觉其乐融融。尤其是奕律,最不愿意在家看鄂济氏那张哀怨的脸,外加上爷爷、父亲的斥责,他便越发不愿意进家门,近来几乎连连夜不归宿。

前两天,他们听说绵溶家出了麻烦,他家在永平的两个庄子闹纠纷,彼此持械恶斗,死了数十人。宗人府和户部让永平州进行调查,知州调查的结果说,两个庄子恶斗,实由绵溶的父亲怂恿支持一个庄子,攻击另一个庄子造成。绵溶家明白,这是户部有意给绵溶家找麻烦。这样,绵溶的父亲便在宗人府找关系与户部对抗。

由于出了这样的事,有好几天绵溶没有露面。奕行和奕律对自己的这位朋友家庭出麻烦,非但不表同情,反而有些幸灾乐祸。因为绵溶虽有"引进"之功,把他们领进了"玩儿戏楼"的大门,但借着这事玩勒索之术,他们的银子大都落在了他的手里,兄弟俩越想越觉得自己成了冤大头,故而心中恨死了绵溶。出了麻烦?谢天谢地,这是报应!麻烦越大那才越好,夺爵、充军、弃市,一家人死个精光,那才让人痛快……

可绵溶很快又露了面。他很得意,说凡事逢凶化吉,这是他绵溶一家的本领。他也对奕行、奕律兄弟哭了穷,说这次光和珅中堂一人就是十万两!奕行、奕律俩一听很是害怕——他们知道这是绵溶向他们讨银子做铺垫。但这次绵溶没有张口,这倒令奕行、奕律兄弟感到意外。

随后,绵溶向奕行和奕律讲了一桩令他们无论如何不敢相信的事。绵溶说他的父亲在和珅府,竟然看到了一幅《虢国夫人游春图》!

"怎么可能?"奕行绝对不会相信。《虢国夫人游春图》是自家的镇宅之宝,怎么会到了和珅家里?

奕律也不相信,道:"定然是一幅赝品……"

"赝品?"绵溶一听冷笑起来,"可笑!和珅会有一幅赝品!"

也对,那和珅何许人,既有钱又有势,还是鉴赏字画的高手,他会收一幅赝品吗?

"那是怎么回事呢?"奕行、奕律齐问道。

绵溶笑了起来:"这就需要你们回家查个明白——那《虢国夫人游春图》不是你们家的镇宅之宝吗?"

"是要查个明白!"奕行、奕律站起身来。

"少安毋躁!"绵溶把两个人拉住了。

两人重新坐定,心里七上八下。

"难道你们不知道,那《虢国夫人游春图》是如何进了和府的?"绵溶问道。

"这怎么知道呢?"奕行反问道。

绵溶又笑道:"前一阵子,你们家老爷子是不是突然数日昏迷不醒?"

奕行和奕律点了点头。

"你们想想,面对那突如其来的事变,你们的父辈们将会如何?"

这一说,奕行和奕律顿开茅塞。是了,祖父突然昏倒,父辈自然急着找门路,使家中得以袭爵。祖母和她的两个亲生儿子为一派,他们走的是皇上的门路;伯父为一派,走的是太上皇的门路,其中第一个要找的必然就是和珅。这和珅向来贪婪,趁机要那幅《虢国夫人游春图》是极有可能的。而伯父为了求得自己袭爵,也会不顾一切把《虢国夫人游春图》送出去。

想到这里,兄弟俩再次站起来:"回去!"

绵溶再次将奕行、奕律兄弟按下,问道:"看你们急的!你们想从和珅那里把画要回来,是吗?"

奕行、奕律兄弟语塞。从和珅那里要回东西,那岂不是老虎嘴里夺食!

绵溶见两兄弟不讲话,便又问道:"那你们回去要干什么?找绵杜算账?"

"这笔账是一定要算的!"

"可怎么个算法呢?"绵溶问。

"闹他个天翻地覆!"奕行道。

"那又怎么样呢?"绵溶问。

"还会怎么样?让绵杜老儿臭不可闻,威风扫地,在整个家族成过街之鼠。"

"那又会如何?"绵溶又问。

"这就足够了……"奕行道,"这一闹,他绵杜再也不要指望袭爵了。"

"那你伯父和父亲能不能呢?"绵溶再问。

奕行道:"或无不可……"

"天真!"绵溶再次冷笑了,"那一闹臭名远扬的岂止是绵杜?你们一家都会臭不可闻。事情传到皇上那里,皇上能让这样'出名'的人家袭爵吗?那样,你奕行的父亲,你奕律的父亲,还怎么袭爵?糊涂!"

有道理。奕行和奕律都不再讲什么。

"还有一层,这画儿的风声是我传给你们的,我的消息来自我的父亲。和中堂肯让我父亲看到那幅画,是出于对我父亲的信任。你回去一闹,这些便都被抖搂出来——到时如何收拾?"

不错,不能够冒冒失失,一闹完事。

"可事情就这样糊里糊涂搁下来不成?"奕行和奕律又同时问道。

"我这里倒有个主意,不知是否合二位尊意?"

"有话快说……"

绵溶讲了自己的主张,奕行、奕律两兄弟听后大喜,连道:"好主意!好主意!"

第十七章 东窗事发，为掩燕飞假作真

绵溶的主意是让奕行和奕律兄弟回去找伯父绵杜摊牌，并提出想要息事宁人，就要拿十万两银子出来。

这是敲诈，而且敲诈的还是自己的伯父！

奕行踌躇了，他不敢做这样的事。他编造了一个理由，自己躲了起来。

奕律却不但毫无顾忌，还有自己的小九九儿。真是有什么样的爹，就有什么样的儿子。奕律看出奕行是编造理由，是把恶事留给他一个人干，这正中他的下怀，如有收获，自己独享其成。

奕律回到家里，绵杜不晓得侄子找他为了何事。奕律在外面花天酒地，作为伯父早就想教训他一番，但一直找不到机会。这次奕律送上门来，见面后便先是一顿训斥。奕律诺诺，一直等绵杜把话讲完。

"还有什么教训侄儿的？"奕律问道。

绵杜训道："这些能够记住就成了……"

"那就听侄儿说几句，"奕律语气平平地说道，"圣人曰：'大学之道在明明德，知止而后有定，虑而后能得。事有本末，物有终始。知其先后则近道。'又曰：'古之欲明明德于天下者先齐其家，欲齐其家者先修其身，欲修其身者先正其心，心正而后身修，身修而后家齐，家齐而后国治，国治而后天下平……'"

绵杜虽然学问平常，但这几句话还是记得的。他发现了奕律说的几处差错，便给他纠正了。

奕律听完伯父的纠正，又问："伯父，侄儿斗胆问一句，您欲齐咱们这个家，可事先修了您哪个身？"

这话把绵杜问愣了,半天讲不出一句话来。

"侄儿这儿等着呢,伯父……"

"你说什么?"

"侄儿在问,您欲齐咱们这个家,可事先修了您哪个身?"

"这话从何说起?我自幼熟读圣人之书,句句诚意践行,齐家如何有不修身之理……"

"那好,"奕律道,"圣人又道:'父母在,不远行。'侄儿想知道,爷爷昏迷那会儿,您是否曾远离爷爷?"

这又把绵杜闹糊涂了:"你小子说什么呀,爷爷昏迷那会儿,我何曾远行?"

"侄儿问的是是否曾经远离爷爷?"

绵杜绝对不会想到奕律实际上是在盘问那幅《虢国夫人游春图》的事,故而斩钉截铁地回答道:"没有离开半步……"

听后,奕律笑了起来,道:"这可就是修身齐家的题目了……请问伯父,既然没有离开爷爷半步,那咱们那幅《虢国夫人游春图》是如何到了和中堂府上的?"

听了这话,绵杜顿时觉得自己受到了重击,但他很快恢复常态,怒道:"你这是在胡说八道!"

奕律见伯父如此表现,吃了一惊,心想他怎么如此镇静?假装的吧?

奕律决定以冷笑对付伯父的强硬,道:"伯父,事情是这样的。在这个家庭里,除去侄儿,再没有一个人晓得《虢国夫人游春图》的事——侄儿也是从一位朋友那里晓得的。不幸的是,他真是不够朋友,竟借这事敲咱们的竹杠,逼着侄儿回家来向您老人家传话,要想息事宁人,就需给他十五万两银子,而且放言少一文都不可。侄儿无奈,只得回来传这个话。给不给他,则需伯父掂量着办……"

讲到这里,奕律不提防被伯父一脚踢了过来,整个身子在地上滚了两个滚。

奕律爬起来,道:"这是何苦呢?要给,我就去告诉他;不给,只要伯父有办法摆平这档子事,咱们也可以不去理他——这样好了,二更之前,我听伯父的信儿……"说罢,双手去掸身上的尘土,看样子还故意把尘土扬向他的伯父。

尔后,奕律仰着头走出了书房,身后传来伯父那雷鸣般的吼声:"滚!"

几乎全家人都听到了绵杜的那雷鸣般的吼声。许多人奔到了书房,发现绵杜独自一个人坐着,对每一个前来询问的人摆手。大家都莫名其妙,不晓得究竟发生了什么事。

绵杜是个聪明人,尽管奕律说是外面的朋友如何如何,实际上是奕律这个畜生要借这件事进行勒索。按说,如此重大的事情被披露出来,绵杜应该思考何去何从的问题。可实际上,面对奕律的勒索,绵杜早就拿定了主意。

有相当长的一段时间,《虢国夫人游春图》的事使绵杜陷于绝望之中。他担心事情总有一天会败露,到那时该怎么办?这样的问题一直折磨着他,使他食不甘味,夜不成眠。渐渐地,一个人进入了他的思考范围,这个人就是蒙贴儿。

画是他向蒙贴儿要出来送走的,神不知,鬼不觉。既然如此,何不把这事全都推到蒙贴儿头上?第一,一把钥匙在她那里,另一把钥匙她有机会得到,可以把画拿出去送人、变卖。第二,最主要的是她有口难辩,如果她把他拉扯上,他可以说她陷害。在府中她处于弱势,有什么人会为她说话?

当奕律揭出了向外送画的事后,他曾吃了一惊。但除此之外,他没有任何恐惧心理产生。他怕什么?眼下,他倒希望奕律快快把事情抖搂出来,然后向蒙贴儿身上一推二五六,一劳永逸地解决那失画的问题。

自然他也有愤怒——小畜生竟然敢敲诈勒索你的伯父,真是是可忍孰不可忍!他在计划下一步的行动,等奕律那畜生回来,他要借奕律勒索之事狠狠地整一整绵枫,让他往后老老实实。如果富察氏参加进来,那他将求之不得。

绵杜都等得有些心焦了,但二更前奕律没有露面。

"他怕了,缩了回去?"绵杜在想。

奕律近来一直昼不着家,夜不归宿,一连几天见不到他的面都是极平常的事。

与伯父摊牌过后两天,一直没有奕律的动静,奕行着了急。

第三天清早开大门时,门人看到一个血肉模糊的人躺在门前。他先是吓了一跳,近前看来,门人吓得魂不附体,急忙报了进去:"奕律少爷不成了!"

那血肉模糊的人被抬进府,祖父永修、祖母富察氏,父亲绵枫、伯父绵杜俱都围了过来。一看那惨象,鄂济氏先是放声大哭,随后放声大哭的是奕律的母亲博尔济吉特氏。

奕律的一条腿已经折断,一条胳膊脱了臼,他还有一口气。大家发现奕律的嘴唇在微微颤动,看样子是要讲什么。博尔济吉特氏赶快把耳朵贴上来,但听不到儿子在讲什么。就在此时,奕律睁开了眼睛,看到哭着他的母亲,看到哭着他的妻子,他那肿得鼓鼓的眼睛里涌出一股泪水,随后双目闭合,停止呼吸。

奕征目睹了这一切,他心如刀割,悲痛难忍。一方面,奕律是他的弟弟,他们自幼一起长大,现在奕律年纪轻轻就这样死去,如何不让人悲痛?另一方面,奕律之死定然与在外花天酒地,结了仇敌有关。奕征意识到,靠祖宗的余荫,不思进取,最后就会骄奢淫逸,难免如此下场。可悲也夫,可痛也夫!

奕行同样目睹了这一切。对他来说,恐惧压倒了悲伤,他认定奕律是遭了伯父的暗算。

奕行知道奕律那天确曾与伯父摊了牌,而那天之后,奕律就失踪了。可以想象,一个侄子敢敲诈伯父,伯父将是何等地震怒。还有一层,有关《虢国夫人游春图》送人的事如果被披露,将关系到伯父的命运,甚至生死存亡。如此这般,伯父为了保存自己,为了保持在家庭中第一继承人的地位,必然顿起杀心,将奕律这个胆大妄为的小子除掉。

真是知人知面不知心。平日,这位伯父一副和善的样子,岂知竟然是一个心狠手辣之徒!幸亏自己躲了起来,没有与奕律一起行动。如若不然,今日死掉的岂止奕律一个人!

就在奕行这样想的时候,绵杜走到了他的身边,奕行顿感寒气袭人。

"过后到我房里来一趟!"伯父对他说道,声音不高,但奕行觉得那简直就是一把钢刀,插进了他的胸膛。

"难道他知道我也参与谋划了?"奕行心想,魂都飞向九天之外了。

绵杜当场做了布置,对奕律的后事做了安排。

做完这一切之后,奕行战战兢兢到了绵杜的房间。

"这就是你们在外面疯的下场!"奕行一进门,伯父就骂了这么一句。

奕行立即想到,这是伯父就他们商定的敲诈之事发出的严厉警告。

"过后看我怎么收拾你!"伯父恨恨道。

这是直接的威胁了!奕行缩成了一团。

"如今怂包了?早知今日,何必当初!"绵杜又加了这样一句,"你讲讲,你们都跟哪些人来来往往?会是什么人下此狠手?咱王爷府岂能容别人欺负?"

奕行没有思考伯父提出来的问题,心里骂道:"你这老东西,装什么大头蒜?人是你杀的,反这样问我,恶心死了!"

"说话呀!"绵杜催促道。

"让侄儿想一想……"奕行都站不住了,身子晃动了两下,一头栽倒在地上。

绵杜的问话只好到此为止。

奕行被抬回了自己的房子,之后他醒来了,眼前是伯父手持钢刀向他扑来的幻象。他尖叫了一声,用被子严严实实地蒙上了头。

他的福晋章佳氏一直守在他的身边,父亲绵枫、母亲喜塔腊氏都来看了几趟。

奕行一直蒙着头,这些人都无法与他说话。

就这样一连两天,奕行以被蒙头,不吃不喝。到第三天,他的情绪才渐渐变得平稳,他吃了些东西,但两只眼睛还是呆呆的。章佳氏垂着泪,一直守在他的身边。父亲绵枫、母亲喜塔腊氏见儿子精神好转,嘱咐章佳氏好生侍奉,家里其他人也曾来探望。见到伯父绵杜,奕行也不再慌张。

"祖母怎么不见了?"奕行问章佳氏。

"出了二哥的事后,她就去了五台山……"

奕行听后,点头不语。

又过了一天,奕行问章佳氏:"祖母回来了没有?"

章佳氏回答道:"没有。"

奕行听了没有再说什么。

第二天,奕行又问章佳氏祖母回来没有。

这时,章佳氏就感到有些奇怪,反问奕行道:"想祖母了?"

奕行并没有回答章佳氏的话,只是说道:"一有回来的准信儿,就告诉我……"

奕行的精神已经恢复,章佳氏觉得他总是待在屋里不是事,便劝他出去走走。奕行摇头,章佳氏也只好由着他。

又过了一天,终于有了富察氏的消息,说她黄昏时回家了。章佳氏告诉了奕行,奕行表现得十分兴奋。章佳氏不明白奕行心里到底在想什么,过午之后,奕行越发浮躁起来,一刻不停地在屋里走动,还不时地挥动着拳头。

见奕行如此,章佳氏紧张起来。

晚饭前,外面有了动静。章佳氏的丫头报告,说大福晋回来了。

奕行一听跳了起来,大呼道:"一场好戏开锣了!"

"究竟怎么了?"章佳氏终于决定问个明白。

奕行见章佳氏发问,便把丫头支了出去,然后把章佳氏招到身边道:"告诉你一件事,你要牢牢记住,家里的《虢国夫人游春图》让伯父给送人了。奕律就这事追问了伯父,伯父便起歹心害死了奕律,这事不能如此了了——我得告诉奶奶,让奶奶追究到底……"说完,奕行掀起帘子走出了房门。

章佳氏听了这些话之后吓得魂不附体,赶快跟了出去。

"倒看看哪个厉害!"走出门口时,章佳氏听到奕行讲了这样一句话。

奕行到了祖母房中,激动不已,也不请安,径直说道:"祖母,孙儿有大事禀报……"

富察氏见奕行来见她的神情,就判定事情重要异常,便问道:"什么事?"

奕行遂把《虢国夫人游春图》之事,把奕律向伯父摊牌之事,把他推测伯父杀死了奕律之事,统统告诉给了富察氏。

富察氏听后咬碎了牙,她强令自己冷静下来,最后,她有了一个报复计划:事先不向王爷报告,而是将全家集中起来,当着王爷的面打开那个箱子,先让全家大吃一惊,然后再闹将起来。富察氏意识到了事态重大而机密,下人是不应该在场的,便对身边的蓉儿和绿珠道:"你们各自回房。今日奕行讲的事你们走漏一个字,小命就不会有了,可听到了?"

"奴婢明白……"蓉儿和绿珠说着便退出了,那两颗少女的心早已经被突如其来的事态击碎了。

蓉儿和绿珠默默走回自己的房子,她们边走边看着对方,最后绿珠一把将蓉儿拉到自己的房中。

"怎么办?"绿珠问道。

"你指的什么呢?"蓉儿的声音都颤抖了。

"蒙贴儿就要遭殃了,要不要告诉她一声呢?"

"告诉她!"蓉儿斩钉截铁道,"我这就去。"

绿珠将蓉儿拉住道:"你别这么急急火火的,沉住气……"

蓉儿点了点头,走出了房间。

蒙贴儿初听蓉儿讲后,心静如水。面对即将来临的祸事,她早就抱定了一死的决心,平静地对蓉儿的通报表示了谢意。

蓉儿见状倒着起急来:"都什么时候了,还不紧不慢的?"

蒙贴儿回道:"我自有办法……"

"你有什么办法?三十六计,走为上计——还不快些走?"

蒙贴儿听罢笑了笑,道:"走?哪里走?能够逃出如来佛的手掌心吗?"

"那就坐在这里,等他们收拾?"蓉儿都急哭了。

蒙贴儿感动了,她拉着蓉儿的手道:"好妹妹,我想办法就是……"

"那就快走吧……"蓉儿催促道。

蒙贴儿点了点头。见蒙贴儿如此,蓉儿这才离开。

蒙贴儿独自一人坐在房子里垂下泪来。逃？哪里逃？命啊！遇到这种种的不幸,不是我命中注定的吗？她记得,十六岁那年,她在门口看摊儿,路过的瞎子口渴,喝了她一碗水,作为报答,瞎子给她算了一卦,说她十八岁起开始走红运。她将这事告诉了爹,两个人作为笑话记下了。结果,十八岁时她的婚事出了变故,嫁到了睿王府,也算是应了算卦先生的话。可自己过得却是什么样的生活呀！成天陪一个六七十岁的老头子,受尽了大福晋的凌辱,吃尽了大家的白眼,这也就罢了,可偏偏又出了那破画儿的事！

正这样想着,她发现窗外一个人影掠过,高高的,像是奕征。她心中一动,秋云离府时曾告诉她,绵杜求她往外送画儿的事,奕征知道。蒙贴儿做了一个决定,想把蓉儿告诉她的事告诉奕征。因为这事牵涉他的父亲,告诉他,他们好有个准备。如此,蒙贴儿紧急开门,把奕征叫住了。

奕征一入蒙贴儿的房间,蒙贴儿就急道:"你是知道大爷送画之事的,如今大福晋知道了那事,你回去告诉你父亲一声,让他有个准备……"

这话把奕征说愣了,反问道:"大爷送画儿是怎么一回事？我知道什么？"

奕征发愣,蒙贴儿见状不解,道:"难道你忘记了听到秋云、领弟她们讲的那事了？"

经蒙贴儿这一提,奕征想起了那事。可秋云她们并没有讲什么画儿呀！他们讲的是父亲与蒙贴儿单独在一个屋子里,父亲给蒙贴儿下了跪,自己一直认为是父亲做了见不得人的事,怕事情败露,才下跪求蒙贴儿的。现在蒙贴儿讲什么送画儿,送什么画儿？难道自己往日弄错了？奕征如此想着,未免疑云满面。蒙贴儿不知道这些缘故,见奕征如此,急得一个劲儿摇头。

就在蒙贴儿与奕征对话那会儿,鄂济氏也正在自己的房子里与花四儿进行对话。原来,章佳氏刚刚向鄂济氏通报了一个重要信息,说她的男人去找了刚刚回府的大福晋,向她告发大爷绵杜把家藏的《虢国夫人游春图》送给了外人。大福晋决定待明天大爷回来后,当着全家的面揭露这件事,借此将大爷扳倒。鄂济氏听后大吃一惊,她并不晓得大爷把画儿送人的事,便问章佳氏道:"是不是爷爷病倒时,为走关节把那画儿送出去的？"

"可不是嘛！"章佳氏把嘴贴近了鄂济氏的耳朵,"听说是送给了和中堂……"

鄂济氏听后又惊了一下。

章佳氏打算把自己所知道的一股脑讲出来,仍然贴近鄂济氏的耳朵道:"是大爷和蒙贴儿串通一气,送出那画儿的……"

这是一件大事。如今大福晋抓到大爷把画儿送人之事,借机扳倒大爷,这对她来说是顺理成章的事。可这么一闹,这个家岂不彻底崩溃了?

章佳氏走后,鄂济氏依然放不下这件事。可想了半天,鄂济氏叹起气来,这或许是天数,自己既没有任何能力挽救,相信这个家里也没有什么人有这种本领,任它去吧!

但鄂济氏想到了一个人——蒙贴儿。以往鄂济氏就听说,藏那幅画儿房门和箱子的钥匙各一把,箱子的钥匙在老爷子那里,房子的钥匙在蒙贴儿那里。不通过蒙贴儿,既弄不到开箱子的钥匙,也弄不到开房子的钥匙。蒙贴儿是个可怜的人,如今又摊上这事,大福晋一定不会轻饶她。鄂济氏越想越觉得蒙贴儿可怜,便想拯救这个家庭我鄂济氏无能为力,但救一个蒙贴儿,我还是可以做到的。于是,她叫来了花四儿。

"花四儿,你尽快到侧福晋那里去一趟,告诉她,外送《虢国夫人游春图》之事大福晋知道了。他们要等明日大爷回来后,当着全家的面揭露那事,让她尽快想辙……"

"那事大福晋知道了?她是怎么知道的?"花四儿一边听,一边瞪大眼睛表示吃惊。

"听口气,这事你是早就知道的了?"鄂济氏惊问道。

花四儿知道自己说漏了嘴,事到如今也不必再保什么密,道:"知道——说来话长。主子,这事奴婢不能直着去对侧福晋说,得去告诉蓉儿,让她去说。"

"蓉儿?"鄂济氏不解,蓉儿可是大福晋的丫头呀!再说,怎么又拉出一个蓉儿?花四儿见鄂济氏惊愕,便道:"这事奴婢去后回来细细讲给主子听。"

"你可要仔细了……"

"主子放心。"

蓉儿听花四儿讲后第二次到蒙贴儿房子时,奕征正为蒙贴儿说的送《虢国夫人游春图》的事陷于一头雾水之中。蓉儿进屋,见奕征在,便给奕征请了安。蒙贴儿便向蓉儿道:"正好大少爷走过,我把那事跟大少爷讲了。"

蓉儿自然知道"那事"的含义,遂道:"是应该告诉大少爷,好让大爷有个准备。"

奕征越发想不明白了,即使弄错了,父亲求蒙贴儿不是为了掩盖见不得人的事,而是为了什么送画儿的事,可秋云与领弟都是向他做过保证的,不再告诉第三个人。而如今不但蒙贴儿知道了,而且看样子蓉儿也知道了。这是怎么回事?

蓉儿以为奕征是知道绵杜送画儿的事的,她这次来是有新状况告诉蒙贴儿,于是道:"有了新情况——大福晋要等明日大爷回来后,当着王爷的面儿挑开那事。要做什么,不必那样匆忙了。"说完就匆匆离去了。

看来事情是紧急的,但奕征依然不明白究竟发生了什么事。蒙贴儿也已经看出这里面肯定有误会,遂问奕征道:"你并不清楚大爷送画儿的事?"

奕征摇头。

"这就怪了,秋云说,你那天定然是听到了的……"

"听到的只是只言片语,并没有听到什么送画儿的事。"奕征回道。

"原来是这样……"随后,蒙贴儿把当日绵杜求她拿出那画儿给她下跪的经过简要讲了一遍,随后讲了秋云、领弟、蓉儿、绿珠被牵涉进此事的大致经过。

听完蒙贴儿的话后,奕征心中立即豁亮起来,顿时感到自己不谙世事竟至如此。他曾想祖父发病会引起家庭的矛盾,但他绝对想不到,矛盾竟是如此之深。父亲送画儿的事他被蒙在鼓里,而实际上,此事在整个家庭引起的波澜,却一直在暗中涌流,其劲之强,其流之阔,是令人吃惊的。不用说亲人,就是下人,竟有如此多的人被卷入其中。可怕呀!

这些事情容后慢慢思考,眼下需要思考的是大福晋要追查送画之事,这当如何是好?不采取对策,整个家族定将乱成一锅粥,弄得一发不可收拾。

蓉儿说大福晋要等父亲回来当着爷爷的面挑开那事,届时不但父亲、爷爷在场,而且也会有很多人在场。想到这里,奕征内心不由得惊叹——够毒!

等到明天也好,这至少给他应对危局留出了时间。

听到绵杜把画儿送出去的消息后,绵枫主张立马行动把事情讲给父亲听,当即揭锅。

富察氏心想掌握了绵杜送画之事,扳倒他已是易如反掌,但有两个问题需慎重考虑:第一,是如何"扳"的问题;第二,是投鼠忌器的问题。

按照富察氏的设计,扳倒绵杜,一要利落,二要彻底。利落,就是不拖泥带水,把事情揭得明明白白。彻底,就是不留后路,让事情一了百了。而要做到这两点,第一,揭露真相,一定要绵杜在现场;第二,揭露真相,一定要更多的人在场。

投鼠忌器,就是既将绵杜干净利落地扳倒,又要顾及整个家族不至于因这事而受到损伤,而这与她自己的利益息息相关。绵杜扳倒了,整个家族完蛋了,自己的一派势力也随着完蛋,这可不是富察氏想要的。她既要扳倒绵杜,又要保全自己的势力。不然,整个家族闹个天翻地覆,到头来如何收拾?好事不出门,坏事传千里,这事传出去,家族的声誉何在?

还有一层,那画是送给了和珅的,这里面便有一个如何处理这层关系的问题。和珅这样的人,不可求其帮助,可绝对不能得罪。如家里闹起来,事情传出去,如何能够不得罪他?绵杜已经是一只关在笼子中的老鼠,跑不掉的。一天不回等一天,两天不回等两天,三天不回等三天。不是次日绵杜就回来吗?等!只是有一样,这事不能够走漏风声。由于自己心急、大意,这事让蓉儿和绿珠两个丫头听到了,于是,富察氏把两个人找来,软硬兼施,叮咛、吓唬了一番。

一路劳顿,她很累了,布置完一切,她便睡去了。

早晨醒来,富察氏打发蓉儿和绿珠分别暗暗查看了绵杜和蒙贴儿房里的动静。蓉儿报来的消息让富察氏惊了一下,蒙贴儿的父亲病重,昨天夜里来人把她接走了。

这么巧?藏《虢国夫人游春图》房子的钥匙在蒙贴儿的手里,她的突然离开是有意安排的吗?富察氏不相信蒙贴儿会有这样的智慧,更不相信蒙贴儿会生着顺风耳,把她和儿子们商量的事情听了去。

两个儿子则认为这里面大有文章,他们主张立即行动,跟父亲讲明,强行打开那只箱子。

富察氏不赞成如此鲁莽,她已经做了安排,不打算轻易改变。但是她也并没有失去警惕,还是派人去蒙贴儿的娘家进行查看。回来的人报告说,前一夜蒙贴儿的父亲被她的一位表姐接了去。对蒙贴儿的父亲为何突然被她的表姐接走,富察氏认为并不是蒙贴儿动了什么心计,极有可能是她父亲的身子已经有了毛病。但蒙贴儿总不可能不回来,这样,富察氏便决定等!

绵杜早就回来了,他不晓得将要发生什么事。整个王府生活照常,但灶里的干柴在积累,灶火越烧越旺。冥冥之中,所有的人似乎意识到,一锅水即将沸腾。

三天后,蒙贴儿回来了。富察氏与两个儿子一起到了老王爷的榻前,向他报告了《虢国夫人游春图》被送人之事。

永修王爷大为震惊,立即要找蒙贴儿、绵杜问个究竟。此事被富察氏拦住了,道:"那画儿有没有,一看不就清楚了?"

老爷子认为有理,便与富察氏一起,带领蒙贴儿去开门、开箱。可到了那间房子时,老爷子发现绵杜、绵枫,甚至绵枚也从学堂里被叫了来,还有下一辈的奕征、奕行都在那里。老爷子一时糊涂起来,但此时富察氏已经让蒙贴儿打开了门锁。随后,老爷子拿出钥匙打开了箱子。

绵杜就在蒙贴儿的身边。

富察氏、绵枫、奕行成竹在胸,那箱子打开之后,他们竟不想往箱子里瞧一眼。

永修的脸色变得蜡黄,他存有一线幻想,希望绵枫等人所报不是真的。但他也清楚,富察氏和两个儿子没有实信儿,是不敢这样行事的。故而,心情紧张到了极点。

蒙贴儿打开箱子后,俯身取了什么。然后她伸直了身子,手里拿着的是大家所熟悉之物——黄绫子包着一卷东西,那里面便是《虢国夫人游春图》。蒙贴儿不紧不慢,将黄绫子层层打开。最后,那张画露了出来。没有错,就是那幅《虢国夫人游春图》!

富察氏先是脑子里一片空白,随后便觉得天旋地转。最后,她一头栽到了地上。在她倒下去之前,绵杜已经倒下。

原来,听了蒙贴儿的话后,奕征思考了片刻,随即有了两个主意:一,让蒙贴儿暂不声张,沉着应对,听从他的安排;二,自己立即去找绵綮等人商量对策。

奕征随即去找绵綮,鄂鄂自真、怡百寿正好都在那里。奕征把情况简要讲了一遍,大家都意识到了事情的严重,自然更意识到事情的迫切。绵綮最先有了主意,遂跟大家讲了一遍。大家一致称赞,随后分头行动。

鄂鄂自真回家把事情告诉给了秋云,并向秋云讲了绵綮的主意,秋云遂照绵綮之计行动起来。

一辆大车到了蒙贴儿父亲那里,将蒙贴儿的父亲接出。

一名少妇声称是蒙贴儿表姐的邻居,敲开了睿王府的大门,说蒙贴儿的父亲病重,她受委托前来请蒙贴儿赶快回去看父亲。蒙贴儿跟永修王爷禀明,永修王爷随即让蒙贴儿回去了。

与此同时,绵崇与怡百寿去了和珅府邸。

二更时分,蒙贴儿离开后不久,绵崇便派人来要奕征过去。

奕征惴惴不安,和府之行是整个事情的关键。绵崇行前曾极度自信,奕征担心那是他做样子安慰大家,以便让大家情绪稳定。

见到绵崇时,发现怡百寿不在,奕征变得高兴起来。随后,绵崇先问了蒙贴儿之事,奕征回答一切照计划而行,没出什么差错。奕征讲完后,绵崇的一句话让奕征吃了定心丸:"他答应了!"

这里的"他"指的是和珅。绵崇带怡百寿去找和珅,是让他同意怡百寿临摹《虢国夫人游春图》,然后把临摹品带回,放进原装《虢国夫人游春图》的那个箱子。这是一招儿险棋,也是一招儿活棋。险,一险在和珅会不会答应,二险在临摹品会不会被识破。怡百寿说,只要给他三天的时间,他保证做到以假乱真。怡百寿还分析说,只有老爷子是老手,其余的都是不懂行的。届时场面定然十分紧张,大家所关注的是画在不在,而不是真假。

这样,剩下的险就是和珅答不答应了。而对此事,绵崇则说同样没有险情。他是这样分析的,届时睿王府发生的事直接与和珅相关。如果到时发现那画儿不在,永修王爷一定会追究,大福晋更要追究,那事情就会败露。到时,把他和珅摆出来,事情怎么了结?和珅是个聪明人。他会答应让怡百寿临摹,这是解决危机的唯一办法。绵崇还说,在做法上,开始不要说临摹之事,而是讲明情况,说事情紧急,他受绵杜大爷的委托前来取回那幅画,等危机过后再行奉还。和珅不会轻易撒手,便会退而求其次。

绵崇说到这里时,鄂鄂自真分析道:"可如此一来,和珅收受贿赂之事便得到了证实,因此他会否认收了《虢国夫人游春图》,拒绝这些安排。"

"看来是这样的。可和珅会想既然事情到了这份儿上,收受《虢国夫人游春图》的事已经被这么多的人知晓,如果事情给捅出去,他是要暴露的。而如此安排之后,事情就可平息。他会权衡利弊,从而不会否认收画之事,而是会接受这些安排。况且,"绵崇最后又道,"我会就保守秘密一事,给他作出承诺。"

事情完全照绵崇的分析进行,怡百寿留在了和府,预定三日把事情做完。

如何把临摹的画儿放回原处倒是一个难题。门一把锁,箱子一把锁。蒙贴儿的钥匙没有问题,老爷子的钥匙得想法弄出来,用完了还需送回原处。而临摹的画儿做好之后才可以开那房子的门。这样,开那房门的时间是有限的,奕征承担了放画的任务。

睿王府一家表面上依然是平静的,但追画事件在大家内心掀起的波涛却无论如何无法平静下来。

富察氏倒下之后就没能起来,她被抬到自己的房子里,依然是精神恍惚,无法站起来。如此过了整整一天,她才渐渐恢复正常。

"这到底是怎么一回事?"富察氏立即捡起那追画事件,"难道是奕行报告的情况不准?"她喊人把奕行叫来。

奕行来了,他不是自己走来的,而是被两个下人架着来的。支走了下人,富察氏询问奕行他所得消息的来源。结果奕行的回答是驴唇不对马嘴,这时富察氏才知道,自己的这个孙子已经疯了。

两个孙子不争气,难以指望,但人还在。这下好了,一个死了,一个疯了,就是她富察氏三头六臂,能够把这个家的大权弄到儿子手上,可往后呢?富察氏万念俱灰,一个坚强的老人看来是被击倒了。这之后,一连三天她不再出门。

绵杜的神经也变得脆弱起来。在那间屋子里,当蒙贴儿打开箱子那会儿,他已经支持不住,也是被抬进自己的房子的。

他还不晓得最后发生的事。他醒来的时候,大福晋佟佳氏、侧福晋佟佳氏、儿子奕征、儿媳都在他的身边。见到他们之后,绵杜垂下泪来。奕律是一个畜生,但他已经死了,而且还是惨死。而奕行也疯了——他的疯,肯定与奕律之死有关。不管怎么样,一个死了,一个疯了,如果富察氏需要惩罚,如果绵枫需要惩罚,这还不足够吗?如此看来,自己的惩罚计划难道不应该收起吗? 再说,自己并不是没有过错。把镇宅之宝《虢国夫人游春图》交出去,这难道不是过错?想到这里,绵杜对守在身边的福晋和儿子轻轻道:"连累你们……往后……要过艰难日子了……"

奕征了解父亲的意思,道:"父亲,那《虢国夫人游春图》在哪!"

绵杜不相信自己的耳朵,问:"你说什么?"

奕征重复问道:"那《虢国夫人游春图》在哪!"

绵杜用肘支起身子,再次问道:"你说什么?"

奕征再次重复了自己刚刚说过的话。

绵杜重又躺下,仰面朝天,想着什么。如此持续了几秒钟,他的头向一边一歪,再次昏了过去。

绵杜昏迷后过了一袋烟的工夫才醒了过来,他没有一句话,双目迷茫。大福晋、侧福晋、儿子、儿媳看了很是担心。

永修王爷派人来询问绵杜的情况，奕征过去回了，然后回来。这时绵杜有了话，问父亲那边怎样？奕征回答说爷爷好好的。

"没有别的话？"绵杜讲了第二句话。

奕征摇了摇头，说了一句："阿玛，没事了。"

奕征讲后，父亲一直看着他，喃喃地说了声："这是怎么回事呢？"目光依然迷茫。

房内再次陷入沉寂。

绵枚被通知到藏画的那间房子里去，并不晓得是为了什么。家庭的纠葛他一直躲得远远的，因此，绵杜送画的事他并没有听人说过。他和其他人等在那里，后见老王爷、大福晋、蒙贴儿过来，看那阵势知道有大事发生了。老王爷看大家站在那里，生出疑问，这说明让大家到那里并不是老爷子的意思。老王爷问后，绵杜回答，大福晋不加理会，便让蒙贴儿开门、开箱，这说明一切的一切，都是由大福晋一手安排的。在现场，绵杜先是昏倒。那画儿取出后，大福晋昏倒。这表明，绵杜和大福晋与这件事有关。可到底是一件什么性质的事呢？绵枚百思不得其解。

事后，绵枚整整一天没有出屋。他依然抱定一切纠葛，绝不参与的信条。出房门，他遇到这一方或那一方，都会尴尬的。

绵枚远离家中的矛盾，心境却并不平静。细节他不晓得，但总体状况他却看得明白。他从本心不希望家族出现内乱，这并非完全是出于自保。他看不得倾轧，认为彼此钩心斗角，是人心不古。他希望人与人的关系就像孔夫子讲的那样，父慈、子孝、兄良、弟悌、夫义、妇听、长惠、幼顺、君仁、臣忠。可事实上，他所看到的并非如此。

睿王府上一直有一座学堂，这学堂开在后楼上。奕征、奕律、奕行的书就是在那里读的。现如今，永修的第四个儿子，十二岁的绵枚正在学堂中读书。一只羊得赶，一群羊也得放，周围一些富家孩子也进了睿王府的学堂。

这是奕行没死之前的事了。因为学堂晚上是开课的，一次吃过晚饭，绵枚就去了学堂。

但过了一阵子，永修王爷的侧福晋完颜氏就听见管理学堂事务的家人胡四儿在门外悄悄问道："二主子，四爷可在屋里？"

完颜氏见胡四儿问，心里犯了嘀咕，绵枚吃过晚饭就去了学堂，胡四儿怎么到这来找绵枚？于是道："进屋讲话……"

胡四儿进屋请了安，站在那里。完颜氏又问道："四爷没去学堂？"

胡四儿摇了摇头，悄悄道："奴才去回先生，就说四爷身子有些不舒坦，早睡了？"

完颜氏知道这是胡四儿耍乖巧，怕绵枚逃学传出去不好。

"不要，"完颜氏果断地说道，"你去回先生，就说四爷一回来就过去……"

胡四儿明白，退了出去。

这完颜氏出身低微，是靠美色被永修王爷娶进府来的。她给永修王爷生了一个儿子，提高了自己在府中的地位。一般人在此情况之下，儿子出了错，会千方百计捂起来，不让别人知道。可完颜氏不这样，她不遮丑，儿子出了差错，绝不掩盖，更不姑息，这样孩子才会走正路。而这样做，会进一步让家里人另眼看待，赢得敬重。

胡四儿用完颜氏的话回了先生，先生等在那里。绵枚来时，已经将近三更了。

绵枚承认自己逃了学，向先生认了错，表示日后不会再犯。先生讲了孔子的许多话，教训了一番，放绵枚回去了。

回来之后，绵枚向母亲跪了，讲了逃学的经过。原来，去学堂的路上，他走到后院碰见了奕律。奕律对他说，夜里护国寺旁边的大戏台演《闹天宫》，热闹得很，问他去不去？绵枚说晚上学堂有课，不能去。先生严得很，为了去玩，是不容告假的。奕律说，先斩后奏嘛，回来就说头疼脑热了，先生怎么知道？《闹天宫》皇上都看了。徽班进京，创牌子，才在大戏台露天演一场，难得见的。去不去快拿主意，我跟奕行现就赶过去，一耽搁就没地儿了。就这样，绵枚大着胆子就跟奕律、奕行去了。

完颜氏相信儿子的话，她没有让儿子起来，含泪训道："儿啊，这就是你的不是了。"

完颜氏不识字，不会讲子曰诗云，只是讲了一般的道理，可字字珠玑，打动了绵枚的心："人生在世，先要正直。正先要心正、心直。心想得正，想得直，路才走得正，走得直。今日这事，你的心就没有想正，没有想直。晚间先生要你们去学堂，听先生的，去学堂，这就是正，这就是直。开头你想的是上学，心是正的，直的。可听了奕律的一番话，你的心就变歪了。奕律说先斩后奏，回来说谎，这是歪话。你听他的，便变成了你的。从这一时起，你就不再正直。你做错了事，心就虚起来。心虚就不实、不诚了——回来，你便撒谎，说什么《孟子》长，《孟子》短。逃一次学，你就骗你的母亲。到你长大,做家里的事,出了错,你就会骗全家。做朝廷的事,出了错,你就会骗朝廷。现在常常听什么总督、什么巡抚、什么总兵带兵打仗,打输了,骗朝廷,说打赢了,最后被查,丢官、丢命。走到这一步,就是自幼不正直。世上不正直的人不少,朝里不正直的官很多,可咱们不学那些人……"完颜氏又讲了她弟弟,也就是绵枚舅舅的事,"他长到你这个岁数时,还没有进过学堂,可他是多么想念书啊!可家里拿不出钱来送他进学堂,还要指望他干活,帮助家里填饱肚子。他后来识了字,还想读更多的书……也许是打小受累,留下了病根,竟没活过三十岁……"讲到这里,完颜氏落下泪来,绵枚也跟着落泪。

"可生在这个家也有害处……"

在完颜氏心中,这个家最大的问题是嫡庶相争,弄得你死我活。百姓家也有争斗,但不会像这个家族这样。孩子还小,不太明白这方面的事,完颜氏就这个家族最易滋生的弊病讲了一些,诸如贪图安逸、不思进取、傲慢骄横,等等。

完颜氏的训教极为有效。绵枚又是一个本质仁义的孩子,母亲的谆谆叮咛,打动了他幼小的心灵,他决心照母亲的教导行事,做母亲所希望的正直仁义的人。

富察氏躺了些日子,精神头儿渐渐恢复。而她就是这样的人,一旦恢复本性,就开始折腾。自己的一派受到了重创,一个孙子死了,一个孙子疯了,但她绝对不打算善罢甘休。

经过几次挫折,富察氏行事变得谨慎起来。她对奕行的说法将信将疑,于是又找奕行进行了一次长谈。奕行时疯时好,他在与章佳氏谈这事时,保留了奕律敲诈绵杜的情节。这次奶奶追问,他觉得如果继续隐瞒,奶奶极有可能不会相信奕律是绵杜害死的。于是,他便把他与奕律一起从绵溶那里听到画儿在和府、绵溶出主意让他们敲诈绵杜,以及他所了解的奕律对绵杜实施敲诈的经过一五一十讲了一遍。这样一讲,富察氏不得不信了。于是,她怒火中烧,骂道:"好一个绵杜,竟然如此心狠手辣、丧尽天良,杀害自己的侄子!我的孙子就不能这样白白地死了!"

这次,富察氏决定找朝廷。

当时,她的哥哥福康安正好在京,他是得到皇上的恩准,从云南回京治病的。富察氏回了一趟娘家,就此事征询了哥哥的意见。福康安并不主张富察氏做这样的事情,说绵杜害死了奕律,证据不足。如果真的是绵杜加害奕律,就不会让他活着回家。

富察氏坚持己见,且一定要把事情做下去,声言这次不扳倒绵杜,孙子之仇不报,誓不罢休。

福康安无奈,只好依妹妹,说这事可报宗人府,让宗人府进行审理。富察氏央求哥哥在宗人府打通关节,福康安勉强答应,说可以"试试看"。

福康安还向富察氏讲明了办案的程序,可令绵枫出面向宗人府递交呈状。

富察氏心里有了底,便依哥哥所指进行。可向宗人府递交的呈状需要用满文书写,这可难住了绵枫。最后,富察氏又请哥哥帮忙,在内务府给她找了一名满人笔帖式。

呈状递上后,富察氏又找福康安,问在宗人府是不是找着了人。福康安只好去找人。

大福晋出出进进,早已经让蓉儿和绿珠警惕起来。最后,两个丫头终于弄清楚,原来,富察氏是认定大爷绵杜害死了奕律,在找娘家人谋划报复。

打探到这样的消息后,由蓉儿出面把消息告知了奕征。

实际上奕征在这之前已经知道了大福晋向宗人府告状的事。绵枫写满文呈状,是由福康安在内务府找的一名满人笔帖式,而那名满人笔帖式正是绵崈手下的人。那人知道绵崈与奕征要好,也知道被告绵杜就是奕征的父亲。事关重大,自己一位顶头上司朋友家出了这样的大事,如何不报?如此这般,绵崈便知道了富察氏状告绵杜之事。绵崈知道了,奕征自然也就知道了。

绵崈在宗人府有朋友。那朋友讲,宗人府确实收到了绵枫的呈状。

"事情到底是怎样的,可知晓吗?"那朋友问绵崈。

绵崈把永修家的总体状况,特别是大福晋和绵杜两个支脉的矛盾简要讲了一遍,最后道:"绵杜为人,我也略有所知,他当不会干出如此伤天害理之事。奕律是活着进了家门的,若是绵杜下的毒手,他岂能让奕律活着回家?"

那朋友闻言点头称是。

绵崈接着又道:"仅这样讲难以将绵杜洗清,最好的办法还是查明杀害奕律的真凶……"

此后,绵崈在宗人府开始活动。活动的重点,是影响宗人府,使他们的办案朝着查明真凶的方向发展。

绵崈的行动很有成效。奕律生前有不少的酒肉朋友,他们争风吃醋,作恶多端,这些人大多是属宗人府管辖的八旗子弟。宗人府在那些人中进行筛选,很快便有了线索——绵溶进入侦查者的视线。最后,通过绵溶查明,奕律是因与几名八旗公子哥儿争某戏园一名坤角发生火并,被打致死。那些打人的凶手俱都抓捕归案,事情已经大白于天下。

宗人府晓得绵枫的背后有福康安,便先向他通报了情况,还请福康安出面让绵枫悄悄撤回呈状,事情便算了结。福康安原本就不赞成妹妹告这一状,现在事情有了结果,便没有什么话好讲。再说,宗人府如此向他打招呼,这是面子。不然,借此定绵枫一个诬陷罪,那就吃不了兜着走了。

福康安让绵枫撤回了诉状,并对妹妹劝解了一番,不要再为这些无谓的事伤神。

绵崈和奕征也见好就收,没有去找宗人府定绵枫的诬陷罪。

一场危机随即终结。

第十八章 江河日下,四少奔波为国忙

嘉庆皇帝给绵崟派了差——秘密出京到南方的三织造去。国库明明记着尚有五千六百万两的存项。正月太上皇举办千叟宴,用去一些。之后与白莲教的战事,新拨五十万两。按说,还应剩五千多万两。可河南黄河溃堤要拨一百万两,结果皇库却只能够拿出六十万两,这令嘉庆皇帝震惊异常。嘉庆皇帝最后查实,国库确实只剩下了六十万两。河不能不修,而其他的事也不能不办。如何是好?嘉庆皇帝要筹措银两,派绵崟去南方找三织造,就是筹措工作的一部分。

绵崟是秘密行事的,身上带有皇上的手谕。事情不便声张,皇上有话,说他可以带自己信任的两三人一起前往。这样,绵崟邀奕征和鄂鄂自真同往。虽有幕僚性质,但算是公差,且是为皇上秘密行事,无论是奕征还是鄂鄂自真都兴奋异常。前一夜,奕征和鄂鄂自真都在绵崟府过夜。天亮后,三人一起赶到朝阳门码头登船上路不提。

绵崟进宫当差,奕征一直很是高兴。后来他跟随绵崟出差,也并没想到有朝一日,自己也会进宫当差。

走上这条路,需要有机会。实际上,绵崟进宫后,对奕征来说,就出现了这样的机会。绵崟进入宫中成为皇上的一名侍卫,是因为当今皇上需要这样一个人,而绵崟的情况,是内务府总管和尔经额介绍给皇上知道的——这一点,绵崟进宫之后很快就晓得了。皇上不只需要绵崟一个人,而是需要像他这样一批人。通过一段时间的接触,绵崟了解了奕征的为人,认定奕征同样是皇上所需要的人,便向皇上推荐了他。

从江南回来后,绵崟带领奕征进了宫。进宫前,绵崟甚至没有向奕征讲明皇上要见,只说江南之行要向宫中做一次禀报。奕征以为见的是内务府总管。

最后,绵崇领奕征到达养心殿暖阁,奕征还没有品出味儿来,一直到绵崇说了一句:"我们是要见皇上……"奕征才紧张起来。

"皇上正等着……"门口一名太监迎了上来,说完向内喊话。里面一名太监出来,将绵崇和奕征引入。

门上有一个帘了,就在太监撩起门帘的那一刹那,奕征已经看清了皇上的模样:中等身材,微胖,扁平的方脸,眼睛有神,但显出倦色。

皇上是斜着身子躺在炕上的,身边有一小桌。看完这一切,绵崇已经进门。奕征跟在绵崇之后,学着绵崇的样子,小步走到炕前跪了下去。

"臣绵崇叩见皇上……"绵崇轻声道。

奕征也轻声道:"臣奕征叩见皇上……"

"起来吧……"

绵崇和奕征站起身来,奕征发现皇上的目光移向自己,便立即垂下头来。

绵崇向皇上奏报了江南之行的情况。

绵崇清楚,皇上对过程不感兴趣,只关心数目,于是用极简练的语言讲了过程后,立即突出了主题——数目:江宁二十万两,苏州二十五万两,杭州十八万两。

"江宁比苏州还少?"皇上面起愠色。

"他们随后将有密折来。"绵崇如此回奏了一句,算是对皇上疑问的回应。

"江南一趟,你们看到了些什么?"随后,皇上平静下来。看样子,皇上对绵崇的江南之行还是满意的。

奕征初听要见皇上时,曾有一阵紧张,但很快就平静下来。一听绵崇说要见皇上,奕征立即明白皇上是要用他。大概是绵崇向皇上推荐了他,皇上遂有这一安排,看看是不是可用。

即使想到了这是接受皇上的考察,他依然是心地泰然。他告诉自己不要刻意表现,更不要曲意逢迎。

但另外一方面,奕征还是珍视这样的机会。能够得到皇上的任用,那是好事。如果能够得到皇上的重用,那更是好事。孔夫子多年奔波,不就是想实现自己的主张吗?自己不能够与孔子比,但孔子的思想和精神则是需要践行的。听到皇上提出如此笼统的问题后,他稍加思索,便回道:"臣这次出京长了见识,总的是一则以喜,一则以忧。繁荣景象无所不见,歌舞升平之声不绝于耳,可喜者也。然只听得繁荣安定之歌颂,不闻居安思危之警戒,堪忧者也。"

奕征讲后,皇上长时间看着奕征,没有说一句话。奕征垂下头来,等待皇上的反应。

"你有居安思危警戒之语吗?"最后皇上这样问了一句。

"臣对世事知之甚少,现在难以讲出中肯警戒之语。然臣有志于国,也想到了一些事情……"

"说来听听……"皇上道。

"国库的亏空曾引起臣的思考,也引起臣的忧虑——亏空之事,恐国弊豹之一斑也。对此不能等闲视之,而需举一反三才好……"

显然,眼下皇上并不想展开谈这个题目,便道:"这事改日再讲吧……"

但这次见皇上之后,奕征便进了宫,成了皇上的一名侍卫。

不久,绵崟和奕征接受了新的钦令:去山西与几名属于内务府的皇商接洽,从他们那里筹集银两。

他们此次去山西,像上次去江南一样,带有皇上的手谕。哪个不想为皇上出力?但对要找的对象也不能够一无所知。去江南之前,绵崟和奕征便临时搜集了一些有关三织造的背景。此次有关内务府皇商的事,无论绵崟还是奕征,知道得比三织造还少。行前,两个人也得在这方面补补课。

奕征一直想着皇上身边缺少人手的事,又想到自己进入宫中,是因先随绵崟去了一次三织造。既然如此,为什么这次不再把鄂鄂自真带上,另外再加一个怡百寿?这样,回来后也可把两个人推荐给皇上。想到这里,奕征遂向绵崟提了出来。

绵崟听后笑道:"这咱们又想到一起了。"

这样,鄂鄂自真和怡百寿成了他们两人的随从。

了解内务府与皇商关系的事,绵崟有着极为方便的条件。第一,他是内务府广储司总办郎中,身边有这方面的档案。第二,养心殿造办处名叫绵庠的佐领是他的一个亲戚,而养心殿造办处正是皇商的主管。于是,绵崟、奕征、鄂鄂自真、怡百寿四人便去找绵庠。

绵庠的祖父是绵崟祖母的哥哥,两个人是表亲。绵庠比绵崟大二十岁,在造办处当差已经二十年,几年前当上了佐领。

见面时,绵崟向绵庠介绍了奕征等人。介绍奕征时,绵崟说奕征是自己的一位朋友,刚刚进宫当了侍卫。绵庠上下看了看奕征,点头示意。介绍鄂鄂自真和怡百寿时,绵庠同样注意地观察了他们,并说了一句话:"个个一表人才!"

绵崟没有拐弯抹角,而是直接表明要了解山西皇商的情况。绵崟这样做,说明他了解在宫中当差的规矩。绵庠这样的人,你要从他那里了解皇商的事,就必须直截了当。因为他一眼就能够看穿你的内心,你绕弯子,他就不会跟你讲什么。

"哪一方面?"绵庠问道。

"总体状况。"绵崟回道。

"皇商是怎么起来的,要吗?"

"要。"

"这要从最开始讲起。"绵庠显然不把绵崟放在眼里,看那神情,分明在说你还是一个雏儿,"我祖上未入关之前,就与在张家口和蒙古地区做生意的明朝商人有贸易来往。当时,那里有所谓晋商八大家,即王登库、靳良玉、范永斗、王大宇、梁家宾、田生兰、翟堂、黄永发。我们所需要之军事物品,都经他们之手。可以讲,这批人对我爱新觉罗氏入主中原建有殊功。故此,我朝定鼎后,圣祖皇帝在紫禁城赐宴八大家,封官赏爵,八大商家竭力推辞。于是,圣祖爷便将他们封为'皇商',隶属内务府。范永斗被命主持贸易事务,并'赐产张家口为世业'。其余七家,亦各有封赏。从此,范永斗等取得了其他商人无法享有的特权,他们不但为皇家采办货物,还借势广开财路,除经营河东、长芦盐业之外,还垄断了乌苏里、绥芬等地人参等贵重药材之市。此乃皇商之历史来由。"绵庠稍停,表示第一方面的问题到了一个段落。

这是新鲜事,无论是绵崟还是奕征、鄂鄂自真、怡百寿,都闻所未闻。

随后,听绵庠继续说道:"要讲现今的皇商则离不开内务府,内务府以管理宫廷事务为其主要职责。'管理'有二义,一,侍奉。二,为皇上增进财富。为此,一,营运大内钱币,将皇庄或其他途径获得的农产品卖出。二,参与由朝廷独占之铜盐运销、对边疆、外国贸易诸种事项的经营。而这两项,都需商人参加进来——这就是今日之皇商了。"绵庠打住了,他觉得自己清楚明白地讲完了第一个问题。

"接下来,你们是不是需要了解招揽皇商的事?"绵庠又问。

"是的。"绵崟回答。

"皇商或由招募而来,或从原隶属内务府有经商本领且家境殷实之人中挑选。他们分别属于内务府各司、处,由各司、处佐领管辖。每年,内务府向皇上奏报这些人清偿本利的情况,佐领可根据需要随时'呈请'增加各类商人。"讲到这里,绵庠才对绵崟道,"你们广储司管理的皇商最多,如今可有新的商家'呈请'?对此,你这个总办郎中应该是清楚的……"

绵紫不理会绵庠的问话,道:"请继续……"

"那些担负内务府大宗商务的大皇商,大都由那些资本雄厚,与朝廷有过深远渊源的大商人承充。他们会正式加入内务府籍,由皇上赐以官职和地产。所赐官职,最初大部分是属于内务府的郎中、员外郎、主事、笔帖式。功劳卓著者,他们的祖辈和妻子便可得到各种封号。"绵庠又打住了,他觉得自己清楚明白地讲完了第二个问题。

"接下来,你们是不是要知道这些皇商参与经营的事?"

"是的。"绵紫回道。

"榆次的常家、平阳的亢家、祁县的乔家和渠家、太谷的曹家,介休的侯家,这些可听说过?"

绵紫点点头道:"略知一二……"

"他们皆是现今鼎鼎大名的皇商!这些商家皆受内务府的特许和支持,有时某些活动干脆就以内务府的名义进行。他们从事的商业活动有两项:一是朝廷独占之商业,诸如采矿、盐、茶等。二是经营内务府的大量剩余物品。这两项经营的巨大利益是可以想见的。在整个过程中,他们发达了,朝廷也发达了。说他们发达,像之前提到的那个范永斗,乾隆四十六年时,在直隶、河南两省的二十个州县遍设盐店;在天津、沧州设有多个囤盐的仓库;在苏州设有管理赴日本铜舡的船局,有洋船六艘;在北京有商店三家,在张家口有商店六家,在归化有商店四家,在张家口置有地产一百零六顷。说朝廷发达,因为这些人的经营活动保证了朝廷的财政收入。使朝廷的独占性商业得到有效经营,获取了巨额利润。这些人为内务府营运生息银两,每年上交的帑息数额巨大。并且他们慷慨捐输,其数目也相当可观……"

讲到这里,奕征打断绵庠的话,道:"一贯如此吗?"

绵庠见奕征如此,笑了笑,并没有回答,而是接着讲下去:"这些人以其丰富的经商经验,将内务府作为贡品收上来的大量物品,也就使那些不堪应用之物变成银两,打在内务府的账上。"说着,绵庠又转向绵紫,"你那个广储司,银、皮、瓷、缎、衣、茶六库,应该是与他们打交道最多的吧?"

绵庠并不在意绵紫听了他的问话有何反应,讲到这里便又打住了,他觉得自己清楚明白地讲完了第三个问题。

而讲到这里,绵庠觉得就内务府皇商而言,绵紫他们晓得这些也就足够了。

绵崟和奕征也觉得足够了。他们去山西，确定了接触的几个皇商的名单。原先，绵崟和奕征并不打算从绵庠那里了解这些人的情况。但最后，大概是绵庠的坦诚让他们改变了主意。

绵庠听完绵崟和奕征开列的名单，再次笑了笑，这次有明显狡黠意味。尔后，他讲了他们的情况。

绵崟、奕征、鄂鄂自真和怡百寿的山西之行颇有收效，他们在山西共待了十天，接触了榆次的常家、平阳的亢家、祁县的乔家和渠家、太谷的曹家。各家答应共捐输白银一百万两，分三次兑付。

绵崟、奕征、鄂鄂自真和怡百寿都很兴奋，捐输数目之巨大超出预料，可以向皇上交差了。而此行使他们对皇商的了解大大加深，四人皆曰"胜读十年圣人书"。

"学而优则贾！闻所未闻！"四人到达榆次，接触了常家之后，绵崟发出了这样的感叹。

"学而优则仕"，这是读书人的信条。到了常家，却听到了另外一种信条："学而优则贾。"原来，常家久为书香门第，康熙年间，常进全、常威父子开始经商。康熙四十年时，他们来往于榆次、张家口之间，路上不带盘缠，而是靠给人写书信等办法解决食宿，这表明当时常家并不富裕。常威有三个儿子，常进全去世后，常威带领长子常万玘、三子常万达继续经商，而二儿子常万旺则在张家口郊外购地务农。常威本人是学业有成之后才开始经商的，常万玘、常万达也在饱读诗书之后子承父业，特别是常万达，从小就随父亲在张家口读书。常万达勤奋好学，深受老师的称赞，但在他即将参加科考之际，常威却让儿子退出科考而从事经商。自此，常家开始有了"学而优则贾"的家训，告诫子孙代代遵循。常万旺自幼对读书没有兴趣，表示愿意随父经商，但常威不让常万旺经商而让他去务农，这实际上也是在实施"学而优则贾"的治家方略。这一方略可谓高瞻远瞩，奠定了常氏儒商世家的基础，使常家在商业信誉、商业管理上都不同凡响。到乾隆初年，常威父子在张家口创立了"大德常""大德玉"两个响当当的字号。常威在自己还乡养老之前，将两个字号分别交给常万玘和常万达经营。绵崟、奕征等四人去时，常家已经传到"怀"字辈。"怀"字辈个个文韬武略，一身儒雅之气。

绵崟、奕征、鄂鄂自真和怡百寿往日所熟悉的是仕途之事，文韬武略也皆与官场、战场相系，心中展开的都是官场、战场的场面。而在山西，在他们心中展开了另外的场面——商战的场面,这里同样有文韬武略。这是往日闻所未闻的,是在四书五经中学不到的学问,他们无法不兴奋。

"想想那场面……"有一天,当他们了解了常家"驼路"之后,绵綮兴奋地大发感慨。

常家茶的生意做得最好,他们在武夷山建有大量茶厂,雇用当地工匠达千人。每年茶期,他们便先用车马将茶叶等货物运输至河口,再用船水路运至汉口,尔后沿汉水至襄阳,然后北上至河南十里店,尔后改驮运北上,经洛阳过黄河,越太行山,经晋城、长治、祁县,再换畜力大车北上,经太原、大同至张家口或归化,然后换骆驼运送至库伦、恰克图,全程近七千里。其中,最艰难的路程是归化至恰克图的一段"驼路"。

当时,赶着驼队或老倌车队跑草地叫"出拨子"。驼队称"货房子",每顶"货房子"由十二支驼队组成,每队骆驼十四头,每头骆驼驮重四五百斤。这样,每顶"货房子"就有一百六十八头骆驼驮运货物。每顶"货房子"由一个小掌柜带领,雇有三四名保镖护卫。还配有二十几名驼工和伙计,一路上管理骆驼,找水做饭,保镖和驼工乘马;还专门配备十几条蒙古狗,这种狗高大威猛,能够通力合作,是对付狼群和土匪的好帮手。而且每次"出拨子",大都由几顶"货房子"结伴而行。在浩瀚的戈壁滩上,成千上万的骆驼、马匹汇成的商队,浩浩荡荡。驼铃声、马嘶声、人的吆喝声、蒙古狗的狂吠声,前呼后拥,蔓延数十里,此情此景,又是何等壮观!

"我更觉得那'没奈何'有趣些……"奕征道。

原来,"驼路"之上的俄蒙一带,马匪十分猖獗。马匪呼啸而来,人不离马,冲至驼旁,俯身将驼鞍上的东西掠去,转眼渺无踪影。面对这来无影、去无踪的匪徒,保镖们无可奈何。去时驼队运的是茶叶等货物,回来便有了大量的银两。最初,运回的银两经常被匪帮掠去。后来,常家想出了妙策,将换回大量粗制银器即行熔化,然后铸成银锭运回。常家从恰克图向内地运送的自铸银锭,每块重达一千两,合六十二三斤,并制作专用马车运输。马匪来抢,无法俯鞭掠取,只好弃之而去。这样,弄得匪徒"没奈何",由此,大家都叫这种大银锭为"没奈何"。常家一家想出办法,各家效仿,都铸起了"没奈何"。

"确是学问……"奕征讲后,绵綮亦附和道。

"论起学问,我倒觉得常家在武夷山设厂最为精深……"奕征又道。

"确是高深之学问也。"绵綮、鄂鄂自真和怡百寿附和道。

大清王朝

绵崟、奕征、鄂鄂自真和怡百寿讲的是这样一件事：俄国人对茶叶的需求量非常之大，从明朝开始就不断提出购买中国茶叶的要求。雍正五年，大清与俄国签订《恰克图条约》。条约规定允许不超过两百人的俄国商队每三年到北京一次，免税进行贸易，两国以尼布楚和恰克图为常设边境贸易点，允许边民免税进行零星贸易。雍正八年，开始了边境贸易城——恰克图的修建。最初，双方贸易额只有十万卢布左右。而眼光远大的常万达却看到了与俄国贸易的广阔前景。乾隆十年，常万达断然将原来多种经营的"大德玉"改为茶庄，将主要财力、精力投到了对俄贸易中，开始了开拓万里茶路的壮举。如果说创立"学而优则贾"家训的常威，是常氏发展史上一位划时代的人物，那开拓万里茶路的常万达，则是常家发展史上里程碑式的人物。

常家的茶叶贸易，是一场充满辛劳和智慧的搏击，它记录了常万达艰辛创业的进程。茶产于南方，一般的思路是坐收成品，再把成品运出去出售。从一开始，常万达就有了新思路。他的思路是，茶是入口之物，质量是信誉的基础。坐收成品，很难保证质量。尤其是在常万达的心中，他所出售的茶叶不是一担两担，也不是十担八担，而是几百担几千担几万担。如此多的茶叶，从茶区千家万户收上来，质量是无法保证的。为此，常万达最早想出了茶叶收购、加工、贩运"一条龙"的经营方式。按照常万达的设想，常家在武夷山购买了茶山，组织茶叶采集，并在福建省崇安县下梅镇设庄精选、收购茶叶。同时，自行创立茶坊，自采的和收购的鲜茶均由自己的茶坊加工。然后建茶库，将精制加工成的红茶、砖茶等，妥为收藏。到了茶季，便组织大规模外运。因此，福建成了常家七千里茶路的起点。

只是对奕征来说，新鲜兴奋劲儿很快就消失了，原因是这些事很快融入他所特有的那一君臣观的思维之中，从而看到了某些十分可怕的东西。

商人们为什么情愿拿出一百万两银子向皇上捐输？这是忠君吗？不会错的，从与商人的实际接触之中，奕征看到了这一点。皇上需要，商人拿出银子捐输，天经地义。但奕征看到，商人们这样做，是他们本身的利益所在。皇商们明显有别于一般商人，他们主要的依靠是朝廷。朝廷荣，他们俱荣；朝廷损，他们俱损。他们都知道自己之所以有今日的发达，完全是靠了朝廷的提携。而日后想继续发达，依然是靠朝廷的提携。对他们来说，朝廷的安危，同他们生死攸关。

来山西这一趟，奕征亲眼看到了皇商的发达。榆次的常家，平阳的亢家，祁县的乔家和渠家，太谷的曹家，那气魄均可称得上富可敌国。介休的范家已经败落，自然不在奕征和绵紫接触的名单之内。但奕征很想了解范家兴衰的史实,一个人跑到介休待了两日,范家的兴衰给他以极大启发。介休的范家起于范永斗。范永斗取得皇商的特权之后,除经营河东、长芦盐业外,还垄断了东北乌苏里、绥芬等地人参等贵重药材的市场,由此又被民间称为"参商"。转眼间,范永斗拥财数百万之巨,成为八大家中的佼佼者。后来,范永斗的孙子范毓继承并发展了范永斗的事业。在范毓的手里,范氏家族的商业被推到了登峰造极之境。康熙五十九年,准噶尔部再次叛乱,朝廷急派重兵征讨。征程遥遥,且多经沙漠地带,军粮的供应极其困难。范毓从小随父在塞外经商,路途熟悉,他得知军粮运输困难的情况后,经过认真核计,便与其弟联名呈请康熙帝,愿以低于朝廷运粮三分之一的费用运送军粮。康熙帝闻奏,立即批准。从此,范家"力任挽输,辗转沙漠万里",所运军粮皆"克期必至"。而算下来,朝廷光这一项就节省六百万两。因有功于朝廷,范氏家族中有许多人被授予官爵,甲第联辉,显赫一时。雍正七年,清廷赐范毓太仆寺卿,用二品服。朝廷还把西北贸易权交给了范家,范家因此获得了巨大的特技。范家并不满足于既得利益,继续寻求发展机会。康熙时,国内造铜钱所用"铜斤"严重短缺,朝廷允许商人赴日本购买。范氏把握时机,奏请内务府承担了贩运洋铜的大部分业务,获得巨大利益。

这一切都说明,山西皇商的资产是因有了内务府的靠山而膨胀起来的,每家的财产都有数千万之巨。在这样的情况下,大家凑上数十万,甚至数百万,那也是九牛一毛之事!

据奕征所得的材料,晋商近年捐输的情况是:乾隆二十四年,伊犁屯田,捐输银二十万两;乾隆二十五年,捐输三十万两,供乾隆皇帝驾临五台山之用;乾隆三十八年金川用兵,捐输一百一十万两;乾隆五十一年,乾隆皇帝再次巡幸五台山,捐输二十万两;乾隆五十三年征剿台湾林爽文,捐输五十万两;乾隆五十七年后藏用兵,捐输五十万两。

绵紫在给他与怡百寿等人介绍内务府的情况时曾经讲,如果仅仅把内务府的三千人当成侍奉皇上和妃嫔的人,那就大错特错了。这些人不但是为皇上、妃嫔、皇子花钱的人,而且是为皇上管钱、生钱的人。由此,奕征对"以天下奉一人"的概念有了新的认识。

绵紫、奕征、鄂鄂自真和怡百寿去时骑马,有四名便衣护卫随从。由于长时间没有骑马,髀肉复生,四个人的大腿内侧都被磨破,而以奕征尤甚,还出现了感染,返回已无法再骑马。路过平遥县城,县太爷想表示孝敬,可得知四名钦差甚为清廉,又了解到四人难以再骑马的事,便备了四辆大车,送绵崟等人回京。最后,绵崟等人留下两辆,退回两辆,乘车上路。四名护卫依然骑马,他们舍不了绵崟等骑的那四匹马,便也带回。这样,绵崟等回程共十人——绵崟、奕征、鄂鄂自真和怡百寿以及四名便衣护卫,又加了两名车夫,另有十马。

出平遥,沿汾水北上,下一站是祁县。沿途风光甚美,四个人坐在车上欣赏两边那如画之景,别有一番韵味。

当时平遥地面年景不好,路上有不少的难民。难民衣衫褴褛,行动缓慢,绵崟等人的车子经过,难民们不时地伸出手来讨要东西,这影响了大家的心情。尤其是奕征,把眼前的景象与已经听到的皇宫奢侈生活相对比,心中未免感到一片凄凉,从而垂下头来,不再看车外的景象。

走出一个多时辰,大道进入一段荒凉地段,难民不见了,其他行人也渐少。绵崟突然想到,自己的队伍是极为招眼的。临行前,知县曾再三强调要派些护卫把他们送到祁县,但被奕征等拒绝了。绵崟明白,奕征讨厌前呼后拥,不愿意抖什么威风,故而坚辞。绵崟发现,知县曾有作难之色,想必是他除了有逢迎之意外,或许晓得路途状况,认为有护送的必要。

正想着,就听呼啦啦一阵响,便有数十名壮汉手里举着刀枪,挡住了去路。

四名护卫拍马向前,勒马站成一排,亮出了家伙。

绵崟迅速做出决断,匪徒们要的是钱财,尽管自己所带四名护卫武艺高强,但要进行拼杀,以四人抵御数十亡命之徒,结果自明。他急忙下车,走到四名护卫的马前道:"下马一旁站了,要他们过来……"

四名护卫见状都不肯,绵崟厉声道:"听明白没有?"

四护卫这才不情愿地下了马,站到了路旁。但他们作不屈服状:刀尖触地,手持刀把,另一只手掐着腰,意思是动其他东西易,动老子难!

奕征、鄂鄂自真和怡百寿都下了车子,与绵崟一起退到路边。

匪徒中,为首的讲了句什么,众匪徒一拥而上,但个个躲开四护卫远远的。

车上的东西被抢掠一空,匪徒们还卸下了驾车的马,连同其他八匹马一同拉走。当匪徒们拉四护卫所骑的马时,四护卫曾有阻拦的行动,但被绵崟制止了。绵崟、奕征、鄂鄂自真和怡百寿还被搜了身,但匪徒们不敢碰那四名护卫。

绵紫身上有一百两银子的银票,是准备的盘缠,最重要的是他带着皇上的手谕。绵紫想不出匪徒们搜出那手谕后会有何种表现,但事实证明,匪徒们没有一个认识字。他们不但不认得手谕上的字,更不晓得那上面加盖的御印的字。那首领也看不明白,曾想毁掉它。绵紫走过去,指着那手谕缓缓对那首领道:"好汉,我等是商家,这是官府发给的行商凭证。它对好汉们毫无用处,可是我们的命根子。今日所有的东西都归了好汉,唯独这凭证请好汉高抬贵手留给我们,可好?"

一番话后,那首领冷冷一笑,遂把手谕递给了绵紫。

绵紫、奕征、鄂鄂自真和怡百寿穿的自然不错,有匪徒要扒他们的衣服,却被那首领制止了。

呼啦啦,匪徒们顿时散去。

两辆大车趴在了路边,所有值钱的东西都被掠去。最重要的是马匹俱被掠,下一步如何行动?大家面面相觑。

就在这时,后面传来巨大的声响——这是成群的马匹踏地、众多的车辆轧地而发出的隆隆声。

是商队。绵紫、奕征、鄂鄂自真和怡百寿只听说过商队行进的情景,可谁也没有亲见,这回他们见到了。

先是几十匹马开路,后面是车队。马队前有一镖字旗,上面有三个苍劲有力的大字——威武镖。骑马人个个腰挎军刀,鞍备弓箭,旁若无人,威风凛凛。车子有上百辆,装的是一色木板钉成的箱子。

说马队"旁若无人",并不为过。绵紫等人站在路边,路上还趴着两辆车。可这一切就像不存在似的,马队不加理会,冲了过去。车队同样对路边的一切也不加理会,滚滚向前。

绵紫等站在路边,默默地看着马队、车队通过。

车队行进大约一半时,过来一辆车。这车子与众不同,它有一个高高的篷。

这辆车上没有货物,上面也并没有坐人。绵紫等感到奇怪,再看时,见车旁有一人在跟随车子前行。那人不到三十岁,高高的个子。当他走过来时,用鹰一样的眼睛向这边瞥了一下。看起来这不是一位汉人,也不像满人,而多半是一位蒙古人。

对那人投过来的那一瞥,绵紫、奕征、鄂鄂自真和怡百寿各有各的感受。绵紫看到了一颗冷漠的心,鄂鄂自真看到了一副妄自尊大的神情,怡百寿则认为所有表现刚毅的神情中,还从来没有见过这样一张脸,奕征与众不同,他从那人的眉宇间看到了一股杀气。

那人随那辆特别的车子走了过去,可走过数步之后,那人突然停下来。随后,整个队伍都停止了前进。

这时,一名年轻人出现在那人身边。那人向年轻人说了几句,那年轻人返回,到了绵綮等人的身边问道:"诸位可需要帮忙?"

绵綮回答道:"求之不得。"

年轻人问道:"你们去哪里?"

"返回平遥县城⋯⋯"绵綮回道。

"你们并不是本地人呀⋯⋯"年轻人又道。

"我们在那里有些朋友⋯⋯"

年轻人听后点了点头,说了声"稍候",便去了前面发话的人那里。

数句交流之后,年轻人返回道:"我们可以匀一辆车给你们⋯⋯"

"感激不尽⋯⋯"绵綮回道。

这样,一辆车子上的货物被分散在其他车子上。

赶车的两名车夫又有了话。他们是平遥县衙雇来送绵綮这些人的,两匹马已经损失了,回去后能否得到县衙的赔偿是说不准的事,他们不想再把那两辆大车丢在那里,故而向绵綮提了要求。

这事绵綮无法做主,车夫的要求那年轻人也听到了,便又返回请示。

车夫的要求得到了满足,商队又匀出两匹马套在了车上。

"届时马匹和车子如何奉还?"绵綮问那年轻人。

"帮主有话,请诸位自行处理便了⋯⋯"年轻人回答。

"敢问贵商队属于哪个字号?"绵綮又问。

此时,商队已经启动。

"善事不留名这是商家的规矩。如有缘分,后会有期⋯⋯"年轻人一面说着,一面向前赶去。

就这样,绵綮等人回到平遥县,安排妥当后重新启程。

一趟山西之行,进一步刺激了奕征的神经。皇商的情况,使他对"以天下奉一人"有了新认识。朝廷认为天下是私有之物,不把百姓放在眼里,享受,甚至挥霍便顺理成章。臣民也这样,把朝廷的享受看成天经地义。一个内务府侍奉几十个人,哪个说过一个"不"字?而一个内务府还不够,还要有三织造,还要有皇商。这正像绵紫所讲,形成了一张网。这张网的职责就是集天下之美物,侍奉天子一人!

"那以什么样的义理去做呢?"奕征便问。

"自然是践行孔孟之道。"绵紫回道。

"'君为臣纲'是孔孟之道吗?"奕征企图挑起争论。

三个人一起摆手,坚持不讨论的态度。

对此,奕征摇着头无可奈何地说道:"如此,我等算是志同道合吗?"

"皇上要我们做些事情,我们齐心协力做起来,这就很好。"绵紫道。

"这种主张本身就是'君为臣纲'!"

三个人笑了笑,不说什么。

"不可理喻!"对三个人的态度,奕征一肚子的不高兴。

"这类话题,只限我等四人,切勿到别处去寻知音。"等大家平静下来,绵紫又对奕征说道。

"切记,切记……"鄂鄂自真、怡百寿亦道。

尽管奕征认定"君为臣纲"背离了孔子、孟子关于君臣人伦的原意,但在那些不了解自己否定这种主张来龙去脉的人面前,你不可笼统讲反对它,否则就会被认为是离经叛道。故而,这类话是不能随意到外面去讲的。但他无法听从绵紫这样的劝告,可以不随便去讲,但知音却不能不寻。"嘤其鸣矣,求其友声"。他会谨慎小心,但一定为寻求知音而鸣叫。

回京之后,绵紫、奕征进宫交差。嘉庆皇帝甚为满意,好生夸了他们一番。遇见歹人的事,他们蜻蜓点水般讲了一句并没有引起嘉庆皇帝的关注。

回到府上,家人报告说,昨日谢先生来过,老爷见了。奕征在给父亲请安时问起,父亲说谢先生要回乡祭祖,行前过来看看。

奕征在路上就想起了谢先生。这些天来,奕征曾问自己,否定"君为臣纲"的思想是从哪里来的?他渐渐想清楚,原来,它是从谢先生那里来的。谢先生讲《论语》,讲《孟子》,每讲到君臣伦理之时,总是把问题拉开来,将孔子、孟子的相关论述与后人相关的话进行对照。谢先生并没有明讲后人违背了孔子和孟子,但通过对照,却让人得出相应的结论。长大后,许多社会现象进入他的眼帘。有关"君为臣纲"的问题,他已经有了新的认识。千百年来,种种社会弊病的出现,都与这个"君为臣纲"有关,上上下下履行这样一个"纲",实际上便远离了孔孟之道。故而,必须讨论清楚,将国家的治理,恢复到孔孟之道,方能国治而天下平。

当天,奕征去见谢先生,希望他还没有启程。

从上次祖父生病见到谢先生后,奕征又有两次见到先生。奕征把自己的近况向先生讲了,又听说先生要回乡,便赶了过来。奕征寻求知音心切,随后向先生讲了自己对君臣关系问题的思考,这次来是想听听老师的教诲。

谢先生听了半天没有说话。对于君臣关系问题,他倒是有许多的话好讲。但面对这样一名学生,他在思考是否将心里话和盘托出?这要讲到当今的皇上,讲到太上皇,讲到世宗皇帝、圣祖皇帝,此皆为极敏感的话题。而衡量再三,谢先生决定不做保留,把心内所想全部讲出。他这样做,自然是鉴于对奕征的信任。尽管奕征做了御前侍卫,他相信奕征不会把自己私下里讲的话报告给皇上。这是其一。其二,他理解自己这名学生求知的热忱和真诚,作为教过奕征的一名先生,他有责任答疑解惑,让自己的学生得到他所渴望得到的东西。还有一点,是他本人所意识不到的,这就是一个读书人喜欢明志和交友的本性——他们是很难把心里话永久地闷在肚中的。奕征在寻找知音,他谢启明又何尝不是?

谢先生突然双目炯炯,道:"可知为师因何辞官吗?"

奕征听了摇头。

谢先生续道:"正因眼里难装帝王之骄奢——不忍睹也……"

"可闻其详吗?"奕征问。

已经收入眼底的东西在肚中闷了数十个年头,现在是一吐为快之时了。

"触目惊心!触目惊心!触目惊心!"讲前,谢先生先是三叹。

"骄就用不着说了——天下哪个能神气得超过太上皇呢?单说这奢,大凡一朝一代,初起都是注意节俭的。本朝康熙年间,圣祖曾与前朝作比,有这样的话:'每见明季诸君,奢侈无度。宫中服食及创造寺观,动至数十万。我朝崇尚朴质,较之当时,仅百分之一二耳。'又道:'尝闻明宫闱中,食御浩繁,靡费不赀,掖庭宫人,几至数千。此皆可为深鉴。''以本朝各宫计之,尚不及当时妃嫔一宫所用之数。本朝自入关定鼎以来,外廷军国之费,与明代略相仿佛,至宫中服用,则三十六年之间,尚不及当时一年所用之数。盖深念民力艰难,国储至重,鉴彼侈靡之失,弘昭敦朴之风。'到雍正爷时,皇上仍然注重节俭,雍正爷曾书'唯以一人治天下,不以天下奉一人'自诫。可到太上皇时,一切节俭的影子都不见了。你进宫多日,必有所察。你可知内务府吧,它有多少人？"

奕征知道,回道:"三千人……"

谢先生道:"是了,它比当差人数最多的户部多十倍,这还不包括三千名太监,加上太监就是六千人。这六千人所侍奉的,只有几十个人,仅从这个意义上就可以判定,皇宫中吃的、穿的、用的,是如何讲究,整个生活是如何奢华……"

不错,先生所列吃、穿、用,其奢华,奕征已经看不下去了。

吃。皇宫之内有各式各样的膳房,供皇子、公主、妃嫔、皇上用餐。这样的膳房究竟有多少,没有人讲得清楚。仅后妃们的膳房,就有八个等级,其常例饭费从十两到五十两不等。

最大的膳房是皇上的"御膳房"。御膳房有两处:一处在景运门外,称"外御膳房",又称"御菜膳房"。"御菜膳房"的职责,一是制作大宴群臣的"满汉全席",二是为当值大臣备膳。另一处在"养心殿"旁边,称"内御膳房",又称"养心殿御膳房",无数珍馐异馔都出在这里。此外,在北京的御园"圆明园"等处,也设有御膳房,称"园庭膳房";在热河、滦河、张三营等行宫也设御膳房,称"行在御膳房"。

养心殿御膳房有几百号人,其中包括庖长两人,副庖长两人,庖人二十七人等等。养心殿御膳房还有数以百计的"司膳太监",其中七品执守侍总管太监就有一百人。

养心殿御膳房中,除了众多的厨役、司膳太监之外,还有一些专门掌管皇上吃喝的郎中,其职责是针对皇上的口味,搜罗、设计食谱。

所谓"天上神仙府,世上帝王家"。水是玉泉山泉水,每天从玉泉山到紫禁城,驮水的马车络绎不绝。米则是京西稻、南苑稻,还有的取自丰泽园试种之名稻。牛乳、牛羊肉的供应,则是内务府"庆丰司"专门养殖的牛羊。数不清的山珍海味,难得见的干鲜果品,从四面八方向御膳房集中。

帝王一餐谱,百人数年粮。平日,皇上最普通的一顿饭也要上二十道品菜。

清宫最盛大的宴席是"满汉全席"。它开创于乾隆年间,每逢皇帝的大婚、千秋、冬至、春节等重大节日,常常是御宴大开,隆重异常。"满汉全席"备有山珍、海味、珍禽、异兽、鲜蔬、名果诸类馔馐,有时要上一百四十道热菜,四十八道冷盘,还有各式点心。

想起"千叟宴",奕征问道:"先生可知前一次的'千叟宴'花费是多少吗？"

"知道,八十万两！"

不错。

"如今谷米市价一两一石,八十万两就是米谷八十万石。八十万石米谷,便是三十万人一年的口粮啊……"

奕征又想到皇宫的穿,就惊叹那三织造。

"先生,可知三织造的规模吗?"奕征有这方面的资料,而且还亲自到那里跑过一次。

"据记载,康熙二十年,三织造已设有织机一千八百余架,各种机匠七千余人。它们使用的原料,多在每年春丝上市时,发价就地囤购,备足一年之用。乾隆十四年,三织造织成的绸缎,最高年产量已达一万五千匹……"

"这就可见一斑了。"

再就是用。

宫中之物器,使用的是最昂贵的原料,由最有名的能工巧匠制成。以皇上、皇后、皇太后的日常使用品为例,它们大都由黄金制成,配用之金瓶,有二百八十六两、二百两、一百两不同规格;金脸盆,有八十两、六十两、四十两不同规格;金壶,有一百两、八十两、六十两、二十两不同规格。另外还有各种规格的金盘、金碟、金碗、金筷等。乾隆时,曾下旨宫中禁用金银之器,可曾几何时,金器银器成了宫中器皿的主调。

金银器的使用不仅限于皇宫。乾隆三十八年二月,东西陵曾换用金器一百五十四件,银器两千一百四十件,共用黄金两万九千两,白银三万二千两。

除了金、银、铜器之外,造办处制造各种以玉石、珐琅、玻璃、漆木皮为原料的器物。

除去宫中造办处制造的器物之外,有些器物则由内务府掌管的外省制造处制造,这最有名的就是"官窑"。江西景德镇御用窑厂是全国陶瓷制作的中心,每年进贡御瓷不下数万件,雇工三百余人。御用品质量要求严格,一窑烧下来,"贡品"只有十之一二入选,其余便作为"脚货"就地处理。

随后,师生的谈话涉及了一个敏感问题——太上皇的六次南巡。往日,大家对太上皇的六次南巡,听到的都是众口一词的称赞。而经谢先生的讲述,奕征的心灵受到了深深震撼。太上皇南巡,共有船只千余艘,征调工役纤夫数万人。自北京至杭州,南巡往返近六千里,途中建筑行宫三十余处,以备驻跸。当时,触舻相接,旌旗蔽空,巡幸所至,皆为歌颂太平之声。

"巡幸给了地方官员讨好皇上的大好机会,故而各级官员无不大肆铺张,修行宫、搭彩棚、办筵席,宴饮歌舞,殆无虚日。扬州城为迎接皇上驻跸,几经修缮,整个市容为之一变。苏州为迎接皇上驻跸,官员们同样忙得不可开交,刑部员外郎蒋楫仅捐办临幸大路一项,就花费白银三十万两,蒋楫本人则'亲自督工,昼夜不倦'。由龙潭至江宁一段,江宁知府陈鹏年竟然在一夜之间新筑码头三处。六次南巡,其结果是'伤耗三吴元气''其流弊及于百姓'。"

谢先生还列举了太上皇另外一些奢华之举。乾隆十六年,适值皇太后六十寿辰,中外臣僚纷集京师,举行大庆,自西华门至西直门,十里之遥,一路张灯结彩,搭设阁楼不见市廛,"剪彩为花,铺锦为屋""每数十步间一戏台,南腔北调,备四方之乐,如入蓬莱仙岛"。乾隆五十四年,固伦和孝公主下嫁和珅之子,"宠爱之隆,妆奁之侈,十倍于前驸马福隆安时,自过婚翌日,辇送器玩于主第者,概论其值,殆过数百万金。二十七日皇女于归,特赐帑银三十万两"。

最后,谢先生道:"太上皇热衷于大兴土木,修建宫殿、苑囿,靡费无算,晚年曾有自责,曰:'朕临御四十余年,凡京师坛庙、宫殿、城郭、河渠、苑囿、衙署,莫不修整,皆物给价,工给值。然究以频兴,引为己过。'"

他们的谈话进行了将近两个时辰,走出老师的院门时,几个大字已经在奕征心中明晰起来——朝廷腐化了。

嘉庆二年十月,朝中出了两件大事:因原皇后喜塔腊氏于当年二月病逝,太上皇下诏,命大学士刘墉为正使、礼部左侍郎铁保为副使,册封贵妃钮祜禄氏为皇贵妃,以定继位中宫。四天过后,乾清宫交泰殿失火,大殿完全被焚毁。

这被册封的钮祜禄氏乃奕征姥姥家人,一般来讲,奕征当引以为荣,但他高兴不起来。一则,这钮祜禄氏乃大学士和珅之妹,这样一门亲戚,奕征自然不觉得有什么荣耀。二则,册封仪式甚是隆重,隆重的背后就有大量的花费,这进一步触动了奕征的敏感神经,使他无法愉悦。

交泰殿失火,本与这些事无关,但在奕征看来这是上苍对宫廷奢侈的一种警示。

因大殿焚毁有责,首领太监张士太等数人被发往黑龙江为奴,专管东暖阁太监李祥等先挨四十大板,后发往吴甸割草三年。

奕征对太监向无好感,对这些平日作威作福之人的遭遇有点幸灾乐祸。

这些日子皇上忙着这些事情,奕征十分清闲。

奕征早就听说翰林院编修洪亮吉的一些言论,其中便有白莲教起事是"官逼民反"之说,还有官吏贪腐的一些言论。奕征早就想会会这个人,现在既无事可做,何不去访访?

奕征打听到了洪亮吉的住处,选了一个晚上敲响了洪亮吉的院门。

一位家人来开了门,奕征递上自己的名帖,家人取过,说了句"稍候",便转了进去。不多时,一位五十余岁、高高的个子、古铜色皮肤的人走了出来,这便是洪亮吉本人了。两人寒暄后,奕征被引进书房。这里是书的海洋,只是摆放杂乱无章。

两人坐了,家人上了茶,奕征开门见山地问道:"先生之众多宏论在士大夫中盛传,此事先生可知吗?"

"知道的。"洪亮吉道,"人生两片唇,正是为说话。人既有话讲,何惧有人听?"

这样的回答奕征是想不到的,心中为之一震。

"大人听到了什么呢?"洪亮吉这样问。

奕征还没有缓过神儿来,听后遂道:"譬如'官逼民反'……"

洪亮吉听后笑了笑,道:"这是概而言之——一部《水浒传》讲的就是这四字。可几百年来,哪个是真的悟了的?"

"先生所言极是……"奕征附和了一声。

"这就是说,大人也是赞成'官逼民反'之论的?"

"赞成。"奕征斩钉截铁回道。

"是同道矣!"说着,洪亮吉把手中的茶杯举起来,"还听到了什么?"

"吏胥之贪腐……"奕征就此停住了。

"我所讲的,可不仅仅是吏胥之贪腐——对此任何人都是可以讲的,我所讲的,是吏胥贪腐的根子在上边。"洪亮吉说着,他用手指指屋顶。

"所言极是,我与先生同道。"

当晚,奕征与洪亮吉谈得很是投机。离别时,洪亮吉提出了这样一个问题:"你如此一个人,怎么能在皇上身边?"

奕征讲了一句"此事留存",然后告辞。

第二天晚上,奕征又到了洪亮吉那里,问了这样一个问题:"先生如此一个人,怎么能在上书房为师傅?"

显然,奕征这是就前一天洪亮吉之所问而发。

洪亮吉幼年家贫，父亲早亡，母亲年轻守寡，将他抚养成人实属不易。洪亮吉自幼好学，自学有成。朱珪任安徽学政时，洪亮吉进入朱珪幕府，后又进入陕西巡抚毕沅幕府。乾隆五十五年，洪亮吉中一甲第二名进士，即所谓"榜眼"，随后授翰林院编修，当年已经四十五岁。不久，洪亮吉去贵州督学政，颇有政绩，任满回京，入上书房，为皇曾孙奕纯师傅。这奕纯乃乾隆皇帝长子定亲王永璜之孙、贝子绵德之子。洪亮吉教奕纯的时候，他已经是贝子了。奕纯是乾隆皇帝非常喜欢的曾孙，乾隆皇帝闲下来时，经常和他以及其他几个曾孙在一起。

这次，洪亮吉长篇大论，谈了吏胥贪腐的问题。

洪亮吉问奕征道："你可数过《石头记》中曹雪芹一共写过多少当官的？"

奕征摇头，也摸不准洪亮吉问这一问题的用意何在。随后，洪亮吉道："实际上也无须数它，你只需注意那《石头记》中的官是不是有一个干净的？没有，一个也没有。贾政是最'正'的，然'假正'而已。曹雪芹为什么这样写？究其缘由，就是他对现世看得真，现世的官是不是都是脏的？自然不是，然大体是，总体是。"讲到这里，洪亮吉停下来，似乎是给奕征思考的时间。

"似乎曹雪芹并没有讲明其所以然……"奕征道。

"他怎么能呢？要是他清楚明白地讲了吏胥腐败之所以然，一部《石头记》也就难以存在世上了。可你仔细去看，这方面的事曹雪芹不但讲了，而且讲得很深。"

"先生所言极是……"奕征道。

随后，洪亮吉进入正题："官员贪腐是一难医顽症，自古难以除灭。但大清国官员之贪腐，自有其特色，因而也自有其解决之难点。"

洪亮吉讲了四层意思：第一，大清国官员的贪腐，与朝廷的税收制度以及税收的配额制度息息相关。

大清进入中原后，全国税收制度逐渐统一，税收统归朝廷掌管。税收分配，照"起运"和"存留"之制执行。所谓"起运"，就是"凡州县经征钱粮，运解布政司，候都拨用"的部分；所谓"存留"，就是在"起运"前，扣留给本地所需的部分。这种制度沿于明代，但实际上，大清国的财政状况已经无法与明代相比。明代的"存留"不但在田赋总额中占较大比重，而且是地方经费来源之一小部分，地方经费主要依靠差役征派获得。到全国税收统一后，原来作为地方经费主要来源的差役银并入正赋，地方已经无权进行支配，地方的主要经费来源被朝廷作为"起运"部分，归了朝廷。实际上，早在明代后期，朝廷已因军费开支的需要，多次动用地方的差役银充饷，弄得地方苦不堪言。清初连年用兵，军费开支浩繁，朝廷财政窘迫至极。朝廷已经昭告天下百姓，与民休息，轻徭薄赋，宣布蠲免明朝天启、崇祯间一切加派赋税；另一方面，又不能不设法解决主要用于军费开支的经费来源。这样，朝廷一再采用大幅度裁扣地方存留经费的办法来解救燃眉之急。据灵寿县记载，从顺治九年至康熙十七年，该县的地方存留银十三次被朝廷裁扣，总额达五万多两，相当于应该存留数额的六成。到康熙二十年，灵寿县的地方存留只占全县税收的一成多。这种情况表明，如果仅仅依靠正项钱粮的收入，各级衙门几乎不可能维持其正常运行了。

地方财政薄弱不仅使各级官府难以正常运行，更直接影响各级官吏的个人收入。当时，一位七品知县的年俸只四十五两，禄米四十五斛。州县官要以官俸维持全家日常生活和办公费用，显然是不可能的。在特殊情况之下，官员们连这样的微薄收入都难以保证。如康熙十四年，因平定三藩用兵之需，停俸达五年之久。

第二，官员们无路可走，被逼向百姓勒索。

在上述情况下，各级官府和大小官员需寻找新的经费来源，以维持府衙的正常运转、保证养家糊口之需。

大家怎样寻求经费来源？这就是苛派、加征。

这显然是非法的，但合乎情理。因此，朝廷不得不默许地方官府以私派于民的方式来弥补地方经费的做法。清圣祖就说："所谓廉吏者，亦非一文不取之谓，若纤毫无所资给，则居官日用及家人胥役何以为生？"

从户部到直省督抚布按二司，以至于道府官员，纷纷向下属索取"节礼陋规"，且视为常例。收受下属规礼成了各级官员的主要收入来源，馈送上司规礼便成为各级衙门的必要开支。而各级官员之间的馈送需索，归根到底都出自州县。州县官员一方面为取悦上司，另一方面也借机肥己，遂更肆无忌惮地将种种索取转派于民，"用一派十，明十派千，以饱赃官婪蠹之贪腹"。本为弥补地方经费所需之加派，实际成了大小官吏"借端肥己，献媚上官"的手段，苦的自然是百姓。

第三，勒索演变成为制度。

"加派"以什么样的形式出现呢？这就是所谓的"耗羡"。

"耗羡"的征收由来已久，本来是一种为补偿赋税征解环节上不可避免的损耗而加收的费用——征收以实物为主的时期，主要有雀耗和鼠耗。明朝中期，赋税折银征收，为便于计量和运送，州县要将收得的零碎银两熔铸成银锭。销熔过程免不了折耗，故在征收时额外多征些，以补充折耗的损失，这就是所谓的"火耗"。清初，为表示轻徭薄赋,曾规定州县征收火耗为非法,严加禁止。但实际上,朝廷内外均深悉要真正禁革加耗,"其势有所不能"。现实中,征收钱粮时每两加二三钱、四五钱,已是家常便饭,重者甚至加到八钱。到康熙年间,火耗附加已成为地方财政的主要收入来源。

地方财政吃紧的一个结果是加派积弊的丛生。然而,切不可认为这样一来,朝廷已经把税收中所谓"起运"的部分拿走了。不是的。钱粮是由州县征收的,就是说,第一个把钱粮拿到手的是州县的官员。钱就在他们的手上,一旦急需使用,他们不会看着银子干着急,挪用是不可避免的。挪用了又还不上,这就造成国库钱粮亏空。

亏空日益严重,朝廷也曾规定了一些防止、处理亏空的办法,但难以推行,以致大小官员互相容隐徇情,上下敷衍包庇,越演越烈。如雍正初年,各直省查报亏空,总额超过了一千七百万两,加上户部三库亏空两百五十余万两,全国亏空为两千万两,而当时全国每年钱粮总额也不过两千六百万两。

雍正帝即位后,下狠心大力清理积弊,整顿财政,追补亏空,颁发严谕,凡有亏空,限三年内如数补足。首先饬令直省督抚藩司清查钱粮,如原任官员有贪污亏空问题,则委派新任官员清查。这很有效,多数省份在较短的时间内即查清了亏空数额以及造成亏空的原因。这之后,雍正帝以严厉措施对造成亏空官员进行惩办。如湖广亏空案牵涉督抚藩司等要员,雍正帝即谕:"总督、巡抚、布、按七人,一样七个东西,俱该正法。"又如户部尚书孙渣齐虽为忠勋之后,但对户部亏空负有责任,办理追补时,又"徇情庇护私人",结果被革职查办。这样,在较短时间内,追补亏空取得了显著成效。

为防止官员用苛派的办法弥补亏空,雍正帝发出特别谕令:"嗣后亏空钱粮各官,即行革职,著落伊身,勒限追还。"如本人已故,则追究其子孙家人。

"耗羡"虽为非法收入,但事实上仍是地方财政的主要收入来源,其用途主要是馈送上司,供地方公用,入官吏私囊。对征收'耗羡'的做法,朝廷也并不追究。于是,勒索实成为一种制度。

第四,"养廉银"的出现是勒索制度形成的重要一步。

雍正初年,山西巡抚诺岷首先实行以"耗羡"抵补亏空。他于雍正元年到任后,见亏空累累,弥补困难重重,一面将亏空较多的州县官革职离任勒追,一面整顿州县"火耗",规定原征"火耗"每两加耗二四钱者,酌议裁减,只以加二为率,并且规定"火耗"归省。这样,全省加征所得,一部分用来弥补亏空,一部分用于各官养廉等项开支,这开了"火耗"归公的先河。河南也实行了类似的做法。两省上奏朝廷,开始时遭到了内阁的反对。山西方面则据理力争,列举提解"耗羡"的种种好处,并建议在全国推广。雍正帝于雍正二年七月颁谕,声明:"州县火耗,原非应有之项。因通省公费及各官养廉,有不得不取给于此者。朕非不愿天下州县丝毫不取于民,而其势有所不能。且历来火耗,皆州县经收,而加派横征,侵蚀国帑,亏空之数,不下数百余万。原其所由,州县征收火耗,分送上司,各上司日用之资,皆取给于州县,以致耗羡之外,种种馈送,名色繁多。故州县有所藉口而肆其贪婪,上司有所瞻徇而曲为容隐,此从来之积弊所当剔除者也。与其州县存火耗以养上司,何如上司拨火耗以养州县乎?"

十分明显,提解"耗羡"的最初动机是弥补亏空。然各省推行之后,弥补亏空已不再是耗羡归公的主要目的,提解归入藩府的耗羡银两,最主要的用途变成了各官养廉以及拨作地方政府公用经费。这样,就诞生了有别于历朝历代的"养廉银"制度。

"养廉银",是针对官吏借口俸薪不敷应用,恣意贪污苛索的弊端,由朝廷以合法方式给官吏一定的补助,以为各官养赡家口及办公之用,使其贪婪借口不再成立,故曰"养廉"。早在康熙后期,火耗征收已被默认,州县官员征收火耗一部分归己,已被视为养廉。但多为官吏自取,又无一定数额,与贪污实无区别。雍正元年山西巡抚诺岷首创之将全省耗羡统一提解藩库,再由省府支给各官养廉银的做法,有了两大改变:一是各官养廉银有了定额,二是改各官自取为全省统一支给。这表明,原来无限制的非法渔利转变为按制度取得合法收入。各级官员养廉银的数额不尽相同,是根据官职高低、事务繁简,以及地方冲僻和耗羡多少来确定的。

"'耗羡归公'实行后,曾取得了相当显著的成效。在清理钱粮亏空积弊方面,提解归公的耗羡收入,不但为弥补亏空提供了一项重要的财源,直接弥补了一些省份的巨额亏空,而且充实了地方财政,避免亏空的再次发生,国库亏空得以弥补,地方财政有了保障。从雍正年间开始,国家财政开始走向正常,国库逐渐充裕。然而,"洪亮吉最后道,"这种成效却是以何种代价换来的?"

洪亮吉讲述的内容广泛,奕征听后如拨云见日,心中感到亮堂了许多——他清楚不过地看到了大清国吏胥贪腐之特色,同时他也了解了这制度的形成过程。当然,他也感到了从来没有过的恐惧——这怎么得了!

第十九章 粉饰繁华，永修王爷大庆生

从山西回来之后，确如绵崟、奕征之所愿，鄂鄂自真和怡百寿被推荐进入官场。鄂鄂自真成为户部主事，怡百寿则被绵庠相中，成为内务府养心殿造办处一名章京。

奕征对绵崟、鄂鄂自真和怡百寿没有秘密。在他见到谢先生、心中形成"朝廷腐化"的看法之后，他就跟他们讲了。毫无疑问，绵崟等对奕征异端之思表示吃惊，并诚心诚意规劝他就此打住，特别要求他这些话到外边不许再讲一句。

见洪亮吉后，奕征又有了心得，这就是大清国吏胥的腐败在于制度的腐朽，他又跟绵崟等讲了自己的心得。

开始，绵崟等人听得不耐烦，以为奕征所讲依然是异端。奕征见大家如此，道："诸位少安毋躁，听小弟细细讲来……"

他照洪亮吉所讲向大家讲了一遍，绵崟等人听后觉得奕征所讲不无道理。此后，奕征与绵崟等三人之间却产生了激烈的争论。因为既然承认大清国的吏胥贪腐已经成为一种制度，既然大家皆有修齐治平之志，那大家就应该共同探寻一个解决的法子。可如何解决？奕征主张，既然已经看明白了问题的症结所在，那就应该利用接近皇上的机会向皇上提出，求得解决。

奕征的主张引起了绵崟等人的强烈反对，他们一致认为这些问题的存在已非一日，现在朝政复杂，不是讲这方面问题的时候。

"回头看看吧，历朝历代，朝政哪一天是不复杂的？"奕征反问大家。

可无论奕征怎么说，绵崟等人均不为所动。

非但如此，绵崟还明白无误地向奕征提出要求，不但大家现时不一起干这事，

就是奕征也不可单独一个人干这事。鄂鄂自真、怡百寿更激烈一些,他们要求奕征对此发誓。

无奈,奕征答应这方面的问题暂时不向皇上提起。

奕征和绵綦等人就这样干着他们的事情。不出差的日子,他们看书,议论朝政。奕征原来在寻找机会,以便就贪腐的问题向皇帝进言。自从绵綦等不赞成他如此之后,他暂时打消了此念,但问题他还在继续钻研。

嘉庆三年,他们出差的事也越来越多,觉得日子也过得越来越快。

永修王爷也觉得日子过得快,不知不觉,他的本命年就要过了。一天,永修王爷把几个儿子招到身边,说了这样的话:"七十大寿那会儿,家里不消停,匆匆忙忙,过得很不尽兴。今年本命年,要隆隆重重过一番。"

老爷子说得这"不消停",儿子们都明白是什么意思,个个都低下了头。随后又听老爷子道:"这次别的不奢望,'三大件'断不可少。"

这事儿子们也是不能提异议的,七十二岁寿诞,"三大件"的确断不可少。

按照当时的习俗,这三大件的第一件是通告亲朋好友,共为一贺;第二件是设宴款待,以表谢意;第三件是搭台唱戏,以示隆重。

作为一位显赫的王爷,办七十二寿辰,这三大件并不为过。尤其像老爷子刚刚说的,七十大寿那会儿没有过好,如今有"补偿"之意,这三件事的确"断不可少"。可三件事有一个规格问题,通告亲朋,多大范围?设宴款待,何种水平?搭台唱戏,请哪一级的角色?

老爷子明白儿子们的心思,且是个性情爽快的人,随后发话道:"亲朋尽量地多请;宴为满汉全席;戏要当红名角。"

老爷子还提出一条,太上皇搞了两场千叟宴,他要搞一场百叟宴。

具体讲明前三条,儿子们已经瞠目结舌,而百叟宴的话一出口,儿子们那伸出的舌头,竟半天也收不回。

天哪,这样的动静,得扔进去多少银子?

老爷子见儿子们如此反应,有些不悦。他没有讲什么,合上双眼,不再吭声。

儿子们一见,赶忙表态,满口答应。随后,绵杜带头,相继退出。

四个儿子聚在绵杜的书房,垂头丧气。

老四绵枚尚未成年,但已经懂事。他在私塾中得"君子尚朴"之训,父亲如此奢华办寿辰,他听后感到不是味儿。兄长们为难的情绪十分明显,这也使绵枫受到了感染,所以他也跟着垂头丧气。

议事自然由老大绵杜主持,他道:"大家合计合计,这该如何是好?"

绵枫向来与绵杜不对付,听了这话心中有气,便又将气撒在绵杜身上,道:"如何是好?你还想不依不成?"

绵杜自然不是这个意思,听绵枫如此说,便解释道:"自然不是合计如何不依,而是大家合计合计如何筹办?"

"你当家你看着办……"绵枫依然没有好气。

绵杜又道:"大家合计合计……"

绵枫不顶撞了,但不吭声。

绵杜又讲了一遍:"大家合计……"

"这样一弄,半个家业没了!"绵枫赌气,如此发泄了一声。

绵杜没有讲什么,但心里在想:"老三,现时你说这些话有什么用?难道发泄一通,事情就不办了不成?"

半天大家又无话,最后绵枫站起来撂下一句:"大哥看着办好了……"尔后拍拍屁股离开。

"别走啊,老三……"绵杜差不多要哭了。

无奈何,晚间再议。这次,绵杜心里已经有了个总谱儿。经过估算,至少需要卖掉一个庄子。当绵杜提出卖庄子的事后,绵枫坚决反对:"怎的,为过一次生日就卖掉一处庄子?阖家统共才有几个庄子?"

"那你们拿个主意。"这回绵杜想好了,倘若绵枫他们反对,就这样将他们的军。

"反正不能卖庄子……"绵枫坚持道。

"那看你们拿什么主意……"绵杜又说道。

绵枫耍无赖,既不拿主意,又不表示赞成。僵持了半天,绵杜道:"这样好了,咱们共同去阿玛那里,让阿玛定夺。"

"别!"绵杜如此一说,绵枫叫了起来,"卖就卖吧,反正这个日子也过到头了。"

筹措银两是按照老爷子的意愿办好寿诞活动的关键。按照老爷子的要求办事,没有二十万两银子是不成的。到哪里去筹这多的银子?快到年底了,可以求内务府预支老爷子下一年的俸银,可万把两银子顶什么用?向有钱人家借银自然也是一个办法,可借后用什么还?所以事情明摆着,除去卖掉一个庄子别无它法。正因为如此,绵杜才跟两个兄弟硬气,你们反对,那你们拿个主意!

庄子也不是说卖就可以找到买主的,故而只有先去典当。接下来,绵杜就去张罗典当的事。

奕征知道爷爷过生日的庞大计划后,一连两天没有吃好、睡好。

"真是上行下效!"这是他听后心中想的第一句话。

过一次生日就花掉一个庄子,这个家统共有几个庄子?合朝的王爷们全都如此行事,总共有多少庄子好卖?问题是面对这样的奢华,他将如何是好?能够表示不赞成,讲一个"不"字吗?

奕征感慨无限,国家国家,有什么样的国,就有什么样的家。整个国家已经在衰败,可人们俱都陶醉在虚假的繁荣之中。无处不是莺歌燕舞,无时不闻歌颂之声。在这样的情况下,如果有人站出来说:"不!大清国正在衰败,如不改弦更张,国将不国!"那人们一定会骂他是疯子。

这令奕征甚为痛苦。唉!好好的一个大清国,如何弄到这样一种地步!他产生了一种"众人皆醉我独醒"的悲哀和孤独感。

家事越发是如此了,任它去吧。他发誓不为爷爷过生日做什么事,借口宫中差事忙,躲开。

宫中的事他就愿意干吗?当然不。许多时候,他觉得自己所做的任何事都没有意义,甚至于觉得人生在世,实在是没有什么意思。

经过数日的操办,终于迎来了老爷子七十二岁寿诞之日。

老爷子可生在一个好日子——八月十五,它意味着团圆和富贵。呱呱坠地时,永修王爷就被全家看成未来、希望、福贵的象征,备受珍爱。

且说嘉庆三年八月十五日,上天给了永修王爷诞辰一个好天气。当日,一轮红日从东方冉冉升起,不但给世上送来了光明,而且送来了温暖。

老二绵椿已经被召了回来。

清晨,老爷子已经梳洗完毕。他首先接受大福晋富察氏的祝福,然后两个人一左一右,端坐在大殿上,接受全家人的跪拜。

随后,便是进行满洲人独特的祭神仪式,即跳神。跳神并不是祝寿的一种礼仪,而是满洲人祭天求丰年的仪式,一般在春季、秋季举行。

跳神仪式要进行三天。正式祭拜的前三日,已经进行了"引祀",即"献牲礼"——杀掉了两头牛、两只羊,合称"乌云",供于神龛之前。前一日,则有九盘打糕供于神前，称之为"散献"。

八月十五是正式仪式的首日。永修王爷接受全家跪拜之后，就率领全家来到大殿后的神殿里。这里是专供举行跳神仪式用的，平日关着。房子的北山墙、东山墙、西山墙各有一神龛。与汉族的方位观不同的是，正面北山墙的神龛并非正神，正神如来在西山墙的神龛内。平日，神龛前覆有黄幔。

永修王爷率领全家西向跪在如来神龛前。乐起，一名女巫舞刀献祝词道："敬献糕饵，以祈康寿。"

女巫念完这话，永修王爷依然跪着，挺直上身，去击打神龛下面的云板。云板成排挂放，永修王爷击打后，其他人便挺直上身，同时击打身前的云板，而与此同时，乐队的二胡、琵琶、筝、月琴齐奏，女巫以歌和之，呜呜然响彻整个神殿。

声息，永修王爷起身，众人跟着起身。永修王爷再跪，众人再跪。

此时，两只羊被牵入殿中，女巫口中念念有词，同时将三个月前准备的美酒灌入羊的耳中。一名庖厨打扮的人手持一把快刀，走到羊前大声喊道："神已领牲。"

永修王爷拜了下去，众人跟着磕头。庖人将羊牵走，回去即杀而烹之，熟后让永修等人食用。

此后，女巫将一条长长的帛向如来神像高高举起，然后让永修王爷受帛。永修跪接，叩头。原来，这长长的帛象征着拴牛羊的长绳，永修王爷从神那里得到，就吃喝不愁了。故而，随后的仪式是吃肉。

这样，第一项仪式结束。

永修王爷回到银安殿，等候亲朋的到来。

最先送到的是贺礼。按礼单查看，送礼的亲戚计有：

  永修王爷原配关莲姑即绵杜生母的娘家
  永修王爷续大福晋富察氏即绵椿、绵枫生母的娘家
  永修王爷的侧福晋完颜氏即绵枚生母的娘家
  长子绵杜的大福晋即奕征生母佟佳氏及绵杜侧福晋佟佳氏娘家
  次子绵椿的大福晋喜塔腊氏即天酬二姑的生母娘家，附有喜塔腊氏的哥哥正黄旗副都统、内务府总管和尔经额的名帖
  三子绵枫的大福晋博尔济吉特氏即奕行、奕律和天酬三姑的娘家
  绵枫的庶福晋巴鲁特氏娘家

长孙奕征的福晋佟佳氏的娘家

次孙奕行的福晋章佳氏的娘家

已经死去的次孙奕律的福晋鄂济氏的娘家

友人送贺帖的计有：

萧亲王永锡

成亲王永兴

不入八分辅国公永治

镇国将军绵仁

大学士刘墉

大学士苏凌阿

军机大臣王杰

军机大臣董诰

都察院左都御史舒常

吏部尚书保宁

吏部尚书(汉员)纪昀

直隶总督梁肯堂

盛京将军琳宁

送贺礼的计有：

军机大臣福长安

礼部左侍郎铁保

户部右侍郎(汉员)蒋赐棨

户部右侍郎台布

内务府养心殿造办处三品佐领绵庠

内务府广储司总办郎中绵紫

户部主事鄂鄂自真

> 内务府养心殿造办处六品章京怡百寿
> 奕征、奕行兄弟的先生谢启明

被请参加百叟宴的两百四十八人一个不落，全都送来了贺礼。

收礼的事有专人分管，他们先将礼单呈送永修王爷、大爷绵杜，请他们过目，然后照单核对礼品、登记造册，最后礼品分类入库。

上午十时过后，便有客人到达。第一批到的是大孙女婿和琳之子清源、天酬大姑夫妇，二孙女婿大学士阿桂之子乡楚、天酬二姑夫妇，三孙女婿内务府总管和尔经额之子晋阳、天酬三姑夫妇，而后是永修王爷原配关莲姑的娘家人、大福晋富察氏的娘家人、侧福晋佟佳氏娘家人、绵杜的大福晋佟佳氏娘家人、绵椿的大福晋喜塔腊氏娘家人、绵椿的侧福晋瓜尔佳氏娘家人、绵枫的大福晋博尔济吉特氏娘家人、侧福晋那拉氏娘家人、奕征的福晋佟佳氏娘家人、奕行的福晋章佳氏娘家人、奕律的福晋鄂济氏娘家人。

来的都是晚辈，到后自然先到大殿给永修王爷磕头祝寿。

中午是家宴，黄昏前，跳神将继续第二项仪式，晚间将是百叟宴，百叟宴之后是看戏。这一切都由绵杜一个人张罗。

最难筹办的当属百叟宴。永修王爷亲定的百叟宴中的"百"，是一个概数，如同太上皇千叟宴中的"千"。永修王爷的"百叟宴"最后由永修王爷亲定，是两百四十八人。为什么弄个两百四十八？这没有人知道。

当时人们的宴席用的是八仙桌，每桌坐八人。两百四十八人，就是三十一桌，永修王爷还要独自设一主桌。这样就有三十二桌宴席，够规模了。

首先要赶制桌椅。搜罗搜罗，凑三十张桌子是不成问题的。但老爷子有话，"桌椅不可破破烂烂"。这样，绵杜便决定一律赶制新的。反正这笔开销放在整个花销里，不算什么钱。赶上年节，细木作坊活儿多，几十张桌子，几百把椅子都要在腊月底前赶出来，其难度自不待说。

除百叟宴，另有亲朋的宴席，还安排有家宴，这需要大量的厨子。厨子的问题也是绵杜解决的。

两百四十八位老人，几十位亲朋好友，这就意味着有相应数量的轿子、车辆等，其数量将接近四百。这么多的轿子、车子，如何安放？

还有马匹。有人要保持满人的传统，喜欢骑马，还有驾车卸下来的马。

有轿子就有轿夫,有车子就有车夫,骑马而来的,还带有马夫。轿夫、车夫、马夫如何安置？这一切也都是绵杜需要考虑和解决的问题。

好在王府门前宽绰。腊月底,这里就已经搭好了帐篷——连绵足有半里。帐篷的间隔处便是轿子、车子、马匹的安置之地。轿子、车子、人、马各得其所。

对轿夫、车夫和马夫,还有发放"赏银"的事。轿夫、车夫、马夫都是下人,可他们久处主人的身边,较比其他下人有些特殊的地位。故而,大凡红白喜事,他们把主人送到某某家,便必然得到某某家的赏赐,最普通的赏赐就是给银子,俗称"赏银"。"赏银"多寡因人而异,主子地位显赫,"赏银"自然就多。形式则因事而异,如果是一种单独行动,做起来就简单。而如果赶上多家齐到,事情就复杂些。像这次,轿车、车夫、马夫齐聚永修王爷府前,就是多家齐到。

"赏银"来自"讨赏",自然不能够俗到"讨"。像这次,轿夫、车夫、马夫的名义就是给王爷祝寿。祝寿也好,其他名义也好,几十人、上百人,像这次五六百人,不能每个人都出面做表示。长期以来形成一套规则,按这些规则办理,事情便办得井井有条。一般是这样：同级、同类的主人,如亲王、郡王算是一级、一类,贝勒、贝子算是一级、一类,大学士算是一级、一类,军机大臣算是一级、一类,各部尚书算是一级、一类,各部侍郎算是一级、一类,如此等等。他们的轿夫、车夫、马夫聚到一起,自有一位出头人,他出面代表他的那一类做表示,并把人数报进去,某某家的主人便按照这些统计数字"赏银"。

出头人有出头的荣耀,而好处不仅在此。他可以"虚报冒领",吃空额,另外还可以"克扣"。像此次,绵杜事先已经定下标准,亲王、郡王一级的轿夫、车夫、马夫是白银一两,贝勒、贝子、大学士、军机大臣一级的轿夫、车夫、马夫五钱,国公、尚书一级的轿夫、车夫、马夫三钱,等等。最后,家人报账,此项共花去白银近二百两。如果有人认真查一查,便会发现,这项费用合计的人数,与这些人用餐统计的数字就严重不符——此项多报了四十二人。

这类的事对睿王府来讲,那是小事一桩,不会有人查验、追究的。

上午十时过后,家人报告,说黄公公在府前下马。

阖家紧张起来。

三年前,永修王爷昏迷那会儿,他曾奉圣命来王爷府探视。永修王爷这次过生日,并没有惊动皇上——一位王爷庆贺寿诞,是不好告知皇上的。

问题是永修王爷过生日,还想出百叟宴的主意。就此,绵杜曾向人咨询,这事要不要报告皇上和太上皇？多数的见解是，此事做起来并不违制，太上皇搞了千叟宴，臣子搞百叟宴，是效法太上皇尊老、颂扬太平的一种举动，报亦可，不报亦可。

但议论此事时，有人说此项活动在永修王爷庆贺寿诞之期举行，报不报的问题就有了另一层的意义。有的对这层意思讲得较为浅白，是不是需要讨皇上和太上皇的恩赏。

得到皇上或太上皇的恩赏，自然是荣耀的事，但加一个"讨"字，绵杜心里并不怎么受用。因此举办百叟宴的事，绵杜便倾向于不报。他把大家的议论、自己的想法如实向父亲讲了，最后让父亲拿主意。永修王爷与儿子一样，讨厌那个"讨"字，故而最后决定不报。

不报，是避免一个"讨"字，可并不等于不渴望得到皇上和太上皇的恩赏。要想得到皇上和太上皇的恩赏，就需要让他们晓得当天永修王爷过生日。皇上也好，太上皇也好，极有可能会从其他渠道了解到这事。而如果皇上或太上皇在"未讨"的情况之下有恩赐，那是再妙不过了。这样，永修王爷和绵杜都想到了奕征。奕征可以奏明皇上，八月十五是祖父的生日，问皇上能否降恩，让自己留在家中，陪老人过一天。

绵杜把他和父亲的意思向奕征讲了。结果，奕征的反应十分激烈，说这是"不当之请"。绵杜一听就知道儿子没有领会家里的意思，遂道："皇上应允与否确在其次——意在让皇上知道，那天家里在做什么。"

这回奕征明白了，原来是借告假让皇上知道当天祖父过生日！

举办百叟宴的事家里决定不报，奕征是赞成的，认为这样做实有避讨赏之嫌，认定祖父、父亲尚有名士气节。可想不到，祖父和父亲却又在此使手段，而且还要拉他去实施！一时，奕征难以控制内心的愤怒，立即道："父亲，皇上的恩赏就如此要紧吗？"

一句话问得绵杜半天没有缓过神儿来——呆呆地站在那里，不知说什么好。随后，奕征又来了一句："愿意干什么你们干去，休要拉上我！"说罢，转身离去。

"放肆！"绵杜看着奕征的背影，大吼了一声。

前一天，绵杜问奕征，次日去宫中还是留在家里？意思是了解奕征是不是向皇上讲了爷爷过生日的事。奕征没有好气，但对父亲他也不敢再发泄，遂淡淡地说留在家里。绵杜心中有了底，报告给了父亲。永修王爷和绵杜心中燃起了希望，幻想着来自皇上的恩赏。故而，当听到黄公公到达的喊声后，永修王爷和绵杜既紧张又兴奋。紧张,是并不确实了解黄公公到达的底细;兴奋,是心中盼望皇上恩赏之火又重新点燃。

黄公公已经下马,永修王爷等人连忙向前请安。

黄公公道:"大殿中说话……"

绵杜赶忙向前道:"今日是家父寿诞之日,大殿中摆了桌椅,小的即命家人腾清……故请公公稍等片刻……"

黄公公回道:"啊,要办百叟宴,挪几张桌子就是了。"

绵杜赶紧让身后跟着的家人去殿中张罗。

大殿的中央很快腾清。黄公公进入,站于中央道:"皇上知道王爷过寿诞,又要举办百叟之宴,特赐御酒一坛,命奴才送来——王爷率全家谢恩啊!"

永修王爷等跪下去磕头谢恩。

大家站起身来之后,黄公公从袖中取出一锦盒,道:"王爷寿诞之日,奴才备了份薄礼,略表心意,望王爷笑纳……"说着把锦盒递到永修王爷手里。

永修王爷赶紧接过,千恩万谢讲了一通。当面送礼,当场打开,这是规矩。打开看时,原是一只玉蝈蝈,真蝈蝈大小,栩栩如生。永修等人大为惊讶,个个夸奖了一番。

永修王爷把礼物捧在手里请道:"请公公到后堂,家中备席,好生喝它两杯。"

"老王爷过好日子,有许多事要办,不能再打扰了。"黄公公说罢告辞。

黄公公与奕征皆在御前,彼此已经很是熟悉。此时,奕征上来搭话,感谢黄公公辛苦,感谢黄公公对祖父生日的祝贺。

黄公公道:"皇上放你的假,让你在家中陪老人过生日,表明皇上推崇孝道。"

绵杜早已经备下三百两银票一张递给了父亲,永修王爷遂将银票递给黄公公。黄公公客气了几句,将银票塞在袖中,出殿,出府,上马而去。

永修王爷等站在门前,目送黄公公离去。

回到府中约半个时辰,外面又有人喊道:"邢公公到……"

邢公公是太上皇身边人,他突然赶到,会为何事?摸不清底细,这无疑使大家感到紧张。虽然没有像告知皇上那样告知太上皇,但太上皇或许从什么渠道了解当日永修过生日的事——特别是仿效太上皇举办千叟宴而办百叟宴,如此,便存在着太上皇恩赐的可能性。

不管是紧张还是兴奋,永修王爷率领全家迎了出来。

邢公公已经进入大门，永修王爷等人连忙迎了上去。

邢公公满脸春色，这让大家那颗悬着的心放了下来。

"殿中讲话……"邢公公边往里走边道。

永修王爷没有说话。绵杜像对黄公公讲的那样禀道："禀公公，大殿摆放着桌椅，可……可行吗？"

邢公公听后停下来，嘴里嘟囔道："啊，贵府在摆百叟宴……那……总可以腾出个地方……"

"好，好……"绵杜讨的就是这句话。

邢公公是有名的"事儿精"，总喜欢挑别人的毛病。传太上皇圣旨，大殿之内桌椅板凳乱七八糟，是不成体统的。不然，邢公公挑出理来可不是玩儿的。

绵杜赶紧让跟在身后的家人去殿中张罗。大殿中腾出了几张桌子的地方，邢公公面南站立中央，道："大家跪了……"

永修王爷等一起跪下。邢公公从袖中取出一锦卷展开，上面是一首诗，太上皇御笔，道："太上皇知道今儿个是王爷诞辰，派奴才将这御卷送过来。王爷谢恩哪！"

啊，皇恩浩荡！方才接受皇上的御酒，永修王爷已经感动得落泪。这次依然如此，泪洒胸襟。

"谢太上皇恩典……"永修王爷谢过，起身接了锦卷。

这时，邢公公从袖中又取出一锦盒儿，道："这是奴才孝敬王爷的，祝王爷寿比南山，阖家兴旺……"

永修王爷接了，千恩万谢。打开看时，见是一只精致玉螳螂。众人抢着上来看，表示对礼物的重视——个个赞叹作品之精妙：螳螂的腿把身子竖起，向前张着两只大夹，牙向两旁龇着，确是生动传神。

奕征也看了那礼物，只是他从那玉螳螂身上却看到了一股杀气。

永修王爷激动不已，道："公公驾到，加上这珍贵无比的礼物，实令寒舍满院生辉。请到后堂，我亲自把盏……"

邢公公道："王爷这话讲得欠妥啦！让您府上满院生辉的怎么不是太上皇的恩赐，倒成了奴才一个糟老头子的到来与一份薄礼哩……"

这话一出口，哗啦一声，永修王爷、绵杜等齐刷刷地跪在地上，永修王爷忙道："臣的意思是……"

邢公公一见这场面，立即笑了起来，道："今日咱们是关着门说话，没有人听到的……起来,起来……"邢公公将身边的永修王爷搀起。

大家起身,气氛依然紧张。邢公公有意缓和气氛,道:"今日是寿星寿诞之日,自然要讨一席位,一醉方休……可,"他转向绵杜,"老大,那百叟宴是由你张罗吧?"

绵杜忙回道:"阖家一起操办……"

邢公公续道:"由你张罗也好,阖家操办也罢,反正我们这样的人一现身,定会搅局。故而哪,还是知趣回去的好……"

这话令众人乐起来,方才的紧张气氛一扫而光。

"身不由己呀,这是实话。"说完,邢公公又问,"哪位是大公子……叫奕征的——在皇上那里当差的……"

奕征一听只好站出来,道:"臣便是,听公公教诲。"

邢公公把奕征上下打量了一番,道:"难怪皇上挑上,一表人才,气质非凡!好自为之吧!"

奕征早就听说过太上皇身边这位邢公公——口碑不甚佳,尤其是被认为是和珅一党。此时他被这样的人夸奖,心中并不自在。另外,方才爷爷"满院生辉"那话自有它的语境,这邢公公无端指责,将爷爷抢白了一顿,更令奕征心中厌恶。一般来说,被太上皇身边一位老太监夸奖,不管你职位有多高,本事有多大,总应该有所表示:谦虚一番,感谢一番。而奕征没有这些表示,只是淡淡一笑,这令邢公公吃了一惊。在身旁的绵杜已经发觉儿子失礼,赶忙道:"多谢公公夸奖,犬子一向木讷,不会讲话,望公公见谅……"

"年轻嘛,心比天高啊……"邢公公不屑道。

奕征依然无话。

邢公公告辞,永修王爷赶紧向绵杜使眼色。绵杜早已经悄悄令奕行取来了银票,此时递给父亲。银票是两张,一张早已备好,另一张则是邢公公指出永修王爷讲话欠妥后又取来的。永修王爷看了一眼,共是六百两,依然不甚放心地递给邢公公——奕征的失礼,一直令老爷子惴惴不安。

邢公公并不推辞,说了声"每次都让您老人家破费",就塞入袖中。

永修王爷率绵杜等人送出府,站在阶上目送邢公公乘轿而去。

在这之前,绵杜曾赶在众人之前到门口叫来接待人员,问邢公公的轿夫是不是发了"赏银",发了多少。下人讲了数目,绵杜才稍稍放心。

永修王爷等人又回到大殿。太上皇所赐锦卷上面所书何字，大家尚未看明白。送走送卷人，瞻仰胜迹、体味圣训这是必做的。

打开后，见是一首诗。诗前有几句话："……春日御笔敬书圣祖《入居庸关》诗。"

> 始和羽骑出重关，风动南熏整旆还。
> 凯奏捷书传朔塞，欢声喜气满人寰。
>
> 悬崖壁立垣墉固，古峡泉流昼夜间。
> 须识成城唯众志，称雄不独恃群山。

诗是康熙爷带兵凯旋进入居庸关后所作，写胜利后的喜悦之情，这大家都看得明白，但仅此而已。圣祖带兵亲征是何年何月，征伐何人？这大家却不甚了了。永修王爷自己第一个不明白，自语道："这是圣祖什么时候写的呢？"

绵杜也不清楚，见父亲与众人迷惘之情，便问奕征道："你可晓得？"

刚才的事令奕征心中不快，因此没有什么情绪。父亲问后，他淡淡地回道："这诗写于康熙三十六年。此年，圣祖第三次亲征噶尔丹，当年二月六日起驾，闰三月十三日噶尔丹死，四月初五日我军回师，五月十四日圣祖入居庸关，驻跸昌平县。"

虽见儿子没有情绪，但对答如流，绵杜已是高兴。永修王爷自然也高兴，遂道："看来，这个家有望了……"

绵椿、绵枫站在一旁自然不自在，奕行却毫不在乎。

永修王爷讲完那话，又对奕征道："把圣祖出征的事从头至尾讲一遍，要体察圣意呀。太上皇抄录这首诗，派人送过来，自有其深意……不明白诗意，如何体察圣意？"

奕征原本就心情不佳，又知道在这样的场合做这样的事情，会使许多人不高兴。但爷爷有命，又是爷爷的寿辰，不好违抗，遂道："此诗是圣祖即兴之作，前四句写雄师凯旋，充满胜利后的喜悦之情；后四句写景抒情，意为称雄天下需行德政，广得人心，而不能只恃山河之险。"

诗意既明，众人便好生体味。这时，老四绵枚就有了话："说诗中圣祖有称雄天下需行德政，广得人心，而不能只恃山河之险之意。这样的意思在哪里，我怎么看不出来？"

绵枚这样一说，绵枫便高兴起来，轻声嘟囔了一句："附会罢了……"

对四儿的发问，永修王爷并不生气，而是感到甚为高兴。此刻，在他心中闪出了这样一些话：知之为知之，不知为不知，年轻轻的，哪里就晓得这些事？不知就问，善之善者也——不耻下问嘛。

其实，圣祖的诗中哪里含有称雄天下需行德政，广得人心，而不能只恃山河之险这层意思，永修王爷也没有看出来。他也很想让奕征讲个明白，于是又道："老四，你静静地听着。奕征，你就当他的先生，给他讲个明明白白！"

奕征回道："哪里敢当老叔的先生……称雄天下需行德政，广得人心，而不能只恃山河之险这层意思，寓于最后两句：须识成城唯众志，称雄不独恃群山。前面写了山河之险，是为了反衬称雄天下需行德政，广得人心，而不能只恃山河之险之意，表明称雄天下光靠山河之险是不成的，保江山，需要靠万众一心，就是诗中所说'成城唯众志'。如何才能众志成城、万众一心？那只有实行德政才能做得到。这个孔子、孟子是有诸多教诲的……"

中午是家宴，永修王爷与大福晋富察氏坐主桌。"绵"字辈儿，绵杜、绵椿、绵枫、绵枚坐一桌。"奕"字辈儿，奕征、奕行坐一桌。永修王爷的侧福晋完颜氏、蒙贴儿坐一桌。"绵"字辈儿的福晋们坐一桌，"奕"字辈儿的福晋们坐一桌。亲戚们是在另一处设席的，但天酬大姑夫妇、天酬二姑夫妇、天酬三姑夫妇却在这里与家人一起。坐定后，大家依次给永修王爷敬酒、祝寿。

酒便是皇上赐的御酒，酒坛就摆在永修王爷和富察氏的桌子上。

太上皇赐诗，皇上赐酒，感激皇恩浩荡成了家宴的主题。

太上皇抄录的圣祖康熙皇帝的诗，早已经悬挂在大殿的山墙上。

酒过三巡后，永修王爷讲了康熙皇帝的诗，讲了太上皇抄录、赏赐的重大意义，要全家永记皇恩，自强不息，求得大清朝江山永葆，求得举家的兴旺发达。

人丁兴旺是家庭兴旺发达的基础，平时不显，今日举家这一坐，问题突出起来。永修王爷一支传了绵杜、绵椿、绵枫、绵枚四人，而这四支下一辈却只有奕征、奕行、奕律、奕彻四人，那奕律已经死去，而奕彻不在席上，只剩下了奕征、奕行二人。而再下一辈儿，竟然还不见踪影。这种状况永修王爷、绵杜等人不会无所觉察，更不会无所感触，只是众人看在眼里，不好说出口而已。

家宴之后，永修王爷回房午睡。其他人各回各的房，算是有了一时的空闲。

而绵杜不能歇。家宴之后，大殿内的桌椅需要重新摆放，厨房中晚上"百叟宴"之所需是否已经备齐？府前准备接待客人轿夫、车夫、马夫的人员是否已经到位？帐篷、桌椅等物是不是有问题？另外，黄昏前跳神仪式将继续，所有摆设、器物是否备齐？还有，晚宴之后将有一台戏，老爷子将与家人一起，陪受邀参加百叟宴愿意留下来的客人一起看戏。戏楼原有的座位不够，百叟宴后，大殿中的桌椅将撤到戏台前，做此项事务的人头需要事先落实。按照老爷子请当红名角的意愿，请了著名老生杨之员，旦角花小蕙，会不会有变？绵杜需要派人前去再做确认，如此等等。

奕征见父亲一个人忙活，心中不忍，但他已经发誓不为爷爷生日的事尽力，故而，他一直闷在房子里不出来。

下午五时过后，参加百叟宴的客人陆续到达，永修王爷在大殿迎候。

黄昏时，跳神仪式继续，永修王爷率全家再到神堂。在如来神龛下方，设了七仙女神位、长白山神神位、爱新觉罗远祖、始祖牌位。神堂的窗子俱都被幔帐遮起。永修王爷等跪在神位、牌位之前，一位男巫挥刀进入，另有两人各牵一羊。男巫口中念念有词，当众宰杀了那两头羊，然后大声喊："敬献糕饵，以祈康寿。"随后，永修等人站起身来。两厢设有铜鼓一面，手鼓若干，架子鼓若干。永修王爷走到铜鼓前，其他人则走到其他鼓前。铜鼓一声响后，神堂中遂鼓声大作。人们边敲边跳，那男巫嘴里还在高声喊叫："敬献糕饵，以祈康寿。"喊声益急，鼓声益急，人们跳得也益急，这是跳神仪式的高潮。如此，足有一炷香的工夫才停了下来。

这样的仪式，奕征从记事的时候起就随着大人参加。小的时候，他不觉得仪式有任何问题。等他长大，学了些知识便有所发现。跳神仪式定然是在佛教传入女真之前就已经存在。后来，女真人信奉了佛教，可又不放弃自己原有的神灵，于是就使这种仪式变得不伦不类。佛教的戒律之一是不杀生，而如果不杀生，女真这样的以靠捕猎为生的族群，可如何生存？自从有了这些想法，奕征对跳神仪式就失去了热情。他不好不参加，但从不热心。

如今，他又认定祖父生日过于奢华，而跳神仪式是寿诞庆贺的一个部分，如此，对这类仪式奕征就越发提不起精神。

只是，这类仪式使大家裹在一起，个人的情绪很难被觉察。故而，奕征的冷漠没有引起任何人的注意。

六时，参加百叟宴的最后一位客人到达。

客人们按预先安排好的位子坐好后，乐声起，永修王爷起身把手中的杯子高高举起。众人同时起身，高举酒杯。第一杯酒敬天，这是绵杜与数个通晓仪礼的先生商定的。"天"是大家共同信仰的，故而这第一杯酒敬了天。第二杯酒敬地。敬了天，再敬地，顺理成章。第三杯酒敬的是太上皇——祝太上皇万寿无疆。第四杯酒敬皇上——祝皇上万寿无疆。下面，永修王爷举起杯子，敬在座的客人。这时，宴会到了一个高潮，大家纷纷举杯，纷纷离开了位子，到了永修王爷席前给他祝寿。一时间，永修王爷席前排起了长龙，祝福声不绝于耳，乐声大作。看来，永修王爷花几十万两银子，所追求的或许就是这样的一刻。

这样的场面持续了一炷香的时间，大家又各回各的位子。

永修王爷讲话了，他转过身来，手指那诗说明它的来历。永修王爷的声音颤抖了，是啊，他激动。过生日，能够惊动太上皇，由太上皇专门御笔书写先帝的诗作派人送过来，这可不是随便什么人能够得到的荣誉！

随后，永修王爷宣讲圣意，他说这里边有两层意思。第一层意思是圣祖原诗的意义，第二层意思是太上皇抄录圣祖之诗所展示的意义。永修王爷首先向大家宣讲了第一层意义，说："圣祖的这首诗写于康熙三十六年。当年，圣祖第三次亲征噶尔丹，二月六日起驾，闻三月十三日噶尔丹死，四月初五日我军回师，五月十四日，圣祖入居庸关，驻跸昌平县。此诗是圣祖即兴之作，前四句写雄师凯旋，充满着胜利后的喜悦之情；后四句写景抒情，讲称雄天下需行德政，广得人心，而不能只恃山河之险。"随后，永修王爷解释道，"何以见得此意？此意寓于最后两句：'须识成城唯众志，称雄不独恃群山。'前面写了山河之险，是为了反衬称雄天下需行德政，广得人心，而不能只恃山河之险之意，表明称雄天下光靠山河之险是不成的，保江山，需要靠万众一心，就是诗中所说'成城唯众志'。如何才能众志成城、万众一心？那只有实行德政才能够做得到。这个孔子、孟子有诸多的教诲，此处自不待说……"

在永修王爷讲解时，全场竟然鸦雀无声。待永修王爷讲完，席间赞扬声不断：有赞扬圣祖诗好的，有赞扬太上皇挖掘圣祖圣意、立意深刻的，有赞扬太上皇的字圆润大方、苍劲有力的，有赞扬永修王爷学识的……

这之后，永修王爷又讲皇上赐的御酒。按说，皇上赐的酒早就喝着，本应早些谈及，但皇上的事无论如何不能够放在太上皇的前头——这是宁愿意义颠倒，不可秩序错乱。

过生日皇上赐酒，这同样是无限风光之事。但落到实处的，确是皇恩浩荡——众人无不赞叹皇上的亲民之意、爱人之心。

晚间看戏的节目进行得很是顺利,也很是热闹。戏演的是《龙凤呈祥》,过生日不是婚事,但是喜事,这出戏是永修王爷亲点的。

次日清早仪式继续,是谓"祭天还愿":七仙女神位、长白山神神位,爱新觉罗远祖、始祖牌位已经被移到院中,永修王爷率全家吉服跪拜。男巫祝词如故,一边喊,一边将黄米撒在地上。永修王爷等三拜九叩,尔后受食:肉与黄米做成的团子。

再次日晨,进行了跳神的最后一项仪式,大家聚于神堂,这天供奉的是面饼和鱼肉。神堂的墙壁都覆以幔帐,男巫和女巫手中拿着五彩缕带,轮番击打永修王爷的前胸,谓之"受福",一切都在细乐声中进行。

这样,跳神仪式全部结束,永修王爷的寿诞庆贺也到此结束。

第二十章 天降大祸,百端事扑朔迷离

爷爷寿诞的次日,奕征就进宫当值了。当日,奕征得到了一项新差事:去安徽见朱珪,传皇上的一道密旨。

第三日清晨,奕征便上了路。

对于朱珪,奕征一向是怀有敬重之意的。朱珪为官、做人都有较好的口碑,奕征对朱珪的敬重,还与他了解一些官场内幕有关。嘉庆皇帝登基后,曾经要调朱珪进京。此事为和珅发现,在太上皇面前进谗言,最后,朱珪不但未入京,反丢了两广总督的职务,被调到安徽当了巡抚。到安徽之后,朱珪又有一番作为。别的不说,江南诸省无处不闹白莲教,而安徽则平静如水。原来安徽并不是没有白莲教,而是由于朱珪施政妥当,白莲教才渐渐平息。朱珪到安徽后,发现各级官府对白莲教的做法不但不能平抑白莲教,反而激起更多民众不满。官员们普遍紧张,把百姓小小的不满表现都视为白莲教作祟,尔后又行"错杀千人不使一人漏网"苛政,将那些对现状不满、并非真的反对朝廷的百姓抓起来,致使许多无辜的百姓无路可走,投奔白莲教,而白莲教的势力也就越来越大。朱珪到任后,一改前任的做法,善待百姓,严格区分普通百姓的不满和白莲教的叛逆,从监狱中放出了一些被怀疑是白莲教徒的人。这样,百姓的情绪渐渐和缓下来,白莲教失去民众的支持,其势力渐渐衰败。

还有一点就是朱珪治吏严正。朱珪来安徽后,先后罢免了九名知县,其中有六人受到惩处。他选用了一批清廉的官员充任九县的县令,这些人上任后,把各县治理得井井有条,百姓们欢天喜地。这也带动了其他的县,整个安徽一片生机。

一趟安徽之行,令奕征十分兴奋,他看到了希望。不是不能治好,而是要不要

下决心进行治理,这使他产生了给朝廷上书的念头。

朱珪对奕征并没有多少话,这并非对奕征有什么不放心——皇上的一名侍卫,而且被派过来送密谕,定然是皇上信任的人。只是,朱珪一连辛苦了两天给皇上写完密折,已经有些筋疲力尽。

随后,奕征启程回京。

富察氏带着儿子咄咄逼人,认定《虢国夫人游春图》不复存在,逼他前去查验,最终证明那画还在。他不晓得到底出了什么事,但有一点他看得很清楚,富察氏的那一举动是针对绵杜的。事后,他追问富察氏失画的事从何而来。富察氏只好实话实说,说是听奕行讲的。永修找来奕行,奕行答非所问,永修认为那画儿的事,也是奕行的梦呓之言,故而再次找来富察氏,大骂她荒唐。

永修王爷心里明白,这事反映了家族的嫡庶之争。这虽是他这样的人家常有之事,但毕竟不能够等闲视之。他料定绵杜必不甘心受疑,定然争个你长我短,借此整一整他的两个弟弟。为平息事态,永修向大家宣布,此事就此作罢,哪个也不许再次提起。富察氏等人理亏,自然不再讲什么。看来绵杜倒也知夫子之道,此后也没有再讲什么。永修心中暗暗高兴,认定家族依然在他的掌控之中。

一天午饭前,门房高声传话,说邢公公进府!

整个院子都紧张起来,邢公公这次到来,不知是福是祸?

永修王爷率绵杜、绵枫兄弟迎了上来,将邢公公让进大殿。行进间,大家都在用心观察公公的脸色——满脸和颜悦色,这令大家稍稍放心。

果然不是什么坏消息,邢公公传太上皇敕旨,着王爷永修携其家藏《虢国夫人游春图》进宫玩赏。

永修王爷领旨谢恩,问何时进宫?

邢公公道:"太上皇精神好,在园子里看了一阵花,听了一阵鸟叫,若有所思,便提到《虢国夫人游春图》,随后就打发奴才前来问王爷何时携画进宫?太上皇说了声'就来'。奴才估摸太上皇的意思,就是要王爷立即进宫了——这倒也好,今日太上皇是格外高兴的……"

"有劳公公。"永修听了又问,"进宫骑马还是坐轿?"

邢公公见问,道:"倒忘了这茬儿——奴才没有当面问明。这样吧,王爷身子不好,坐轿进宫已有先例,今日照旧例做。太上皇倘有怪罪,便推在奴才身上……"

永修当即谢过,并向绵杜使眼色。

绵杜悄悄离去,很快回来将三百两银票递到邢公公手上。邢公公推辞一番后收入袖中。

永修不敢怠慢,立即让绵杜等好生服侍邢公公,让绵枫去取画儿,并去备轿,他自己回房更衣。不多时,一切准备就绪,永修怀里抱着画轴登轿,兴高采烈,随邢公公坐轿而去。

永修王爷再次被召进宫的事立即传遍整个王府,大家兴高采烈。但其中有一人听到这消息之后,倒吸了一口凉气。这人就是已故奕律的福晋鄂济氏。

消息是花四儿报给鄂济氏知道的,她立即有了一系列的决定。

鄂济氏叫过花四儿,道:"咱们要抓紧办几件事……"

第一件事,是让花四儿去找侧福晋蒙贴儿,告诉她速到后花园等着,鄂济氏将有话跟她讲。

花四儿很快便回来,说蒙贴儿已经去了后花园。鄂济氏带着花四儿,溜溜达达无事闲逛的样子,到了后花园。

蒙贴儿正在一个小亭子前站着。花四儿见鄂济氏走到蒙贴儿跟前,说了没有三句话就转了回来。而蒙贴儿听后愣了片刻,便匆匆离去。

回来后,鄂济氏要花四儿办第二件事。她将自己所有细软取了出来。奕律生前曾屡屡要鄂济氏的全部家当,鄂济氏无奈何,大部分都给了奕律,现剩余已经不多。她叫过花四儿,道:"你快些把这些东西拿到当铺去典当——这样的事情你没有做过,不妨事的。你随便找到一个当铺,三百两银子他们总会给的。切记,不得求这个家中任何人与你同去。回来时也不要告诉任何人,不然的话,事情就做不成了——可听明白了?"

花四儿点头道:"明白——可主子,这是为什么呢?"

"你且别问,回头你会晓得干什么的。去吧。"

花四儿是一个机灵孩子,只要是她明白该干什么,就能够把事情干好。这次就是如此,她不但做到了人不知,鬼不晓,而且当了一个好价钱:四百两银子。

"足够了!"鄂济氏道,"接下来你再做一件事,把银子分成三包儿,两包儿各一百两,另一包儿二百两,完了拿那两包百两的去找蓉儿和绿珠,把银子给她们,让她们务必在今天送到各自的家里去。告诉她们,这银子做她们赎身之用。这个家不能待了,这一点一定让她们听明白。这事一要悄悄做,二要麻利,三要她们两人沉住气,回家放下银子立马回来,回来后不要为这事走动。不然,事又不能成了。"

花四儿自然很是兴奋。在王府虽吃得好,穿得好,但过得却是监狱一般的日子。虽很少挨打,但挨骂、受气是家常便饭。现有了出头之日,她们自然高兴。

"她们都哭了……"花四儿办完事回来报告鄂济氏。

"只是不晓得她们家中情景如何?"

"平时奴婢常听她们讲家中的事。她们家中父母都在,还有不少的姐妹,就是家里太穷,吃饱饭都是难的。奴婢想,她们家里听说主子拿出银子来替她们赎人,亲骨肉能在一起……"说到这里,花四儿滴下了泪来,"定然是高兴的,会一个劲儿念阿弥陀佛的。再说赎人五十两银子就够了,给她们一百两,剩下的全家不愁过日子了,她们更会念阿弥陀佛了。"

"看来,蓉儿和绿珠的事不会有障碍了,剩下的便是咱们自己的事了。你的事就难办些……"

一开始,花四儿就一头雾水:主子究竟要干什么?用那样一种方式见蒙贴儿,是为了什么事?典当首饰,原来是换银子赎人。究竟发生了什么事?那时花四儿就产生了疑问,另一包难道是给我留着的?现在,鄂济氏提出"你的事",证实了自己的猜测。什么?真的也把自己赎出去?且不说别的,花四儿想她走后鄂济氏怎么办?不再要丫头了?不错,秋云走后,蒙贴儿没有再要丫头,但蒙贴儿是普通人家出身,没有丫头照样过活。可鄂济氏却不同,她是大户人家出身,没有丫头能成吗?

鄂济氏见花四儿一脸的惊愕之情,晓得她没有想到自己会被赎出的事,便任凭花四儿在那里发呆,半天没有惊动她。

"主子,究竟出了什么事?"花四儿问。

"也许是我庸人自扰——这个家不会有太平了,且极有可能……"说到这里,鄂济氏停下,不再往深里讲,转而道,"迟早要走的一步,不如现在迈出去。"

"主子您呢?您怎么打算?"花四儿又问。

"你们走后我也走……"

花四儿惊得像是头上响起了一声霹雳:"可……您怎么比我们?您也走?您去哪里呢?"

"去一个很少有利欲、很少有是非、很少有争斗的地方……"

"有这样的地方?没有利欲、没有是非、没有争斗?"

"不是'没有',而是'少有'……"

"这样的地方我也去……"花四儿叫道。

鄂济氏听后笑了一笑,道:"你还是个孩子,红尘之缘未尽哪!"

听到这里,花四儿一下子明白了,鄂济氏是要出家!

花四儿思索了半刻,道:"我也去——我跟您去,永远服侍您……"

鄂济氏听后大笑起来。花四儿还从未见鄂济氏这样笑过,不晓得是什么逗乐了她。

"永远服侍我——到佛陀那边,我还带着一名侍女!"

花四儿依然不明白。

鄂济氏只好道:"佛家讲人人平等,是不能够要人服侍的……"

"那也一起去,把您当作一个姐姐总行吧?"

"也不行。进入佛门又不是过日子,怎么还有姐呀妹的?"

"什么都不是,我们只是一起去,这总行了吧?"

"花四儿,是什么让你决定出家为尼,你须想明白。总不能够因为我出了家,你也就出家吧?"

"您说那里没有利欲、没有是非、没有争斗,这就让人想去了。看这世间,终日你鸽我,我咬你,讨厌死啦!"

"跟你讲过啦,佛门不是没有利欲、没有是非、没有争斗,而是少有利欲、少有是非、少有争斗。别处也不都像咱们这个家这样,你争我斗。你想想,进这个家门之前,普通百姓那里,是不是好些?你还年轻,你需要回到那里去……"

主仆二人关于人生的对话继续进行下去。最后的结果,花四儿被说服。

只是,花四儿与蓉儿和绿珠不同,她没有家,亲人中只有一个贪财的舅舅。如何给花四儿赎身的问题,鄂济氏已经想好。

鄂济氏找到富察氏,向富察氏提出了出家的事。

鄂济氏早就想好了,这事一定要找富察氏。一来,富察氏是大福晋,主掌内事,不能不找。第二,富察氏也信佛,家人进入佛门,她不好说不。第三,自己年轻守寡,尝尽酸辛,像她这样的人提出出家,有充分理由。第四,自己的脾气富察氏清楚,即使不同意,最后也拦不住。

果不其然,富察氏当场同意了鄂济氏的要求,尽管说此事需等王爷回来后让他定夺,并说需跟她的公婆商量。富察氏同意了的事,障碍就等于扫清。

鄂济氏随即提出,她出家后,花四儿不再有用,她请求容花四儿赎身。花四儿还是个孩子,家里没有亲人,真的"赎身"是做不到的。考虑到佛门慈悲,容花四儿免赎自去。

花四儿进府没花几个钱,即将出家的鄂济氏亲自为自己的丫头求情,这点人情富察氏自然是给的。这样,花四儿的事迎刃而解。

鄂济氏办完这些事,就听说老爷子回来了。

奕征怀着百无聊赖的心情登上了回程,他任马儿自行前进,一路上不打算再想什么。

奕征一行共有七人,除他之外还有六名护卫。他们骑马北上,不日到达保定。保定是直隶总督府所在地,天近黄昏,奕征等人要在此住下。

七人走到南门外向城门那边张望时,发现城门那边站有两排马队,不知发生了什么事。七人拍马向前,刚到城边便被一将官拦住:"可是奕征大人一行吗?"

奕征没有下马,回道:"正是。"

"哪位是奕征大人?"那将官又问。

奕征回道:"我便是。"

"请下马见总督回话……"

见总督？奕征非常诧异地下了马,跟随那将官走到一位官员面前。

那将官向那官员回道:"总督大人,奕征大人到……"

啊,总督怎么在这里？

一位近七十岁的高个儿紧紧地盯住奕征的眼睛,像是要从中寻求什么,这就是大名鼎鼎的直隶总督梁肯堂了。这梁肯堂,奕征不认识,记得祖父生日时,梁肯堂曾送过贺帖,不晓得家里与梁肯堂是什么关系。奕征之所以知道梁肯堂,是因为他早就知道这个名字,知道此人为官大有作为,是少有的汉人总督。

"是奕征大人吗?"梁肯堂总督问。

奕征做了肯定的回答。

"一路辛苦……本部堂奉旨收大人所携密件,并送大人速回京城。"

发生了什么事？奕征听后倍感诧异。他从袖中取出装有朱珪密折的公文袋递与梁肯堂。梁肯堂接过,细细看了那封签,把它抱在怀里。

"奕征大人,按圣命,大人须连夜进京……"梁肯堂又对奕征说道。

"需要总督大人派人'送'进京,对吗?"

"多有得罪……"

六名护卫在保定歇了,梁肯堂派另外六人骑马拥奕征连夜奔向京城。奕征感到,他像是成了一名囚犯。

永修王爷乘兴进宫,扫兴出宫。说扫兴并不准确,出宫回府的路上,永修王爷几乎要哭出声来了。

打开那幅画前,太上皇兴致很高。但打开之后,太上皇皱起了眉头,随即判定那画是幅赝品。一开始永修王爷不相信太上皇的判断,最后经太上皇指点,永修王爷相信自己所拿的确是赝品。随后,永修王爷磕头,定自己为"欺君之罪"。太上皇否了永修王爷的"欺君"二字,让他回去好生查一查,一件珍宝如何成了一钱不值之物。永修王爷千恩万谢,答应太上皇一定要查个水落石出。

这次,他腋下夹着那画轴,进得府来便做狮子吼:"举家大殿有话……"

家人们不晓得发生了什么事,听到吼声,飞快赶到大殿。

老爷子一系列的动作让全家大惊失色,他先是气愤无比地展开那画,接着便狠狠地撕那画儿。那画儿可是画在绢上的,哪里撕得了?随后,永修王爷将那画揉作一团,掷在地上,然后将一只发抖的脚踏在了那堆绢上。

众人面面相觑。

"绵杜!"老爷子向大儿子吼了一声,"你来查,限你十二个时辰查清楚,一件珍宝如何成了这一钱不值之物!"说完,自己回房去了。出殿之前,他狠狠地骂了一句,"不肖子孙!"

直到现在,大家依然不清楚究竟发生了什么事。

绵杜不清楚发生了什么事,因此也不清楚父亲究竟要他查什么。他走到那堆绢前,细细端详。

绵杜渐渐明白了,家藏的那幅《虢国夫人游春图》是一幅假画。这回,太上皇看出来了,因此父亲才气成这个样子。绵杜猛然释疑,自己明明把那画儿送给了和珅,而后来富察氏追查那画儿,它却完好地在那里。这件事在绵杜心里一直是个悬念,但他也不敢想下去。现在看来,那时有人就弄了一幅假画,以假乱了真。

想到这里,绵杜第一个便想到了蒙贴儿。家中除他之外,她是唯一晓得此画去向的人。作假的事,难道与她有关?绵杜不由得想看一眼蒙贴儿,看看她眼下有何表情。

怎么她不在？

绵杜找了半天，蒙贴儿确实不在现场。

永修王爷给太上皇呈假画儿的事很快传遍朝廷，绵崟听说这事后，立即找来鄂鄂自真和怡百寿，对他们道："如今只好去向皇上讲明真相了……"

鄂鄂自真听后道："后果可预见吗？"

绵崟道："即使没有预想，难道现如今还能不去讲明吗？"

鄂鄂自真又道："不等奕征回来吗？"

"等得及吗？过了今日，不就是有意欺君了？"绵崟说完，便进宫去了。

绵崟如实地向皇上讲了有关《虢国夫人游春图》之事的全部经过。

听完绵崟奏报，嘉庆皇帝一直压抑着愤怒的心情。一个皇帝最不能够容忍的，大概就是身边的人做事瞒着自己了。绵崟，还有那个奕征，他们干了这许许多多的事，可一个字都没有透露过！朕把他们当成心腹，可他们却如此作为，是可忍，孰不可忍！

这是嘉庆皇帝听绵崟奏报时的第一个感受。

《虢国夫人游春图》的事绝对不是家事，这有关国事，甚至就是国事，甚至是头等国事。这事直接与和珅有关，因此也涉及太上皇。这样的大事，这些年轻人不知天高地厚，竟然自处不报，实乃胆大妄为！

这是嘉庆皇帝听绵崟奏报时的第二个感受。

他们捅了娄子，太上皇晓得画儿是假的，一定要追查。如果太上皇较真儿，就要查到和珅的头上。而真的那样，将发生什么事？不可想象。

这是嘉庆皇帝听绵崟奏报时的第三个感受。

最后，嘉庆皇帝思考的是如何处置此事？

第一，是对事情本身的处理。第二，是此事的处理与太上皇之间的关系，这包含着不止一个方面的问题。

送画事出有因，但接受者是和珅。就事件本身，这是需要思考的一个方面。

作假画的是绵崟、奕征等人。在外界看来，他们是皇上身边之人，而了解一些实情的人，则知道他们是皇上的心腹。就事件本身，这是需要思考的另一个方面。

嘉庆皇帝首先集中思考一点，如此大事，太上皇极有可能判定是他在背后指使，瞒着太上皇做这样的事情，太上皇定然龙颜大怒。故而，一切所为重中之重，是打消太上皇的这种疑虑。

经过认真思考,嘉庆皇帝实施了两项措施。第一项措施,是派兵将永修、绵綮、鄂鄂自真、怡百寿的宅子看管起来,任何人不许进出。第二项措施,六百里加急,给直隶总督送去一道圣旨,告诉他奕征一到,即接过他身上的密件,随即护送到京城,直送宫中。同时,立即将奕征护送进京,直接将他送到他的府中。

次日一大早,邢公公便来到了永修王爷府邸。

原来夜里睡不着,太上皇又回忆起白天看《虢国夫人游春图》的情景。想着想着,他叫过邢公公,告诉他明日一起早去永修王爷府一趟。太上皇说,看画的时候,由于想到这样的画从此丢失,还不晓得会落到什么人的手里,如被一个不懂行的人得了去,糟蹋了,那简直是罪过,于是,心里有些急,曾训诫了永修王爷几句,令已经诚惶诚恐的永修甚为紧张,离开时,有点失魂落魄的样子。太上皇对邢公公说,去了说几句让永修王爷宽慰的话,可以查一查,查不到也就罢了,大可不必为此而过度伤神。

邢公公驾到,那被派到永修王爷府前执行任务的官兵哪里敢拦?

与往日一样,家人报了进去。

此时此刻听邢公公驾到,全家人人落魄,个个惊魂,永修王爷率诸子战战兢兢迎了出来。

"大殿讲话……"邢公公轻声道。

永修王爷等引邢公公进入银安殿。

邢公公在大殿中站定,道:"太上皇口谕:画儿既丢了,可以查一查,查不到也就罢了,大可不必为此而过度伤神。"

听完,永修王爷第一个哭出了声来。随后,绵杜也哭了起来,绵枫等也大放宽心。

三百两银票送走了邢公公。

可令众人不解的是,邢公公走后,府外那些兵丁却并没有撤去。

从太上皇的口谕看,画的事已经告结,可这些兵丁还在府外,这是为什么呢?

且说邢公公回宫之后向太上皇奏报去永修王爷府的情景,兵丁围永修王爷府的事他不能不报。邢公公出府时,曾问一首领,他们由哪里所派?得到的回答是,他们由内务府所派,遵圣旨前来。

奏报后,邢公公又遵太上皇旨意到皇上那边问话。这邢公公因是太上皇的红人,连皇上都礼让三分的。邢公公到后,先问皇上永修王爷府前的兵丁是不是因为画的事派去的?嘉庆皇帝做了肯定的回答。之后,邢公公便道:"皇上,太上皇有话了,说皇上这是'小题大做'……"

嘉庆皇帝听后立即道:"请公公回太上皇,兵丁立即撤掉。"

此后,邢公公主动对皇上讲了他奉命去永修王爷府传太上皇口谕的事。听后,嘉庆皇帝那紧张的心弦一下子松弛了一半。

邢公公离开时,嘉庆皇帝曾请邢公公回太上皇,过会儿他便去给太上皇请安,请示处理永修王爷失画的事。

奕征被护送到府前的时候,府前的兵丁正在撤离。奕征见府前有如此多的兵丁,不知发生了什么事,急忙进府先去看爷爷,正好父亲在那里。奕征问家里发生了什么事?绵杜遂把爷爷被召携画进宫,太上皇判定那画是假的事讲了一遍,并说府前的兵丁或与此事有关。

奕征听罢,脑袋"嗡"的一声响。随即,他拔腿跑出爷爷的屋子,他要去找绵崟。

正好鄂鄂自真和怡百寿都在绵崟那里,他们谈论的正是那画的事。

奕征很快弄清楚了细情,又问他府上兵丁的事,绵崟这才告诉奕征,他鄂鄂自真、怡百寿的家门受到了同样的"照顾"。

随后,大家开始议论,此事将如何收场?

这时,绵崟说道:"我见皇上时,曾经提到了解决办法,但皇上并不愿意采纳。"

大家遂问什么办法?

绵崟道:"把事情推到蒙贴儿身上……"

"什么?"奕征没有听完就跳了起来,"让一个可怜的女人承担这一切?亏你想得出来!"

"你听我讲下去……"绵崟止住奕征,"我的设计,并不是把她怎么样,而是将她藏起来……"

"以后呢?"奕征问道。

"她可以照常过她的日子……"绵崟解释道。

"对嘛,一个窃贼!一个倒卖传家之宝的通缉犯!"奕征提出强烈抗议。

"那……你另有良策否?"绵崟见状问。

"反正不能干这样的缺德事!"奕征的眼睛都气红了,"我承担这一切!"

大家闻言一时无话,最后绵崟道:"我还想出来承担呢——可承担得了吗?"

"反正不能够让一个可怜的女人承担一切！"

争论没有结果。

其实绵紫也好，奕征也好，谁也没有了解这样一个事实：他们的争论失去了一个前提，蒙贴儿实际上已经不可能承担这一切，即使把一切都推到她的身上。

嘉庆皇帝思考再三，最后还是决定不向太上皇禀明绵紫、奕征等人造假的事。嘉庆皇帝这样做，有三层意思：第一，如果讲了绵紫、奕征等人造假的事，就等于把和珅端出。那样一来，他还没有能力处理善后的事。第二，绵紫、奕征等是他的心腹，他们干这样的事，太上皇一准认为是他的主意。自己如何洗清，嘉庆皇帝一时还想不出主意。向永修王爷府、绵紫府前派兵丁，收到了意想不到的效果。借此，探知了太上皇对假画事件的态度，赢得了从容处理此一事件的时间。第三，知道的事不向太上皇奏报，会获罪的。日后，如果出现新的情况非向太上皇奏报实情不可，他可以说绵紫他们是刚刚把实情告诉他的。

嘉庆皇帝记起来，绵紫向他奏报有关《虢国夫人游春图》之事时，曾经讲了一个解决办法，就是把一切推在参与送画儿给和珅后又参与造假的永修王爷的侧福晋蒙贴儿的身上。当时，太上皇的态度不清，那样做未必能够了事。现在看来，太上皇那里并不把事情看重。如此看来，绵紫的主意不失为了结此事之良策。

这样，嘉庆皇帝将刑部尚书苏凌阿找来作了布置。

下面的问题是对绵紫、奕征这些人加以控制，不能够让他们有机会接触太上皇身边的人。自然，向他们发出明确指令，让他们闭嘴，假画的事不许向任何人透露也是可行的，但总是不够保险的。最保险的，自然是让他们消失，哪怕有一段时间不在京城也好。这样，嘉庆皇帝便把绵紫、奕征、鄂鄂自真、怡百寿四人第二次派往山西，去晋商那里再次安排捐贡之事。

这样，绵紫等四个人领命上路不提。

嘉庆皇帝向刑部尚书苏凌阿作交代时，并不晓得蒙贴儿已经失踪。苏凌阿亲自带人到永修王爷府抓蒙贴儿，方知她已经失踪数日。

苏凌阿问了永修王爷、绵杜等人，了解情况后，只好进宫向嘉庆皇帝如实奏报。

嘉庆皇帝随即向苏凌阿交代，立即贴出告示、画像悬赏捉拿《虢国夫人游春图》窃贼蒙贴儿，并另贴告示，悬赏报知《虢国夫人游春图》真品线索之人。

这样一来,蒙贴儿成了一名钦犯。

这事惹恼了一个人。屎盆子全扣在一个可怜的女人身上,真是欺人太甚!此人酝酿了多年的一项计划,开始实施。

在朝中也起了一小小的波澜,一名御史抓住永修王爷呈假画的事不放,说永修王爷怕太上皇要他的画,故意呈上一幅假画,真画一准还留在府内,要求追究永修王爷的欺君之罪。

嘉庆皇帝知道假画的真相,将那份奏折压下了。

和珅耳闻这件事,不晓得嘉庆皇帝如何处理,心里感到不踏实。一次,传达太上皇的某一旨意,见到嘉庆皇帝,和珅便从旁打听奏折的事。嘉庆皇帝明白和珅的用意,遂拿出那份奏折给和珅看了,并道:"太上皇已经讲明,这事不再追究。现在出钦令,做做样子罢了。"

和珅听后,也放了心。

奕征下了上书的决心。爷爷的百叟宴,奕征看作上行下效的典型。它反映了八旗子弟的一种心态,仅仅这一心态就要了大清国的命。如此下去,国将不国。

一趟安徽之行让他看到了希望。他开始打腹稿,酝酿奏疏的内容。他决定先后写两篇奏折,前一篇专写大清国的问题,后一篇写他的主张。写问题,自然是写得突出、集中,让皇上和太上皇看了受到震动。这样,为下一篇打下基础。他感觉有什么东西在督促着他,于是,快了速度。

不几天,一篇很长的奏疏就完稿了,随后他递了上去。

无疑,奕征的行动,是一种补天的行动。但是不是所有的人都这样看呢?太上皇就不这样看。

太上皇不晓得奕征何许人也,他就事论事看完折子,在上面写了四句话,二十四个字:

> 天下一片漆黑,大清摇摇欲坠。
> 不是庸人自扰,就是别有用心。

这样,奕征在朝内就待不住了——他被革去皇帝侍卫的职务,他的父亲绵杜也被革职。被革职的还有奕征的三个朋友绵綦、鄂鄂自真和怡百寿。

第二十一章 栽赃嫁祸，大老爷贼喊捉贼

解除奕征、绵崟等人职务的圣谕下达时，绵崟等人正在奉命出差，他们一路来到正定住了下来。这里有临济禅寺，乃佛教临济宗的发源地、临济宗创始人义玄禅师之道场。四个人久慕临济寺之名，在正定住下，是打算次日到寺中一游。临济寺原名临济院，始建于东魏兴和二年，临济宗大盛天下始于唐大中八年。当时，著名禅宗高僧义玄入寺做住持，为弘传佛法，广接徒众，创立"三玄三要"等法，以"单刀直入，机锋峻烈"为其宗风。其方法是以棒击身，棒打之时，加一声断喝，致使徒众猛然省悟，顿悟开示，达直传心印、明心见性之目的。人们常说"当头棒喝"，这话即源于此。

晚饭后，奕征说他要出去转转。大家很累了，不愿意动弹，奕征便独自一个人出了门。

绵崟身子有些不适，早早地躺下。鄂鄂自真、怡百寿逗驿丞的一个孩子玩耍。半个时辰过去，孩子困了，回房去睡觉。奕征还没有回来，鄂鄂自真、怡百寿也困了，便也躺下睡去。

绵崟躺下后，一直睡不着，心里放不下由《虢国夫人游春图》引起的诸多事情。想着想着，他忽然想到都快三更了，怎么奕征还不回来？这么晚了，奕征会去哪里呢？大家很累了，绵崟不想惊动鄂鄂自真他们，便起身找到驿丞，劳驾驿丞派人去找。

驿丞派一人去临济寺，自己则亲自去城区查找。

三更前，去临济寺寻找的人回来了，说问过住持，当晚不曾有人进入寺院。不一会儿，驿丞也回来了，回绵崟说大街小巷几乎找遍，除青楼之外，没有再有灯火

的地方……

绵崇听罢大吃一惊,赶快叫醒了鄂鄂自真和怡百寿,向他们讲明情况之后,他们都大为惊奇:"难道他上天入地了不成?"

三个人请驿丞带路,出门去找。正像驿丞所讲的,大街小巷全没有灯火,奕征踪影全无。

天已经四更。

怪!

绵崇也罢,鄂鄂自真、怡百寿也罢,谁也想不出发生了什么事。

三个人待到天亮,希望看到奕征从外面回来的身影。太阳升得老高,三个人走出驿站,站在门首等着,盼着。街上的行人渐多,店铺纷纷开张……

大家都想到了同一件事,但谁也没有讲出来:奕征是不是出了意外?

驿丞一直守在绵崇等人的身边。最后,绵崇对驿丞道:"那滹沱河水深吗?"

驿丞明白绵崇的意思,回道:"那里不会出事的,冬天河水还到不了腰这里。"说着,驿丞用手比画了一下。

中午已过,不能不报告了。

绵崇让驿站六百里加急送出了他的报告,他们留在那里等待上谕。

当天,嘉庆皇帝就收到了绵崇的奏报。

从行文看,解除奕征、绵崇等人职务的圣谕他们还没有看到,嘉庆皇帝见奏报后大为惊愕。尽管他们的职务被解除了,但他依然令内务府派人连夜去正定查找。

去的人这里查,那里找,均是毫无踪迹,只好回报。嘉庆皇帝思前想后,想不出发生了什么事。最后,他把思路集中到《虢国夫人游春图》上,开始捉摸是不是这些不安分的年轻人又想出什么主意,搞什么名堂?太上皇召永修王爷携画进宫,和珅正好被派往南方犒军,现在回来了,是不是要从奕征那里下手做什么文章?是不是绵崇他们还有瞒着的事情……或者是什么人胆大包天,不晓得奕征是御前侍卫,将他绑架了?或者知道奕征是御前侍卫,将他绑架,要达到不可告人的目的?等等。这如何是好? 这样的事情是不便声张的。派人去找好了,等着看有什么结果。

睿王府已经晓得奕征失踪的事,大家自然惊愕不已。奕征的母亲和福晋哭得死去活来,天天要绵杜想办法。绵杜自己也悲伤不已,但情况总是天天想办法,天天无办法,天天听消息,天天无消息。煎熬难忍的日子过去十余天,一直到腊月初二日,事情终于有了一个突破——但这是让人多么惊骇的突破呀!

这天,绵杜正在街上默默走着,觉得后边一个人慢慢凑了上来。他回头一看,那人已经到了他的身旁,道:"悄悄随我到前面叫'清茗生津'的那个茶馆去……"

绵杜并不认识说话人。他心中有事,见那人讲什么去茶馆儿,感到莫名其妙,于是停下脚步愣了一阵。

"听清楚了没有?"那人的两只眼睛死死地盯住绵杜,"随我来……"

那人说罢径直向前走了。绵杜听是听清楚了,但依然感到莫名其妙,故而呆呆地站在那里不动。不过,这种状态没有持续很久。他立即想到,这定然与奕征失踪的事有关,猛然生成的恐惧、希望交织在一起,这使他亢奋起来,于是他三步并作两步,赶到了那陌生人指定的茶馆前。

方才跟他讲话的那人在茶馆前等他。绵杜走近后,那人做了一个让绵杜跟上的手势,自己进了茶馆。

喝茶的人不少,但绵杜并没有注意到他们,而是专注着领他进入茶馆的那个人。那人在一张空桌子前坐了下来,做手势让跟过来的绵杜坐在自己对面。

茶馆伙计上来张罗,那人要了一壶茶。等上茶的工夫,绵杜真真切切地看清楚了坐在自己对面的陌生人。

三十岁左右的年纪,面庞清瘦,两道刀疤从眼睛一直伸到嘴边,两只鹰一样的眼睛射出一股杀气。看上去,像个蒙古人。

在绵杜端详那人的时候,那人也狠狠地盯着绵杜。

茶上来了,茶馆伙计给两人每人斟了一杯,谁也没有动那茶杯。

"你的儿子在我们手里……"那人道,眼睛依然死死地盯着绵杜。

"啊!他怎么样?"绵杜急切地问道。

"他活着,我们会好生待他……"

"你们要做什么?"绵杜依然十分急切。

"我们要银子。"

"这容易,只要你们快些把他放回家……"绵杜道。

"你怎么不问问我们要多少?"那人说着,冷冷一笑。

"要多少给多少,只要快快把他放回家。"

"要多少给多少?"那人这样问了一句,同时狡黠地笑了一下。

绵杜这才想到自己失言。但一言既出,驷马难追,不管花多少,只要奕征平安无事回家就好。

"要多少给多少！"绵杜道。

"我们不会多要的——十万两，一两一钱都不能少！"

天！十万两？

"肯给吗？"那人死死地盯住绵杜。

"给！"绵杜心想先答应下来再做道理。

"可有一样必须讲明白。我们缺银子，可我们不是非从你府上讨得不可。而你的儿子却只有一个，我讲这话的意思是让你明白。假如你敢轻举妄动，把这事情报官——这自然包括报朝廷，那我们就立马撕票！相反，如私了此事，把银子如数送来，那你的儿子将毫发无损，明白了？"

绵杜点头。

那人遂道："我把话再说一遍，假如你敢轻举妄动，把这事情报官——这自然包括报朝廷，那我们就立马撕票！相反，如私了此事，把银子如数送来，那你的儿子将毫发无损，明白了？"

绵杜再次点头。

"十万两银子一时是备不齐的，你先交第一批，一万两。何时、何地交银票——听清楚了，是银票，听从我们安排。无事了。"

绵杜站起身来。

见绵杜如此，那人笑了起来，随后把一张纸推到绵杜那边。绵杜低头看去，是奕征写的一张条子：

祖父、父亲、诸位叔父大人钧鉴：我在此平安。

"你收了吧，回去也好让家里人看看……"那人一边说着，一边在桌上留下茶钱，然后起身出店而去。

绵杜拿起奕征写的那条子，心想自己确实是缺心眼了，难怪对方笑出声来。不证实奕征确在对方的手里，如何就贸然答应交银子？奕征失踪的事很多人都晓得，倘若有人借机诈骗，谎称奕征在他们那里，不加证明就给银子，那不就成了冤大头！

儿子总算有了下落，可这十万两银子从何而来？退一步说，即使这十万两银子拿得出，富察氏和她的两个儿子岂能赞成？平日他们对他这一支就视作眼中钉、肉中刺，必欲除之而后快。如今出了这事，他们不但会幸灾乐祸，而且会落井下石的。看着吧，他们一准主张报官，一来可以省下一笔开销，二来可以借此除掉奕征。如何是好呢？绵杜的心情变得沉重起来。

家里人知道奕征有了下落，自然甚为高兴。永修王爷拿起奕征写的那条子，两行老泪就流了下来。这些天可把永修王爷憋坏了、愁坏了——他一生都没有如此憋闷、如此愁烦过。这下好了，奕征有了下落，而且有了救。十万两银子算什么？换一个孙子的命，漫说十万两，就是百万两又算得了什么！再说，这是一个怎样的孙子呀——满腹经纶，学富五斗，而且现是御前侍卫，日后前途无量！这样一个后生的命用十万两银子去换，值得！十万两银子没地方出？怎么没地方出？不是还有几个庄子吗？

心情一变好，人的思路就会变得清晰。前些天，没办法打听到奕征的下落，永修王爷几乎要发疯——越着急，就越想不出办法，越想不出办法，就越着急。现在好了，下一步他所思考的，是如何让奕征平平安安地回到家中。

永修王爷平日并不糊涂，他看得很清楚，一有风吹草动，家里诸人就蠢蠢欲动。他心里很是明白，此事如何处理关乎奕征的死活，所以绝对不能听任富察氏和她的两个儿子阻挠，更不能够允许他们干出落井下石、丧尽天良的事来。所以，在全家商议援救奕征的事情时，永修王爷非常明确地提出：一、要不惜一切代价赎人，实在没辙就卖庄子。二、他的这项决定是最终的决定，家里人只许赞成，不许反对，也绝对不许另搞一套。

谁知，永修王爷的话还没有讲完，绵枫就大声道："也不是只有赎人这一个法子，何必……"

永修王爷晓得绵枫要讲什么，没等他讲完，永修王爷就狠狠地盯住绵枫道："老二，你是不是没听清楚？我有没有讲这是我的最终决定，只许赞成？"

绵枫是个没心没肺的人。奕征有了消息的事来得很是突然，这事对他意味着什么，他当时并没有想得太多，更没有想到要落井下石什么的，只是不赞成老爷子卖庄子的主张。他心想今日卖庄子，明日卖庄子，统共有几个庄子，再卖，家里的生计指望什么？

老爷子的问话是严厉的，但绵枫只顾自己想，并没有注意到老爷子的语气，他还讲了这样的话："百叟宴时已经卖掉了一个庄子，现在再卖，如何了得？"

这话把老爷子激怒了，永修王爷浑身哆嗦着道："百叟宴怎么啦？我还觉得花得不够呢！这个家业如何处置，现还容不得你说三道四！你……"

这时，富察氏站了出来，她冲绵枫狠狠地说道："你在那里胡说乱道些什么？往日都是一些鸡毛蒜皮的事，你们总是想着自己的那一支，那一脉，护着自己屋里的炕头儿，不顾举家的大灶也就罢了。如今家里出了什么事？你们难道是小孩子吗？长子长孙，皇上的御前侍卫，被人绑了票儿！这牵涉整个家族的根子！老爷子定下来，不惜一切拯救奕征，你却不顾大局说三道四，简直……"富察氏浑身也抖了起来，"老爷子刚才讲的两条是我们家的圣旨，大家要做的就是按照老爷子讲的拯救奕征。对这事，哪个虚情假意、三心二意，家规不饶！"

对富察氏的这番话，永修王爷一时难以判断是否真心实意，但这话讲得还是在理。这样，方才那无名大火消散了许多，最后道："就这样了！"

这时，绵枫又站了出来，道："我不是不赞成阿玛定的事——我只是提醒阿玛，此事可以不报官，可能不报皇上吗？奕征是御前侍卫，皇上那边也在关注着奕征的事，现在奕征有了消息，能不报皇上吗？"

绵枫没有把话挑明，但意思大家都清楚：不报，可是欺君之罪！

其实，对报不报皇上的事，在绵杜最初复述绑票人提出的条件时，大家心里就在思考着。只是没容大家议论此事，绵枫就讲了那番激怒老爷子的话。如今绵枫提出此事，大家都认为有弄清楚之必要，站起来的人便又都重新坐了。

此事老爷子自然曾经想到，他原本是讲出来大家商量，后被绵枫那番话激怒。于是他又来了气，道："这事也没什么好议的——皇上那边报不报，下一次见了那绑票的再说！"

这样，当日大家散去。

绵杜回屋后，将奕征有了消息的事以及父亲与家里人一起商讨救援之策的经过向福晋佟佳氏讲了一遍，又让她去把情况告诉奕征的福晋佟佳氏，自己则进了书房，要安安静静地思考搭救儿子的事。

绵枫反对卖庄子赎人，被父亲一席话顶回。富察氏讲后，绵枫没有再讲什么，但想法不会轻易取消。富察氏那一席话讲得冠冕堂皇，实际上究竟怎么想，还是难以判定的。他们绝对不会像富察氏所讲的那样，大家要按照老爷子讲的，一心一意拯救奕征。他们会从中作梗，甚至会……这一点绵杜都不敢往下想。

那么，他们会干哪些事情呢？第一，他们对卖庄子的事设置障碍，从中阻挠，不能及时凑足赎金。第二，他们想方设法打听到绑票人的情况，与那些人说上话，从中使坏。第三，向官府通报，让官府介入，造成对绑票人的失信，激怒绑票人，让他们撕票。

绵杜对以上三事逐个进行了分析，认为阻挠卖庄子的事，他们办起来不容易，与绑票人直接沟通几乎难以做到——绑票人单方面与自己联系，自己有事都找不到他们，富察氏等如何能够直接与他们说上话？这第三项……

绵杜一想到这第三项就失魂落魄，他们向官府通报，这是极其容易做到的，而这一招则会要了奕征的命。绵杜忘不了绑票人用一双鹰一样的眼睛盯着他所讲出的带有杀气的那些话的每一个字："假如你敢轻举妄动，把这事情报官，那我们就立即撕票！"

啊！

第二天清早，绵杜去给永修王爷请安后，就到富察氏房里给富察氏请安。不晓得哪根神经起作用，绵杜越想越伤心，便跪在了富察氏面前。他大泪滂天，抽噎着道："奕征的一条命就在大福晋手里攥着，儿子这里给大福晋跪下，求大福晋看在菩萨的份上，给奕征留一条生路……"

富察氏有些慌张了，嘴里说着"这是从何说起"，便把绵杜扶起来道："你这话讲错了，奕征一条命怎么在我手里攥着？他在绑票人那里。再说，他们提了条件，咱们也答应他们的条件，剩下的就是拿银子赎人。银子咱们也不是拿不出，奕征不会有危险了……"

"可倘若官府介入，那就……"说到这里，绵杜复又跪倒，"还请大福晋看在菩萨份上，放奕征一马……"

富察氏又把绵杜扶起，道："官府哪里会知道呢？这类事大家都是晓得的——绝不能够报官的。可听你这话，似乎是我要报官……绵杜，你可真是……我富察氏家族的闺秀，王爷府大福晋，绝不做两面三刀的人。我当着老爷子的面，当着你们的面讲过的，按照老爷子讲的救奕征。老爷子讲的是两条，一是不惜一切代价赎人，实在没辙就卖庄子。二是他的决定是最终的决定，家里人只许赞成，不许反对。老爷子讲的是赎，不是让官府解救……"

绵杜觉得自己已经无话可说，他也想不清楚，自己为什么会向富察氏求情。既然这样做了，他也不知道会不会有些效果。

第一次要交给绑票人的一万两银票已经凑齐。下一步，卖庄子筹措其余九万两银子的事也在紧张操作之中。

绵杜随时等待着绑票人的信儿,他盼着快些得到绑票人的信息,把银子送出去,从而观察绑票人的动静,以备确定下一步的做法。奕征有了下落而瞒着皇上,绵杜心里一直惴惴不安——欺君大罪可不是玩的。父亲有话,说下次见了绑票人后再决定要不要报皇上。所以,绵杜盼着赶快与绑票人见面。

一个上午没有动静。日过中午,依然没有动静,绵杜等得要发疯了。他在屋里坐不住,便走出来在廊子里转。转着转着,他心里着急,又跑到屋子里去。这样,出出进进,失魂落魄。

当他第十次走到廊子里时,绵枫迎面走来。绵枫见绵杜在廊子里,一阵紧张,想转身回去,见已经被绵杜瞅见,只得走过来支吾道:"大哥怎么在这里?"

绵杜心里有事,并不想与绵枫说什么,只是点了点头。

绵枫倒不想立即离开,道:"大哥这些天瘦了许多,其实不必忧愁的。奕征有了下落,绑票的提了条件,咱们也答应他们的条件,剩下的就是拿银子赎人。银子咱们也不是拿不出,奕征不会有危险了……"

绵杜听着,不由得惊了一下,怎么这话与富察氏讲得一模一样?

正在这时,一名家人慌慌张张拿着一封敞开口的信,道:"这是一个不认识的人送到大门口的,说立即交大爷……"

绵杜急忙打开,见上面写着:

今日黄昏五时,菜市口闳祥斋楼上。

绵杜看时,绵枫也凑了上来。

绵杜的心要蹦到嗓子眼儿了,忙问那家人道:"送信的人还在不在?"

家人回道:"那人撂下就离开了。"

"是什么样的人?"绵杜又问。

"矮矮的个子,二十岁出头……"

"去吧……"绵杜让家人离去,再看周围,绵枫不见了。

绵杜见状十分后悔,责骂自己怎会如此疏忽,这样的条子怎么能够让绵枫看到!绵枫如此匆匆离去,他去了哪里?是不是去报官了?想到这里,绵杜立即冒出一身冷汗。

绵杜浑身颤抖着去父亲那里报告。他首先报告的自然是绑票人的通告——把那张纸条递给父亲。

  永修王爷见儿子脸色苍白,毫无血色,并没有在意,这事必然让儿子感到害怕。他问绵杜,绑票人要的一万两银票可曾备齐?绵杜做了肯定的回答。永修王爷想安慰一下自己的儿子,绵杜止住了父亲,道:"刚刚绵枫也看到了这条子……"

  "你说什么?"永修王爷大声问。

  绵杜重复了一遍,永修王爷立即紧张起来,责备道:"怎么能让他看到呢?他人呢?"

  "他看完匆匆离去……"

  "来人!"永修王爷大叫,一名家人赶过来,永修王爷吩咐道,"去叫二爷!"同时又加了一句,"喊各位爷……"

  家人转身离去,不一会儿回来禀报:"二爷不在房中,其他爷已经禀过……"

  永修王爷和绵杜一听皆惊愕不已,永修王爷立即吩咐家人道:"快去门房问问,二爷是不是出了府?"

  富察氏等人被叫了来。

  家人回禀道:"门房讲,一刻钟前,二爷拉了一匹马出门,向东而去……"

  永修王爷与绵杜皆七魂出窍,一时乱了方寸。永修王爷问富察氏道:"他是不是从你那里走的?"

  富察氏回道:"他进屋打了个花花哨,什么也没讲就走了……"

  永修王爷遂冲富察氏大骂:"你们这些禽兽不如的东西,竟然干如此丧尽天良的事,也不怕不得好死吗?"

  "出了什么事,发这么大的火儿?"富察氏问道,"我做了什么丧尽天良的事了,你讲清楚,我死也死个明白……"

  "你是不是指派绵枫去报官了?"永修王爷逼问富察氏。

  "报官?什么报官不报官,我不明白,请老爷明示。"

  "装什么没事人儿?"永修王爷吼起来,"绵枫看到了那条子……"

  "什么条子?"富察氏又问。

  "装什么糊涂!"永修王爷说着,把绑票人送来的条子拿出来,摔在富察氏的案前。

  富察氏不识字,把条子递给身边的绵枚。绵枚念了一遍,富察氏听后道:"这想必是绑票的人送来的。这我才知道,可老爷不弄明白,就劈头盖脸,臭骂一顿……"

说着，大哭起来，"这个家日后让我怎么待……"

这时，永修王爷突然发觉光在这里吼，忘记了正事——随即派家人骑马去追绵枫。他骑马向东，一准是去了顺天府。

"追上他，拖也要把他给我拖回来！"

永修王爷的原意是把绵枫等人叫来，并不是要商讨什么，而是把他们看管起来，一直到绵杜见了绑票人，无事返回。可永修王爷迟了一步，绵枫已经走了。

就在这时，一名家人走到奕行的身边，说门外有人找他。奕行问什么人？家人说，那人说是少爷先前的朋友，已经几年不见。奕行说请那人书房相见。家人说那人说还有事去办，路过这里，先见一面。这样，奕行便随家人去门口。

过了不多时，那叫走奕行的家人急忙进来报告，说二少爷被人弄走了！

全家听罢大惊，富察氏急忙问究竟是怎么回事？

家人回道："二少爷出门后，看那样子并不认识来找他的人。正在疑惑，忽然从四周蹿出四五个人来，还来了一辆马车。不由分说，那些人就架着二少爷把他塞进车子，一溜烟向西而去，还留下一张条子……"说着，把条子递给富察氏。

富察氏遂把条子递给绵枚，让绵枚念给她听。

绵枚念道：

我们给奕征找个伴儿。

富察氏一听，浑身哆嗦着瘫倒在地，半天才醒来。之后，她随即高喊，快快派人骑快马去追绵枫。

半个时辰后，派出追赶绵枫的一名家人返回，说二爷确实去了顺天府——他们赶上时，二爷已经进入衙门……"

家人还没有报告完，永修王爷则感到天旋地转，难以支撑。而绵杜、富察氏相继昏厥，倒在了地上。

大家认定绵枫一时是不敢回来的，可大家错了。永修、绵杜、富察氏相继醒来后，绵枫回来了——他不但很快返回，而且态度坦然。

永修王爷首先给了他一记耳光，随后又命人将他捆起置于阶下，然后又是一顿拳打脚踢。

绵枫一句话没有，一声不叫。

这时,富察氏的一句话让绵枫撑不住了,她说绑票人绑走了奕行。

绵枫听后一下子软了下来,瘫倒在地。折腾了一阵子,永修王爷命下人备轿,他要亲自去顺天府见府尹,凭他的王爷身份,求顺天府不要干预。

这确是解决问题的一招。很快轿子备好,永修王爷上轿飞快离开。

永修王爷带回了好消息,顺天府答应不介入此事。但永修王爷要大家不要高兴太早,说顺天府被告知后已经向现场派出了人员,现在已经派人去撤回那些人员,但这不能确保绑票人对这次行动没有察觉。

大家紧张的神经无法放松,万一绑票的人察觉了顺天府的行动,那……眼下,谁也忘不了绑票人留下的那句话,报了官就撕票。

如今,绵杜之嫡系,富察氏、绵枫之庶系,都希望绑票人没有发觉顺天府派去现场人员的行迹,都盼着届时绵杜能够顺利地把一万两银票交给绑票人,然后卖掉庄子,凑足赎金,顺利地、平安无事地接回奕征和奕行。

四时许,大家急不可耐地送走了绵杜。

一直到晚上七时,绵杜还没有回来。是事情不顺吗?是双方谈的事项很多吗?是……大家都在家猜着。

绵杜终于回来了,大家像迎接一名救星一般迎接了他。

"没见到人……"绵杜一见面就说道。

绵杜把情况讲给大家听,说他初到的时候,那里并没有什么异常,他还跟掌柜进行了交谈,从掌柜那里,听不出这之前店里出现过什么异常。

大家听后,有放下心来的感觉。

随后,大家一起对情况进行了分析。绑票人不肯露面,有两种可能。一种是绑票人惯用此种手法,虽不露面,但在暗地里观察,看看有没有官兵暗中埋伏,看看赎人的是不是带来了打手,如此等等。而后,他们再确定下一次交赎金的时间和地点。第二种,自然是他们发觉有官兵埋伏。

这样,大家等待着绑票人发来新的消息。

但一直到深夜,并没有动静。于是,大家各自回房。

刚刚回房,就有家人在绵杜窗前大喊道:"回大爷,门外有人送来一个锦盒!"

绵杜没有睡,翻身跃起,开门出屋。

大家谁都没有睡,听到喊声,便聚了过来。

家人进一步禀报:"小的听门外有人敲门,就问是哪个?外面并不答话,又敲了三声。小的开了门,看四周已经没有了人。再看,门前有一锦盒……"

"快打开……"绵枫催促道。

绵杜打开了那锦盒,恍惚的灯光之下,见盒中有两缕头发,里面还有一张纸条,上写:

> 本欲送奕征兄弟俩的脑袋,饶过你们一次,现送上他们的头发。下次再敢报官,送去的就是他们哥儿俩的脑袋了。

大家拿着那锦盒去见阿玛,永修王爷的办法很明确:卖庄子,赎人。

此后的事情进展得快而顺利,绵杜将毫无阻碍地当掉庄子,凑足了九万两银子。

奕征之事,皇上第一个想到的就是和珅。认定是他在捣鬼,为那幅画的事要搞什么名堂。

和珅听说这事后,则怀疑皇上在搞名堂。

《虢国夫人游春图》到手之后,却给他带来无穷的烦恼和不安。先是传出永修家的大福晋要查那画在不在。为了应付那事,绵崈找到他,要临摹那画。无奈何,他接受了绵崈临摹的建议。临摹的事平息了永修王爷家的争执,可不久,永修家争执又起,大福晋富察氏告绵杜杀害她的孙子。如果事情闹起来,画的事极有可能再次被曝出来,好在事情没有闹大。那时,和珅就想到,一张假画放在那里,迟早会捅出娄子。果不其然,不久前,当他奉旨去南方犒军的时候,太上皇要看那画,由此,假画的事败露。和珅再次感到了威胁,后来他从皇上那里摸着了底。好在事情又没有闹大,让一个蒙贴儿承担了一切。

把一切推在蒙贴儿的身上,是不是就万事大吉了?当时他就心想,此事不能算了。

和珅有些后悔了,他怨自己太贪心,在绵崈要求临摹那画时不曾放手,没有把那画还给永修家。如果那时还了,一切麻烦就统统避免了!此时的和珅,又感叹了一阵"得"与"舍"的问题。

就在和珅思考这件事的时候,绵杜按照绑票人指定的时间和地点,把银子交给他。绑票人还算讲信用,银票到手,随即放回了奕征和奕行。一家人欢天喜地。

奕征、奕行一进家门，永修王爷就通过宫中的关系将奕征被赎回的事奏报给了皇上。

永修王爷关于奕征失踪一事给皇上的奏折中没有讲得很细，无非是讲这是一宗敲诈勒索案，最后付了绑票人一些银两，事情就了了。

对永修的奏折，嘉庆皇帝思索了很长一段时间。他原先就认定奕征"失踪"的事是和珅在捣鬼，现在依然不放弃原来的想法，认为和珅胃口太大。

可是，当一份口供记录送到他的案上时，他的这种想法彻底消失了。

那口供记录是这样写的——

我叫齐天火，京城人。五年前离开京城去了南方，辗转到了四川，在那里结识了白莲夫。他是白莲教的，我随即加入了白莲教。上一年腊月，白莲夫找我，说要把我派到京城来做一件事情。临来时他才跟我讲明，是来京城接受一笔赞助的银两，给了我京城赞助人的姓名和接头方法。我是带着孙耀祖一起来京城的，到京城的日期是腊月初二日。次日清早，我按照白莲夫告诉我的接头方法，给赞助者送了一个带有暗号的条子，当日晚饭时，与赞助者接了头。接头后方知赞助者绵杜乃是睿王府家的大爷。这好生让我吃了一惊，这样一个家庭如何会与白莲教勾结在一起！这次接头是在鸿宾楼。当天时间已晚，我们商定次日中午在原处商量交接银子的办法。次日中午，我们又在鸿宾楼见了面。绵杜问，原定明年三月办这事，怎么提前了？我回答说，那边急着用钱。绵杜说，既如此，大家就行动起来。原来，绵杜已经想妥一套办法。银子需要卖庄子筹得，故而不能够悄悄做。要卖庄子就需有个由头儿，不然，上有老子，下有兄弟，不能平白无故卖庄子。再说，卖了庄子钱往哪里花，更需有个由头儿。这样，我们便演了绑架绵杜的儿子奕征这出戏，绵杜则以赎人为名来做这些事。当时我提出，绑一个奕征要十万两银子，这人们会信吗？绵杜说，他的儿子奕征可不是一般的人。在家里，他是爷爷的心肝宝贝；在朝中，他是皇上的御前侍卫。我一听奕征是御前侍卫便吓了一跳，问将这样的人绑票，了得吗？绵杜说没事的。我们还商量了另外一件事，就是绵杜的同父异母兄弟绵枫会从中作梗，甚至报官。为应付此事，我们也想好了办法。就这样,奕征去山西出差时正好下手——因为在京中,就在皇上眼皮底下绑了奕征,动静太大。还有一点,绵杜也想得周全,这就是如何不让官家,甚至是皇上知道奕征被绑架的事。为此,我们设计了一些狠话,如绵杜一方报官其中自然是包括报皇上,将会如何如何,以绝报官之念。这样,我们绑了奕征。而奕征并不晓得其中的奥秘。因为我们是假绑票,奕征在我们那里一直过得很是舒适。

从接触中我似乎明白了,绵杜这样一个人为什么会与白莲教勾结在了一起。听绵杜那话,他与白莲教的联系已经有些时日了。两年多之前,四川白莲教首领派一名叫黄程的人前来京城打探消息,那时,偶然一个机会,绵杜与黄程结识。绵杜不清楚黄程是什么人,但二人谈话很投机。他们痛恨官员的腐败,都说是这些蛀虫把大清国吃空了。他们还谈到南方剿灭白莲教的事,共同认为白莲教是贪官们惹起来的,是"官逼民反"。而白莲教起事后,他们又借机搜刮,是"发国难财"。后来,两个人熟了,黄程临走时亮出了真实身份,绵杜大吃一惊。一年前,黄程又来,再次与绵杜联络。最初,绵杜不见。后黄程威胁绵杜,绵杜终于再与黄程见面。黄程向绵杜讲了许多同情白莲教的百姓被残杀的事,那些百姓流离失所,惨得很,说自己这次进京,就是说服有良心的富户拿出些银子来,救济那些可怜的无辜百姓。最后,绵杜答应出些银子。而绵杜想必也清楚,这些银子是不能不出的,而出了银子免不了进入白莲教的口袋。

我与绵杜唱双簧,提出付十万两银子赎人的要求。为探听绵枫的动静,我们事先约定银票分两次交接,第一次先付一万两。果不出绵杜之所料,事情出现了障碍——绵枫从中作梗,不但阻拦卖庄子,而且暗地行动要报官。这样,我们照事先商定,将绵枫的儿子叫奕行的绑了。出了些岔子,我的行动迟了些,绵枫已经报官。这时,我们急忙绑了奕行。同时我们避免出现在原来定好的接头现场,好躲避官兵的抓捕。需要出一严厉的招数方能震慑绵杜的兄弟绵枫,让他不敢再报官,使事情顺利照计而行。我们将奕征、奕行的头发割下送回府去,以示警告。绵枫的一个儿子已经早早地死去,奕征、奕行如出意外,绵杜兄弟这两支就绝了种!

后来事情进展顺利，绵杜卖掉了庄子，凑足十万两银子，奕征、奕行放回。两次交接的银票，我都如数写了收条给绵杜，嘱咐他要妥善保存。

那十万两银子，扣除我在京城的花销，已经派人全部送往四川。

没想到孙耀祖这个崽子出卖了我。我对他不能说没有防备，但还是大意了。他晓得许多的秘密，这人不能够留着，于是，顺天府二次过堂对质时，我结果了他。

这是我全部，也是最后要讲的话。

嘉庆皇帝把这口供一连看了三遍，太突然了！他决定把顺天府府尹阎天侯召进宫来。因为案子是顺天府审的，口供是从那里报进宫来的。

下面回报，说阎天侯不在京城，他受邀到青州办案还没有回来。

于是，嘉庆皇帝发话，阎天侯一旦回京立马让他进宫。

次日，阎天侯便进了宫。他回来还没有回衙，也没有回家，得知被召后，就直接进了宫。

嘉庆皇帝二话没说，就把那份口供让阎天侯看了。

阎天侯看后先是大惊，随后镇定下来。没等皇上说话，他便道："事情的原委臣尚不清楚，允臣回衙一趟……"

他话还没说完，嘉庆皇帝便道："快去快回。"

马不停蹄，阎天侯回了衙。

当时的北京城有四重城围，最里边称"紫禁城"，城圈上设有端门、神武门、东华门、西华门。往外称为"皇城"，城圈上设有大清门、长安左门、长安右门、东安门、西安门、地安门六门。再往外称"京城"，城圈上设有正阳门、崇文门、宣武门、朝阳门、东直门、阜成门、西直门九门。最外边称"外城"，设有永定门、左安门、右安门、广渠门、广宁门、东便门、西便门。平日所说的"京城"，就是指"外城"之内的城区。

北京在直隶总督所辖范围之内，但直隶总督的管辖权到"外城"城圈为止，"外城"之内，直隶总督就没有了管辖权——那里属于顺天府的地盘。顺天府的这一权限决定，大凡在"外城"以内发生的事，便统由顺天府府尹办理。

顺天府府尹有直接向皇上奏事之权，特别是他可以直接见皇上。

皇上把如此大的权力交给顺天府府尹，自然须有掌控之策。而最重要的掌控手段是让部院大臣兼任，而兼任者又是皇上的亲信。让部院大臣兼任，皇上可以保障对这一职务的双重控制——既通过自己,又通过某某部院,再加上皇上亲信这一条,这一职务便被牢牢掌控了。

顺天府由府尹、府丞、治中、通判等人组成。府尹是第一把手,府丞、治中分别为第二、第三把手,通判这一职位始于宋代,最早权力很大,掌监督之权。府尹、府丞、治中向上呈报官文,通判签名才有效。就是说,通判不签字,文书就无法上送。明代开始,其权力变小,清代实际上成为一名闲官。经历一职始于元代,清朝沿袭,掌管文牍。照磨掌管文书抄录传递之事,也始设于元代。

嘉庆三年那会儿,顺天府府尹是阎天侯,府丞是俞天箫,治中是乐天槊,衙门里的人称他们"三天"。

阎天侯,江宁府人。四十几岁的年纪,正当年富力强。他成为皇上的亲信,靠的既是忠诚,又是本事。

前些日子,青州府出了一桩奇案,刑部尚书认为大有进行实地勘查之必要,便派阎天侯去了那里。

俞天箫是一位将近六十岁的满人,他最大的特点是善待下属,对手下人总是一团和气。但是,他脑袋糊涂。由于有这两大特点,衙门中的吏胥暗地里都称他为"玉迷糊"。

常言道,强将手下无弱兵。精明强干的阎天侯,手下怎么容得这样一个迷糊人?要知道,府丞这样的人,并不是由府尹自己来选的,他由吏部任命。就是说,吏部派什么人来当府丞,府尹是无权拒绝的。

自己不能够挑选,但作为一名精明的府尹,倘若你实在瞧不上吏部派来的府丞,那是有办法把他们弄走的。既然阎天侯是一位精明强干的府尹,那他为何不采用上述办法,将这"玉迷糊"打发走呢?

非不为也,实不能也。阎天侯知道这俞天箫的来头,搬不动的——俞天箫乃大学士和珅之心腹,是和珅专门安插在顺天府的一个耳目。

阎天侯是皇上的心腹,俞天箫是太上皇宠臣和珅的心腹,哪个动得了哪个?

阎天侯不动俞天箫还有一个原因,就是这俞天箫并不找阎天侯的麻烦,凡事都顺着他。

阎天侯明白,有俞天箫在,自己的一举一动皆在和珅的掌握之中,但阎天侯认定自己并无把柄让人抓,俞天箫在,对阎天侯来说并不构成什么威胁。有时,俞天箫还透露和珅对某某事、某某人的一些说法,这对阎天侯了解朝内的情况不无益处。因此,俞天箫这个"玉迷糊"一直可以混在顺天府衙。

实际上,这俞天箫是办不了什么案子的。大凡阎天侯不在衙,重大事情一定要由治中帮俞天箫处理。这乐天槊说不上多么精明强干,但总的来说还算称职。尤其是乐天槊熟知刑律,办事谨慎,大凡牵涉刑事,连阎天侯本人都常常听乐天槊的意见。阎天侯不在时,俞天箫有乐天槊从旁帮助,事情处理起来省心又妥当,何乐而不为?

阎天侯赶到顺天府时,府丞俞天箫有事临时外出,阎天侯找来治中乐天槊,乐天槊向阎天侯报告了办理阎天侯所问案子的经过——

腊月初十日,一年轻人向顺天府密报,说他掌握京城白莲教匪首的行迹,愿意带领官兵捉拿那白莲教匪首。俞天箫听后将信将疑,找来乐天槊商议。乐天槊也将信将疑,说什么掌握京城白莲教匪首的行踪,难道京城也有了白莲教?但事关重大,宁可信其有,不可信其无,乐天槊还见了那名告密者,进一步问了情况。

那告密者自称姓孙名耀祖,是白莲教京城匪首齐天火手下的人,刚刚随齐天火从南方过来。孙耀祖家在京城,前几年因与家中父母闹别扭离家出走,后辗转入了川,遇上了齐天火。他当初并不晓得齐天火是白莲教的,进京前,齐天火亮出了白莲教的身份,并拉他加入。孙耀祖说,白莲教在当地很是兴旺,许多人以参加白莲教为荣,当初他也就答应齐天火,加入了白莲教。前不久,齐天火说带他进京,为白莲教做件大事。孙耀祖很激动,进京就可以看到阔别多年的父母了。孙耀祖说,进京后他想去见父母,可齐天火说什么也不许,并发狠说要是不听话,就照教规行事——不听指挥者杀。孙耀祖说,进京后,究竟干什么大事,齐天火并不告诉他。但从跟随齐天火所办的事推断,他在与京城的某人接头,为白莲教筹款。孙耀祖曾经有三次跟齐天火一起路过自己的家门,最后一次家里院门敞着,他都看到了站在院子里的老母亲。孙耀祖说,他再也忍不住,当晚,齐天火有事没有带他,他便趁机回了家。父母的恩爱,兄弟姐妹们的温情,使他无法拔腿离开这个家。但他不能不走,如果回家之事被齐天火发觉,那他是会毫不留情执行教规的。他再也不想跟齐天火干了,要脱离白莲教。但又想脱离容易,可活下去容易吗?齐天火容忍一个自行脱离教门,并且晓得他在京城秘密的人活在世上吗?想来想去,最好的办法就是向衙门报告,把齐天火抓起来,除掉他。

乐天槊听了这番话,仍然难以判断是真是假,遂对孙耀祖道:"你就留在这里,到时候,我们派人跟你去抓那齐天火就是了……"

孙耀祖一听急忙道:"这怎么能使得呢?我是偷着到这里来的,要是不回去,定然引起齐天火的警觉。那样,他原来要干的事就会取消,那你们上哪去抓他呢?"

乐天槊听后心想,如果这孙耀祖所言是真,那确实不能够把他留在这里。放他回去,如果他所言是真,就有抓捕齐天火的可能。如果孙耀祖所言是假,放他回去也不碍大事。这样,约定下次联络手段后,孙耀祖被放回。

最后,乐天槊问孙耀祖父母的地址。孙耀祖讲了地址,但说父母已经不在那里了。可能是齐天火对他回家见父母有所发觉,或者是防备他回家去见父母,齐天火已经给他们安排了一个新家。孙耀祖说齐天火不肯告诉他那新家的地址,说事成之后,便送他回那个新家见父母。

孙耀祖走后,乐天槊立即派人前往孙耀祖家所在的胡同去进行核对。回报说邻人都证实孙耀祖所言是真,几年前因与父母闹别扭离家出走,一直到现在不知音信。前不久一个早晨,大家醒来,再也不见那家人的踪影。

乐天槊说此事疑窦丛生,他主张事情暂不上报,派人随告密者去试试,看有什么结果再说。俞天箫赞成。次日,孙耀祖又来,说当天中午,齐天火会在鸿宾楼见南方白莲教派来的人,是抓捕的好机会。当天,顺天府数名捕快随告密者到某处蹲守,但等了半天,并未见有两人接头的情况,最后就抓了告密者称作白莲教匪首的人。经过搜身,被抓的人身上并未携带什么。又等了半天,也未见所说从南方来的与齐天火接头的人的影子。

案子如何进行?乐天槊想起了让告密者与犯罪嫌疑人当面对质的办法,提出看看双方当场各有什么表现再做道理。俞天箫又赞成。于是,次日升堂,让两个人对质。

乐天槊说,这下出了状况。犯罪嫌疑人见孙耀祖被带上堂,猛地惊了一下。孙耀祖叫出了齐天火的名字,敦促他如实招认。就在这时,大家并没来得及看清事情发生的经过,只见那齐天火跃起扑向孙耀祖。再看孙耀祖,竟倒在了血泊之中,额头一个大洞。事后发现,孙耀祖的脑袋是被齐天火戴着长枷的一角击碎的。可怜孙耀祖,就这样死了。

"这样我们就需另眼看待这个齐天火了。"乐天槊对阎天侯道,"我们审问他,他一言不发。这样就只好上刑……第一天,上刑他也不开口。到第二天上大刑,齐天火曾昏厥三次。再次上刑,他才开口,有了这个供词……"

"他只说是京城的人,没有问他家住哪里吗?"阎天侯又问。

"何曾不问?他说,这打死他也不会讲。一人做事一人当,他不能够连累父母和家人。"

最后,阎天侯决定看一看这齐天火,随即安排升堂。在升堂之前,俞天箫回了衙。阎天侯将亲自审问。

齐天火被带进大堂,阎天侯细细地看了依然戴有长枷和脚镣的齐天火。三十岁不到的年龄,中等个儿。原本一张清秀的面庞,不晓得什么原因,脸上两道长长的刀疤使这位英俊的年轻人破了相,一双鹰一样的眼睛里射出一股杀气。

阎天侯这次提审,目的是看一看这齐天火。因此问了一些皮毛问题,如问齐天火在京城住哪里?齐天火像往常一样,闭口不言。阎天侯命上刑,齐天火依然不言。上大刑,齐天火昏了过去。苏醒后,依然是闭口不言。再上大刑,齐天火再次昏迷——苏醒后还是不言。

阎天侯遂令将齐天火带走。

齐天火被拖着走出大堂,转身时他做了一个动作。大概他的额上出了什么状况,他把头凑到了所戴的长枷前,用手指去挠他的额头。

阎天侯注意到了齐天火的这一动作,而就是这一动作,让阎天侯看到了一个东西。这东西他肯定看到过,但一时记不起何时曾经见过。自此,那东西便一直浮在他的脑海中,让他总是难以放下。

退堂后,阎天侯问他的两位助手,齐天火的供词共有几份?俞天箫肯定地说,从顺天府只出去一份,送了刑部。

阎天侯心想,难道你不抄一份给和珅?

阎天侯要赶到嘉庆皇帝那里去。见到皇上后,阎天侯把他所了解的审问齐天火的情况向皇上说了一遍。

"像永修这样的人,深受恩宠,他的儿子,那个叫绵杜的,却甘心叛逆,不惜卖掉祖产,赞助叛匪,这是令人难解的。朕把绵杜的儿子奕征召进宫中,考察看到奕征有些矜持,却还忠心耿耿。这样一个儿子,如何就有一个叛逆的父亲……"当时,嘉庆皇帝是在养心殿西暖阁见阎天侯的。听了阎天侯的话,他下了炕,在殿中踱步。阎天侯依然跪在那里,静听皇上一会儿缓慢、一会儿急促的脚步声。

"难道有人设下了什么圈套吗?难道……"嘉庆皇帝在自言自语。

阎天侯见皇上自言自语,并不急于向他提出问题,便耐心地等着。最后,嘉庆皇帝转向阎天侯,问道:"你的初步印象如何?"

阎天侯回道:"疑点丛生,需要臣回去用心审理。"

"那你讲一讲疑点……"

阎天侯回道:"第一,正像皇上所怀疑的那样,绵杜通敌的背景讲不清楚。第二,这齐天火的背景说不清楚。他的供词像是真实的,可他讲了这一番话之后,为什么就死活不再讲一个字?这就让人怀疑他作案的真正动机。第三,与此相联系,他的真实身份尚需弄清楚。第四,他将告发者孙某当堂击死是为什么?等等。"

嘉庆皇帝觉得阎天侯捋出了一个头绪,心中也以为这些问题需要继续审理。问题是,下一步如何安排?

阎天侯建议道:"在继续审问齐天火的同时,要把永修、绵杜、奕征、奕行和富察氏收监待审。"

阎天侯去了刑部,他手里拿着皇上给刑部尚书苏凌阿将绵杜等人收监的手谕。

和永修王爷家有关系的,还有已经从这家赎出的几名丫头。蓉儿、绿珠和花四儿在奕征被绑架前,都办妥赎人的手续,离开了永修王爷家。她们待在普通百姓圈子里,生活还没有安顿好。永修王爷家出事,她们很晚才听到。

秋云和领弟与她们生活的环境不同,很早就听说了此事。对她们来说,听到永修王爷家出那样的事,犹如晴天听到一声霹雳。她们俩赶紧去绵崇府上通报,绵崇府上已经知道了消息。三家商量后,第一个动作就是派人连夜奔向山西,向在那里出差的绵崇、鄂鄂自真和怡百寿报信。

奕征失踪后,绵崇、鄂鄂自真和怡百寿报告朝廷后在原地等候指令,最后,朝廷通知他们,他们已经被解职。

绵崇等人赶回京城,当他们知道绵杜等被抓进了狱中,个个心惊肉跳。

三个人打听到永修王爷家的案子是由顺天府审理的,绵崇与顺天府府尹认识,决定直接去找阎天侯。

到顺天府才知道,阎天侯因母亲过世,已于两天前回乡奔丧,永修王爷家的案子已经由刑部和顺天府共同审理。

绵崇暗暗叫苦,他知道刑部满尚书苏凌阿是和珅的人,而过去听阎天侯讲过,顺天府府丞俞天箫与和珅同样过往甚密。想到永修王爷家与和珅《虢国夫人游春图》的过节,这案子落在苏凌阿和俞天箫的手里,那就凶多吉少了。

第二十二章 水落石出，菜市口刀下留人

阎天侯进宫去见皇上，立誓一定要把齐天火案查个水落石出。可回衙后，便有从家乡赶来的家人向他报告了噩耗——太夫人去世了。

阎天侯兄弟二人，自幼家贫，母亲一个人拉扯他们兄弟度日，而且把阎天侯送入私塾。家里用度哪里都省，唯独他的读书不省，最后，阎天侯终登天子堂。母亲一直在家乡，由种田的弟弟照料。阎天侯在外为官，与母亲已经几年未见。听到噩耗，阎天侯脑子里原思虑之事，完全被失去母亲的悲情所掩盖。

次日，阎天侯早早进宫向皇上呈递了致仕之请。天大地大，孝道为大，尽管嘉庆皇帝眼下离不开这阎天侯，但也不能不放行。

对下一步审理案子的事，嘉庆皇帝问了阎天侯的见解。但阎天侯已经心不在焉，嘉庆皇帝只有惜叹而已。

阎天侯致仕回家，母亲的离去虽然令他悲痛万分，但他同时又感到了无比的轻松，再也用不着为官场上的事操心受累，再也用不着看什么人的脸色，什么事情都可以由自己做主。即使由于疏忽而有了错误决定，也不会担心冤枉了好人，更不会担心什么人的追究……

只是，顺天府没有审结的齐天火—绵杜一案，他一直没有放下。特别是将齐天火拉出大堂时，他所看到的那东西依然不断地在眼前浮现。

有一天晚上，阎天侯无事，便到两江总督李奉翰府上闲坐。这李奉翰是汉军正蓝旗人，乃江南河道总督李宏之子，随其父习治河事，得乾隆皇帝赏识，嘉庆二年从漕运总督任上调任两江总督。阎天侯与李奉翰是老相识，这次两人聊了聊京城的传闻，不免谈到绵杜的案子。这个案子前后经过，阎天侯已经跟李奉翰讲过。这

次,李奉翰说道:"近日邸报有一消息,说睿王府已经被抄。"

这消息使阎天侯吃了一惊:"案子有何进展,何至于抄永修王爷的家?"

这时,一名当差的进屋报告,说刘工青大人派人送来要给夏卫的银子五百两,问如何处置。

李奉翰一听怒从胸起,骂道:"真是岂有此理!他认为这事就是他说了算了,让他们给我快快拿回去!"

当差的应了一声,退出去了。

李奉翰怒气未消,坐在那里凝视着窗外,半天没有吭声。

阎天侯不晓得发生了什么事,坐在那里看着李奉翰生气。

过了一会儿,还是阎天侯打破了沉寂,问:"发生了什么事?"

李奉翰这才说道:"致仕侍郎刘工青不知好歹,七十多岁了,看上一个姑娘,非要娶进门来。可人家是有了婆家的。这刘工青不管那一套,硬要娶那姑娘。他上这里来走关节,要给那男家五百两银子了断。男家不肯,他今天白天到衙里来找我,让我给他想想办法。我告诉他没有办法,让他打消此念,让人家自己去过日子是正理。他死皮赖脸,说今晚一定把给男家的银子送来衙内。瞧,他果然送来了……"

阎天侯听着,越听越觉得这个案子似曾相识。随后他记起来了,这案子不就是六年前永修王爷强行霸占一个蒙古姑娘那案子的翻版吗?他正在感叹世上这号持财贪色之徒何时了绝?忽然叫了起来:"记起来了,就是他!"

这一叫让李奉翰吃了一惊,这阎天侯在发什么神经?

这时,就见阎天侯站了起来,急急忙忙要李奉翰给他笔墨。

阎天侯离开京城的当天,曾审问了绵杜,这是他第一次与绵杜接触。当他向绵杜讲出齐天火这个名字的时候,绵杜一片茫然。再问奕征被绑架的经过,绵杜如实讲了一遍。然后问他被绑架者威逼的情况,绵杜也如实回答了。只是,他强调知道奕征被绑架后没有及时奏报皇上,犯了欺君之罪。

阎天侯又问绵杜可知道威逼者的姓名。听了阎天侯的发问,绵杜心里暗想,好糊涂的顺天府尹,一个绑架的人,能够向被绑架的人吐露姓名吗?遂做了回答:"不晓得。"

阎天侯又让绵杜讲述了威逼者的样子和身体特征,绵杜也如实地讲了一遍。

此后,阎天侯没有再问什么,放绵杜回监。

接下来的案子,由府丞俞天箫、治中乐天槊继续审理。俞天箫不太管事,实际上审理的事落在了乐天槊的肩上。

阎天侯走后的次日,乐天槊开庭审问了绵杜。

第一次接触,乐天槊也是一般性问了问,情况大致与阎天侯审问时相同。

审问的当天,俞天箫被叫到和珅府邸。和珅问了审讯的情况,最后对俞天箫说道:"永修王爷一家的案子,太上皇甚为关注。太上皇感到不解,像永修王爷这样的家庭,竟然与白莲教发生了瓜葛。太上皇要大家注意朝中的动向,注意看看还有没有永修王爷第二和永修王爷第三……"

俞天箫再蠢笨,也晓得太上皇讲这些话的意思。其中最要紧的是,太上皇并不保永修王爷。实际上,太上皇已经给永修王爷家的案子定了性。

和珅怕俞天箫回去后将他编造的话散布出去,最后又嘱咐道:"方才这些话你自己晓得就是了,好掌握审问的尺寸,不要再跟别的人讲。"

俞天箫诺诺而退。

次日,俞天箫竟然自己上了阵。

绵杜跪下之后,上面问道:"叫什么名字?"

绵杜做了回答。

"家住哪里?"

绵杜又做了回答。

不久进入正题,上面让绵杜讲奕征被绑架以及营救的经过。

接着,俞天箫单刀直入,问绵杜可认识一个叫黄程的人?

绵杜当然说不认识。

俞天箫见绵杜如此,便让人给绵杜上刑。

绵杜受疼不过,只好说认识。

"那把你与他接头的事从实招来……"

"接头?接什么头?"绵杜心中依然是茫然一片。

再上大刑,绵杜还是说不上来。

干脆,俞天箫让人把齐天火供词上有关内容读给绵杜听。

之后,俞天箫又问道:"齐天火都招了,你还想抵赖吗?"

"天哪,哪里来的这么多?"绵杜心想。

俞天箫看绵杜的样子是不想招认，再次上刑。绵杜只好照齐天火供词上所讲，认了下来。

初战告捷，俞天箫决定抄永修王爷的家，并为此打了报告，附上口供记录。

和珅已经在太上皇那里下了毛毛雨，报告送上后，和珅拿给太上皇看。太上皇反复看了那口供，拿不定主意，便对和珅道："去让皇上定夺吧。"

和珅来到嘉庆皇帝那里。嘉靖皇帝已经看过口供抄件，知道和珅为口供的事而来，便问太上皇什么旨意。

和珅听后道："太上皇让皇上定夺。"接着，和珅大着胆子补了一句，"在这之前，太上皇曾念叨，但愿皇上不要因为用了永修的孙子，处理起这事来便有所顾虑。"

嘉庆皇帝知道这话的分量，道："朕怎敢不照太上皇的训教办事。"遂展开那口供抄件，提起笔来写道，"即刻查抄！"

皇上的圣谕很快得到执行。

负责查抄的做得很仔细、认真。查抄的第一天就有了收获，在睿王府发现了《虢国夫人游春图》的原件。

原来，查抄人员发现了一幅《虢国夫人游春图》，立即报给和珅。这是和珅预先交代的，如果抄家见到《虢国夫人游春图》要拿来给他看。查抄人员很快发现了睿王府那幅《虢国夫人游春图》，于是拿来给了和珅。

很快，一幅《虢国夫人游春图》就出现在了太上皇的龙案之上。太上皇看了，判定那确是《虢国夫人游春图》的真品。

太上皇看了没有说什么，就听和珅道："永修这老东西，当时竟拿一幅赝品糊弄圣上，是何居心？"

太上皇没有理会和珅的话，道："送皇上那里吧。"

和珅琢磨着太上皇的话，把画送给了嘉庆皇帝。

嘉庆皇帝问和珅这是不是真品？和珅做了肯定的回答，并说是太上皇鉴定过了的。

嘉庆皇帝不说话了。

和珅也没有多说，就离开了。

嘉庆皇帝不怀疑放在龙案上的那幅画是真品。他已经猜出，和珅起劲地介入永修案子的用意。但顺天府查抄人员的一宗发现，使整个案情发生了重大变化。

经过数天的查找,查抄人员查到两张纸,一张纸是白莲教的训示——

示谕佛门引进及弟子人等知悉:照得时届末劫,统蒙圣道,普度人天,自应守分,是以集众一队,开列各条,严加管约,以便划一协办,特谕。计开:一、引进制教弟子,务要皈依佛法师,毋任猖狂。二、经管头目,务须严加管束弟子,毋许一人滋事。三、弟子驻扎营房各归各营,毋许乱营混杂,有违圣道。四、弟子等务益慎重,毋许酗酒撒泼,偷窃物件。如有违犯,重责四十板;倘犯过三次,立即斩首。五、调遣出力之人,务要遵照示令,毋许擅发乱号。六、出阵、焚屋、抢粮,务依头目号令,必须空出饱入,不得空身回营。七、出阵斗勇,务须奋勉,踊跃争先,毋许一人退后;上前有功者赏,退后畏尾者斩。八、遇有妇女,毋许奸淫,违者立斩。

当官的喝血,皇老儿吸髓。大清数尽,白莲开光。

另一张纸上字数不多,但内容吓人——

朝廷腐化,吏胥腐败,制度腐朽,社稷必亡。

两张纸的发现,一下子改变了案子审理的方向。

第一张纸是白莲教的一份训示。按规定,收藏这样的东西就可以被定为一桩大罪。

第二张纸,从纸张的质地看,那是王府用的,可怎么会被写上那样的内容?仅凭这十六个字,就足以给永修王爷一家定叛逆大罪了。而如果把两张纸放在一起加以对照,那这十六个字,与训示上"当官的喝血,皇老儿吸髓。大清数尽,白莲开光",就越发可以定叛逆大罪了。

这是意外的收获。当和珅拿到那两张纸的时候,心想这两张纸就是永修一家索命阎罗。

和珅还想将绵崇等人除掉。本案难以把他们弄进去,可以推荐奕征为由,撤他们的职,甚至可以将他们充军。而等他们去了新疆或黑龙江,在那里收拾他们就易如反掌了。

那两张纸的抄件很快到了嘉庆皇帝的龙案之上。刑部的呈文附了"当官的喝血"那张纸,奏明与"朝廷腐化"那张纸上的内容相同。呈文有一句说"朝廷腐化"那张纸上的字,"似绵杜的笔迹",是最后由和珅加上去的。

看罢这几张纸头和刑部的呈文,嘉庆皇帝的脑子里一下子乱了套。他顿时把阎天侯的分析,即齐天火供词是假的判断从脑海里挤了出去。他自己原先的疑问,即"绵杜这样的人勾结教匪无从理解",似乎有了一个答案。

案子有了如此重大的进展不可能不奏报太上皇。嘉庆皇帝不敢怠慢,便让有司把案卷立即送到太上皇那里。在封卷之前,嘉庆皇帝突然想到,呈递太上皇,对新的发现似乎应该有一个表示。于是,在刑部呈文讲明"朝廷腐化"纸上的字迹像似绵杜的笔迹字句一旁批了这样的话——即着顺天府查问究竟。

送走案卷之后,嘉庆皇帝一直惴惴不安,不晓得太上皇会有什么样的圣旨。

很快就有了信儿。邢公公过来了,太上皇看了案卷甚为震惊,随后传达了太上皇的口谕:此案原来审讯不力,嗣后交由刑部主审为是。

嘉庆皇帝诺诺,送走邢公公,立即召苏凌阿进宫下旨:一、绵杜勾结白莲教一案,即由刑部主审,顺天府协办;二、对永修一家,尤其是绵杜,立即拘捕审问。

这正是和珅所希望的。

绵杜被戴上了一副长枷。对他来说,眼前发生的一切都像是在梦中。坐牢,他会想得到吗?戴枷,他会想得到吗?过堂受审,他会想得到吗?如今的他满面污垢,发辫散乱,几天之内,人瘦了一圈。

这次由刑部尚书苏凌阿亲自主审。他更是单刀直入,拿出"朝廷腐化"那张纸问绵杜,这字是不是他写的。

绵杜接过那张纸,一看便认得那是奕征的笔迹。

绵杜边看边捉摸纸上写的内容。啊!奕征如何会写出这样的话?吏胥腐败还讲得,朝廷腐化这样的话如何讲得?"制度腐朽,社稷必亡"这样的话,那就更是讲不得了!

绵杜这时明白为什么全家被抓起来?有这样的一张纸还能不被抓?

绵杜思考着,上面又在逼问:"是不是你写的?"

绵杜得作出回答。能够如实地说这字是儿子奕征写的吗?写这样的字是要杀头的。奕征年轻、有才,前程似锦,如果判定字由奕征所写,还会牵涉皇上。上面既然问"是不是你写的",那顺水推舟,自己承认下来便了。而对自己为什么写这样的东西,绵杜已经想好了一套说法。

"不错。"绵杜回道。

苏凌阿立即叫人让绵杜画了押。

让绵杜感到吃惊的是,上面对他为什么要写那些话的问题,只字不问。这样,绵杜编造好的一套,只好放在心里。

再问另一张纸的事,绵杜看罢知道那是白莲教的一份训示,可这样的东西如何到了家里又被搜出来的?他不知道。绵杜自然说不晓得是怎么回事。苏凌阿给绵杜上刑,非要他承认那是黄程给他的。

苏凌阿再次让人把齐天火供词上有关内容读给绵杜听,之后,苏凌阿道:"这些事你是承认了的。"

绵杜只好照齐天火供词上所讲,认了下来,承认"朝廷腐化"那张纸由他所写,承认白莲教的训示是黄程给他的,又承认自己与黄程谈定捐银子的事。

他的供词便很快被送进宫去,嘉庆皇帝与太上皇皆有朱批。嘉庆皇帝批曰:"继续查问。"太上皇批曰:"想不到,永修竟然有此逆子!"

接下来,案子有了神速的进展,这是不足为奇的。刑部的大刑是很有名的,而执掌刑具的又是苏凌阿。不用说绵杜这样的人自幼长在温室里,就是一般乡间硬汉,也很少有承受得住而不屈打成招的。后面苏凌阿干脆不参加审讯了,对绵杜的所有审讯都由俞天箫一人完成。往日阎天侯不在时,俞天箫审案都让乐天槊帮助。如今,俞天箫来了精神,不再叫乐天槊。乐天槊知道案子有和珅的背景,虽耳闻俞天箫明目张胆搞逼供,也任其所为。这苦了绵杜——他不堪其苦,按照俞天箫的引导,招认了一切。

最后,绵杜在一份与齐天火供词内容相吻合的供词上画了押。

整个案子很快了结,嘉庆皇帝、太上皇所看到的完全是刑部上呈的东西。

最后,一桩叛逆大案铁定。此又皆由嘉庆皇帝、太上皇钦定。

菜市口的百姓已经很长时间没有见识杀人了。嘉庆四年正月初二日那天,百姓早早地站在了肮脏的街道两旁。有幸站在宣武门外的男女,在那里等了足足有两个时辰,快到中午时,终于有了动静。威风凛凛的数十名军士首先露面,随后便是一辆囚车——它被军士簇拥着。

大家看到,囚车上拉的是一名三十岁左右的英俊男子。那男子在囚车中一直直直地挺着,头仰得高高的,尽管他的脸部有两道深深的刀痕使他破了相,但他那副威武不屈的样子,是百姓所喜欢的。故而他一露面,便赢得了喝彩。

车子很快地驰了过去。

队伍走了一段之后,便到了一块空旷之地——这里聚集了数百百姓。来到这里,大家就听第一辆囚车中的罪犯喊了话。起初人声嘈杂,大家听不到他讲些什么。随后,整个场面静了下来——大家不约而同,停止了一切动作。

"我,吉里古特·淦哥,今日报了仇!我要了永修王爷的老命,要了他的逆子绵杜、绵椿、绵枫、绵枚,他的孙子奕征、奕行的脑袋,让他一家断了子绝了孙!我做到了!做到了!"

百姓们不清楚他说的具体是什么意思,但无不知道,这个临死不惧的英雄豪杰报了自己的仇,要了仇人的命。

大清国那会儿并没有"暴尸"一说,但实际执行中,大凡因叛逆之罪而被凌迟者,他的亲人被杀的被杀,被充军的充军,实际造成无人收尸的结果。

可如果当天夜里有人在现场,便会看到有几名身穿黑衣、戴有黑色头罩的人,在无声地做着什么。如果观察的人等在那里,就会发现,这些人在现场足足待了半个时辰。

蒙贴儿如何了?淦哥给她留下十万两银子。她花掉了一部分,买了一口棺材,雇了人。正月初二日夜,她雇的那些人给淦哥收了尸。

蒙贴儿的父亲已于前不久去世,她再也没有亲人了。

谈起淦哥复仇的计划,她是有看法的,认为那计划过于残忍了。对此,她曾向淦哥提起。淦哥听后,眼睛里立即充满泪水,反问道:"他们不残忍吗?我先前是残忍的人吗?"

蒙贴儿一看无法改变淦哥那计划,事到如今,也只好由他去了。

给淦哥收尸后,她烧掉了剩余的银票,把没有花掉的碎银子抛入后海。这之后,她跳了水。

从罪犯的喊声中已经知道,这报仇雪恨的人,叫淦哥。

淦哥被抓时曾摸不着头脑,只觉得官府什么地方搞错了,冤枉了自己。他被发配新疆,刚到不久就被大赦了。原来,乾隆皇帝把皇位给了儿子,因此有了大赦之举。被发配新疆,他一封信也没有接到,不晓得蒙贴儿和未来的岳父怎么样了。等他回到北京,了解发生的一切后,他蒙了。淦哥先是又气又羞,当时就恨不能点起一把大火,把整个北京城烧个精光。接着,他得了一场大病,生病期间,他的复仇之念渐渐形成。病愈后,他在后海边上坐了三天三夜。最后,他离开了北京。

他是随一位在山西学徒的汉人邻居离开北京的。到山西之后,他在一家商号找到了一个搬运货物的事由儿,承担了一般人难以承担的重担,从而渐渐得到了老板的称赞。随后,他被派随骆驼队去了一次口外,路上表现良好。接着又跟队去了一次蒙古,第三次是去俄国。过沙漠时遇到了风暴,他以惊人的毅力使即将被风暴打散、吞没的商队得以保全,再次受到了老板的奖赏。第四次还是去俄国,这次是商号的少东家亲自带队。回来的一天夜里,在俄蒙边境某处野外宿营,遇到了强盗的袭击。货物被抢光了,人被杀光了,淦哥靠智慧与强人周旋,他和少东家两人逃出险境。一次次良好的表现,使商号老板对他另眼看待了。尤其最后一次,救了商号老板的独苗儿,功莫大焉。少东家感激淦哥的救命之恩,与淦哥拜了把子,商号三分之一的股份给了淦哥。这时,淦哥离开京城已经六年。六年之中,他一刻也没有忘记"复仇"二字。

前不久,绵崟、奕征等人在平遥的路上遇险,随后赶来一商队向他们提供帮助。当时,奕征所看到的那个眼睛里射出杀气的人,便是淦哥。当时,淦哥不晓得绵崟等人的身份,更不晓得自己帮助的人中就有奕征——那时的淦哥是目中无人的。

淦哥那次回来之后,便进了京,他开始酝酿复仇的事,永修王爷家的动向自然成了他必须关注之事。而当他了解到由于《虢国夫人游春图》的事蒙贴儿成了悬赏捉拿的对象时,胸中的怒火再也无法压制。

蒙贴儿出逃后,淦哥很容易就找到了她。蒙贴儿初见淦哥时已经认他不出了,主要原因是淦哥的脸上有了两道刀疤——当时刀疤还结着痂。这是淦哥复仇计划实施的措施之一,目的是让人认不出他。

随后,淦哥绑架了奕征。

奕征被弄到北京的当天,淦哥带着一个随从,到了奕征所待的那间房子。淦哥没有认出奕征,奕征却认出眼前的这个人,就是在平遥帮助过他们的那个人。而且,奕征还发现了淦哥所独有的生理特征——手心上那块朱砂痣。

对手心上的那块痣,淦哥一直挂在心上。他为实施计划,避免被人认出,曾想除掉它。但他最终没有实施,因为他小时候算卦,算卦先生告诉他,他那块痣与他的命同在。他和他的家人理解,那块痣是不能够动的,否则就危及生命。现时的淦哥已经把生命置之度外,要为复仇抛弃一切,但他不忘那算命先生的话,担心自己的复仇计划还未实现就失去生命。故而他保留了那块痣,而决定采取人前掩饰的办法——把手攥起来,不让人看到那块痣。

但这不是容易做到的,有时他会不由自主地把手掌伸开。他查看奕征待的房子、走到窗前查看奕征能不能从窗子里逃出去的时候,他就把需要掩饰的事忘掉了。

复仇计划在淦哥心中酝酿很久了,故而它成熟而少有破绽。淦哥的目标很明确,复仇计划有六项要点:第一项,是要永修王爷和他儿子绵杜的命。第二项,为实现计划必须周密设计,使事情按照设计而行,即使他被捕入狱,也要使事情继续按照设计而行。第三项,为实现复仇计划一定要不惜一切,一定要坚定信心,义无反顾。第四项,绑架行动实施后,迫使永修家不报官是绑架计划成功的关键。第五项,案发之后,也就是按照预想他被官家抓捕之后,让官家查不出他的身份是整个计划成功的关键。第六项,整个计划的安排,均由他一人着手,不能让任何人晓得他在干什么。

绑架奕征之后,有相当长的一段时间淦哥不动声色,这也是计划之内的,目的是"吊胃口",让永修一家很容易接受条件,尤其是他提出的不许报官的条件。

在物色"告密者"方面,淦哥干得极为出色,他找到了那名叫孙耀祖的年轻人。在让孙耀祖实施"告密"计划的前一天,淦哥找到孙耀祖,让他去顺天府告密。孙耀祖不了解内情,以为淦哥在开玩笑。后来知道淦哥所说是真,便百般表示不解。淦哥不向孙耀祖解释,只问他干不干——还提出条件,干,就可能丢掉性命,但孙耀祖的父母可以由此得到一万两银子。啊,一万两银子,这是孙耀祖两辈子也挣不出来的钱呀。孙耀祖最后答应了,他按照淦哥的吩咐做了一切,淦哥由此被捕。告密后,孙耀祖就做完了他应该做的事,接下来便没有用处了。这样,必须将孙耀祖及时除掉。淦哥想到,顺天府一定要过堂,要孙耀祖与他对质,而那是他能够见到孙耀祖并采取措施的唯一机会。这样,他便有了用长枷击死孙耀祖的设计。

为什么齐天火什么都不讲,却有了那份供词?这是一个巨大的漏洞。对此,淦哥不是没有想到,最终无计可施,只好把希望寄托于官员的昏聩。

淦哥以为能把绵杜等人送上刑场,完全是他的计划实施结果,其实他弄错了。把绵杜等人送上法场,实际有三种因素:第一,是他淦哥的复仇行动。第二,是和珅的阴谋。第三,是奕征补天情愫被扭曲。这三种因素交织在一起,共同将绵杜等人送上了法场。这一点,淦哥不可能明白。

嘉庆四年正月初三日，菜市口，当带血的晨曦洒在这片土地上的时候，地上除了殷红色的血迹之外，已经没有了其他痕迹。

这天一大早，从宣武门到菜市口，再次出现了昨日那热闹的景象。快到中午的时候，数十名威风凛凛的军士走出宣武门，随后便是囚车——它们都被军士簇拥着。这次囚车不止一辆，而是五辆。第一辆载着的是爱新觉罗·绵杜，大清睿亲王爱新觉罗·永修的长子。第二辆载着的是爱新觉罗·绵椿，大清睿亲王爱新觉罗·永修的次子。他的山西布政使的职务已经被革除，昨天刚刚被羁押到京。第三辆载着的是爱新觉罗·绵枫，大清睿亲王爱新觉罗·永修的第三子。第四辆载着的是爱新觉罗·奕征，大清睿亲王爱新觉罗·永修的长孙、爱新觉罗·绵杜之子。第五辆载着的是爱新觉罗·奕行，大清睿亲王爱新觉罗·永修的次孙、爱新觉罗·绵枫之子。

人声鼎沸，百姓们依然是指指点点。

第一辆车上的绵杜给了百姓极坏的印象——出宣武门一亮相，他就瘫倒在了囚车之内，"怂包，怂包"的骂声跟了他一路。

第二辆囚车上的绵椿是清醒的，但他一片茫然。家里的案子进展神速，他没有得到任何消息。来京的当夜他就被单独关在牢房里，第二天就上了刑场。他不知道因为什么，他无从问人。

第三辆囚车上的绵枫内心感觉较为简单，他被收监之后，没有一个人理他。最后一个官员进入牢房宣布说，他们的哥哥绵杜被判叛逆大罪，按大清律，当被处斩立决。当时，他曾昏了过去。醒来后，他依然闹不清楚发生了什么事。绵杜犯了叛逆大罪？哪一方面的叛逆大罪？但有一点他是清楚的：自己的小命没有了。他知道，绵杜犯有叛逆罪，就会株连全家。这样，他对绵杜就越发地咒骂、怨恨不止。在被关进囚车的那会儿，他看到了其他的人：绵杜、绵椿、奕征和奕行。这是自被关之后，他们之间的头一次见面。

当时，绵杜已经摇摇晃晃。绵枫有些看不上眼，于是向大家大声叫喊道："挺起腰板来，别忘了，我们是亲王之家……"

就是这一信念支撑着，绵枫坚持到了最后。

奕征是平静的。从被关那日起，他做了各种各样的判断。当初，他认为自己与全家的被捕，与他前一段对朝廷、对朝政的看法有关。他自认没有歹心，对朝廷、朝政的思考，完全是出于对朝廷的忠贞——存利去弊而已。但他心里也明白，如果有人抓他的辫子,将他扳倒也是容易的。奕征记得,有一天见洪亮吉后,他跟绵崟等人讲了心得。绵崟等劝诫他不要把心中所想向人讲的当天夜里,他曾经写了十六个字——朝廷腐化,吏胥腐败,制度腐朽,社稷必亡。如果那张纸落在某些人的手里,就足可定他一个叛逆大罪了。

另外一张纸奕征也想到了,那张纸是第一次见洪亮吉时从他那里带到家中的。洪亮吉收有数张白莲教的训示,它们各不相同,以他取回的那张文字最长。回来后,他看了那告示,还特别注意到告示最后那四句话。他并没有认真思考那话,觉得只是白莲教的宣扬而已。

现在他想起那训示,怕了起来。收藏叛军的训示是要被定罪的,而那张训示最后那四句话,却是极其犯忌的。

审讯者没有问那张纸的事,奕征认为他们没有找到那张纸。

审讯者只问了他被绑架的一些事,这使奕征的判断发生了变化,原来家中犯案与他被绑架有关。

对于被绑架的事,奕征没有任何隐瞒,他把自己被绑架的经过全部讲了出来。当初,他被几个人蒙住了眼睛,强行送上一辆大车。当人们第一次把蒙眼睛的布取下时,他发现自己是在一间摆设讲究的屋子里。屋里有两个人戴着面罩,站在那里一动不动,门是关着的。不一会儿,门口有动静。接着,两个戴着面罩的人进了屋。那两个人进屋后,从窗子那里向外看了一会儿就离开了。奕征告诉审问者俞天箫,他注意观察了后来进来的两个人中一个人的眼睛——那是一双鹰眼,从中射出一股杀气。那双眼睛,与他前不久到山西去,在路上看到的一个人的眼睛一模一样。尽管那人脸上多了两道刀疤,他还是能够认出他。那人走到窗前向外看的时候,从他倒背着的手上,他看到了一块极不寻常的东西——一块蛋大的朱砂痣。他在那地方也没有受到任何虐待,好吃好喝,甚至还有书看。就这样,他在那里一直待到被放出来为止。

审讯者不想多听奕征的唠叨,他感兴趣的只是奕征在那里受到了良好的待遇这一点。因为这可证明齐天火供词里的话——绑架奕征,只不过是掩人耳目的一场戏。

被提审后,奕征希望自己再次被提审,以便可以给自己进行一些辩白。可自那之后,没有人再理他,一直到他听到最后的宣判。

怎么,自己的父亲犯了叛逆罪?打死奕征他也不会相信。

按照惯例,抓捕之后便是抄家。是不是在抄家的时候父亲被查出了犯忌之物?很自然,奕征想到了自己写了十六个字的那张纸!可奕征又想,如果顺天府看到了那张纸,他们应该问他,而不应该把罪名加在父亲的身上。除此之外,父亲还会有其他犯忌之物吗?

不管事情的真相如何,有一点已经十分明显,自己一家人的判决是皇上定了的。第一,大清国一个王爷之家被判叛逆,事非寻常,皇上不点头是不可能定案的。第二,自己是御前侍卫,这样一个人的家被判叛逆,皇上不点头,同样是不能定案的。这是怎么回事?是不是与和珅等人作祟有关?是不是……

尽管奕征一直到临刑都不晓得事情的真相究竟是怎样的,但他却很平静。

就在这时,一匹马从远方驰来。骑马人手里举着一张纸,大声喊着:"刀下留人!"

"刀下留人"的口令是按照嘉庆皇帝的手谕宣布的。

且说那日阎天侯经李奉翰说案子提醒,突然想起他苦苦想了这么多天没有想起的那块朱砂痣,原是他五年前审一个案子时所看到的。

当时,他是顺天府的府丞,刚刚到任。一日,他和治中洪良从府外办事回衙,下马后经过大堂,就见一个二十几岁的年轻人从大堂里被押出来。那人一脸的怒气,旁若无人地向大门走去。等那人走到阎天侯跟前时,他曾举起一只胳膊擦脸上的血。就在这时,那人左手显出一块鸡蛋大的朱砂痣,十分显眼。等那人走出衙门,洪良悄悄对阎天侯道:"可知道府尹亲自审的那桩案子吗?"

阎天侯没有听说过这件事,向洪良摇头做了表示。

两人一边走,洪良一边向阎天侯讲府尹亲自审的那桩案子。

洪良也是刚刚到任,他告诉阎天侯,府尹曾交给他一桩案子办。其实严格来说,交给他的并不是一桩案子,而是一件"事"。因为府尹说,一切都已安排停当,只需照办。

洪良刚刚来到顺天府,府尹并不了解他,以为可以随便支使。当时,他向府尹问案情。府尹说,朝中老王爷永修看上一个姑娘,可那姑娘已经有了人家。老王爷执意要娶,让他儿子出面办这件事。现在将男家随便定个罪名,尔后向男方提条件:如果答应退婚,便再也没有事,并得五百两银子。如若不然,如何如何……洪良看出这是一桩王爷抢占民女案,如此处理有悖公理,干不得!听他这样说后,府尹好生看了洪良一阵,便不再让他办。最后,府尹亲自办了那事。看样子,这从大堂走出来的,定然是那男方。

阎天侯听后,暗暗为那个年轻人叫苦。

此后,案子的详情渐渐传出,原来是永修王爷的儿子为这事找到和珅。在和珅眼里,这算什么难题?他还有兴致想好了办法,布置给顺天府府尹,让他照着去做,府尹便把这事交给洪良。没想到,洪良竟然是这样的态度。于是,府尹自己处理了这桩看上去简单的案子。不多久,那洪良由于"不阿",便被调到南方去了。

阎天侯立即明白了这齐天火干出今天这事的动机,从而断定永修王爷案实是一桩冤案。他立即向李奉翰要来纸笔,当场写就了给嘉庆皇帝的奏折。

随后阎天侯向李奉翰讲明原委,李奉翰立即安排五百里加急把阎天侯的奏折火速送往京城。

阎天侯的奏折于正月初三日送达,这时,太上皇的病情加重。

弥留期间,太上皇讲了不少的话。

太上皇说,现在看来,睿亲王如松所说他刚愎自用的话,不是没有道理的。

太上皇还说,如松说他"奢"的话,不是没有道理的。

太上皇还说,如松所说他"心习于所是""小人挟其所长以善投,人君溺于所习而不觉"的话,不是没有道理的。

太上皇还说,如松所说,是他使大清国走向了衰败的话,不是没有道理的。

太上皇还说,永修的案子有疑点,那个叫齐天火的人,讲了与绵杜的接头事后,再也不吐一字,那他为什么滔滔不绝讲他与绵杜接头的事?永修一家叛逆的动机不明。

太上皇还说,《虢国夫人游春图》真迹的出现有文章,故此,永修一案不要草率作结。

其实,嘉庆皇帝已经看出永修案的种种疑点,他已经准备好了"刀下留人"的手谕。

当天,他看了阎天侯的奏折,认为自己上了这个年轻的复仇者的当,永修王爷一家的案子搞错了。

现在,又有了太上皇"永修一案不要草率作结"的圣谕,他下"刀下留人"的手谕,理由就极为充分了。于是,嘉庆皇帝立即派人去了法场。

老王爷永修死了,他自幼养尊处优,哪里过得了监狱的生活?他吃不下监狱的饭菜,容不得狱卒的凌辱,身体很快垮了下来。后来,绵杜等人被宣判死刑,当有司向他宣布这一消息时,他昏了过去。自那之后,他再也没有醒来。

荣军院已经被户部接管,绵崇和鄂鄂自真、怡百寿被发配新疆。事前,嘉庆皇帝留了一个心眼儿,派人暗暗保护,事后发现这一措施是很有必要的。路上曾发生了一场厮杀,嘉庆皇帝派去的人有一人阵亡,而对方七人全部被杀。

不过眼下,嘉庆皇帝顾不上他们。

奕征等人被从法场拉回的当天,太上皇驾崩。次日,和珅被革职,随后被收监。